소설쓰기의 모든 것 5
고쳐쓰기

Write Great Fiction: Revision & Self-Editing

소설쓰기의 모든 것

제임스 스콧 벨 지음 | 김율희 옮김

revision &
self-editing

5
고쳐쓰기

다른

차례

작가가 된다는 것

10년 전쯤 나는 이성을 완전히 잃은 채 골프를 시작하기로 마음 먹었다. 처음 2년 동안 책과 테이프를 사들이고 잡지를 구독했다. 공부와 연습을 할 만큼 했으니 80타 정도는 거뜬히 깰 수 있을 거라고 확신했다. 골프를 치는 독자라면 지금 웃음을 터뜨리고 있을 것이다. 하지만 나는 웃음이 나오지 않았다. 재미도 없었다. 아예 다 때려치우고 자수나 배우는 편이 나을 듯했다.

실은 나는 온갖 기법과 요령과 공식과 영상으로 머리를 꽉 채웠다. 그리고 골프를 칠 때마다 그 모든 요소를 하나하나 기억해내려고 노력했다. 완벽하게 퍼팅하는 22단계와 탄착점에서 기억해야 할 가장 중요한 13가지 항목 따위를 말이다.

미친 짓이었다.

골프채를 쓰레기통에 내동댕이치기 직전에 나는 월리 암스트롱이라는 골프 강사를 만났다. 월리는 빗자루와 옷걸이와 스펀지처럼 간단한 생활용품을 이용해 골프 경기의 다양한 측면에 대한 '감'을 익히게 해주는 교수법으로 유명하다.

그의 말에 따르면, 스윙에 대해 생각하며 골프채를 휘두르면 길을 잃고 만다. 긴장감이 오른다. 출구가 없는 이론의 미로에 빠진다. 그러나 감을 익혀두면 기법과 요령은 모두 잊고 단순하게 경기에 임할 수 있다. 감을 체득한 몸이 알아서 움직인다.

월리의 말이 옳았고 그 후로 나는 골프를 즐기게 되었다. 아직 80타를 깬 적은 없지만 재미도 있고 창피한 짓을 저지르지도 않는다. 그러니까 여간해서는 그러지 않는다는 뜻이다.

그런데 내가 보기에 좋은 소설을 쓰는 건 골프를 제대로 치는 것과 매우 비슷하다. 똑같은 위험이 도사리고 있다. 소설 쓰기의 다양한 측면을 가르쳐주는 책과 논문은 끝없이 나온다. 그러나 '글을 쓰면서' 그 모든 것을 생각하려고 하면 긴장감이 높아질 것이다. 작가 브렌다 유랜드의 말처럼 "자유롭고 신나게" 쓰지 못한다. 게다가 재미도 전혀 없을 것이다. 자신이 쓴 글을 쓰레기통에 내던지고 싶을 것이다(솔직히 수많은 작가가 이런 기분을 느끼지만, 실행에 옮기면 실직자가 될 위험에 처할 뿐이다).

그러니 글쓰기의 '감'을 익히길 바란다. 글을 쓰려고 자리에 앉았다면 기법은 생각하지 말아야 한다. 그냥 쓰자. 흘러나오게 놔두자. 나중에 다시 그 부분으로 돌아가 고쳐 쓰자. 이 책이 그 방법을 알려줄 것이다.

글을 쓰고 있지 않을 때는 꾸준히 작법을 배우자. 지식의 창고를 확장하자. 머릿속에 든 여러 기법을 활용해 자신의 글을 분석하자. 그러나 글을 쓰고 있는 동안에는 글만 쓰자. 현재 배우고 있는 기법이 자연스럽게 흘러나올 거라고 믿자.

혹시 그렇게 되지 않더라도 문제를 파악하는 법을 터득할 수 있다. 바로 이 점이 자체편집과 고쳐쓰기의 핵심이다. 배우고, 느끼고, 쓰고, 분석하고, 고치고, 글을 좀 더 향상시키는 것이다. 반복해서 여러 번. 평생 동안.

그렇다. 우리는 그저 책을 몇 권 써보려고 하는 평범한 사람이 아니라 '작가'다. 장인이자 대가를 지불하며 기술을 배우는 기술자다. 그러니 대가를 지불하는 의미에서 다음과 같이 하자.

책을 읽자

책을 읽지 않고 훌륭한 소설가가 될 수는 없다. 그것도 많이 읽어야 한다. 다양한 소설은 물론이고 시와 비소설도 섭렵해야 한다.

책을 읽으면 그때마다 글의 흐름과 운율이 머릿속에 각인된다. 좋은 글이면 이에 대해 반응하며 '좋음'이라는 파일로 들어간다. 그다지 좋지 않은 글이라면 '나쁨'이라는 파일로 들어간다.

우리는 이런 식으로 플롯과 구조, 인물 설정에 대해 배운다. 지식의 창고를 채워 필요할 때 얼마든지 꺼내보곤 한다. 그러니 감독하는 자세로 책을 읽자. 내가 쓴 『소설쓰기의 모든 것 1: 플롯과 구조』에 플롯을 터득하는 과정을 설명해두었다. 요약하면 다음과 같다.

- 1단계: 쓰고 싶은 범주(장르)의 소설 여섯 권을 정한다.
- 2단계: 첫 번째 소설을 마음 편히 읽은 후 생각해본다. 그 소설의

어떤 점이 좋았는가?

- 3단계: 이제 두 번째 소설을 읽고 2단계와 같은 질문을 한다.

- 4단계: 다음 네 권의 소설도 같은 방식으로 읽고 질문한다.

- 5단계: 첫 번째 책을 다시 펴서 색인카드에 각 장면의 특징을 적는다. 번호를 붙이고 배경과 그 장면의 내용, 그리고 혹시 있다면 계속 읽고 싶게 만드는 요소가 무엇인지 쓴다.

- 6단계: 나머지 책들도 똑같이 적는다.

- 7단계: 색인카드 묶음에서 한 묶음을 골라 재빠르게 훑어본다. 그리고 책 내용을 떠올리며 머릿속에서 장면들을 영화처럼 그려본다.

이 연습을 하면 소설의 플롯과 구조를 머릿속에 새길 수 있다. 이 색인카드를 보관하고 주기적으로 재검토하자. 약간만 바꾸면 소설 작법의 어떤 측면에든 똑같이 적용할 수 있다(뒤에 나오는 '끊임없이 배운다'를 보자).

그러니 책을 읽자.

정보를 기록하자

글쓰기가 무엇인지 처음으로 이해하려고 하던 시절, 소설을 읽다가 훌륭한 부분을 발견하면 몹시 흥분했다. 작법서를 읽다 머릿속에 전구를 반짝 켜주는 기법을 찾았을 때도 그랬다.

나는 뭔가를 배울 때마다 그것을 적었다. 종이든 냅킨이든 손에 잡히는 데에다 적었다. 그런 메모 더미를 아직도 갖고 있는데, 커다란 봉투에 소중하게 보관하고 있다. 그리고 가끔, 활력을 다시 샘솟게 하기 위해 꺼내서 본다.

예를 들어 내가 초기에 적었던 메모 하나는 '기법에 관한 책을 읽어라!'라는 제목에 내용은 다음과 같다.

1. 행동, 위험, 추격, 위기가 나온 후에는 장면을 해결 직전의 상태로 놔두기(딘 R. 쿤츠의 『낯선 눈동자Watchers』 1장을 볼 것)
2. 불길한 징조를 언급한 뒤 다른 장면으로 넘어가기(스티븐 킹의 『죽음의 지대The Dead Zone』 첫 장면의 끝부분을 볼 것)
3. 실마리는 숨겨두기
4. 해결의 순간 이후에는 장면 전환하기

나는 아직도 이 메모를 읽으면 흥분한다. 그때 나는 독자가 손에서 놓을 수 없는 소설을 어떻게 쓰는지 배우려 노력하는 중이었고, 이런 정보는 금괴를 발견한 것이나 다름없었다.

뭔가 깨달을 때마다 배운 것을 기록하는 습관을 기르자. 어떤 통찰도 그냥 흘려보내지 말자.

자신의 것으로 만들자

작법서에서 써먹을 수 있어 보이는 기법을 찾으면 그대로 연습하자. 그 기법을 이용해 장면을 써보는 것이다. 기법을 배웠으면 머릿속에서 꺼내 종이 위로 옮겨봐야 한다. 이렇게 해야 그 기법이 자신의 것이 된다. 감을 익혔을 때 골프 기술이 근육에 스며들듯 글쓰기 기술이 머릿속에 스며든다.

이 과정을 통해 자신의 글이 점점 나아지고 있다는 것을 반드시 알게 될 것이다. 도취되는 기분과 함께. 소설가 레이 브래드버리가 말했듯 "글쓰기에 흠뻑 취해 있어야만 현실이 우리를 파괴할 수 없다."

끊임없이 배우자

작가로서의 성장을 절대 멈추지 말자. 작품을 출판한 다음이라도 마찬가지다. 아니, 출판한 다음이라면 더더욱 그래야 한다. 출판을 계속하되 새 책을 쓸 때마다 전작보다 조금이라도 더 나아지도록 노력해야 한다. 능력을 키우자.

사실 능력을 키울 때는 체계적으로 접근해야 한다. 작품을 강화할 자신만의 '공략 계획'을 세우자.

내 경우를 예를 들어보겠다. 나는 내가 쓴 몇몇 소설을 보고, 뒤로 물러나 내 글이 어디쯤 이르렀는지 평가해보았다. 플롯에는 강하지만 인물은 탄탄하지 않은 것 같았다. 이야기 속의 인물들을 좀 더 깊이 파고들고 싶었다. 그래서 자리에 앉아 다음 단계와 같은 계획을 세웠다.

• 잊지 못할 인물이 등장하는 소설 몇 권 고르기

- 책장에 있는 훌륭한 작법서 중 인물을 다룬 부분을 뽑아내기
- 몇 주 동안 위 내용을 읽고 분석하기, 메모하기
- 메모를 분석하고 체계화한 다음 내가 만든 인물과 비교하기
- 익힌 원리를 활용해 다음 소설에 등장할 인물 만들기

혹시 베스트셀러 목록에서 1위를 차지하더라도 배움을 중단하지 말자. 내가 아는 어느 작가는 그 수준에 도달했지만 여전히 유명한 편집자가 지도하는 세미나에 참석했다. 단지 현재의 영예에 만족하고 싶지 않았기 때문이었다. 그 후로 그는 더더욱 성공을 거두었다.

이 책을 활용하는 법

이 책의 1장부터 12장까지는 '자체편집'에 관한 다양한 범주의 소설 쓰기 기법을 다루며 연습 방법을 소개한다. 말하자면 글쓰기 기초 훈련 과정이다.

책이란 특정한 주제에 대해 여러 장에 걸쳐 쓴 것이다. 그런 이유로, 이 책에서는 소설을 쓰기 위한 모든 재료를 다루지는 않을 것이다. 이 책의 목적은 소설 쓰기의 '가장 중요한 부분', 즉 '고민할 필요조차 없다고' 생각해야 하는 점들을 설명하고 분명히 알려주는 것이다.

이 책은 초보 작가가 장편 소설을 쓰기 위해 꼭 알아야 하는 것을 개괄적으로 다룬다. 탄탄한 소설을 쓰기 위해 타협할 수 없

는 사항들을 요약한 것이다. 이대로 따른다면 소설을 출간할 가능성이 무척 높아질 것이다.

초보 작가가 아닌 프로 작가도 역시 이 책을 활용할 수 있다. 이 책을 두툼한 '점검 리스트'라고 생각하자. 특정 분야를 복습하고, 기법을 강화하고, 접근법을 재고하는 데 활용하길 바란다. 아침에 십자낱말풀이를 하듯이 실전 연습을 풀어보자. 제아무리 하찮은 것도 도움이 되기 마련이다.

13장부터 16장까지는 모든 작가에게 유용한 '고쳐쓰기'의 과정을 소개한다. 소설을 고쳐 쓰는 체계적인 방식을 다룬다.

이 책에서는 소설과 영화 둘 다를 예시로 활용했다. 소설과 영화에 공통적으로 적용되는 이야기 구성 요소가 많고, 아무래도 책을 읽기보다는 영화를 보는 사람이 많기 때문이다. 더 많은 책을 읽고 더 많은 영화를 보자. 그리고 그때마다 이야기 속에서 어떤 일이 일어나는지 생각하자. 이것이 실력을 키우는 방법이다.

나는 작가 존 D. 맥도널드를 좋아한다. 그는 작가 생활 후반부에 트래비스 맥기 시리즈로 유명해졌다. 그러나 나는 그가 1950년대에 처음으로 쓴 페이퍼백(보통 단행본보다 작고 저렴한 보급판 도서)들이 더 좋다. 그는 순전히 필력만으로 이 산업의 역류 위로 솟아오른 사람이었다. 언젠가 그는 "소설에서 무엇을 추구하느냐"라는 질문을 받은 적이 있는데, 장르를 불문하고 모든 작가에게 들어맞는 대답을 내놓았다. 그 답을 들어보자. 다음은 맥도널드의 단편 모음집 『그리운 옛적The Good Old Stuff』의 머리말에서 가져온 것이다.

첫째, 작가에게는 강력한 이야기 감각이 있어야 한다. 나는 소설을 읽으며 다음에 무슨 일이 벌어질지 궁금해하면서 두근거리고 싶다. 내가 읽는 소설 속 인물이 어려움에 빠지기를 바란다. 감정적으로든, 도덕적으로든, 정신적으로든. 그리고 그 인물이 어려움에서 벗어날 방법을 찾는 동안 그들 옆에 있고 싶다.

둘째, 작가가 나의 불신을 없애줬으면 좋겠다. 나는 작가가 창작한 다른 장소와 장면 속에 있고 싶다.

셋째, 작가가 문장으로 마법을 부리길 바란다. 단어와 구문이 실제로 노래하길 원한다. 또한 풍자와 현실주의, 필연성에 대한 감각이 있는 게 좋다. 소설 쓰기, 즉 좋은 소설 쓰기는 음악을 듣는 일과 같아야 한다. 주제를 파악하고, 그 주제를 작곡가가 어떻게 표현하는지 보고, 그리고 작곡가를 완전히 파악했다고 생각하며, 작품의 전개 방식을 이해했다고 생각한 순간 변주가 나온다. 너무나 뜻밖이지만 절묘한 전환이라 기쁘고 즐겁다. 무시무시하고 유혈이 낭자한 부분이라고 해도 말이다.

나는 내가 읽는 소설에 이야기, 재치, 음악, 비틀기, 색채, 현실감이 있길 원한다. 그래서 내가 쓰는 소설에도 그런 것을 불어넣으려 노력한다.

우리도 이렇게 해야 한다.

1장

편집:
스스로 고치고
다듬자

그만두지 말자.

처음 10년 동안은 금방이라도 그만두고 싶어진다.

＿안드레 더뷰스

멋진 문장들을 썼다고 치자. 단어들이 노래하듯 통통 튀어 오르는 글을. 그러나 그게 전부라면 소설이 아니다. 시다. 시를 비하할 생각은 전혀 없다. 나는 시를 좋아한다. 그러나 소설을 쓸 생각이라면 기승전결을 갖춘 긴 내러티브(인과관계로 얽힌 허구적 이야기)를 갖추는 방법을 알아야 한다.

자신의 글을 직접 편집하는 훈련을 하자. 이 책에 실린 실전 연습을 풀면 소설의 본질이 무엇인지 완전히 파악하고 이해하는 데 도움이 된다. 연습을 하면 배운 내용이 머리에 새겨진다. 이는 책을 출간해보지 않은 작가들이 책을 출간하는 방법이기도 하다.

편집 능력은 소설의 성공 요소를 '아는' 능력이다. 그러므로 편집 능력을 키우면 글을 쓸 때(즉 초고를 쓸 때) 시장성 있는 소설을 쓰게 된다. 스스로의 길잡이가 되는 법을 깨닫고 편집자의 눈으로 자신의 원고를 볼 수 있게 되는 것이다(편집 능력은 검토 과정에서 드러나는 것이므로 이 책의 13~16장에서 좀 더 자세히 다루겠다).

원고를 완성했는데 다듬을 필요가 있다면 전체를 체계적으로 접근하며 고쳐 써야 한다. 물론 모든 원고는 다듬을 필요가 있다. 편집 훈련을 하고, 글을 쓰고, 그 글을 고쳐 쓰면서 이 세 요소를 합치는 과정에서 모든 힘을 끌어 쓰게 될 것이다. 글은 더욱 예리해질 것이며 날마다 아침에 눈을 뜨면서 자신이 지금 무엇을 하고 있는지 알고 있다는 데 희열을 느끼게 될 것이다. 그 정도까지는 아니더라도 한 달 전, 어쩌면 1년 전보다 더 많은 것을 알게 될 것이다.

그러니 멈추지 말고 이 과정을 따르자.

작가의 벽에 가로막혔다면

옛날에 『잃어버린 시간을 찾아서À la recherche du temps perdu』의 저자이자 저명한 소설가인 마르셀 프루스트의 가정부가 우연히 프루스트의 서재에 들어갔다. 가정부는 그가 책상에 앉아 있지 않고 뇌졸중을 일으킨 사람처럼 바닥에서 몸부림치는 광경을 보았다. 가정부는 비명을 지르며 그에게 달려갔다. 그러나 그는 가만 두고 나가라고 엄하게 말했다. 알고 보니 그는 원고에 쓸 다음 낱말 하나를 찾느라 괴로움에 시달리고 있었다. 아마 프루스트는 작가의 벽writer's block을 엄청 심하게 경험했던 모양이다. 문학사에 다행스럽게도, 그는 딱 맞는 단어를 찾았고 그다음 단어와 그다음 단어도 찾았다. 그리고 글을 쓰면서 자주 고통스러워한 듯하지만 끝내는 걸작을 남기게 되었다.

글을 쓰다 보면 단어가 막히거나 쓰고 있던 이야기가 술술 풀리지 않는 때를 경험한다. 때로는 책상 앞에 앉아 있지만 손톱만큼의 실마리도 얻지 못한다. 시간은 날아가는 게 아니라 이고르(영화 「이고르와 귀여운 몬스터 이바Igor」의 주인공. 평생 과학자의 조수로 살아야 하는 신분에 꼽추다)가 발을 질질 끌며 미친 과학자의 실험실을 걸어 다니듯 느릿느릿 지나간다. 문제가 정말 심각해지면 '죽지 않는 벽'이라는 공포영화 속에 들어가 있다는 생각마저 들 수 있다.

이런 순간에 기억해야 할 가장 중요한 점은 절망에 굴복하지 말아야 한다는 것이다. 창의적인 사람들은 누구나 물이 바짝 말라붙는 순간을 경험한다. 그러니 명심하자. 극복할 수 있으며, 반드시 그렇게 될 것이다. 그러나 우선 뿌리를 파악해야 한다.

작가이자 글쓰기 교사인 랠프 키스는 『글을 쓸 용기The Courage to Write』에서 작가의 벽에 부딪히는 주요 원인 세 가지를 이렇게 밝혔다.

1. 내가 해낼 수 있을까? 작가가 되겠다고 이미 공언했는데 생선 포장지 따위로 전락하지 않을 뭔가를 만들어낼 수 있을까?

2. 백지 공포, 즉 텅 빈 종이 앞에 앉아야 한다는 두려움. 존 스타인벡에 따르면 "언제나 첫 줄을 써야 한다는 두려움에 시달린다."

3. 벌거벗은 느낌. 지금 쓰는 글을 끝마치면 다른 사람들, 특히 어머니가 나를 실제로 어떻게 생각할까?

이 외에도 나는 완벽주의자 증후군이라는 또 다른 도깨비와 싸우곤 한다. 당연히 언제나 내 능력이 닿는 한 최고의 글을 쓰고 싶지만 글을 쓸 때 모든 문장을 완벽하게 쓴 후에 다음 문장으로 넘어가려 한다면 더 나아가지 못하고 멈춰버릴 수도 있다(내 생각에 프루스트가 겪은 괴로움이 바로 이것일 듯하다).

작가의 벽에는 또 다른 형태가 있다. 나는 이를 '얼어붙은 상태'라고 한다. 이 상태에서는 자신이 쓴 엉망진창이 보이는데, 다음에 무엇을 해야 할지 알 수 없을 때 생긴다.

다음과 같이 하면 도움이 될 것이다.

글을 쓰기 전에 워밍업을 한다

소설 한 편을 쓰고 있는데 이제 오늘의 작업을 시작하려 한다고 해보자. 창의적인 활기가 흘러나오도록 간단한 자유연상 글쓰기를 해보자. 저명한 글쓰기 교사인 내털리 골드버그가 제안한 연습법 중 하나는 10분 동안 손을 계속 움직이는 것이다. 즉, 10분 동안 고치려고 머뭇거리지 말고 죽죽 글을 쓰는 것이다. '내가 기억하기로'라는 구절로 시작해서 내키는 대로 쓴다. 원한다면 어떤 옆길로 새든 상관없다. 출판하기에 적당한 글을 쓰지 않는 게 목적이다(물론 이 연습에서 좋은 아이디어가 탄생하기도 하지만). 머리를 창의적인 상태로 끌어올리는 게 목표다.

소설가이자 글쓰기 교사인 레너드 비숍은 한 쪽짜리 문장을 쓰는 연습법을 제안했다. 인물 개요든 장면이든 쓰고 있는 소설의 한 부분을 골라 한 쪽 가득 문장을 쓰되, 구두점도 찍지 말고 대화, 회상, 묘사 같은 기법도 쓰지 않는 것이다. 이 연습법은 실제 글쓰기 작업에 들어갔을 때 감정을 부자연스럽게 억제하지 않도록 할 것이다.

적은 분량씩 나눠 쓴다

소설 전체를 보지 말고 작업 중인 눈앞의 장면만 보자. 소설가 앤 라모트는 이를 '1인치 액자'라고 부른다. 짧은 장면에만 집중하고 다른 것은 잊는 것이다. 이런 식으로 보면 고쳐쓰기가 보기만큼 버겁지 않다는 사실을 알게 된다.

전략을 짠다

원고를 고쳐 쓸 때 가장 중요한 작업이 무엇인지 파악하고 중요한 것부터 시작하자.

영감을 구한다

내가 좋아하는 「루디 이야기Rudy」라는 영화가 있다. 노트르담 대학 풋볼팀에 입단하기를 꿈꿨던 소년 루디 루티거의 실화다. 그러나 루디는 체구가 너무 작아 팀에 들어갈 수 없었다. 그래서 이 팀의 연습 상대 선수단에 들어가 온 힘을 다했다. 루디의 노력은 졸업 전 어느 경기에 투입됨으로써 보상을 받았다. 이 영화는 노력과 투지로 승리하는 약자가 등장하는, 익숙할 대로 익숙한 플롯이다. 그런데 나는 가끔 일을 시작할 기운을 북돋기 위해 「루디 이야기」를 본다. 경기장에서 뛰기 전에 코치의 격려를 받는 것과 비슷한 일종의 묘책이다. 왜 안 되겠는가? 글쓰기라는 경기는 뇌가 녹아버리진 않더라도 충분히 힘드니 말이다.

'고칠 수 있다'라는 말을 되풀이한다

희곡작가 닐 사이먼은 자신이 쓴 새 연극의 리허설을 보고 있었다. 뭔가 잘 돌아가지 않는 게 분명했다. 연출자도 그 사실을 알고 있었다. 그는 어둠 속에서 종이에 뭔가를 써서 연출자에게 전했다. 종이에는 이렇게 쓰여 있었다.

"내가 고칠 수 있습니다."

이 문장을 작업 공간에 붙여두자. 글쓰기와 관련된 문제는 그게 뭐든 고칠 수 있다. 필요한 것은 도구와 경험이며, 글을 쓰고 고쳐 쓰는 횟수가 많아지면 그 두 가지를 얻게 된다.

기억하자. '어떤 문제든 고칠 수 있다.'

물론 어떤 해결책은 다른 것보다 더 고통스러울 것이다. 원고를 수십 번 버리고 처음부터 다시 시작해야 할지도 모른다. 그래도 괜찮다. 그 이유는 다음 항목을 보면 안다.

이 모든 과정이 원고를 더 훌륭하게 만든다는 것을 잊지 않는다

편집자의 표정을 상상해보자. 그들은 언제나 훌륭한 원고를 찾고 싶어 한다. 자신의 원고가 바로 그 원고가 되게 하자. 그렇게 되기를 기대하자.

가장 먼저 해야 하는 편집과 관련된 결정은 '긴 소설로 만들기 위해, 즉 처음부터 끝까지 쓰기 위해 어떤 이야기를 선택할 것인가'이다. 우리는 소설을 쓰면서 오랜 시간을 보내야 할 것이다. 몇 달이나 1년이 될 수도 있다. 어떤 경우는 더 오래 걸릴지도 모른다. 지금부터 12주 동안을 뜬눈으로 보내다가 아예 작업을 내팽개치는 일은 없기를 바란다. 그러니 이야기 선택 단계에서 편집에 도움이 될 몇 가지 비결을 알려주겠다.

아이디어를 많이 모은다

창의성의 비법은 아이러니하게도 '편집을 조금도 하지 않고' 수많은 아이디어를 떠올린 다음 마음에 들지 않는 항목을 버리는 것이다. 변호사가 배심원을 선택하는 방법과 조금 비슷하다. 사실 변호사는 배심원을 선택하지 않는다. 선택에서 배제할 뿐이다. 일단은 배심원석에 앉을 예비 배심원을 무작위로 뽑는다. 그런 다음 변호사는 예비 심문이라는 심문 과정을 거치며 철저히 조사하고 숙고한 끝에 이의를 제기한다. 자신의 재판에 호의적인 태도로 참석하지 않을 것 같은 배심원을 배제하려고 한다.

마찬가지로 작가인 우리는 아이디어라는 배심원석을 대면하고 있으며 철저히 조사하고 숙고한 후에 글로 쓰지 않을 아이디어를 골라 버려야 한다. 그러나 우선은 아이디어를 모으자. 그리고 아이디어를 떠올릴 때는 상상력을 마음껏 발휘하자.

큰 아이디어를 찾는다

장편소설에는 그 길이에 걸맞는 크기의 아이디어가 필요하다. 문장이 길어야 한다는 게 아니고, 감정과 사건의 크기가 크고 인물들의 이해관계가 깊어질 가능성이 있어야 한다는 뜻이다. 이는 작가의 정신으로 느껴야 하는 것이다. 가장 감동을 받았던 소설을 생각해보자. 소설의 무엇에 마음을 빼앗겼는가? 잊지 못할 인물이라면 그 인물의 어떤 점 때문인가? 혹시 반전을 거듭하는 플롯이라면 인물들의 이해관계가 얼마나 깊었는가? 좀 더 차분한 소설이라 해도 폭발 직전의 격렬함이 있었을 것이다. 이런 점들을 염두에 두고 아이디어를 키우자.

뒤표지 문구를 써둔다

아이디어에 대해서는 여러 가지를 생각해봐야 하지만, 어느 시점이 되면 설득력이 있는지 자신은 물론 편집자와 독자를 흥분시킬 수 있을지 살펴야 한다. 이때 좋은 방법이 뒤표지 문구 쓰기다. 뒤표지 문구란 독자의 구매욕을 자극하려고 책의 뒤표지에 싣는 홍보 문구를 말한다. 이를 쓸 때는 큰 그림에 집중해야 한다. 쓰고 고치기를 여러 번 해야 하겠지만 전체적인 글쓰기 작업에 큰 도움이 될 것이다. 다음 몇 가지 예시를 보자.

• 데이비드 모렐의 『오랜 행방불명Long Lost』

브래드 데닝의 동생 피티는 오래전에 실종되었다. 브래드의 머릿속에서는 자전거를 타고 냉담한 형의 곁을 떠나버린 비쩍 마른

아홉 살의 피티가 사라지지 않는다. 성공한 삶을 누리는 오늘날까지도 브래드는 동생의 실종이 자기 탓이라는 걸 확실히 알고 있다. 어머니와 아버지가 얼마나 고통스러워했는지와 어떻게 해도 피티를 되찾을 수 없다는 사실을 알고 있다. 낯선 사람이 브래드의 삶에 들어오기 전까지는.

갑자기 브래드는 동생이라고 주장하면서 그동안 떠돌아다니며 고생하다가 살아남았다고 말하는 남자를 만난다. 브래드가 점차 의심을 떨치면서 동생이라고 주장하는 그 남자는 브래드의 삶에 자연스럽게 끼어든다. 그러다 모든 것이 산산조각 난다. 피티가 또다시 사라진 것이다. 다만 이번에는 브래드의 아내와 아이까지 데리고 가버렸다.

이제 브래드는 끔찍한 수수께끼와 씨름해야 한다. 둘의 어린 시절에 일어난 은밀한 일들을 자세히 알고 있던 그 남자는 정말 피티였을까, 아니면 냉혹한 사기꾼이었을까? 그는 브래드의 가족을 어디로 데려갔을까? 또 왜 데려간 것일까? 며칠이 몇 주로 길어지면서, 당황한 경찰과 FBI는 수색을 종료하라는 지시를 받는다. 브래드의 유일한 대응책은, 스스로를 동생이라고 주장했던 남자의 입장에서 생각하며 그를 직접 추적하는 것이다.

• 재닛 피치의 『화이트 올랜더White Oleander』

애스트리드는 미혼모인 잉그리드의 외동딸이다. 잉그리드는 눈부신 미모를 무기로 남자들을 위협하고 조종하는 여인으로, 재능이 뛰어나고 강박증에 시달리는 시인이다. 애스트리드는 자신의 엄마를 숭배하며 의식과 신비로 가득한 둘만의 세계를 소중히 여긴다. 그러나 둘의 목가적인 삶은 애스트리드의 엄마가 애인과 결별한 후 부서지고 만다. 잉그리드는 남자의 거절에 정신이 나가 남자를 살해하고 종신형을 선고받는다.

『화이트 올랜더』는 위탁 양부모들의 가정을 전전하며 불가능한 환경에서 자신만의 집을 찾아내려 노력하는 애스트리드의 여정이 담긴, 잊지 못할 이야기다. 가정마다 그 나름의 질서가 있어서 일련의 규칙과 교훈을 새로 배워야 한다. 애스트리드는 의연한 태도와 웃음으로 고독과 가난이라는 난관에 맞서며, 엄마 없는 아이가 냉담한 세상을 어떻게 헤쳐나갈 수 있는지 배우기 위해 분투한다.

- **존 그리샴의 『관람석Bleachers』**

고등학생 시절 닐리 크렌쇼는 메시나 스파르탄스 풋볼팀 사상 가장 뛰어난 쿼터백이었을 것이다. 영광스러운 날들로부터 15년이 흘렀고, 닐리는 에디 레이크 코치의 임종을 앞두고 고향 메시나로 돌아왔다. 에디는 스파르탄스를 무적의 풋볼 명문팀으로 만든 주역이다.

이제 에디 코치의 '소년들'은 관람석에 앉아 코치의 죽음을 알려줄 경기장 조명이 어두워지기를 기다리는 동안, 오래전에 뛰었던 경기들을 떠올리고 옛 영광을 되새기며, 자신이 코치를 사랑했는지 아니면 증오했는지 확실히 결론을 내리려 한다. 제대로 살아가려면 코치와 자기 자신을 결국은 용서해야 하는 닐리 크렌쇼에게, 이 일은 특히나 큰 도박이다.

• 엘리자베스 버그의 『네버 체인지Never Change』

  51세의 자발적인 독신녀 마이러 리핀스키는 평온한 삶과 애완견 프랭크, 방문 간호사라는 직업에 상당히 만족해한다. 그러나 고교 시절에 흠모했던 특별한 소년 칩 리어든이 새로운 환자로 배정되자 모든 것이 변한다. 칩은 불치병 치료를 포기하고 남은 시간을 보내기 위해 고향인 뉴잉글랜드로 돌아온 것이다. 이제 마이러와 칩은 달라진 서로의 처지를 가슴 아프게 받아들이며 복잡하게 뒤얽힌 기억과 모순된 감정, 간절한 소망에 사로잡힌다.

창의성과 마케팅

일정한 시점이 되면 소설을 계약하고 상품 가치를 높이는 데 얼마나 열의를 다할 것인지 결정해야 한다. 출판은 사업이다. 출판사를 운영하는 회사들은 이윤을 내는 게 목적이다. 그것도 큰 이윤을. 이윤을 낼 수 있도록 대중의 마음을 끄는 소설이 그렇지 않은 소설보다 출간될 가능성이 높다는 뜻이다. 하지만 좀 더 잔잔한 이야기나 순수소설(상업소설만큼 잘 팔리지 않는다)은 출간할 필요가 없다거나 출간되지 않는다는 뜻은 아니다.

  이 책은 소설 작법 중에서도 이야기의 전달력을 높이고 독자의 마음을 좀 더 사로잡을 수 있는 기법을 다룬다. 고급문학과 좀 더 복잡한 이야기를 선호하는 작가도 이런 기법을 알아두면 꿈을 실현하는 데 도움이 될 것이다.

소설에도 공식이 있을까? 그렇다. 지금 이를 알려주려고 한다.

공식을 아는 것만으로 소설의 성공을 보장할 수는 없다. 소설 전체에 살을 붙이려면 아무래도 작법의 원리를 배워야 한다. 그러나 지금은 그 원리의 개요, 즉 글을 쓰고 편집하는 모든 단계에서 염두에 둬야 할 내용을 알려주겠다.

공식은 다음과 같다.

콘셉트 + 인물 × 갈등 = 소설

'콘셉트concept'는 소설 전체의 아이디어이자 기본 전제이자 내용을 설명하는 한 문장이다. 성공한 모든 소설에는 콘셉트가 있다. 막대한 제작비가 드는 영화들처럼 '하이콘셉트'(엄청난 흥행을 목적으로 영화를 기획하는 것)일 수도 있고("관광 성수기의 비치 리조트가 식인 상어로 공포에 떤다면?") 간단하고 친근한 콘셉트일 수도 있다("심란한 명문사립고등학교 학생, 인생이 살 가치가 있는지 알아보려 뉴욕으로 여행을 떠나다").

'인물'은 당연히 소설의 필수 요소다. 인물이 없으면 이야기도 없다. '갈등'은 소설의 피다. 내러티브의 심장박동이다. 갈등이 없으면 소설은 살아 숨 쉬지 못한다. 앨프리드 히치콕은 이렇게 말했다. "훌륭한 이야기는 지루한 부분을 덜어낸 인생이다." 갈등이 없으면 지루하다.

자, 그럼 이제 위대한 소설의 공식을 짐작할 수 있겠는가? 그 공식은 다음과 같다.

$$콘셉트^X + 인물^X \times 갈등^X = 위대한 소설$$

'X'는 평균 수치 이상을 뜻한다. 콘셉트, 인물, 갈등을 많이 만들자. 격렬할수록 소설은 훌륭해진다. 이따금씩 작업을 멈추고 상상력을 발휘하자. 다음과 같은 질문을 던져보자.

- 무엇이 주인공이 처한 상황을 악화시킬 수 있을까?
- 상황을 더욱 악화시킨 다음 더더욱 나쁘게 만들 방법이 뭘까?
- 콘셉트에서 익숙한 부분은 무엇인가? 예전에 있었던 것인가? 어떻게 새롭게 만들 수 있을까?
- 배경을 아예 다르게 바꾸면 어떨까?
- 주인공이 이성에게 상처를 주는 건 어떤 특성 때문일까?
- 그 특성을 치명적으로 만들려면 어떻게 할까?
- 갈등을 겪는 인물이 서로를 증오하게 하려면 어떻게 해야 할까?
- 서로 사랑하는 인물이 반대편에 서게 하려면 어떻게 해야 할까?
- 각 인물의 역할을 더 크게 만들려면 그들의 관계를 어떻게 설정하면 좋을까?
- 소설을 영화 예고편으로 만든다면 어떨까? 나는 그 영화를 보고 싶을까? 그렇지 않다면 꼭 보고 싶게 만들기 위해 어떤 일을 해야 할까?

초고를 완성하고 싶은데 중간에 난항을 겪고 있다면 어떨까? 아니면 초고를 끝냈지만 이야기가 자바 더 헛(영화 「스타워즈Star Wars」에 나오는 악당)처럼 웅크리고 앉아 자신을 비웃고 있다면?

절망하지 말자. 필요한 건 우리를, 또는 우리의 원고를 원래의 궤도에 돌려놓을 자판의 삭제 키 하나다. 지금부터 방전된 힘을 재충전하는 방법을 알려주겠다.

때로 소설 쓰기는 지옥 불에 고기 꼬치를 굽는 것처럼 보람 있는 일이라는 느낌이 든다. 나쁠 때는 꼬치 하나도 굽지 못하는 것 같은 기분이 들지도 모른다. 포기하지 말자! 출구는 반드시 있다.

일단 이 상황이 작가의 벽과 반대되는 작가의 게으름 때문은 아닌지 자문한다. 대개는 의자에 엉덩이를 붙이고 손가락으로 자판을 두드리기만 하면 해결된다. 핑계 댈 생각은 꿈에도 하지 말자. 그냥 해야 한다.

자신을 가로막고 있는 것이 '글을 쓸 때' 자신에게 고함을 지르는 내면의 편집자일 수도 있다. 그 목소리를 꺼둬야 한다. 스스로에게 심술궂게 행동할 자유를 주자. 일단 쓰고, 나중에 다듬자. 이는 창작의 기본 원칙이다.

좀 더 은밀한 장애물은 자신감 결여로 종이 위에 쓰는 모든 것을 어리석은 시간 낭비로 여기는 태도다. 바로 이 문제가 '작가의 벽'이다. 하지만 대부분의 소설가가 초고를 쓰다가 어느 시점에는 이 벽에 부딪히고 만다는 사실을 알면 극복하는 데 도움이 될 것이다.

내 경우 그 벽은 원고지 400~500매를 쓸 즈음에 나타난다. 벽을 만나면 갑자기 온갖 끔찍한 생각이 든다. 아이디어는 고약하고 구제불능이다. 모든 글이 변변찮고, 인물은 매력이 없으며, 플롯은 사실상 없는 거나 마찬가지다. 더 전개할 수가 없다. 작가로서의 생명은 끝났다. 이미 반쯤 소진했는데 더 나아가 보았자 괴로움만 늘어날 뿐이다.

내가 찾아낸 간단한 처방전은 다음과 같다.

- 온종일 글쓰기에서 벗어난다.
- 평화로운 장소, 즉 공원이나 호숫가, 인적이 드문 주차장 같은 곳에서 시간을 보낸다. 혼자 있을 수 있는 곳이면 어디든 좋다.
- 적어도 30분 동안은 아무것도 하지 말고 앉아 있는다. 책을 읽지도 말고 음악도 듣지 않는다. 심호흡을 한다. 주변 세상의 소리를 듣는다.
- 오직 재미삼아 무슨 일이든 해본다. 영화를 본다. 물건을 사지 말고 몇 시간 동안 쇼핑을 한다. 아이스크림을 먹는다.
- 저녁에 따뜻한 우유를 마시고 좋아하는 작가의 책을 읽으며 잠을 청한다.
- 다음 날 아침 가장 먼저 무엇이 되었든 상관 말고 작업 중인 소설에 적어도 원고지 10매를 쓴다. 편집하지 말고 속도를 늦추지도 말고 그냥 쓴다. 그럼 다시 활기가 느껴진다.
- 초고를 완성할 때까지 계속 나아간다.

또 이 점을 명심하자. 우리가 쓴 초고는 작가의 벽을 만났을 때 생각했던 것만큼 나쁘지 않다.

이 책을 참고해 작가의 벽을 돌파하고 소설을 쓰다가 부딪히는 어려움을 모두 이겨낼 수 있기를 바란다.

2장

인물:
모든 소설은
인물이 이끈다

주저 말고 주인공에게 욕정과 어두운 열정,
악행을 저지르려는 충동을 심자.
이 어두운 힘은 선한 의지, 도덕적 충동, 정신력과 결합해
불과 물의 상반된 힘이 칼날을 벼리듯
똑같은 효과를 발휘할 것이다.

_윌리엄 포스터해리스

고전 공포영화 「프랑켄슈타인Frankenstein」에서 프랑켄슈타인 박사를 맡은 배우 콜린 클라이브는 과장된 연기로 외친다. "살아 있다! 살아 있다아아아!" 자신의 피조물이 진짜로 생명을 갖게 되자 그는 뼛속 깊이 전율한다.

프랑켄슈타인 박사는 대단한 것을 발견했다. 작가 역시 시선을 사로잡는 균형 잡힌 인물을 창조해낸다면 바로 그런 기분을 느낀다. 종이 인형은 작가 자신이나 독자를 흥분시키지 못한다. 살아 숨 쉬는 인물만이 그럴 수 있다.

모든 소설은 '인물이 이끈다'라는 말이 있다. 사실이다. 플롯과 사건의 비중이 큰 소설에서도 독자가 이야기를 잇는 통로는 인물뿐이다. 소설은 인물이 위협이나 난관에 맞서는 모습을 기록한 것이다. 위협은 신체적 죽음과 같은 외부적 위협일 수도 있고, 심리적 어려움과 같은 내적 위협일 수도 있다. 독자가 주인공에게 어떤 의미에서든 연결되고 유대감을 느낀다면 위험의 종류에 상관없이 반응을 보일 것이다. "독자가 소설을 읽게 하는 첫 번째 요소는 인물이다." 작가이자 글쓰기 교사였던 존 가드너는 이렇게 단언했다.

플롯은 중요하다. 주제는 이야기에 깊이를 더한다. 그러나 매혹적인 인물이 없으면 독자는 그중 무엇에도 닿지 못한다. 인물은 소설의 독창성을 좌우하는 열쇠이기도 하다. 위대한 글쓰기 교사인 러요스 에그리는 이렇게 표현했다. "생기발랄한 인간은 여전히 불후의 걸작이 지닌 비밀이자 마술 같은 공식이다."

주인공의 세 가지 유형

주인공 유형은 크게 세 가지다.

긍정적인 주인공

전통적으로 '영웅(히어로)'이라고 부르는 인물이다. 영웅의 기준은 공동체의 가치를 대변하는지에 달렸다. 영웅은 다수가 공유하는 도덕적 환상을 대표하며 독자가 응원하게 되는 인물이다.

대부분의 소설은 긍정적인 주인공을 설정하는데, 유대감을 느끼게 만들고 소설 전체를 지탱하기 가장 쉽기 때문이다. 여기서 '긍정적'이라는 말이 완벽하다는 뜻은 아니다. 현실감이 있으려면 주인공에게 결점은 물론 약점도 있어야 한다. 덧붙여 그런 결점에는 존재 이유가 있어야 하며, 인물의 과거에 일어난 어떤 일로 생긴 것이어야 한다. 결점만으로는 아무 의미가 없다. 이유 있는 결점은 입체감을 살린다.

부정적인 주인공

창조하기 가장 어려운 유형의 주인공이다. 독자가 좋아하지 않을 수도 있기 때문이다. 공동체에 관심 없는 인물에 대한 두꺼운 소설을 왜 읽겠는가? 정말 비난받아 마땅한 행동을 하는데 말이다. 부정적인 주인공을 창조하는 방법은 이 장 후반부에서 다루기로 하자.

반영웅(안티히어로)

반영웅은 공동체에 속하려 하지도 않고 적극적으로 대항하지도 않는 주인공이다. 대신 이 인물은 자신만의 도덕규범에 따라 산다. 고독을 즐기는 사람이다.

반영웅은 영화 「카사블랑카Casablanca」에 등장하는 릭처럼 "누구의 일에든 머리를 들이밀지 않는다."(남의 일에 신경 쓰지 않는다는 뜻) 반영웅은 여러 사건이 일어나면서 어쩔 수 없이 공동체에 합류하게 되고, 이로써 강력한 이야기의 모티프motif(동기가 되는 주제나 소재)가 생긴다. 「카사블랑카」에서도 마찬가지다. 릭은 나치 대항 음모에 말려든다. 이때 릭은 계속 머리를 뒤로 빼고 있을까? 그러지 않는다. 그는 영화 끝부분에서 새 친구 루이와 함께 싸움에 동참하려 자리를 뜸으로써 공동체에 복귀한다.

또 다른 예로 영화 「수색자The Searchers」의 이든 에드워즈는 어렸을 때 코만치족에게 잡혀간 조카딸을 찾기 위해 공동체에 합류한다. 그러나 영화 엔딩에서 그는 집단으로 돌아가지 않는다. 등을 돌리고 단호한 발걸음으로 자신만의 세계로 돌아간다.

이번 장의 목적에 맞게 지금부터 긍정적인 주인공을 집중적으로 다룰 것이다. 그러나 이 주인공의 많은 면을 다른 두 유형에게도 적용할 수 있다는 것을 잊지 말자. 그렇다면 위대한 주인공은 어떻게 만들어질까?

잊지 못할 인물에게는 용기, 재치, 매력이 있다

주인공은 독자를 끌어당겨야 한다. 독자는 위대한 문학 작품을 떠올릴 때면 주요 인물부터 떠올린다. 허클베리 핀, 제이 개츠비, 톰 조드, 스칼릿 오하라 등등. 대중소설의 경우도 마찬가지다. 레이먼드 챈들러가 창조한 필립 말로, 재닛 에바노비치가 창조한 스테파니 플럼의 저력을 떠올려 보자.

이 인물들을 잊지 못하게 하는 요인은 무엇일까? 오래 기억되는 인물 수백 명을 분석한 결과, 무엇보다도 세 가지 요소가 압도적이었다. 바로 용기, 재치, 매력이다.

용기: 반드시 준비한 다음에 증명할 것

주인공에게는 절대불변의 한 가지 법칙이 있다. 겁쟁이는 안 된다! 겁쟁이는 그저 견디기만 하는 사람이다. 행동하기보다 반응하는 사람이다(그것도 간신히). 설령 인물이 시작에는 겁쟁이였더라도 되도록 빠른 시간 안에 진정한 용기를 내야 한다. 행동을 해야 한다. 앞으로 나아가야 한다.

용기는 행동할 수 있는 배짱이다. 이는 찰스 포티스의 『트루 그릿True Grit』에 잘 묘사된다. 연방보안관인 루스터 코그번은 아버지를 죽인 범인을 추적하는 매티 로스라는 소녀를 돕는다. 코그번은 다른 인물로부터 "두 배로 냉혹하고, 머릿속에 두려움이 들어갈 틈이 없는" 사람이라고 일컬어진다. 어찌되었든 소설 속의 용기는 반드시 행동으로 드러나야 한다. 『트루 그릿』의 작가는 소설의 절정에서 이를 보여준다. 코그번이 고삐를 이로 물고 두 손으로 쌍권총을 발사하며 홀로 네드 페퍼와 그의 강도 패거리에게 맞서기 위해 돌진한다.

다른 용맹스러운 인물은 마거릿 미첼의 『바람과 함께 사라지다Gone with the Wind』에 등장하는 스칼릿 오하라다. 그녀는 완전히 훌륭하지도 않고 특히 소설 초반에는 지나치게 교태를 부리지만 수많은 어려움에 용감하게 맞선다. 그녀는 멜라니가 아기를 '낳도록' 도와주고, 훗날 재건 시대에 타라 농장을 복구한다.

스티븐 킹의 『로즈매더Rose Madder』에 나오는 주인공은 처음에는 약하고 상처받기 쉬운 인물이다. 바로 남편에게 끔찍하게 학대받은 여인 로즈 대니얼스다. 프롤로그에는 그녀가 남편에게 잔인하게 두들겨 맞는 모습이 나온다. 프롤로그는 다음 문장으로 끝난다. "로즈 맥클렌던 대니얼스는 그 후로 9년 동안 남편의 광기 속에서 잠들었다."

1장은 코피를 흘리던 로즈가 마침내 '떠나라'라고 말하는 내면의 목소리에 귀를 기울이는 모습으로 시작한다. 로즈는 자기 자신과 씨름한다. 떠날 엄두를 내면 남편이 죽일 것이다. 어디로 간단 말인가? 그러나 로즈는 용기를 짜내 현관문을 열고서 "자신의 미래와도 같은 짙은 안개 속으로 첫 열 걸음을" 내딛는다.

이제 로즈의 걸음걸음에는 용기가 필요하다. 로즈는 바깥세상에 무방비 상태다. 버스표를 사거나 직업을 구하는 것처럼 단순한 일조차도. 또한 그러는 내내 남편이 자신을 추적하리란 사실을 알고 있다. 그래도 로즈는 앞으로 나아가며 독자는 그녀를 응원한다. 이 소설의 작가는 열 장章쯤 할애해 로즈가 남편에게 받은 학대를 얼마든지 자세히 묘사할 수 있었을 것이다. 그러나 창작의 달인 스티븐 킹은 그렇게 하면 독자가 '참기' 너무 버거우리란 걸 알고 있었다.

지금 쓰고 있는 소설이 늘어진다는 느낌이 들면 무엇보다도 먼저 바로 여기, 주인공의 가슴속을 살펴봐야 한다. 그는 너무 쉽게 포기하려 하는가? 너무 오래 참아왔는가? 그가 생각하거나 반응만 할 뿐 행동하지 않은 장면이 너무 많은가? 앞 장면으로 돌아가서 싸우는 모습을 집어넣자. 주인공을 다시 위험에 빠뜨리자. 다른 인물이나 상황에 맞서는 행동을 하자. 미지의 세계로 걸음을 옮기는 것처럼 단순한 일이든, 위험한 전투로 뛰어드는 일이든, 용기는 주인공과 독자를 이어준다.

용기를 행동으로 표현하기 위해서는 '준비'한 다음 '증명'해야 한다.

• 소설 시작 부분에 인물이 내면의 용기를 드러내야 하는 장면을 넣어야 한다. 예를 들어 주인공이 회사의 부정행위 때문에 상사와 맞서는 모습을 보여주는 것이다. 여기서 그가 상황을 잘 해결

함으로써 결말이 가까워졌을 때 더욱 강렬하게 용기를 드러내리라는 것을 예고할 수 있다.

• 앞의 인물이 물러서는 모습을 통해 성장의 필요성을 역설할 수도 있다. 올리버 스톤 감독의 영화 「월스트리트wall Street」에서 금융계 거물인 고든 게코는 젊은 주식중개인인 버드 폭스에게 경쟁상대를 찾아가 비윤리적인 첩자 노릇을 하라고 주문한다. 이 결정적인 전환점에서 폭스는 잘못이라는 것을 알면서도 굴복한다. 폭스는 쓰라린 경험을 통해 성장해야 하며 게코와 맞설 용기를 키워야 한다.

• 난관이 닥쳤을 때 인물의 내적 갈등을 일으키자. 그러면 대결의 깊이가 한층 깊어진다. 제임스 본드를 제외하고 두려움 없이 전투에 임하는 사람은 없다.

내면의 사자를 깨우자

나의 아이들이 어렸을 때 우리는 「겁쟁이 사자 램버트Lambert the Sheepish Lion」라는 오래된 디즈니 만화를 좋아했다. 양이 기른 어린 사자 이야기였다. 결국 램버트는 포효하는 사자가 아니라 다른 동물들의 놀림감이 될 만큼 매우 소심하고 겁 많은 동물이 되었다. 다시 말해 겁쟁이가 되었다. 그러던 어느 날 램버트의 엄마가 굶주린 늑대에게 쫓겨 절벽 끝으로 내몰렸다. 늑대에게 잡아먹히든지, 추락해서 죽든지 둘 중 하나였다. 램버트의 엄마는 "램버어어어트!" 하고 외쳤다. 램버트는 그 목소리를 듣고 고개를 들었다. "엄마?" 그리고 무슨 일이 벌어지고 있는지 알게 되었다. 내면에서부터, 늘 그곳에 있었던 사자가 우렁차게 포효했다! 그런 다음 엄마를 보호하려 뛰어올랐다. 늑대는 혼이 빠질 만큼 무서워하며 꼬리를 내렸다. 가엾기도 해라. 램버트는 늑대를 들이받아 절벽에서 떨어뜨렸다. 그날 이후 램버트는 무리의 영웅이 된다.

인물의 내면에 있는 사자를 파악하자. 이 사자가 포효하고 싸움에 뛰어들게 하는 요소는 무엇인가? 그런 면을 소설 초반에 겉으로 드러내면 겁쟁이라는 점 때문에 전개에 어려움을 겪지 않을 것이다.

재치: 인위적이지 않고 자연스럽게

크리스틴 빌러벡의 소설 『그녀는 통제 불능She's Out of Control』에서 주인공인 애슐리 스토킹데일은 임신한 유부녀 친구 브레아와 다음과 같이 입씨름을 한다.

이제는 정말로 화가 났다. "넌 결혼을 겁내는 남자와는 절대 사귀지 않았어. 넌 '버스먹이'가 아닌 어린 나이에 결혼했지." 버스먹이는 내 남동생이 쓰는 용어로, 서른 살이 넘어 결혼할 확률보다 버스에 치일 확률이 더 높다는 뜻이었다. 나는 서른하나니 해당된다. 나는 횡단보도를 조심조심 건넌다.

툭 던진 마지막 문장은 감상적인 자기연민에 그쳤을지도 모르는 앞 내용과 완벽하고 재치 있게 대조를 이룬다. 애슐리의 재치는 현대적인 연애라는 어두운 세계에서 애슐리가 제정신을 유지하게 도와준다.

재치는 인위적이지 않고 자연스럽게 드러나야 모든 사람을 유쾌하게 한다. 이 사실을 보여주는 쉬운 방법은 자기비판으로 재치를 부리는 것이다. 인물에게 자신을 비웃는 재주가 있다면 재치는 자연스럽게 나올 것이다. 레트 버틀러가 스칼릿 오하라에게 "내가 신사가 아니라 빌어먹을 악한이라고 말하지 그러오?"라고 꾸짖을 때처럼.

또한 재치는 지나치게 감상적인 상황에서 벗어날 수 있게 해준다. 스칼릿은 처음으로 레트와 춤을 출 때 '즐거운' 말을 좀 해보라고 조른다. 레트가 대답한다.

"당신의 두 눈동자는 맑디맑은 초록 물이 가득 찬 금붕어 어항 2개 같으며, 바로 지금처럼 금붕어들이 수면으로 헤엄쳐 올라오면 당신이 지독할 만큼 매혹적이라고 말해주면 즐거워지겠소?"

재치는 부정적인 인물에게조차 생기를 준다. 토머스 해리스의 소설 『양들의 침묵The Silence of the Lambs』에 등장하는 식인 취미를 가진 적대자 한니발 렉터야말로 완벽한 예시다. 인구 조사원의 간과 잠두콩을 언급하며 렉터가 요리에 대해 설명한 대사를 누가 잊겠는가?

- 인물이 품위 있게 스스로를 농담거리로 삼을 만한 상황을 만들자. 그 상황을 시작 부분에 집어넣자. 독자에게 강렬한 첫인상을 남길 것이다.
- 대화를 꼼꼼히 살피고 몇 마디를 살짝 비틀어 자칫 지나치게 감상적으로 흐를 수 있는 장면을 살리자. 끝내주게 재치 있는 농담을 생각해낼 수 있다면 더욱 좋다.

매력: 잇 걸의 힘

로맨스소설 작가 엘리너 글린은 '광란의 1920년대'를 보낸 세대를 두고 '잇It'이라는 용어를 만들었다. 이는 '개인적인 매력'을 뜻한다. 성적인 매력뿐 아니라 다른 사람들에게 감탄(또는 질투)을 불러일으키는 특성을 말한다. 방에 걸어 들어온 것만으로 모두의 시선을 사로잡는 인물에게는 바로 이런 매력이 있다(무성영화 여배우 클라라 보는 그런 모습 때문에 '잇 걸(섹시한 여자)'로 불렸다).

우리는 모두 그런 사람을 알지만 종이 위에 이런 매력을 표현하기란 어렵다. 한 가지 방법은 매력을 지닌 인물을 작가나 다른 인물을 통해 묘사하는 것이다. 마거릿 미첼의 『바람과 함께 사라지다』 첫 문장을 보자.

스칼릿 오하라는 미인은 아니지만 탈튼 쌍둥이가 그랬듯이 그녀의 매력에 사로잡히면 남자들은 그 사실을 거의 깨닫지 못했다.

여기에서 작가는 스칼릿에게 매력이 있다고 말한다. 그리고 그 후 현명하게도 이를 뒷받침할 행동을 보여준다.

그러나 그녀는 말을 하면서 의식적으로 보조개가 더욱 깊이 파이도록 미소를 짓고 뻣뻣하고 검은 속눈썹을 나비의 날개처럼 재빨리 파닥였다. 그녀의 의도대로 남자들은 그녀에게 매혹되어 지루하게 해서 미안하다며 서둘러 사과했다.

나중에 투웰브 오크스에서 열린 야외 파티에서 스칼릿은 남자들에게 둘러싸여 떡갈나무 아래의 긴 쿠션 의자에 앉아 있다. 이 장면은 스칼릿의 성적 매력을 더더욱 확실히 보여준다. 그리고 당연히, 어떤 여자라도 차지할 수 있었던 레트 버틀러도 그녀에게 끌린다.

- 글을 쓰기 전에 인물과 꼭 맞는 시각자료를 찾아내자. '그녀는 바로 이런 모습이야!'라고 외치는 듯한 사진을 찾아낼 때까지 잡지를 뒤진다. 그 사진을 오려서 글을 쓰는 동안 참조한다.
- 어느 파티에서 몇몇 사람이 수다를 떨고 있는데 어떤 인물이 멋지게 차려입고 방으로 들어오는 장면을 상상한다. 다른 인물들은 어떻게 반응할까? 이 인물에 대해 뭐라고 말할까? 소설에 활용할 수 있으니 이런 내용을 기록해두자.
- 소설의 시작 부분에 다른 인물이 주인공에게 끌리는 장면을 넣자. 성적 매력 때문일 수도 있고 권력이나 환상 때문일 수도 있

다. 끌림은 미묘할 수도 노골적일 수도 있다. 어느 쪽이든 독자의 머릿속에 '매력적인' 존재를 심어두자.

용기, 재치, 매력. 주인공이 이 세 요소를 갖추게 하자. 그러면 정말로 잊지 못할 소설을 곧 쓰게 될 것이다.

인물의 태도를 어떻게 드러낼까?

매력적인 인물은 자신만의 관점으로 독특하게 세상을 바라본다. 이러한 관점은 인물의 태도를 보여주며, 나아가 다른 인물과 구별을 지어준다. 1인칭 시점으로 글을 쓴다면 화자의 목소리에 그 태도가 스며야 한다. 줄리애나 배곳의 『걸 토크Girl Talk』에 등장하는 주인공 리시 재블론스키는 똑똑하고 재치 있으며 약간 냉소적이다. 리시는 옛 남자친구를 이렇게 묘사한다.

그는 지저분해지고 싶어서 도예를 전공했고, 마음껏 지저분한 생각을 하고 싶어 철학을 전공했으며, 흙과 하나가 되고 싶어서 삼림학을 전공했고, 다른 사람들이 자신의 지저분함에 대처하도록 도와주고 싶어 심리학을 전공했다. 그러나 어떤 것도 그에게 맞지 않았다.

리시의 독특한 목소리에서 리시에 대한 많은 점이 드러난다. 그중 하나는 리시가 지루한 사람이 아니라는 것이다.

3인칭 시점의 화자는 주로 대화와 생각을 통해 태도를 드러낸다. 크리스토퍼 다든과 딕 록티가 쓴 법정스릴러소설 『L.A. 저스티스L.A. Justice』에서 독자는 LA 검찰청의 검사보인 니키 힐의 머릿속을 들여다볼 수 있다. 한 장면에서 그녀는 상관인 지방검사 대행에게 반항한다. 그는 그녀가 각각 '재즈 박사'와 '스나이드 씨'(비열하다는 뜻)라고 이름 붙인 이중인격을 지닌 남자다. 사무실에서 그는 스나이드 씨로서 고약하고 완고하며 신랄한 말투에 사회적 품위라고는 눈을 씻고 찾아봐도 없다. 그 순간만큼은 '비열함 씨' 그 자체다. 니키의 반항은 권위를 향한 그녀의 태도를 간략히 보여주는 것으로 이 태도는 소설에서 꾸준히 발전된다.

　인물의 독특한 관점을 찾아내는 가장 좋은 방법은 귀 기울여 '듣는' 것이다. 그러려면 인물의 목소리로 자유롭게 일기를 쓰면 된다. 시작할 때 목소리가 어떻게 들릴지 예상할 수 없어도 괜찮다. 10분에서 20분 동안 빠르고 맹렬하게 쓰고 또 쓰자. 목소리가 드러나기 시작할 것이다.

　다음 질문에 인물이 거들먹거리며 대답하는 내용을 써보자.

- 세상에서 무엇에 가장 관심이 있는가?
- 자신을 정말로 화나게 하는 것은?
- 한 분야에서 성공할 수 있다면 어느 분야를 선택하겠는가?
- 가장 존경하는 인물은 누구이며 그 이유는?
- 어린 시절에 어떤 아이였는가?
- 그동안 겪은 일 중 가장 당황스러웠던 일은?

편집하지 말고 어떤 형태로든 답을 쓰자. 소설에 활용할 만한 문구를 쓰는 게 목표가 아니다(틀림없이 보석을 발견하게 되겠지만). 그보다는 소설을 전개하는 내내 시간을 함께 보낼 인물을 깊이 아는 게 중요하다.

반전이 없는 인물은 지루하다

레이먼드 챈들러는 플롯에 활기를 더하는 간단한 방법을 알려주었다. 그는 소설이 지지부진해지면 "총을 든 사나이를 장면 속에 보낸다"라고 했다. 다시 말해 반전을 넣으라는 것이다. 독자를 절대 놀라게 하지 않는 인물은 문자 그대로 지루하다. 그리고 뜻밖의 행동은 대개 흥분이나 스트레스, 내적 갈등을 겪을 때 표출된다.

한 놀런의 『우리가 성인이었을 때When We Were Saints』에 등장하는 열네 살짜리 주인공 아치 캐스웰은 성스러운 경험을 하고 날뛴다. 그는 홀로 산에 가서 "두 손으로 발밑의 땅을 파며 솔잎과 흙을 그러모았다. 그리고 나무에 던졌다. 그는 다시 똑같이 솔잎과 흙을 모아 던졌다." 캐스웰은 신을 비난하다가 용서를 구한다. 그전까지 평범한 말썽꾸러기였던 아이에게서는 기대할 수 없었던 행동이다.

- 긴장감이 높아지는 부분에 열기를 고조하자. 갈등을 증폭하자.
- 인물이 할 수 있는 행동과 반응 목록을 만들자. 익숙함을 넘어서자. 스스로 절대 엄두를 내지 못할 일들을 마음껏 떠올리자. 놀

라울수록 더 좋다(대개 억지로라도 목록을 작성하다 보면 이런 결과가 나오므로 적어도 열 가지는 생각해내야 한다).

- 이제 한 걸음 물러나서 새롭고 생동감 있어 보이는 행동이나 반응을 선택한다. 미지의 세계를 두려워하지 말자. 장면에 집어넣자. 소설의 다른 부분도 이렇게 바꿀 수 있는지 살펴보자.

이타심이 있는 인물

우리는 다른 이에게 관심을 기울이는 사람에게 관심이 쏠린다. 늘 사리사욕만 채우는 인물은 좋아하지 않는다. 자신처럼 풍요롭지 않은 이에게 마음을 쓰는 주인공에게 강한 유대감을 느낀다.

우디 앨런 감독의 영화 두 편을 비교해보자. 「스쿠프Scoop」에서 샌드라 프랜스키는 런던에서 휴가를 즐기는 미국인 기자 지망생이다. 처음 등장한 장면에서 샌드라는 술에 취해 있으며 특종을 위해 얼떨결에 유명인사와 잠자리를 같이 한다. 샌드라는 삼류 마술사인 시드 웨이터맨의 공연 무대에 우연히 서게 된다. 그리고 사람을 사라졌다 다시 나타나게 하는 마술상자 속에서 최근 사망한 유명 기자의 유령이 나타나 샌드라에게 여성 연쇄살인범에 대한 특종거리를 알려준다. 샌드라는 웨이터맨에게 용의자를 추적하도록 도와달라고 한다.

그런데 이 이야기에는 관심이 가질 않는다. 왜일까? 주인공에 대해 알 수 있는 것이라고는 몸매는 예쁘지만 도덕성과 윤리 수준이 의심되는 여자라는 사실뿐이다. 그녀의 조수 역시 특별히 관심을 끌지 못한다. 그는 유머 감각이 썩 나쁘지 않지만 인상적이지는 못하다.

무엇이 빠졌을까?

이제 우디 앨런의 좀 더 성공한 영화 「브로드웨이의 대니 로 즈Broadway Danny Rose」를 살펴보자. 이 영화의 주인공 대니 로즈는 「스쿠프」의 웨이터맨과 매우 비슷한 인물이다. 수다쟁이지만 보통의 브루클린 사람이다. 그러나 대니 로즈에게는 무척 관심이 간다. 왜일까?

대니는 눈먼 실로폰 연주자와 외다리 탭 댄서처럼 기회를 얻지 못하는 사람들의 연예 매니저가 되어준다. 그는 자신이 맡은 사람들을 진심으로 돌보는데 그 점이 바로 핵심이다. 우리는 다른 이들에게 마음을 쓰는 인물을 좋아한다.

- 소설에서 주인공이 돌볼 만한 조연 인물이 있는가? 그렇지 않다면 그런 인물을 창조하자.
- 주인공이 반드시 위인 같을 필요는 없다. 내적 갈등을 겪어도 되고 다른 사람들을 돌보며 짜증을 내도 된다. 중요한 건 그가 하는 행동이다.
- '개 쓰다듬기' 비트beat(장면을 이루는 작은 단위)를 넣으면 유용하다(410쪽 참조).

명예를 지키는 인물

명예심은 윤리 원칙에 충실할 때 나타나는 강한 도덕적 특성으로 정의할 수 있다. 가망이 없는 상황에서도 올바른 행동을 이

끌어내는 내적 자질이다.

영화 「하이눈High Noon」에서 윌 케인은 작은 서부 마을의 보안 관직에서 은퇴한다. 퀘이커 교도 아가씨와 결혼식을 올리고 함께 평온한 삶을 꾸리기 위해 떠나려는 참이다. 그런데 케인에게 두려운 소식이 들려온다. 그가 교도소에 보낸 살인자가 사면되었다는 소식이다. 그리고 그 살인자는 케인을 마지막으로 손봐주겠다며 정오 열차를 타고 마을로 오는 중이라고 한다. 게다가 이 무시무시한 일을 거들 다른 총잡이 세 명도 함께 오는 중이다. 케인은 마을에 머물러야겠다고 말한다. 그러나 마을 주민들은 케인과 그의 아내를 마차에 태워 재빨리 마을에서 내보낸다. 1킬로미터도 가지 않아 케인은 고삐를 당긴다. 아내에게 돌아가야겠다고 말한다. 그렇지 않으면 살인자들이 마을을 뒤질 것이다. 둘은 다른 주민들의 목숨을 살리기 위해 서둘러야 한다.

그러나 진짜 이유는 더 깊은 곳에 있다. 가장 중요한 건 케인이 달아난다면 아내와는 물론이고 자신과도 평화롭게 살 수 없으리란 걸 자각하고 있다는 사실이다. 그는 치욕을 안고 살 수 없는 남자다. 그것이 죽음보다 더 견디기 힘들기 때문이다. 그는 돌아가야 한다. 그리고 그러기 위해 켈리를 잃을 위험을 무릅쓰게 된다. 천하의 그레이스 켈리를! 덕목이란 이렇게 한 사람을 지배하는 것이다.

영화의 핵심적인 순간은 3막이 되어 절정의 총격전이 벌어지기 직전에 드러난다. 케인은 조력자를 모으는 데 실패한다. 그가 그토록 열성을 바쳤던 마을은 그를 실망시킨다. 그는 혼자이며,

네 총잡이는 곧 도착해 그를 죽이려 할 것이다. 살아날 가망은 거의 없다. 말 대여소에서 그는 절망에 빠져든다. 무슨 짓을 한 건가? 무엇 때문에 아내와 미래를 포기했던가? 명예를 위해? 그게 무슨 가치가 있다고? 그는 말과 안장을 보며 말 등에 올라타 마을을 빠져나가야 하는 게 아닌지 생각한다.

위대한 케인의 그늘 밑에서 이를 갈며 살고 있던 젊은 보안관보 하비가 나타난다. 속으로는 겁쟁이인 하비는 케인 대신 위인 행세를 하고 싶어 케인이 마을을 떠나기만을 바란다. 심지어 하비는 케인의 옛 애인을 차지하려 했지만 현재 그녀는 하비를 경멸하고 있다. 하비는 케인이 무슨 생각을 하고 있는지 직감하고 기쁜 듯이 말에 안장을 놓기 시작한다. 하비는 말한다. "당신을 탓할 사람은 없습니다. 당연하죠. 진작 이렇게 했어야죠." 그 순간, 케인은 자신이 떠나면 어떻게 될지 깨닫는다. 수치심 때문에 그는 하비와 같은 사람이 되고 말 터였다. 육체는 살아 있더라도 사실상 삶은 끝장나고 말 것이었다. 케인은 말에 오르지 않겠다고 한다. 그러자 하비는 화가 치밀어 케인을 넘어뜨리려 한다. 둘 사이에 주먹이 오가고 결국 땅에 쓰러진 쪽은 하비다. 케인은 살인자들과 맞서기 위해 마을에 남는데, 그 후로 어떻게 되었는지 궁금하다면 영화를 보길 바란다.

그러나 이 영화에서 케인에게 가장 중요한 전투는 마음속으로 고민한 그 짧은 순간이다. 프랑스의 철학자 미셸 드 몽테뉴가 말했듯 "영혼이 제 구실을 하는 이유는 겉치장을 위해서가 아니라 우리 자신을 제외한 그 누구의 눈도 꿰뚫어보지 못하는 우리의 내면을 위해서다."

허먼 멜빌의 고전소설 『모비딕Moby Dick』에는 가장 예상치 못한 곳에서 명예심이 등장한다. 이슈마엘은 식인 부족 출신의 작살잡이 퀴퀘그가 목숨을 걸고 익사할 뻔한 젊은 촌뜨기를 구하는 모습에 놀란다. 놀라움은 퀴퀘그의 태연한 모습에서 비롯된다. 그는 축하 인사를 기대하지 않고 보상을 바라지도 않으며 그저 소금물을 씻어낼 물과 담배를 피울 장소만 찾을 뿐이다. 이슈마엘은 이 야만인의 머릿속을 엿보고 우리 모두 한배를 타고 있으며 서로를 살펴야 한다는 생각을 읽은 듯하다. 사람들은 그렇게 하기 마련이다.

인물의 됨됨이는 도덕적인 압박감을 느끼며 선택해야 하는 순간에 드러난다. 명예로울까, 아니면 치욕스러울까?

영화 「카사블랑카」는 릭 블레인이 평생의 사랑인 일자를 포기한 덕분에 초월적이고 완벽한 결말이 탄생한다. 릭은 그녀가 원한다 해도 다른 남자의 아내를 취하는 게 견디기 가혹한 치욕이었기에 사랑을 포기한다. 릭은 일자에게 당장은 후회하지 않더라도 후회는 곧 찾아올 것이며 남은 평생 계속될 거라고 말한다. 이런 식으로 반영웅인 릭은 진정한 영웅이 되고 새로운 친구인 루이와 함께 국가의 전쟁 노선에 다시 가담하러 떠난다.

이 영화를 시어도어 드라이저의 소설 『미국의 비극An American Tragedy』(영화 「젊은이의 양지A Place In The Sun」로 각색되었다)과 비교해보자. 클라이드 그리피스는 치욕스러운 행동을 한 번 하는데 이는 피할 수 없는 몰락으로 이어진다. 소설의 시작 부분에서 클라이드는 매춘굴에 가보라고 도발하는 동료 벨보이들 앞에서 선택을 해야 한다. 호기심이 일지만 집안 환경 때문에 조금 두렵다. 그의 부모는 독실한 기독교인이며 그를 신앙대로 키웠다. 그리고 마침내 클라이드는 부모님 생각을 "머릿속에서 단호히 지워버렸다." 이렇게 선택은 내려졌다.

매춘굴에서의 경험 이후로 클라이드는 부모님이 가르쳐주신 성경 내용을 되새기며 수치스럽다는 생각을 떨치지 못한다. 그러나 그 경험은 "천박하고 이교도적인 아름다움, 또는 저속한 매력으로 그에게 불을 붙였다." 전혀 다른 두 가지가 전투를 일으키면 반드시 명예가 버림받는다.

클라이드는 선택을 한다. 그는 애처로운 로버타를 유혹해 임신하면 결혼하기로 동의하고는(나쁜 평판을 받지 않기 위해서다) 자유롭게 다른 여자를 따라다니고 싶어 로버타가 물에 빠져 죽도록 방관한다. 클라이드가 로버타의 죽는 모습을 생각할 때 작가는 이를 두고 "악마의 속삭임"이라고 표현한다.

인물이 내면의 전투를 모조리 보여준다면 작가에게는 위대한 소설의 재료가 생긴 셈이다. 결국 명예를 선택하든 치욕을 선택하든 작가는 그 결과를 보게 될 것이고 독자는 가르치지 않아도 배우게 될 것이다.

- 인물의 윤리 의식을 명확히 해두자. 소설 속에 뚜렷이 드러내야 하는 건 아니지만 작가가 이를 알고 있다면 인물은 그에 걸맞게 행동하게 된다.

• 인물이 어쩔 수 없이 도덕적 선택을 내려야 하는 장면을 구성하 거나 고쳐 쓰자. 명예롭게 행동해서는 '안 되는' 강력한 이유를 설정하자. 그 결과로 인물이 어떤 행동을 하는지 독자에게 보여 주자.

인물의 외모는 얼마나 묘사해야 할까?

인물을 묘사하는 문제는 프로 작가도 고민한다. 어떤 작가는 외모를 자세히 묘사해야 한다고 생각한다. 독자의 머릿속에 떠오를 이미지를 통제하고 싶어 한다. 예전에는 이러한 관점이 일반적이었다. 그래서 대실 해밋의 『몰타의 매The Maltese Falcon』는 이렇게 시작된다.

> 새뮤얼 스페이드의 길고 각진 턱은 V 자 모양으로 튀어 나왔는데, 턱 위의 입도 좀 더 유연한 V 자 모양이었다. 아래로 구부러진 그의 콧구멍도 좀 더 작지만 역시 V 자였다. 누르스름한 회색 눈동자는 수평이었다. 그러나 매부리코 위에 잡힌 한 쌍의 주름에서 바깥쪽으로 뻗은 짙은 눈썹이 다시 V 자를 이루었다. 또한 연갈색 머리카락은 돌출된 평평한 관자놀이 때문에 이마의 한 지점으로 모였다. 그의 모습은 금발 사탄처럼 상당히 재미있었다.

오늘날에 훨씬 일반화된 다른 관점은 미니멀리즘이다. 독자는 어쨌든 자기 나름대로 이미지를 그리기 마련이며 이는 작가가 구상할 수 있는 것보다 훨씬 강력할 것이다. 따라서 꼭 필요하고 인물의 특성을 제대로 나타내는 세부 사항만을 보여주자는 논리다. 단조로운 묘사 한 쪽보다 한두 가지 세부 사항이 더 가치 있다고 본다.

작가 애솔 딕슨은 그게 뭐든 세부 사항을 소설의 핵심과 연결하는 방법에 대해 중요한 점을 짚어냈다. "내가 쓴 마지막 두 소설과 현재 작업 중인 작품에서, 세 주인공은 모두 소설의 핵심 갈등을 전달하는 중요한 기능을 하는 신체적 특징이 있다. 한 인물은 자신의 뿌리를 찾는 아프리카계 미국인 고아로 눈동자가 푸르고, 다른 한 인물은 길고 지저분한 머리에 텁수룩한 수염으로 변장한 채 냉담한 집으로 돌아오며, 마지막 인물은 스스로를 '쥐를 닮은 사람'이라고 묘사하면서도 애정 어린 용납을 갈망한다. 이런 신체적 특징은 독자의 머릿속에 인물의 기본 이미지를 심어줄 뿐 아니라 그 이상을 해낸다. 인물의 힘든 상황을 자주 상기시키는 것이다."

묘사는 얼마나 하느냐가 중요한 게 아니다. 그 방법이 현명해야 하고 '두 가지 기능'을 해내야 한다. 즉, 단순히 묘사만 하는 게 아니라 소설에 분위기를 더해야 한다. 평범한 묘사는 안 된다. 묘사는 이미지를 그려내는 일 이상을 해야 한다. 작가가 하는 다른 작업들을 뒷받침해야 한다.

도널드 웨스트레이크의 『361』을 보면 주인공은 1장에서 한쪽 눈을 잃는다. 2장에서는 의안을 착용한다. 나중에 노인에게 입을 열라고 설득하는 과정에서 그는 의안을 톡 꺼내 충격 요법으로 활용한다. 노인은 기절한 후 숨을 거둔다. 인물의 특성이 두 가지 기능을 한 것이다.

- 인물의 신체적 특성을 모두 나열하자.
- 만들고 싶은 분위기, 즉 독자가 소설을 읽어나가며 느끼기를 바라는 분위기를 적자.
- 이제 인물의 특성과 분위기를 나타내는 단어를 연결하고, 서로 잘 결합되도록 다듬을 방법을 찾자.

인물에 대해 알아두어야 할 것들

- 성별: • 나이: • 직업:
- 약점: • 현재 생활 형편:
- 개인적인 습관(옷, 예의범절 등):
- 외모(외모에 대한 자신의 생각):
- 자란 곳: • 사람과 상황을 대하는 태도:
- 가장 두드러지는 태도: • 부모의 특징:
- 가족과의 관계: • 학업과 성취도:
- 평판: • 여가 시간에 하고 싶은 일:
- 열정을 느끼는 일: • 무엇보다도 원하는 한 가지:
- 주요 결점: • 주요 장점:
- 이 인물이 마음에 드는 이유: • 드러나야 할 비밀:
- 현재 삶에 영향을 미치는 과거의 주요 사건:

인물과의 유대감은 '친밀감'을 통해 싹튼다. 인물, 특히 주인공을 잘 알고 이해할수록 독자는 소설 전개에 따라 그 인물을 따라다니고 싶은 열망이 더욱 강해진다. 인물의 생각과 감정에 깊이 빠져들면, 즉 인물의 머릿속으로 들어가면 친밀감을 높게 쌓을 수 있다.

생각

작가가 인물의 생각을 보여준다는 건 인물의 동기를 알 수 있는 연결고리를 보여주는 셈이다. 이는 비밀 정보다. 소설 속 다른 인물들은 그 생각을 모르지만 독자는 안다. 그래서 생각은 소설에서 강력한 도구다. 그러나 그런 힘 때문에 신중히 사용해야 하며 특히 어느 부분에 쓸지 잘 선택해야 한다. 다음과 같을 때에 쓰면 좋다.

- 감정이 매우 격렬해진 순간
- 결정적 전환점이 되는 장면
- 인물이 상황을 분석해야 하는 순간
- 인물이 내면을 돌아보게 하는 난관에 부딪힌 순간
- 다른 인물을 만나거나 어떤 장소에 도착했을 때 받은 인상을 드러내는 장면
- 인물 혼자 남아 조금 전에 벌어진 일에 반응하는 장면

작가가 인물의 생각을 표시하는 방법은 두 가지가 있다. 작은따옴표(또는 이탤릭체)를 쓰거나 쓰지 않는 것이다. 작은따옴표를 쓰면 이런 형태가 된다.

마지는 레드 커네리로 뛰어들었다. 잠시 걸음을 멈추고 주변을 살폈다. '그 사람은 어디 있지? 숨어 있나? 숨어 있는 게 분명해.'
그녀는 바로 가서 앉았다.

독자는 작은따옴표로 표시된 부분이 마지의 생각이라는 것을 바로 알 수 있다. 여기에서는 두 가지를 주의하자. 첫째, 생각은 현재 시제로 써야 한다. 그리고 둘째, 생각의 주체를 표시하지 말아야 한다(그 사람은 어디 있지? 그녀는 생각했다). 주체 표시는 대개 불필요하다. 작은따옴표를 쓸 때는 반드시 인물이 그 순간 생각하는 말을 그대로 써야 한다.
다른 방법은 작은따옴표 없이 주체를 표시하는 것이다.

마지는 레드 커네리로 뛰어들었다. 잠시 숨을 돌리고 주변을 살폈다. 그 사람은 어디 있지? 그녀는 생각했다. 숨어 있나? 숨어 있는 게 분명해.

이처럼 생각의 변화가 과거 시제로 서술되면 독자는 자연스레 내러티브를 따라가게 되어 있다.

마지는 레드 커네리로 뛰어들었다. 잠시 숨을 돌리고 주변을 살폈다. 그 사람은 어디 있었을까? 숨어 있었을까? 숨어 있었던 게 분명했다.

여기에서 주체를 밝혀줄 필요가 없다는 사실에 주목하자. 행동을 먼저 보여주었기 때문에(마지가 뛰어듦) 그 뒤에 나오는 문장들이 그녀의 생각이라는 것을 알 수 있다.

파인크레스트 매너 주택단지의 집, 세 번째 침실에 있는 제도판 앞에 앉아 그는 자문했다. 대체 내가 인생에서 바라는 게 뭐지?

물, 내가 바라는 건 행복이지만, 그건 정말 헛소리야. 다들 행복해지기를 원한다.

앞의 예시는 모두 3인칭 시점이다. 1인칭 시점은 작가가 처음부터 인물의 머릿속에 들어 있으므로 생각을 이용할 기회가 끝없이 생긴다. 주인공이 곧 화자다.

나는 레드 커네리로 걸어 들어가 그를 찾았다. 그는 숨어 있어, 여기 어딘가에 있는 건 확실하지만, 숨어 있어, 하는 생각이 머리를 맴돌았다.

나는 레드 커네리로 걸어 들어가 그를 찾았다. 그가 숨어 있다는 생각이 들었다. 여기에 있는 건 확실하지만, 몸을 숨기고 있었다.

나는 레드 커네리로 걸어 들어가 그를 찾았다. 생각이 머리를 맴돌았다. 여기 숨어 있지, 그렇지, 밥? 숨어 있는 거잖아, 밥? 난 알아. 당신은 숨어 있어.

원고에서 인물이 생각하고 있는 지점을 찾아보자. 어떤 형식으로 표현했는가? 다양한 시도를 해보자. 작음따옴표를 썼다면 다른 방식으로 써보자. 반대의 경우라도 마찬가지다. 생각의 주체를 밝히지 않고 인물의 행동을 보여준 후에 생각을 덧붙여 나타낼 수 있겠는가? 생각은 최대한 압축해서 표현해야 한다.

이를 위한 연습은 이렇다. 일단 생각을 허황될 정도로 부풀린다. 빨리 적되 인물의 내면에서 일어나는 일들로 종이를 가득 채운다. 그런 다음 멋진 문장들을 골라낸다.

> ### 1인칭 시점의 함정
>
> 1인칭 시점으로 글을 쓰다 보면 인물이 자신의 생각과 감정에 골몰하게 만들고 싶은 유혹이 대단히 강해진다. 이렇게 하면 제아무리 '인물이 이끄는' 소설이라도 전개가 느려질 수밖에 없다. 생각과 감정을 최대한 압축하자.

감정

소설은 감정의 교류다. 적어도 그래야 한다. 독자는 소설을 읽으며 인물을 통해 대리 경험을 한다. 그 과정에서 자신과 관련된 부분을 발견하면 강한 유대가 형성되는데 이때의 감정이 바로 공감이다.

제리 클리버는 감정을 소설의 '유효 성분'이라고 했다. "소설은 절망하고, 의욕이 넘치고, 위기에 처한 사람들에 대한 것이다." 인물의 감정은 공감과 교감과 동일시를 불러일으킨다.

다음은 존 D. 맥도널드의 『우리의 모든 서약을 파기하라Cancel All Our Vows』 중 한 대목이다.

그리고 그가 보고 있을 때 다시 그 일이 일어났다. 따뜻한 초봄과 함께 시작된 일이었다. 모든 색이 갑자기 더 밝아 보였고, 예리해진 직관 덕분에, 짙고 두렵기까지 한 슬픔도 찾아왔다. 느리게 고동치는 심장을, 귓속에서 으르렁거리는 피를 자각하게 해주는 슬픔이었다. 또한 정체성을 찾아 나서게 하는 슬픔, 시간과 공간이라는 좌표 속에서 자신의 존재를 재확립하려 애쓰게 만드는 슬픔이었다.

위 글에서 나타나듯이 감정은 직접적으로 설명되기도 한다. 또 행동을 통해 감정을 드러낼 수도 있다. 어니스트 헤밍웨이는 그 방면의 달인이었다. 헤밍웨이의 단편 「병사의 고향Soldier's Home」을 예로 들어보자. 제1차 세계대전에서 돌아온 젊은 병사가 가족이나 고향 마을에 적응하는 데 어려움을 겪고 있다. 어느 날 아침 식사 중에 어머니가 그에게 잔소리를 한다. 젊은이는 "접시 위에서 굳어가는 베이컨 기름을 바라보았다." 이 문장은 그 순간

그의 내면 상태를 표현하는 완벽한 이미지이자 그의 미래를 암시하는 상징이다.

반드시 인물의 감정을 표현해야 하는 건 아니다. 하지만 작가로서 장면마다 인물이 어떤 감정을 느끼는지 알아야 한다. 그러면 행동과 대화는 유기적으로 얽히면서 소설에 생기를 불어넣을 것이다.

다음 질문에 답하며 다층적인 감정을 만들어보자. 작가로서 더 많이 배울수록 질문을 덧붙이거나 바꿀 수 있을 것이다.

- 인물은 무엇을 갈망하는가? 꿈을 꿀 틈이 생기면 무슨 생각을 하는가?
- 원하는 것을 이루지 못하도록 인물을 가로막는 것은 무엇인가? 예상 가능한 것들 몇 가지를 생각해서 적자.
- 이 장애물 중 하나를 고른다. 이제 인물이 그 장애물과 맞닥뜨린 장면을 구상하자. 장애물은 강력하다. 인물은 어떻게 반응할까?

위의 질문에 대한 답을 예를 들어보자. 프랭크는 중학교 과학 교사다. 그는 스카이다이빙 같은 모험적인 행동을 하고 싶어 한다. 그를 가로막는 것은 무엇인가? 다음은 예상 가능한 것들이다.

- 하늘을 날기가 두렵다
- 폭군 같은 아버지가 있다
- 돈이 없다

자, 장애물이 폭군 같은 아버지라고 하자. 아버지가 프랭크에게 비행기에서 뛰어내릴 생각을 하다니 그것만으로도 어리석은 짓이라고 말하는 짧은 장면을 써보자. 프랭크는 어떻게 대처할까? 한 가지 확실한 건 겁쟁이처럼 굴지 않을 것이라는 점이다. 겁쟁이는 안 된다! 프랭크는 무슨 행동이든 해야 한다. 아버지에게 고함을 지르며 반항할 수 있다. 아니면 독립하기로 결심하고 아무 말 없이 집을 뛰쳐나갈 수도 있다. 이렇게 하면 인물과 장면을 평범하지 않게 만들 수 있다.

내면의 변화

훌륭한 플롯은 행동만이 아니라 인물, 특히 주인공의 행동이 일으킨 결과를 보여준다. 인물의 내면은 창문 안을 들여다보듯 인물의 변화를 알려줄 수 있다.

스티븐 킹의 『톰 고든을 사랑한 소녀The Girl Who Loved Tom Gordon』를 보자. 길 잃은 소녀 트리샤는 곧 자신이 곁에 없다는 것을 엄마가 알고 깜짝 놀라리란 사실을 알고 있다.

엄마가 느낄 공포를 생각하니, 트리샤는 죄책감에다 두려움까지 느껴졌다.

이 한 줄로 인물의 내면이 드러나고 이야기는 전개된다. 트리샤의 내면은 나중에 좀 더 자세히 나온다.

세상은 이빨이 있어서 여차하면 언제든 그 이빨로 우리를 물어 뜯을 수 있었다. 트리샤는 이제 그 사실을 알게 되었다. 고작 아홉 살이었지만 알게 되었고, 그 사실을 받아들일 수 있다고 생각했다. 어쨌든 열 살 생일이 멀지 않은 데다 또래에 비해 키도 컸으니까.

어째서 엄마하고 트리샤가 한 잘못의 대가를 내가 치러야 하는 건지 모르겠어!

이것은 트리샤가 들은 피터 오빠의 마지막 말이었는데 이제 트리샤는 그 답을 알 것 같았다. 가혹한 답이었지만 아마 사실일 터였다. 바로 원래 그렇다는 것이었다. 그 답이 맘에 들지 않는 사람은 표를 사서 줄을 서길.

트리샤는 이제 여러 면에서 자신이 오빠보다 더 성숙해졌다고 생각했다.

내면의 변화는 명백하게 보여줄 수도 있고 미묘하게 보여줄 수도 있다. 다만 작가로서 우리는 인물이 어떤 기분을 느끼고 있는지 계속 알아야 한다.

뒤로 물러서기 기술

대개 초고에서는 주요 인물, 특히 주인공이 '눈에 확 띄지' 않을 것이다. 즉 독특하거나 아주 매력적인 존재로 보이지 않을 것이다. 초고를 쓸 때는 주인공이 헤쳐 나갈 멋진 이야기를 구상하는 데 집중했을 테니. 그러나 독자의 흥미를 돋우려면 흥미로운 인물이 필요하다. 고쳐쓰기를 하는 동안 인물의 매력을 끌어올리기 위해서 뒤로 물러서기 기술을 써보자.

1. 잠시 주인공에 대해 브레인스토밍을 한다. 인상 깊은 주요 특징을 적는다.
2. 이제 각 특징을 살펴보며 인물이 그 특징에 완전히 압도된 상황에서 할 만한 난폭하고 극단적인 행동이 무엇인지 다섯 가지 이상 생각해낸다.
3. 상상의 나래를 활짝 폈다면 매우 놀라운 행동이 두세 가지는 나왔을 것이다. 이런 행동은 원고에 쓰기에 적절치 않을 것이다. 왜일까? 정도가 지나쳐서 인물이나 플롯의 균형을 무너뜨리기 때문이다. 그러나 덕분에 좋은 재료를 발견했다. 약간이라도 활용할 수 있을까?
4. 그렇다. 25퍼센트만 물러서면 된다. 이는 내가 배우였을 때 배운 기술이다. 감정을 표현하는 장면에서는 과장하며 극단으로 가기가 매우 쉽다. 25퍼센트 물러서기 기술을 배우고 나자 내게 엄청난 변화가 일어났다.

이 기술을 어떻게 활용할지 예를 들어보자.

인물이 재판에 이기려 애쓰는 변호사로, 범죄 사건을 처리해야 한다고 해보자. 증거는 그의 수중에 들어오지 않는다. 목격자들은 고집불통이다. 게다가 개인적인 어려움까지 겪고 있다. 약혼자에게 파혼당한 것이다. 이 변호사는 화가 나면 생각을 소리 내서 말하는 특성이 있다. 너무 솔직한 성격일 수도 있다.

이제 이 인물이 이 특성에 압도되었을 때 어떤 행동을 할지 생각해보자. 예를 들면 이렇다.

- 판사에게 소리를 지른다
- 법정 밖에 모인 기자들을 향해 고함을 친다
- 경찰이 거짓말을 하고 있다고 보란 듯이 외친다

이제는 수위를 좀 더 올려야겠다.

- 판사에게 법전을 집어던진다
- 의자를 창밖으로 내던진다
- 재판 중에 가위로 지방검사의 넥타이를 잘라버린다

이제는 판단할 차례다. 이 변호사가 이런 행동들을 문자 그대로 실행에 옮기면 플롯에 너무 큰 영향을 미칠 것 같다. 너무 극단적인 인물이 될 것이다. 그래서 25퍼센트 물러선다. 어떻게? 아마 변호사는 검사에게 몸을 부딪쳐 법정 밖으로 밀어낼 것이고, 주먹다짐이 오간 후 검사의 넥타이를 쥐고 그의 얼굴에 던질 것이다. 이게 바로 뒤로 물러서기다.

주인공이 술집으로 들어간다. 바텐더에게서 정보를 얻으려 한다. 우람한 체격의 바텐더는 천으로 유리잔을 닦고 있다. 주인공은 바텐더에게 사진을 한 장 보여주며 사진 속 남자가 누구인지 아느냐고 묻는다. 바텐더는 "알죠"라고 대답하고 유리잔에 입김을 불어넣는다. 그는 주인공에게 남자의 이름을 알려주고 주인공은 술집에서 나온다.

그리고 독자는 하품을 하며 책을 내려놓는다.

지금 이 모습은 우리가 수없이 보고 경험한 상황이다. 뻔한 일을 하며 이야기의 긴장감에 아무 영향을 미치지 않는 전형적인 단역. 그는 정보만 전달하고 주인공이 다른 장면으로 넘어갈 수 있도록 연결고리만 제공할 뿐이었다. 이는 기회를 낭비하는 셈이다. 단역들도 소설에 '묘미', 즉 마음을 끌어당기는 특별한 활기를 더할 수 있다. 그 방법은 다음과 같다.

조력자와 방해꾼

조연은 주인공을 돕거나 방해해야 한다. 즉, '조력자'가 아니면 '방해꾼'이어야 한다. 둘 중 한 쪽이 아니라면 자리만 차지할 뿐이지 이야기에서 무엇을 하고 있단 말인가?

찰스 디킨스의 『데이비드 코퍼필드David Copperfield』에 등장하는 페고티라는 인물을 생각해보자. 그녀는 데이비드의 다정한 유모로 수차례 등장하며 데이비드에게 꼭 필요한 도움을 준다. 페고티는 조력자다. 반대로 데이비드의 계부의 냉혹한 누나인 머드스톤은 데이비드의 행복을 가로막는 방해꾼이다. 어느 인물이든 쓸모없지 않다. 각 인물은 데이비드가 지닌 성격의 다른 측면을 집중 조명한다.

이런 식으로 비중이 낮은 인물을 구상하면 멋진 플롯을 만들 수 있는 기회의 창문이 열린다. 스티븐 킹은 『캐리Carrie』의 시작 부분에 방해꾼을 제시한다.

다섯 살인 토미 어브터가 길 저편에서 자전거를 타고 다가왔다. 몸집이 작고 진지한 표정을 한 꼬마였는데, 새빨간 보조 바퀴를 단 지름 50센티미터짜리 슈윈 자전거를 타고 있었다. "반가워, 스쿠비 두"라고 노래를 흥얼거리고 있었다. 그 애는 캐리를 보자 눈을 반짝이면서 혀를 쑥 내밀었다.

"야, 못난이! 기도쟁이 캐리!"

캐리는 토미를 노려보고 자전거를 넘어뜨려 토미를 다치게 한다. 토미는 분명 캐리를 방해하지만 다른 목적도 달성한다. 나중에 캐리가 염력을 이용해 복수하는 걸 예고한 것이다. 토미는 이 소설에서 가장 적절하게 활용된 인물이다.

이 원리를 '단역', 즉 이야기를 전개하는 데 꼭 필요한 인물에게 반드시 적용하자. 즉 경비원, 택시운전사, 바텐더, 접수원 등 우리가 매일 만나는 사람들이자 소설 속 주인공이 이따금씩 상대하게 될 인물 말이다.

택시운전사가 쉬지 않고 떠들어대는 사람이라면 어떨까? 주인공은 핵폭탄이 터지는 것을 막으려 필사적으로 도시 반대편으로 가려고 하는데, 택시운전사는 운전을 하면서 자메이카 봅슬레이팀에 대해 한가롭게 떠들고 싶어 한다. 이 방해꾼 덕분에 긴장감이 높아진다. 조금만 생각해도 플롯에 넣을 수 있는 수많은 요소가 드러날 것이다.

청각과 시각

비중이 낮은 인물 각각에게 뚜렷한 시청각적 특색을 심어 개성을 만들자.

여기서 '청각적 특색'이란 인물의 말투가 주는 느낌으로 각 인물이 다른 인물과 조금이라도 다르게 말해야 한다는 뜻이다. 『데이비드 코퍼필드』에서 바키스는 사전에도 게재된 구문 하나로 생명력을 얻는다. 그는 페고티에게 청혼 의사를 전해달라고 데이비드에게 부탁한다. 그는 말한다. "바키스는 마음이 굴뚝같습니다." 사랑스러울 정도로 독특하다.

뚜렷한 청각적 특색은 작가가 자신의 머릿속 인물에게 주의 깊게 귀를 기울일 때 나타난다. 인물의 목소리와 어투를 설정하자. 독자는 토비의 말("반가워, 스쿠비 두", "야, 못난이!")에서 그에 대해 알아야 할 모든 것을 알게 된다.

외모와 옷차림, 버릇, 경련, 괴벽 등의 '시각적 특색'도 인물의 개성을 보여준다. 시각적 특색은 다양하게 설정할 수 있기 때문에 단역의 장점을 살릴 수 있다. 리 차일드는 『인계철선Tripwire』에서 주인공 잭 리처를 찾으러 키웨스트에 온 사설탐정을 묘사한다.

그는 나이가 많았다. 예순쯤이었고 키는 중간이지만 덩치가 컸
다. 의사에게서 비만이라는 얘기를 들었겠지만, 리처는 그 건장한
남자가 쉰 중반을 넘은 정도라고 생각했다. 흘러가는 시간에 품위
있게 길을 양보하며 조금도 동요하지 않은 남자. 더운 지방으로 짤
막한 여행을 온 북부 도시 남자와 같은 옷차림이었다. 밑으로 갈수
록 통이 좁아지는 밝은 회색 바지, 얇고 쭈글쭈글한 베이지색 재
킷, 칼라를 활짝 펼친 흰 셔츠, 목덜미와 검은색 양말, 정장구두 사
이에서 드러나는 푸를 정도로 흰 피부.

이 인물은 두 쪽에 걸쳐 리처와 대화를 나누고 사라진다. 그리
고 나중에 시신으로 등장한다. 그게 끝이다.

그렇다면 왜 작가는 한 단락이나 할애해 이 남자를 구체적으
로 묘사한 걸까? 첫째, 장면의 현실감이 살아나기 때문이다. 둘째,
독자의 마음을 끌어당기기 때문이다. 이 마음은 주로 동정심이다.
이 인물은 은퇴 직전의 사설탐정이다. 그가 살해당하자 리처는
책임감을 약간 느낀다. 그리고 이는 리처가 사건의 전말을 파헤
치려는 이유를 설명한다.

시청각적 특색은 작가들이 단역을 창조할 때 저지르는 가장
큰 실수를 피하게 해준다. 즉 거칠기 짝이 없는 트럭운전사, 입이
험한 웨이트리스, 내성적인 회계사 등 클리셰Cliché(전형적인 설정
이나 진부한 표현)가 가득한 인물 말이다. 그러니 단역을 창조할

때마다 이렇게 질문하자.

- 소설에서 이 단역의 역할은 무엇인가?
- 어떤 시청각적 특색을 심어줄 수 있을까?
- 각 특색을 더 독특하고 인상적으로 만들 수 있을까?
- 클리셰가 있는가?
- 플롯 전개에 어떤 영향을 미치는가?(전환, 주인공 노출, 설정, 예고, 분위기 등으로)
- 어떻게 하면 주인공을 방해할 수 있을까? 아니면 어떤 독특한 방법으로 주인공을 도울 수 있을까?

앞서 이야기한 유리잔을 닦던 우람한 체격의 바텐더에게 돌아가자. 그가 우람한 남자가 아니라 몸집이 작은 여자면 어떨까? 유리잔을 닦는 대신 라임으로 저글링을 하거나 칼을 자유자재로 다루고 있어도 좋다. 그리고 그녀는 누구에게 어떤 정보든 주고 싶지 않은 기분이다. 이러면 갑자기 이야기가 더 참신해진다. 플롯이 재미있게 전개될 가능성이 높아진다. 이야기의 묘미는 소설에 이런 영향을 미친다. 마음껏 응용하자.

적대자는 결정적인 감정을 만든다

독자는 위험에 열광한다. 주인공이 어려움에 빠지고 위협받고 불안해하는 모습을 보고 싶어 한다. 물론 발랄한 산문은 즐거움을 준다. 그러나 조만간(빠를수록 좋다) 주인공은 벽에 부딪혀야 한다. 그러지 않으면 이야기가 늘어지기 시작한다.

강력한 적대자가 없을 경우 대부분의 소설은 결정적인 감정을 이끌어내지 못한다. 바로 걱정이다. 주인공이 문제를 쉽게 해결할 수 있을 것 같으면 독자가 왜 군이 계속 소설을 읽겠는가?

물론 모든 소설에 '악'이 필요한 건 아니다. 적대자는 주인공과 단순히 입장이 반대인 인물일 수도 있다. 영화「도망자The Fugitive」에서 누명을 쓴 의사는 강직한 경찰에게 쫓긴다. 둘 다 '정의'의 편이지만 법률 문구 때문에 대립한다.

그러나 대개 적대자는 부정적인 가치관에 따라 움직이는 인물이다. 이 경우 인물은 현실감이 충분하고 입체적이어야 한다.

악당은 유능하다

악당을 창조할 때 찾아오는 큰 유혹은 머리부터 발끝까지 악하게 만들고 싶어지는 것이다. 그러면 독자가 주인공을 더더욱 응원할 거라고 생각할지도 모르겠다. 그러나 십중팔구 멜로드라마 느낌만 더할 뿐이다. 이를 피하려면 긍정적인 면을 포함해 악당의 모든 면을 알아야 한다.

버드 슐버그의 소설『누가 새미를 달리게 하나?What Makes Sammy Run?』에는 무자비하게 자기 잇속만 차리는 시나리오 작가 새미 글릭이 나온다. 화자는 그를 이렇게 묘사한다.

평소라면 나는 십중팔구 눈도 들지 않았을 텐데 그 아이의 목소리에는 관심을 끄는 뭔가가 있었다. 2,000볼트짜리 전압으로 충전된 게 틀림없었다.

고작 열여섯 살인 이 아이의 다듬어지지 않은 에너지는 애정이 아니라 두려움을 불러일으킨다.

일주일에 12달러를 벌겠다고 그렇게 열심히 일하는 녀석은 내 평생 본 적이 없었다. 그 아이에게 돈을 직접 건네줘야 할 것만 같았다. 세상에서 가장 사랑스러운 소년은 아닐지 몰라도, 어딘지 모르게 특별한 아이인 건 분명했다. 나는 문장을 쓰다 말고 그 아이가 움직이는 모습을 지켜보곤 했다.

화자인 베테랑 기자 알 맨하임이 새미에게 수습기자 업무를 알려주고 있을 때 새미의 깜짝 놀랄 만큼 똑 부러지는 반응을 한다.

"감사합니다, 맨하임 씨." 새미가 말했다. "하지만 저에게 호의를 베풀지 마세요. 전 이 신문 업계를 알아요. 수습기자로 2년이 지나면요? 20달러를 받겠죠. 그리고 지역 취재 담당기자로 승진하겠죠. 35달러죠. 그리고 당신처럼 결국 위대하고 훌륭한 기자가 되면 평생 주급 45달러를 받는 거죠. 전 사양하겠습니다."

새미는 전도유망하고 야심이 많은 아이이며 그가 원하는 바를 얻을 수 있게 되리란 것이 느껴진다. 독자는 대개 이런 인물의 특성을 좋아하며 그렇지 않더라도 이에 탄복한다.

악당은 유능해야 한다. 성과를 내야 한다. 그렇지 않으면 위협이 되지 못한다. 새미는 사람과 상황을 이용하는 능력으로 업계의 꼭대기까지 오른다. 그는 할리우드라는 웅덩이에 나타난 상어로 길을 막는 존재들을 먹어치운다.

또한 약간의 매력은 적대자를 훨씬 위험한 존재로 만든다. 새미처럼 몹시 활발하고 에너지 넘치는 점이 매력일 수도 있고, 『양들의 침묵』의 한니발 렉터 박사처럼 숨 막히고 치명적인 점이 매력일 수도 있다. 두 경우 모두 플롯에 두려움을 더해준다.

최고의 악당은 공감을 일으킨다

으스스한 악당들을 창조한 딘 R. 쿤츠는 이렇게 말한 적이 있다. "최고의 악당은 동정심을 느끼게 만들고 때로는 공포뿐 아니라 진정한 공감까지 불러일으키는 인물이다. 괴물 프랑켄슈타인의 측은한 면모를 생각해보자. 보름달의 빛을 받아 변하는 모습을 싫어하면서도 세포 속에서 요동치는 늑대의 피를 거부할 수 없는 가여운 늑대인간을 생각해보자."

그는 소설 『미드나이트Midnight』에서 몹시도 오싹한 토마스 새덕을 통해 이 같은 자신의 주장을 입증한다. 새덕은 사악한 천재로 작은 마을의 주민들에게 행해진 끔찍한 생물학 실험의 배후다. 새덕은 감각이 차단된 방 안을 떠돌며 기묘한 물체를 통제하고 있는 모습으로 처음 등장한다. 그는 인간과 기계를 혼합해 인공두뇌를 가진 생물체를 만들고 싶어 한다. 그에게는 말 그대로

에로틱한 경험이다. 이렇게 이 소설의 작가는 악하기만 한, 콧수염이 돌돌 말린 악당을 그리지 않는다. 섀덕의 동기는 이상적이다. 비뚤어졌을지는 몰라도.

또한 작가는 섀덕이 어쩌다가 비뚤어진 악당이 되었는지 설명하는 자세한 과거 장면을 이야기 사이에 잘 끼워 넣는다. 그는 어렸을 때 아버지의 직원인 돈 러닝디어의 마법에 걸렸다. 섀덕은 정신적으로 조종당한다는 사실 때문에 악한 행동을 계속하는데도 연민을 불러일으킨다. 그 결과 범상치 않은 악당이 탄생한다.

그러니 시간을 들여 다음과 같이 하자.

먼저 악당의 시각적 모습을 어렴풋이 설정한다. 외모에서 풍기는 느낌을 상상해보자. 다소 평범한 이미지가 떠오르겠지만 괜찮다. 이는 가공하지 않은 점토일 뿐이다.

이제 주조를 시작하자. 먼저 악당의 목적이 무엇인지 생각한다. 선한 주인공에게 이야기가 전개되는 내내 그를 이끌 동기가 필요한 것처럼 적대자에게도 반대되는 목표가 있어야 한다.

여기서 멈추지 말고 악당의 동기를 파헤친다. 그는 왜 집착할 정도로 그것을 원하는가? 왜 그것을 가져야 하는가?

다음으로 악당에게 공감을 불러일으킬 배경을 창조한다. 나는 적대자의 어린 시절에 중요한 전환점을 만드는 것을 좋아한다. 이는 소설 뒷부분에 드러날 강력한 비밀이 되기도 한다. 그렇지 않더라도 덕분에 악당에 대해 훨씬 잘 아는 계기가 된다.

적대자 더 깊이 알기

적대자를 알기 위해 다음 같은 심화 질문을 생각해봐도 좋다.

- 그는 무엇을 잘하는가? 그 능력이 그가 원하는 것을 얻는 데 어떤 도움이 되는가?
- 그가 지닌 감탄스러운 자질은 무엇인가?
- 다른 인물은 그를 어떻게 생각하는가?
- 사람들은 왜 그에게 끌리거나 매료되는가?

주인공이 이 악당을 어떻게 이길지 알고 싶어 독자가 계속 책장을 넘긴다면 그동안의 수고가 보람 있게 느껴질 것이다.

¶ 요약

- 주인공은 수동적이 아니라 능동적이어야 한다. 겁쟁이는 안 된다!
- 용기와 재치 그리고 '매력'이 역동적인 주인공을 만든다.
- 강한 주인공은 사건을 대하는 독특한 '태도'를 지니고 있으며 늘 독자를 놀라게 한다.
- 이타심과 명예심은 큰 공감을 일으키는 두 가지 특성이다.
- 주인공의 내면을 반드시 보여준다.
- 비중이 낮은 인물도 그 나름의 역할을 해야 한다. 그들은 조력자인가, 방해꾼인가?
- 적대자에게도 주인공에게 하듯이 공을 들여야 한다.
- 악당에게 느끼는 연민이 이야기의 깊이를 더한다.

주인공이 중간에 죽기라도 한 듯이 부음을 쓴다. 신문 부고 형식에 맞게 짧게 써야 한다.

상상력을 발휘해 인물의 행동을 보여주는 영화 장면을 머릿속에 그려본다. 다음 단계에 따라 해보자.

- 눈을 감고 인물을 '지켜본다.' 인물을 꼼꼼히 살피고 보이는 대로 묘사한다. 이 정보를 기자처럼 기록한다.
- 어떤 장면이든 좋으니 인물을 한 장면에 넣고 다시 지켜본다. 행동을 일으킨다. 머릿속 영화 장면에서 다른 인물과 사건이 등장하는 광경을 지켜본다. 어려운 문제들을 일으키고 인물이 어떻게 하는지 본다.
- 첫 번째 인물을 묘사할 다른 인물을 창조한다. 우리가 다른 사람을 잘 알게 되는 방법 중 한 가지는 다른 사람들이 그에 대해 뭐라고 말하는지 듣는 것이다. 이런 식으로 각 인물을 알아간다. 뜻밖의 이야기를 '듣게' 될 것이다.
- 일단 인물을 과장되게 표현한 뒤 나중에 역할에 어울리게 조정하며 '물러선다.' 그러면 인물이 '단조로워'지지 않는다. 인물이 열정과 집착을 품게 한다. 그들은 어떤 모습을 드러내는가?

이 중 어느 것도 쓰고 싶은 소설과 상관없어도 된다. 사실 상관없는 편이 낫다. 이 연습의 유일한 목표는 인물을 잘 파악해서 자신이 어떤 인물에 대해 쓰고 있는지 알고 소설 속에 집어넣는 것이다.

이 연습을 할 때는 판단이나 비평을 되도록 하지 않는다. 편집과 관련된 결정은 나중에 소재가 풍족해졌을 때만 한다.

실전 연습 03

인물이 태어난 해를 설정한다. 그해를 적고 옆에 '출생'이라고 적는다. 그리고 인물에게 중요한 연도를 적는다. 초등학교, 고등학교, 대학교에 입학한 해나 첫 취업을 한 해, 군 입대를 한 해 등이 있을 것이다.

그해에 일어난 일을 조사한다. 굵직한 사건들, 인기를 끈 TV 드라마와 영화 등 인물이 알았을 만한 대중문화 관련 소식이라면 뭐든 좋다. 이 내용들을 추억거리나 영향을 끼친 일 등으로 소설에 넣을 수 있다.

3장

플롯과 구조:
매력적인
플롯이란?

나는 작가의 마음 전부를, 한 치의 오차도 없이 갖고 싶다.

작가에게 홀려

다음에 일어날 일을 알고 싶은 마음을 억누르지 못하고

먹고 마실 생각도 하지 않고

미친 듯이, 계속 책장을 넘기고 싶다.

_팻 콘로이

플롯은 간단히 말해 인물에게 일어난 일이다. 주인공의 행복을 가로막는 사건을 기록한 것이다. 그리고 구조란 소설 속 이야기가 전개되는 동안 그 사건들이 배치된 형태다.

작가는 플롯을 짜고 구조를 세운다.

구조는 독자가 플롯을 이해하기 쉽게 해준다. 그래서 구조를 자유롭게 다루며 실험을 많이 할수록 독자는 소설을 읽기가 더 어렵다.

나는 『소설쓰기의 모든 것: 1 플롯과 구조』라는 두툼한 책을 썼다. 그 책에서 다룬 모든 내용을 자세히 설명하는 것은 지금 이 책에서 해야 할 범위를 넘어서지만, 플롯과 구조의 절대적인 원리 두 가지는 요약해 알려주고자 한다.

바로 LOCK 체계와 3막 구조다.

나는 작가가 이야기의 정수를 파악하는 데 도움을 주고자 LOCK 체계를 생각해냈다. 이 체계는 Lead(주인공), Objective(목표), Confrontation(대결), KO(완승)의 머리글자에서 땄다. LOCK의 요소가 제자리에 들어가면 소설은 견고하고 탄탄해질 것이다. 그후에 작가가 할 일은 상상력과 기술을 활용해 소설에 참신한 날개를 달아 하늘로 날아오르게 하는 것이다.

　LOCK 체계를 이루는 소설의 필수 요소 네 가지를 간단히 알아보자.

주인공

독자는 주인공과 유대감을 느끼고 싶어 한다. 유대감은 독자가 소설의 세계로 들어가는 통로다. 이 유대감을 만들기 위해 작가가 창조할 수 있는 인물의 주요 특성 네 가지는 다음과 같다.

- 동일시
- 공감
- 호감
- 내적 갈등

¶ 동일시

동일시를 느낀다는 건 주인공이 우리와 비슷하다는 뜻이다.

인물은 같은 인간으로서 우리와 관계를 맺을 수 있는 누군가여야 한다. 우리가 그렇듯이 인물은 완벽하지 않다. 강점뿐 아니라 약점과 기벽이 있다. 동일시를 다른 말로 하면 '감정이입'이다.

¶ 공감

공감은 동일시나 감정이입보다 한 걸음 더 들어간다. 즉, 주인공을 '응원하고 싶은 감정'을 만든다. 공감은 주인공과 그의 어려움에 관심을 쏟게 만든다.

다음은 공감을 일으키는 네 가지 방법이다.

- **위험**: 신체적으로든 정신적으로든 주인공을 다급한 위기에 밀어 넣는다. 주인공이 열 살 소년이라고 하자. 소년은 전학을 갔다. 등교 첫날 소년을 노리는 불량배 때문에 신체적인 위험이 생길 수 있다. 정신적인 위험은 부모 중 유일하게 살아 있는 아버지가 암으로 죽어가고 있을 때 생길 수 있다. 어느 쪽이든 바로 공감을 일으킬 뿐 아니라 소설 곳곳에 잘 넣을 수 있다.
- **역경**: 주인공이 잘못한 게 없는데도 불행을 겪어야 한다면 바로 공감을 일으킨다. 어렸을 때 정신적·신체적 장애를 모두 겪어야 했던 포레스트 검프를 떠올려 보자.
- **사회적 약자**: 사람들은 태산 같은 장애물과 맞닥뜨린 결연한 주인공을 응원하기를 매우 좋아한다. 록키 발보아가 그런 인물이다. 존 그리샴의 소설 속 몇몇 주인공도 그렇다.
- **연약함**: 독자는 언제든 무너질 것 같은 주인공을 염려한다. 스티

븐 킹의 『로즈매더』에 등장하는 주인공이 완벽한 예다. 로즈는 사이코인 남편 때문에 오랫동안 감옥살이나 다름없이 갇혀 산 탓에 현실적인 경험이나 능력이 없다. 로즈는 스스로 살아남고 일자리를 구하는 법을 알아내야 할 뿐 아니라 무엇보다도 경찰로서 추적 전문가인 남편에게 발각되지 않아야 한다.

¶ 호감

호감형 주인공은 간단하게 말해서 호감 가는 행동을 하는 인물이다. 다른 사람에게 관심을 기울이고, 이기적이지 않고, 재치가 있으며, 스스로를 너무 대단하게 생각하지 않는다. 모두 호감 가는 특성이다.

물론 모든 주인공이 호감형은 아니다. 우리가 좋아하지 않는 행동을 하는 부정적인 주인공을 등장시킬 때는 대신 '권력'을 갖게 하자. 자신이 속한 세상을 움직일 힘이 있고, 매력이나 총명함, 맡은 분야에서의 유능함 때문에 다른 인물을 매료시킨 인물이어야 한다.

¶ 내적 갈등

내적이고 감정적인 어려움을 겪는 인물은 우리의 관심을 끈다. 내적 갈등은 두 가지 상반된 감정의 싸움이다. 이 두 감정 중 하나는 대개 주인공의 행동을 가로막는 두려움이다. 그리고 다른 하나는 도덕적·직업적 의무나 자아상이다. 엄청난 스트레스를 받고 있으면 다른 사람은 물론 인물에게 동질감을 느끼지 못한다. 내적 갈등은 독자와 인물을 잇는 강한 매개체다.

목표

목표는 이야기를 전개하므로 매우 중요하다. 목표는 주인공의 행동을 일으킨다. 즉, 주인공이 어떤 위기에 처했다는 뜻이다. 목표가 없다면 독자가 굳이 소설을 읽을 필요가 있을까? 독자는 300쪽에 달하는 인물 묘사를 읽고 싶어 하지 않는다.

목표는 욕구다. 강한 욕구다. 인물에게 매우 중요해서 꼭 가져야 하고 갖지 못하면 상실의 고통에 시달리게 만드는 욕구다.

목표는 두 가지 형태로 나타날 수 있다. '무언가를 얻겠다' 또는 '무언가로부터 달아나겠다.' 대부분의 소설은 뭔가를 '얻으려는' 이야기다. 경찰소설은 악당을 잡으려는 경찰에 대한 이야기다. 법정스릴러소설은 대개 진실을 파헤치거나 고객을 무죄 방면 시키려는 변호사 이야기다. 로맨스소설은 사랑을 이루려는 인물 이야기다. 또한 인물이 이끄는 소설은 『호밀밭의 파수꾼 The Catcher in the Rye』처럼 영혼의 평화를 얻으려는 주인공에 대한 이야기가 될 수도 있다.

다른 목표인 무언가로부터 '달아나려는' 이야기는 주로 액션물에서 나타난다. 영화 「도망자」에서 리처드 킴블 박사가 경찰관 샘 제라드로부터 달아나려는 것처럼(달성하려는 목표, 즉 진짜 살인범을 잡겠다는 목표도 섞여 있다). 탈옥소설과 범죄소설 역시 마찬가지다. 인물은 자신의 과거나 현재, 또는 제자리에 자신을 가둬두려는 다른 존재에게서 달아나려 한다.

우리에게는 사소해 보이는 목표라도 인물에게는 심각해야 한다. 가벼운 작품일지라도 말이다. 닐 사이먼의 희곡『별난 커플The Odd Couple』이 성공한 이유는 오스카에게 행복한 게으름뱅이가 되는 일이 거의 생사가 걸린 문제이기 때문이다. 그는 펠릭스에게서 달아나고 싶어 하지만 자살 충동에 시달리는 펠릭스를 돌봐줄 손길이 필요하니 그럴 수가 없다. 물론 2막에서 오스카가 직접 펠릭스를 죽이기로 하면서 희극이 살아난다.

대결

이야기의 엔진을 가장 세게 돌리려면 주인공의 목표에 걸림돌이 있어야 한다. 소설은 대결에 관한 이야기다. 그래서 앨프리드 히치콕의 격언에 따라 지루한 부분은 덜어내야 한다. 대결을 적절한 곳에 배치하면 독창성 있는 장면을 구성할 수 있다. 그리고 이 장면은 주인공과 적대자 사이에 일어난 갈등을 보여준다.

이야기가 딴 길로 새거나 늘어지면 두 가지 요소를 다시 살펴보자. 바로 목표와 대결이다. 두 요소를 반드시 적절한 곳에 넣자. 주인공이 대립하는 장벽을 향해 나아가는 장면을 써야 한다. 갈등을 글로 표현하는 방법에 대한 오래된 말이 있다. "주인공을 나무 위로 올려 보낸다. 그에게 돌을 던진다. 그래서 아래로 떨어뜨린다."

적대자의 유형은 다양하지만 소설에서는 대개 특정 개인인 게 좋다. 즉, 주인공을 저지해야 할 강력한 이유가 있는 다른 인물이어야 한다. 물론 주인공이 자연, 사회, 아니면 자기 자신과 대결하는 소설도 많다. 모두 괜찮지만 대개는 보조플롯의 소재로 쓰이는 편이 낫다. 소설 쓰기를 배울 때는 어떤 개인을 적대자를 만드는 게 좋다.

¶ 필연성

서로 다른 부분들을 하나로 모으려면 뭔가가 필요하다. 이른바 필연성으로, 이로써 주인공이나 적대자가 싸움을 피할 수 없게 만든다.

이렇게 생각해보자. 인물이 학대받는 아내라고 하자. 그녀는 남편을 떠나 시내에 집을 구하고 이혼을 하고 새 출발하기로 결심한다. 이 경우의 적대자인 남편이 아내가 없어야 더 행복할 거라고 생각하며 순순히 놓아준다면 이야기는 거기에서 끝이다. 아내는 마을을 떠날 이유가 없다. 남편은 아내를 괴롭힐 이유가 없다. 이 치명적인 전투에 두 사람을 밀어 넣을 요소가 전혀 없다. 그러니 필연성을 더해야 한다.

스티븐 킹의 『로즈매더』의 경우에는 정신병이 필연성을 만든다. 남편은 정신병 환자다. 그는 정신 나간 지배광이며 어쩌다가 추적 전문가인 경찰이다. 아내는 마을을 떠날 뿐 아니라 되도록 멀리 달아나야 한다. 그리고 남편은 아내를 찾아내 죽일 때까지는 괴로운 생각을 떨칠 수 없다.

필연성을 만드는 또 다른 방법들이 있다.

• 의무: 인물이 도덕적 또는 직업적 의무에 얽매여 있다면 이 의무

는 자연스럽게 필연성이 된다. 납치된 아이를 찾는 엄마에게는 포기하면 안 된다는 본능적이고 도덕적인 의무가 있다. 사건을 수사하는 경찰이나 고객의 의뢰를 받은 변호사에게는 직업적인 의무가 있다.

- **장소**: 적대자들이 서로에게서 물리적으로 달아날 수 없는 상황도 필연성을 만든다. 영화 「카사블랑카」에서 카사블랑카는 사람들이 쉽게 나갈 수 없는 장소다. 『샤이닝The Shining』의 오버룩 호텔도 마찬가지다.

- **자아**: 인물이 주로 내적 갈등을 겪는 순수소설에서는 자아가 필연성을 만든다. 우리는 누구나 자기 자신에게서 벗어날 수 없다. 내적 갈등을 겪는 인물은 이 갈등을 해결해야 하고 그렇지 않으면 인물은 내적 죽음을 맞을 것이다.

완승

소설의 독자는 마지막에 완승의 순간이 있기를 바란다. 무엇보다도 결말이 중요하다. 멋진 결말은 김이 빠진 이야기도 구할 수 있다. 훌륭한 이야기를 읽었는데 결말이 실망스러우면 읽기 자체가 시간 낭비로 느껴진다.

완승은 인물이 직면하는 최후의 결전이나 마지막 선택을 은유하는 것이기도 하다. 모든 힘이 인물을 가로막는다. 그는 어떻게 모든 것을 헤치고 승리할 것인가? 독자는 바로 이 점을 알고 싶어 한다.

물론 결말이 반드시 강력하게 '긍정적으로' 끝날 필요는 없다.

때로는 모호하거나 즐겁고도 괴로울 수 있다. 핵심은 예측하지 못한 방식으로 독자를 만족시키는 것이다(7장을 참조하자).

3막 구조의 기초

자체편집을 하려면 적어도 다음과 같은 모든 막의 기초 원리를 알아야 한다.

1막

- 주인공을 인상 깊게 소개한다.
- 이야기가 펼쳐지는 세계를 보여준다. 공간, 시간, 눈앞에 닥친 전후 상황을 알린다.
- 이야기의 전반적인 분위기를 보여준다(빠르게 전개되는지, 익살스러운지, 역동적인지, 인물의 변화에 초점을 맞추는지, 속도감이 있는지, 느긋하게 흘러가는지 등등)
- 계속 읽도록 이끈다. 독자들이 읽고 싶은 이유를 만든다.
- 적대자를 소개한다(주인공을 가로막는 존재는 누구인지, 또는 무엇인지).

2막

- 인물의 관계를 더욱 깊게 만든다.
- 사건에 대한 관심을 계속 유도한다.
- 결말로 이어질 최후의 결전을 준비한다.

3막

- 최후의 결전을 보여준다.
- 느슨한 결말을 꽉 조인다.
- (독특한 방식으로 만족감을 주는) '여운'을 남긴다.

이야기를 전개하는 법과 각 막을 어떻게 하면 읽기 쉽게 쓸지에 대해서는 7장에서 다룰 것이다.

'시련과 되돌아갈 수 없는 관문'으로 1막, 2막, 3막을 잇자.

시련은 이야기가 시작되면서 일어나는 사건으로 주인공의 일상생활에 변화나 어려움을 일으키는 일이다. 깊은 밤에 울린 전화벨 소리처럼 사소한 것일 수도 있고, 교통사고처럼 큰 사건일 수도 있다. 삶이 평소와 다름없이 흘러가면 지루하기 때문에 시련으로 시작하면 독자의 관심을 사로잡을 수 있다.

되돌아갈 수 없는 관문은 두 번 나오는데, 첫 번째 관문은 독자를 1막에서 2막으로 나아가게 하는 것으로 이야기의 5분의 1이 전개되기 전에 나와야 한다. 이 관문은 주인공을 2막의 주요 사건 속으로 밀어 넣는다. 2막은 대부분의 이야기가 전개되는 부분으로 반대 세력과의 전투가 벌어진다. 한편 이야기의 4분 3 정도나 그 이후에 3막으로 이어지는 두 번째 관문을 만든다. 대개 중요한 실마리나 정보, 큰 좌절이나 위기, 암시, 발견 등 최후의 전투로 주인공을 이끄는 사건이다.

[소설의 3막 구조]

1막   2막   3막

첫 번째 관문   두 번째 관문
(5분의 1 지점)   (4분의 3 지점)

신화의 구조, 영웅의 여정

시나리오 작가이자 감독인 조지 루커스는 「스타워즈」와 관련해, 신화 속 영웅들의 공통점을 분석한 조지프 캠벨의 『천의 얼굴을 가진 영웅The Hero with a Thousand Faces』에서 영감을 얻었다고 한다. 이 주제로 쓴 좋은 책이 몇 권 있다. 그중 크리스토퍼 보글러의 『신화, 영웅 그리고 시나리오 쓰기The Writer's Journey』와 제임스 N. 프레이의 『열쇠The Key』를 추천한다.

고전적인 신화 구조는 사실 이해하기 무척 쉽다. 사소한 차이가 조금 있긴 하지만 추천할 만한 본보기는 다음과 같다.

일상

신화 구조 이야기는 일상을 사는 주인공에게서 시작한다. 그리스 로마 신화에는 이 주인공이 위대한 인물이라는 점을 알리는 예언 또는 주변 환경에 '대한' 이야기들이 있다.

소설에서 이 주인공은 대개 평범한 사람이다. 다만 그 인물에게 비범한 과거와 미래를 향한 갈망이 있을 수는 있다. 이 인물이 사는 일상적인 공간에서 이야기는 시작된다. 그리고 이 일상은 '사명' 때문에 시작하자마자 거의 바로 흔들린다.

사명

영웅은 모험 또는 도전에 대한 사명을 받는데 실은 이것이 그의 운명이다. 아서왕은 바위에서 칼을 뽑으며 정당한 왕이 된다. 주인공이 일상에서 벗어나게 되는 사건은 그게 뭐든 이런 기능을 한다.

수많은 신화에서 영웅은 처음에는 사명을 거부한다. 영웅에게는 이에 응답할 어떤 자극이 필요하다.

응답

영웅은 주어진 사명을 받아들이느냐 받아들이지 않느냐 하는 딜레마에 처한다. 그는 거부한다. 그러나 곧 일상세계에서 벗어나기로 어쩔 수 없이 결심하게 만드는 일이 벌어진다.

예를 들어 「스타워즈」를 보자. 루크 스카이워크는 삼촌, 숙모와 함께 살고 있는 행성을 떠나 공주를 찾고 싶어 한다. 제다이가 될 수도 있었다. 도움을 요청하는 리아 공주의 모습이 로봇을 통해 홀로그램으로 나타난 것은 그에게 주어진 사명이다. 그러나 가족에게 성실한 루크는 이를 거부한다. 그 후 제국 군대가 루크의 삼촌과 숙모를 죽이고 농장을 초토화한다. 이제 루크를 붙잡는 것은 없다. 그는 어쩔 수 없이 자신의 사명을 받아들인다.

임무와 난관

이제 일상에서 나온 영웅은 온갖 시련과 임무, 난관, 전투에 직면한다.

이아손은 황금 양털의 나라로 항해해서 황금 양털을 가져오라는 부탁을 받는다. 그러나 우선 배를 짓고 용맹한 선원을 모아야한다. 그런 다음 항해 중에 격돌하는 암초를 지나 시험에서 살아남아야 한다. 그는 불을 뿜는 소들에게 멍에를 씌우라는 아이에테스왕의 도전에 응해야 한다. 이런 식으로 어려움이 계속 이어진다.

주인공이 가치 있는 목표를 향해 나아가는 동안 전투를 벌이는 이야기가 계속 이어진다.

스승

아서왕에게는 멀린이 있었다. 루크에게는 오비완 캐노비가, 그 후에는 요다가 있었다. 모든 영웅은 어둠의 세계에서 도움을 받는다. 단, 스승은 영웅의 문제를 대신 해결할 수 없다. 신화적 여정의 핵심은 영웅이 교훈을 얻고 이를 통해 어두운 세상에서 제 힘으로 성공하는 것이다.

조력자와 방해꾼

이 여정에서 영웅은 임무에 도움을 줄 수 있는 사람들을 친구로 삼거나 협력을 강요한다. 사실은 배신자인데 조력자로 여기기도 한다(변신 가능한 인물이라고도 한다. 조지프 캠벨이 말한 원형

중 하나로, 주인공 편인지 반대편인지 아리송한 인물이다).

신비한 힘

위대한 신화와 전설에는 영웅이 최후의 결전에서 이기도록 필요한 힘을 주거나 방어력을 발휘하는 무언가가 등장한다. 페르세우스에게는 아테나의 방패, 아서왕에게는 엑스칼리버, 루크는 포스가 있었다. 그게 무엇이든 이 무언가는 힘과 함께 행동의 동기를 준다.

소설에서 이 무언가는 최후의 결전을 통과하기 위해 습득한 지식과 기술일 때도 있다. 감정을 고양하는 '상징물'일 수도 있다.

영화 「스미스 씨 워싱턴에 가다Mr. Smith Goes to Washington」에서 제퍼슨 스미스는 정계 거물과 최후의 결전을 벌이기 전에 링컨기념관의 풍경을 지켜본다. 그 광경에서 활력을 얻는다(좀 더 앞에 나오는 장면에서 이미 설정된 내용이다).

최후의 결전

마지막으로 웅장한 전투가 벌어지는데 영웅은 여기서 마지막으로 한 번 더 시험을 받는다. 루크는 죽음의 별과 전투를 벌이러 가고 아서왕은 모드레드 경과 대전투를 벌인다. 법정스릴러소설에서는 영웅이 가장 뛰어난 변호사와 최후의 법정 대결을 벌인다. 범죄소설에서는 형사가 가장 영리한 살인자와 그의 본거지에서 대면한다.

귀환

영웅은 수차례 일상으로 돌아와 교훈을 전하고 공동체에 감격적인 귀감이 된다.

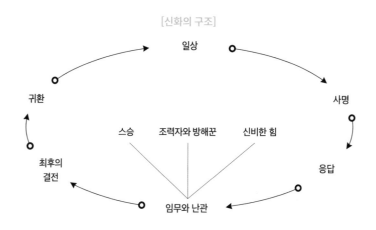

[신화의 구조]

일상
귀환
사명
최후의 결전
스승　조력자와 방해꾼　신비한 힘
응답
임무와 난관

신화 구조를 활용하자

영화 「오즈의 마법사 The Wizard of Oz」를 생각해보자. 우리는 캔자스 농장에서 평범한 일상을 보내는 도로시를 만난다. 그러나 도로시는 다른 것, 즉 무지개 너머에 있는 무언가를 꿈꾼다. 마블 교수와 함께 달아날 기회가 생기지만 도로시는 함께 사는 이모에 대한 애정 때문에 그 요청을 거절한다. 그러나 회오리바람에 그녀는 원하던 대로 캔자스를 떠나게 된다.

오즈에 착륙한 도로시는 집으로 돌아가야 한다는 임무에 직면한다. 스승인 착한 북쪽 마녀 글린다의 도움을 받는데, 글린다는 도로시에게 "노란 벽돌 길을 따라가라"라고 알려준다. 글린다는 도로시에게 작별 선물로 신비한 힘이 있는 루비 구두를 준다.

도로시는 험난한 세상에서 조력자 셋을 만난다. 허수아비, 양철 나무꾼, 겁쟁이 사자다. 도로시는 심술이 난 나무들과 마법사의 호위병을 만나 시련을 겪는다. 날아다니는 원숭이는 말할 것도 없다.

사악한 서쪽 마녀와 치른 최후의 결전에서 도로시는 물 한 양동이로 승리를 거둔다. 마침내 도로시는 "집보다 더 좋은 곳은 없다"라는 지혜를 얻고 돌아온다.

이렇게 신화 구조를 간단히 살펴보면 실제로 큰 도움이 된다. 신화는 우리를 이어준다. 원고의 문맥에서 이런 요소를 파악하면 독자와 인물을 강력하게 연결할 수 있다.

다양한 플롯 유형

소설의 보편적인 플롯 유형을 알아두면 플롯에 대한 감각이 좋아진다. 각 유형을 심도 있게 연구할수록 그중 무엇이 자신의 이야기에 가장 적합한지 알 수 있다. 또한 어떤 플롯을 구성할지 그 출발점으로 삼을 수도 있다. 다른 소설의 플롯 유형을 주저 없이 빌려 쓰자. 모든 플롯은 이미 존재했던 것이다. 플롯을 참신하게 만드는 것은 인물, 문체, 형식, 주제다.

좀 더 깊이 연구하고 싶으면 『소설쓰기의 모든 것: 1 플롯과 구조』나 『인간의 마음을 사로잡는 스무 가지 플롯20 Master Plots』을 참조하자.

다음은 자주 쓰이는 플롯 유형이다.

탐색 플롯

탐색 플롯에서 주인공은 이 세상에서 행복을 누리기 위해 꼭 필요하며 중요한 무언가, 또는 그가 충성하는 사람에게 중요한 무언가를 찾으러 간다. 성배를 찾는 갤러해드 경처럼. 이 탐색 과정에서 주인공은 다양한 적대자를 만난다. 대립 세력을 이끌며 지휘하는 배후의 적대자가 있을 수도 있다.

탐색 플롯은 모든 사람이 살면서 겪는 인생 여정의 축소판이다. 우리는 모두 이 '어두운 세계'에서 어려움에 직면한다. 그러므로 탐색이 인물에게 매우 중요한 일로 설정되면 독자는 탐색 중인 인물에게 동질감을 느낀다.

복수 플롯

복수 플롯은 오래된 유형으로 본능적인 차원에서 모든 인간과 관련이 있다. 잊지 못할 수많은 소설과 영화가 이 유형을 활용했는데 알렉상드르 뒤마의 『몽테크리스토 백작Le Comte de Monte-Cristo』도 그중 하나다. 프리츠 랑 감독이 1953년에 제작한 영화 「빅 히트The Big Heat」에서도 이 유형을 찾아볼 수 있다. 주인공 던 컨은 가정적인 경찰로 아내가 범죄조직의 폭력배들에게 살해당한다. 독자는 악당을 잡으려는 그의 욕망을 잘 이해할 수 있다.

사랑 플롯

사랑 플롯 역시 오래된 유형으로 사랑에 빠진 두 인물이 나온다. 그러나 두 인물을 갈라놓는 시련이 있다. 이는 『로미오와 줄리엣Romeo and Juliet』에서처럼 가족일 수도 있고, 영화 「어느 날 밤에 생긴 일It Happened One Night」에서처럼 사회 계층일 수도 있다.

연인들은 함께 있기 위해 줄곧 괴로움을 겪는다. 처음에는 서로를 좋아하지 않는 경우도 있다. 그러나 결국 함께하게 되며 행복해한다. 아니면 그 반대가 되어 슬퍼한다.

변화 플롯

변화 플롯의 소설은 인물이 좀 더 보람 있는 삶을 살기 위해 변화해야 하는 모습을 다룬다. 변하지 않는다면 미래가 암담할 것이다. 『크리스마스 캐럴A Christmas Carol』은 바로 그런 변화 이야기다. 스크루지는 변해야 한다. 그러지 않으면 사랑하지도 사랑받지도 못한 채로 죽을 것이다. 영화 「워터프런트On the Waterfront」도 변화를 다룬다. 부둣가 건달인 테리 멀로이는 짐승 같은 삶에서 다른 사람들을 보살피는 삶으로 변화하게 될까?

변화 플롯에는 중대한 보조플롯이 뒤따른다. 「도망자」에서 경찰인 제라드는 킴블에게 그가 정말로 아내를 죽였는지 어떤지 '관심 없다'고 말한다. 도망자를 붙잡아 가두는 게 그가 할 일이다. 그러나 영화의 결말 부분에서 제라드가 실은 신경을 쓰고 있었다는 게 밝혀진다. 그는 킴블에게 말한다. "하지만 아무에게도 말하지 마시오."

모험 플롯

모험 플롯은 구조가 단순하다. 인물은 모험을 하고 싶어 하고, 모험을 찾아 세상으로 나간다. 그리고 그 결과 어려움에 부딪힌다. 결말은 변화 플롯과 다소 비슷하다. 인물이 모험을 겪고 나서 자기 자신에 대한 통찰을 얻기 때문이다.

그런데 이 통찰은 모험을 찾아 떠나지 않는 게 좋다는 깨달음일 수도 있다. 도로시가 「오즈의 마법사」 결말에서 말했듯이 "집보다 더 좋은 곳은 없다."

추적 플롯

추적 플롯에서는 누군가 달아난다. 그 누군가는 「도망자」의 킴블처럼 주인공일 수도 있다. 또 다른 인물은 달아나는 사람을 쫓고 있다. 「도망자」의 제라드처럼.

이 두 인물 중 어느 쪽이든 주인공이 될 수 있다. 필요한 건 추적하는 이유다. 연방수사관인 제라드처럼 직업적 의무 때문일 수 있다. 아니면 사랑하는 사람에 대한 의무일 수도 있다. 킴블 박사가 계속 도망 다니는 이유는 목숨을 부지하기 위해서만이 아니다. 아내를 죽인 범인을 알아내기 위해서다. 또는 『로즈매더』에서처럼 추적자가 정신병자일 수도 있다. 로즈는 계속 달아나야 한다. 그렇지 않으면 남편에게 살해될 것이다.

저항 플롯

한 인물이 강력한 적대자에게 저항하는 이야기는 인기 있는 플롯 유형이다. 켄 키지의 『뻐꾸기 둥지 위로 날아간 새One Flew Over the Cuckoo's Nest』가 바로 그 예다. 랜들 맥머피는 보호시설 생활에 익숙해진 인물로 수석간호사 래치드에게 거침없이 저항하는 유일한 환자다. 영화 「배드 데이 블랙 록Bad Day at Black Rock」에서 스펜서 트레이시는 수치스러운 비밀을 덮기 위해 살인을 저지르려는 마을 전체에 대항한다.

저항하는 인물은 거의 언제나 공동체와 고상한 도덕 원칙을 옹호한다. 독자는 그 원칙이 지켜지기를 바라므로 주인공에게 공감한다.

외톨이 플롯

외톨이인 주인공은 고전적인 반영웅으로 혼자 있고 싶어 한다. 그는 자신만의 원칙에 따라 산다. 그런데 어쩔 수 없이 자발적인 망명을 잠시 그만두어야 하는 일이 생긴다. 결말 부분에서 이 인물은 「카사블랑카」의 릭처럼 공동체에 돌아가기로 결정할 수도 있다. 아니면 영화 「수색자」에서 이든이 그랬듯이 다시 고독한 상태로 돌아갈 수도 있다.

권력 플롯

권력을 얻고 휘두르려는 이야기는 매혹적인 플롯 유형이다. 우리는 누구나 권력에 끌리는데, 반드시 좋은 현상은 아니다(사실 이는 『반지의 제왕The Lord of the Rings』이 다루는 중요한 주제다). 당연히 치러야 할 대가를 받는 권력자의 모습에서 독자는 만족감을 느낀다. 더 위대한 목적을 위해 권력을 포기하는 모습도 마찬가지다.

『대부The Godfather』에서 마이클 코를레오네는 결국 권력을 얻지만 그 대가는 자신의 영혼이다. 내가 쓴 『데드록Deadlock』에서 부동층을 좌우하는 대법원 판사는 국가적 공익을 위해 사퇴한다.

죽음 플롯

매혹적인 플롯에는 코앞에 닥친 죽음이 있기 마련이다. 어떤 플롯이든 그렇다. 죽음에는 세 가지로 종류가 있기 때문이다.

당연히 첫째는 육체적 죽음이다. 액션소설이나 서스펜스소설을 쓰고 있다면 주인공이 이야기의 어느 지점에서든 죽을 수 있다는 분위기를 마련해야 한다. 물론 이때의 위기감이 가장 높다.

둘째는 심리적 또는 정신적 죽음이다. 목표를 이루지 못한 인물은 내면적으로 죽을 것이다. 『호밀밭의 파수꾼』은 이 문제를 둘러싸고 전개되는 소설이다. 홀든은 삶이 살 가치가 있는지 알아내려 한다. 알아내지 못하면 내면적으로 죽을 뿐 아니라 자살을 택해 육체적으로도 죽게 될 것이다.

마지막은 직업적 죽음이다. 인물의 직업이 위태로워질 때 생긴다. 영화 「심판The Verdict」에서 찾아볼 수 있다. 폴 뉴먼은 알코올의존증 변호사로 어떤 사건을 맡고 이를 중요하게 생각한다. 이 소송에서 지면 그의 직업도 끝이다.

영화 「하이눈」은 이 세 가지 죽음이 모두 나오는데 그 덕분에 오래 대중의 사랑을 받았다. 보안관 월 케인은 혼자 총잡이 네 명을 상대해야 하므로 목숨을 잃을 수 있다. 하지만 모두가 재촉하듯이 달아난다면 그는 분명 내면적으로 죽을 것이며(겁쟁이가 된 탓에) 보안관으로서도 죽게 될 것이다(의무를 저버려서).

죽음을 둘러싼 인물 간의 이해관계가 깊어지면 그 즉시 플롯은 탄탄해진다.

¶ 요약

- 플롯의 필수 요소는 주인공, 목표, 대결, 완승이다.
- 주인공은 독자와 이야기를 잇는 통로다.
- 무언가를 얻든, 무언가로부터 달아나든, 주인공의 목표는 주인공의 행복에 반드시 필요한 것이어야 한다.
- 대결은 주인공보다 강한 적대자가 있어야 벌어진다.
- 완승으로 끝나는 결말은 만족감을 주고 여운을 남긴다.
- 신화 구조는 견고하며 아주 오랫동안 활용되었다.
- 구조의 필수 요소는 시작, 중간, 끝이다. 시련과 되돌아갈 수 없는 관문이 이 세 요소를 잇는다.
- 매혹적인 플롯에는 코앞에 닥친 죽음이 있다(육체적 죽음, 심리적·정신적 죽음, 직업적 죽음).

LOCK 체계를 염두에 두고 좋아하는 소설을 다시 읽어본다. 다음 항목을 분석한다.

- 저자가 독자와 주인공 사이의 유대감을 설정한 방법
- 저자가 목표를 설정하고 이를 주인공에게 결정적인 요소가 되게 만든 방법
- 저자가 대립 상황을 만들고 주인공보다 강한 적대자를 창조해서 긴장을 일으킨 방법
- 만족스러운 결말을 만들기 위해 집어넣은 요소들

어쩌면 이 중 어떤 항목은 약할 수 있다. 어떤 부분이 약한지 알 수 있겠는가? 어떤 식으로 다르게, 더 훌륭하게 쓸 수 있을까? 마지막 항목에 위축되지 말자. 뇌를 운동시키다 보면 관련된 근육이 생길 것이다.

다음 영화 중 둘 이상을 보고 구조를 분석하자.

- 「스타워즈」
- 「하이눈」
- 「어느 날 밤에 생긴 일」
- 「월스트리트」
- 「트루 그릿」
- 「오즈의 마법사」
- 「반지의 제왕」
- 「윌로우Willow」
- 「선셋 대로Sunset Boulevard」
- 「스파이더맨Spider-Man」

이제 영화마다 1막에서 시련이 닥친 지점과 되돌아갈 수 없는 관문 2개가 열린 지점을 파악한다. 다음 막으로 관객을 이끄는 것은 무엇인가? 영화나 소설이 늘어진다고 느껴진다면 대개 구조적 결함 때문이다.

4장

시점:
누구의 머릿속에
들어갔는가?

시점을 정확히 처리하지 않으면
미묘하면서도 거의 무의식적으로,
이야기의 영향력이 흐려진다.

시점 때문에 혼란을 겪는 작가가 많다. 노련한 작가조차 때로 방향 감각을 상실한다. 글쓰기 교사들은 학생들의 원고에서 '시점 위반', 즉 '지휘자가 바뀌는' 실수를 자주 발견한다. 그러나 독자는 이런 일에 개의치 않는 듯하다. 출판사나 작가의 웹사이트에 시점에 착오가 있으니 책값을 돌려달라는 내용의 이메일이 물밀듯이 밀려들지 않으니 말이다.

그래도 작가는 무엇보다 독자를 신경 써야 한다. 시점을 정확히 처리하지 않으면 미묘하면서도 거의 무의식적으로, 이야기의 영향력이 흐려지기 때문이다. 소설을 다 읽은 독자는 "뭐, 꽤 재미난 이야기네"라고 할 수 있다. 그러나 우리가 그토록 듣고 싶어 하는 "와" 하는 감탄은 하지 못할 것이다. 왜일까? 모든 시점이 지닌 본질 때문이다. 시점은 '친밀함'을 통해 인물과의 유대감을 쌓는다.

시점의 친밀함은 범위가 다양하다. 가장 친밀한 시점은 1인칭 시점으로 인물의 머릿속에서 서술이 나온다. 독자는 주인공의 생각과 감정에 가장 가까이 다가갈 수 있는 연결고리를 얻는다. 반대로 전지적 시점은 대개 친밀감이 가장 떨어진다. 전지적 화자는 모든 인물의 머릿속을 자유롭게 드나들 수 있는 반면 그 자유 때문에 한 인물을 집중 조명할 수 없다.

1인칭 시점과 전지적 시점 사이에 3인칭 시점이 있는데, 제한적 시점과 비제한 시점이라는 두 가지 형태로 나타난다. 제한 시점은 이야기가 전개되는 동안 한 가지 인물의 시점만 고수한다는 뜻이다. 즉 다른 인물의 머릿속으로 들어가지 않는다. 비제한 시점은 장면이 바뀌면 시점도 다른 인물의 것으로 바꿀 수 있다는 뜻이다.

마지막으로 전지적 시점을 변형한 영화적 시점이 있는데 일부 장르소설 말고는 거의 쓰이지 않는다. 대실 해밋의 『몰타의 매』가 이 형식의 탁월한 예시다(2인칭 시점은 푸른발부비새만큼이나 희귀하므로 다루지 않을 것이다. 조언하건대 이 시점은 그 어디에서든 시도하지 않는 게 좋다).

요즘 대부분의 순수소설은 그 나름대로 이유가 있어 1인칭 시점으로 쓰인다. 순수소설의 플롯에서는 인물의 내면이 곧 원동력이므로 1인칭 시점을 택하는 게 자연스럽다. 3인칭 시점은 대중소설과 사건이 플롯을 이끄는 소설에서 가장 많이 쓰인다. 그렇다고 답이 정해졌다는 뜻은 아니다. 자신의 소설에 가장 어울리는 시점이 정답이다.

그러면 시점에 대해 좀 더 자세히 살펴보자.

전지적 시점: 친밀감이 가장 부족한 시점

전지적 시점은 친밀감이 가장 부족한 시점이다. 작가가 이야기를 들려줘야 한다는 부담을 지고 있기 때문이다. 이 시점은 전지적인 작가가 이야기 속을 마음껏 돌아다니며 상황을 묘사하고, 때와 인물에 상관없이 인물의 머릿속이나 마음속에서 무슨 일이 벌어지고 있는지 들려줄 수 있다. 여기서 '들려준다'는 데 주목하자. 전지적인 목소리가 인물의 감정이 어떠한지 설명하면 친밀감이 줄어든다. 독자가 인물과 동질감을 느끼지 못하기 때문이다. 이점이 전지적 목소리의 함정이다. 이 시점은 지름길로 가라고 유혹한다.

[전지적 시점]

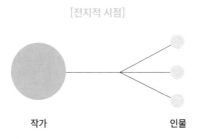

작가   인물

그렇다고 전지적 시점을 절대 쓰지 말라는 뜻은 아니다. 역사소설과 대하소설에서는 이 시점이 매우 효과적이다. 찰스 디킨스도 이 시점을 잘 활용했다. 그는 『황폐한 집Bleak House』의 1장에서 안개와 진흙투성이인 런던 거리를 묘사한 뒤 다음과 같이 말을 잇는다.

진흙과 안개가 가득한 광경을 뒤로하고, 느릿느릿 지루하게 움직이는 챈서리 법정으로 들어가 보자. 법정 풍경은 인물이 말하는 모습마저도 진창 속을 걷는 느낌이었다. 명쾌함보다는 혼돈이 판치는 법을 묘사하는 것 자체가 안갯속이었다.

잠시 후 챈서리 법정에서 일어난 일이 자세히 묘사된다.

"변호인단의 변호사 몇몇은 아직 할 말이 남은 것 같습니다만?" 대법관이 희미하게 웃으며 말했다.

탱글 씨의 박식한 친구들이자 1,800장짜리 요약본으로 무장한 열여덟 명은 피아노의 해머 18개처럼 발딱 일어나 열여덟 가지 모습으로 절을 한 뒤, 어두컴컴한 열여덟 개 자리에 앉았다.

"2주 뒤 수요일에 심리를 진행하겠습니다." 대법관이 말했다. 쟁점이 되는 문제는 단순한 비용 문제로, 본소송이라는 숲에 돋아난 새싹 정도라서 머지않아 해결될 터였다.

오직 전지적 화자만이 변호사 열여덟 명이 무엇을 갖고 있으며, 그들이 '발딱 일어났을 때' 무엇처럼 보였는지 말할 수 있다. 좀 더 뒤로 가면 이런 장면이 나온다.

갑자기, 목소리가 놀랄 만큼 저음이고 몸집이 작디작은 변호사가 안개의 뒷자리에서 몹시도 자신만만한 모습으로 일어나 말했다.

"재판장님, 한 말씀 드려도 되겠습니까? 저는 피고의 변호인 자격으로 출두했습니다. 그와는 몇 촌 친척입니다. 촌수가 정확히 어떻게 되는지 당장 법정에 보고할 수는 없습니다만, 친척인 것은 확실합니다."

그 작디작은 변호사는 지붕 서까래까지 울려 퍼진 이 말을 (불길한 전갈이라도 되는 듯이) 남긴 후 털썩 주저앉았고, 안개 속으로 사라졌다. 다들 그 남자를 찾아보았다. 누구의 눈에도 보이지 않았다.

2장에서 작가는 두 인물, 즉 데들록 양과 그녀의 남편 레스터 데들록 경을 소개한다.

레스터 레들록 경은 우리의 레이디와 함께 있었고, 털킹혼 씨를 만나게 되자 기뻐했다.

"특별한 일이라도 벌어졌는지 물을 필요가 없겠어요."

아직도 링컨셔 저택의 음울함에 짓눌린 우리의 레이디가 말씀하셨다.

작가는 이 장면 속에서 두 사람의 '머릿속'에 뛰어들어 무슨 일이 벌어지고 있는지 알려준다. 물론 소설의 흥미를 돋우기 위해 모든 작법 도구를 활용했다. 그리고 완전히 다른 독자를 위한 글도 썼다. 오늘날 전지적 시점은 그다지 많이 쓰이지 않는다.

퓰리처상을 받은 래리 맥머트리의 『외로운 비둘기Lonesome Dove』는 다른 점에서는 성공했으나 전지적 시점은 취약했다는 평가를 받기도 한다. 이는 위대한 플롯이 사소한 결함을 뛰어넘을 수 있다는 것을 보여준다. 그러나 굳이 결함을 만들 필요가 있겠는가? 요즘에 가장 안전한 방책은 1인칭 시점과 3인칭 시점이다.

1인칭 시점: 작가의 목소리를 인물 속에 숨기자

1인칭 시점에서는 인물 스스로 무슨 일이 일어났는지 설명한다.

> 나는 가게에 갔다. 프랭크를 봤다. 내가 말했다. "여기서 뭐 해?"

당연히 이 시점에서는 모든 게 인물 한 명의 눈을 통해 보여야 한다. '나'는 프랭크가 보거나 느낀 것은 볼 수 없고, 자신이 본 것만 전할 수 있다(프랭크가 '나'에게 그런 이야기를 해야겠다고 생각하지 않는 한). 화자가 목격하지 않은 장면은 묘사할 수 없다. 다만 다른 인물이 화자에게 '화면 밖의 장면'에서 일어난 일을 알려줄 수는 있다.

1인칭 시점은 과거 시제나 현재 시제를 활용할 수 있다. 전통적인 방식은 과거 시제로 화자가 과거를 돌아보며 말하는 것이다. 그러나 현재 시제로도 말할 수 있다. "나는 가게에 가는 중이다. 프랭크를 본다. 내가 말한다. '여기서 뭐 해?'"

긴박한 분위기를 잘 이용하면 강렬한 현장감을 만들 수 있다. 또한 장章이 바뀔 때마다 서로 다른 인물의 1인칭 시점을 적용할 수도 있다. 어떤 작가들은 각 장이 시작될 때 시점인물의 이름을 적은 다음 그 화자의 목소리로 글을 써나간다. 물론 이 경우 인물은 목소리가 저마다 달라야 하고 각각의 관점도 독특해야 하므로 대단한 기량이 필요한 작업이다.

1인칭 시점에서 가장 중요한 점은 '태도'다. 화자의 목소리에는 들을 가치가 있다고 느껴지는 뭔가가 있어야 한다. 세계관이나 견해, 또는 사실을 무미건조하게 늘어놓은 정도를 넘어선 그 무엇이 필요하다.

그 예로 리사 샘슨의 두 소설을 보자. 먼저 『퀘이커 서머Quaker Summer』에서 헤더 커리지는 삶의 진정한 의미가 무엇이며 어떻게 살아야 하는지 의문을 품은 채로 호화롭게 살아간다.

오전 6시 30분. 45분 후면 햇볕에 데워진 해변 방향 오솔길처럼 내 앞에 뻗은 아들을 깨워야 한다. 살아 있는 아이가 한 명뿐인데도(사실 나는 열 명을 원했지만 그런 생각은 분명 다른 때, 어쩌면 내년에나 해야 하는 것이다), 나는 결코 혼자인 때가 없는 듯하다. 피부가 두꺼워지고 유통기한 지난 마른 귤껍질에 갇힌 것처럼 갑갑하다. 이 껍질 속에서 나는 자유로워지려고, 젊음을 되찾으려고, 내가 더 의미 있는 일을 하기 위해 태어났다는 희망을 가득 채우려고 싸우는 중이다.

엄마 역할보다 더 의미 있는 일이라?

당연히 우리 교회 여자들은 이런 생각을 이해하지 못할 것이다. 엄마 역할 이상을 원하는 여자는 누구든 욕심이 너무 많은 것이었다. 그러나 내 속의 무언가가 입술을 오므리고 눈을 빛내며 나를 할퀸다. 나뿐만이 아니라 내가 사랑하는 모든 이까지 죄다 끌어당겨 새로운 롤러코스터에 태우기로 작정한 듯이. 고속으로 떨어질 수 있도록 비탈을 더욱 길게 만들었지만, 세상을 바라보기에는 전망이 훨씬 훌륭한 롤러코스터에 말이다.

『스트레이트업Straight Up』에서 페얼리 가드프리는 젊은 나이에 미망인이 된 뉴욕의 디자인 컨설턴트로, 데이트를 수없이 하며 남편을 잃은 슬픔을 달랜다.

콘택트렌즈가 찢어졌다! 살짝 말린 젤리 받침처럼 한가운데가. 여분 렌즈도 없는데. 그래서 차라리 어릴 적에 온도계가 깨졌을 때 느꼈던 기발한 재미라도 좀 누려보자 싶어 렌즈를 손가락으로 말았다.
운 좋게도, 손바닥에 문지르고 뭉친 수은의 영향 때문에 언젠가는 암 병동에 입성하게 될지도 모른다.
이렇게 나는 브래든과 함께 술집에 앉아 있었다. 그는 자신이 MBA를 마쳤으니 축하해야 한다고 말했다. 잘난 척하시긴. 브래든이 고작 스물세 살이란 사실을 내가 말했던가? 신동이다. 나의 어린 애인님은.
정말이지 그는 존 F. 케네디 주니어 스타일의 고불거리는 갈색 머리카락이 이마에 물결쳐서 귀여워 보였다.

앞의 두 소설 속 화자의 목소리는 완전히 다르다. 작가의 목소리는 인물 속에 숨겨진다. 바로 이렇게 해야 한다.

1인칭 시점을 쓸 때

1인칭 시점의 화자는 과거에 일어난 모든 일을 알기 때문에 대개 '과거 시제'로 이야기를 전한다. 그래서 당시에는 자각하지 못했던 점을 이야기할 수도 있다.

화자가 술집에 들어간 장면을 생각해보자. 술집 출입문은 등 뒤에 있다. 화자는 아직 몸을 돌리지 않았지만 '바로 그때 빌리가 들어왔다'라고 말할 수 있다. 왜일까? 과거 시제로 이야기를 전하고 있어서 들어온 사람이 빌리라는 걸 알기 때문이다. 그러나 이 경우 실시간으로 일어난 일처럼 이야기를 쓰는 편이 낫다. 그래야 독자가 가장 자연스럽고도 흥미진진하게 장면 속으로 들어갈 수 있다. 그러니 앞의 문장은 이렇게 고쳐 쓰면 좋다. '문이 열리는 소리가 들려서 고개를 돌렸다. 빌리였다.'

[1인칭 시점]

저자

인물의 서술

사건

3인칭 시점: 한 장면 한 시점이 좋다

3인칭 시점은 대부분의 현대소설에 쓰기 좋다. 3인칭 시점을 쓰는 작가가 직면하는 가장 큰 문제는 장면을 전개하는 동안 그 시점을 일관되게 유지하는 것이다. 순간적인 실수로 시점이 갑자기 다른 인물의 시점으로 바뀌거나 시점인물이 볼 수 없는 시각으로 바뀌기 쉽다.

3인칭 제한적 시점에서는 한 인물의 시점을 고수해야 한다. 다른 인물의 시점을 취하면 안 된다. 잘 활용하면 1인칭 시점만큼이나 친근감을 줄 수 있다. 제임스 N. 프레이는 『기막히게 좋은 소설을 쓰는 방법 IIHow to Write a Damn Good Novel II』에서 이에 대한 견해를 제시했다. "1인칭 시점과 3인칭 시점에 각각 적용된다는 엉터리 규칙을 믿으면 안 된다. 사실 1인칭 시점으로 낼 수 있는 효과는 3인칭 시점에서도 얼마든지 가능하고, 그 반대의 경우도 마찬가지다." 다른 인물에게도 3인칭 시점이 주어지면(3인칭 비제한 시점) 한 인물의 머릿속에 머무는 시간이 짧아지는 게 당연하다. 그러면 친밀감은 곳곳으로 흩어진다.

나는 '한 장면 한 시점' 원칙을 추천한다. 시점을 바꿔야 한다면 장章을 바꿔 새로 시작하거나 시점 변화를 알려줄 여백을 마련해야 한다.

데이비드 모렐의 『도시탐험가들Creepers』을 예로 들어보자.

발렌저의 근육에서 긴장이 풀렸다. 발렌저는 탐사가 재개되리란 걸 알고, 크리퍼들이 배낭을 채우는 모습을 지켜보았다. "몇 시에 들어가실 겁니까?"

"열 시가 지나면 곧." 콩클린이 휴대용 무전기를 허리띠에 걸었다.

시점인물이 발렌저이므로 독자는 그의 근육에서 긴장이 풀렸다는 사실을 알 수 있다. 다른 인물은 발렌저의 그런 상태를 모를 것이다. 또 독자는 발렌저가 예상한 일이 생기리라는 것도 알 수 있다. 콩클린은 시점인물이 아니지만 독자는 발렌저의 눈을 통해 그가 무전기를 허리띠에 거는 모습을 볼 수 있다.

[3인칭 시점]

작가 · • 사건
　　　　　　　　　　　　인물을 통한 작가의 서술

영화적 시점: 생각을 알 수 없다

영화적 시점은 전개되는 이야기를 찍기 위해 카메라를 설치한 것처럼 외부에서 본 모습을 묘사한다. 즉, 인물의 생각을 전하지 않는다. 생각과 감정을 드러내기 위해 인물의 '머릿속으로 뛰어들지' 않는다는 점에서 다른 시점과 구분된다. 열린 창문이나 영화 스크린처럼 외적인 세부 사항만을 보여준다. 또한 영화적 시점은 거의 언제나 주인공 한 명에게 초점을 맞춘다.

대실 해밋이 영화적인 방식으로 쓴 소설 『몰타의 매』를 보자.

스페이드는 회전의자에 털썩 앉아 그녀를 볼 수 있도록 의자를 4분의 1쯤 돌리고는 점잖게 웃음을 지었다. 그는 웃을 때 입술을 떼지 않았다. 얼굴의 모든 V 자가 더욱 길어졌다. 닫힌 문 너머에서 에피 퍼라인의 타자기가 신나게 탁탁, 희미하게 땡땡, 알아듣기 어렵게 윙윙거리는 소리가 들어왔다. 근처 사무실 어딘가에서 동력기가 둔하게 진동했다. 스페이드의 책상에 있는 담배꽁초투성이 놋쇠 재떨이에 담배꽁초 하나가 연기를 피워 올리고 있었다.

이 장면이 영화 같은 이유는 우리가 스페이드의 머릿속에 있다 해도 스페이드는 자신의 얼굴에 패인 V 자가 더 길어졌다는 사실을 볼 수 없기 때문이다. 우리는 스페이드의 생각을 읽지도 못한다. 스페이드의 책상에 놓인 담배가 카메라를 줌인zoom in한 것처럼 묘사된 것도 흥미롭다.

[영화적 시점]

작가 ⋯⋯⋯⋯⋯⋯⋯⋯⋯⋯⋯○ '스크린'에서 일어나는 일들

시점 규칙의 예외

다양한 글쓰기 규칙에 대해, 특히 시점과 관련된 까다로운 질문에 대해 작가들 사이에서도 열띤 논의가 오간다. 물론 사건의 진상을 파악하고 시점을 고수하는 것은 좋다. 그러나 이따금 고의로 시점 규칙을 깨뜨리는 게 좋을 수 있다. 예를 들어 가벼운 전지적 시점으로 시작해 3인칭 시점으로 옮겨가도 좋다. 로런스 블록이 쓴 『소도시Small Town』를 보면 4장에서 그런 기법이 보인다.

레글롱 도르는 파크와 매디슨 사이, 55번가에 있었고 수십 년 동안 그 자리를 지켜왔다. 고전적인 프렌치레스토랑으로, 최신 유행을 포기한 지는 이미 오래고 메뉴판의 오른쪽은 염가 판매 따위는 결코 용납할 수 없음을 장담하고 있었다. 단골 대부분은 오래전부터 드나든 이들로서, 훌륭한 요리와 차분하지만 우아한 장식, 조심성 있는 만점 서비스를 소중히 여겼다. 호화롭게도 멀찍이 떨어져 배치된 테이블들은 만석인 경우는 거의 없었고, 두세 자리 이상 빈 적도 없었다. 사실 이는 경영자가 선호하는 모습과 흡사했다 . (……)

프랜시스 버크램은 몇 분 일찍 왔음을 깨닫고 모퉁이에 이르자 택시에서 내렸다.

이 소설의 작가는 전지적 시점으로 배경을 바라보는데, 흥미롭기도 하고 분위기를 설정하는 데 도움이 된다. 그 후 작가는 프랜시스 버크램의 시점으로 우리를 이끈다.

그런데 장면 '중간'에 전지적 시점을 살짝 끼워 넣으면 어떨까? 이 소설의 작가는 그 작업마저 멋지게 해낸다. 3인칭 시점이 설정된 장면 중간에서 전지적 시점에서 본 시점인물의 모습을 묘사한다.

그의 키는 약 160센티미터에 덩치가 컸고, 가슴과 어깨가 떡 벌어졌으며 직접 다듬은 갈색 머리털에다 수염이 풍성했다. 허리는 자신의 바람보다 좀 더 두꺼웠지만 나쁘지는 않았다.

그런 다음 장면을 전개한다. 아마도 시점 경보기는 어딘가에서 꺼졌을 것이다. '덩치가 크다'는 표현은 작가의 목소리이자 평가로, 인물은 자신의 몸치장 습관이나 몸무게를 곰곰이 생각하지 않는다. 이번에도 작가의 목소리다. 그러나 전개를 거의 방해하지 않는다. 묘사를 한 뒤 이야기를 전개하는데 이는 간결하기도 하다.

우리를 여기서 세 가지 교훈을 얻을 수 있다. 첫째, 규칙은 목적이 있어야 존재한다. 규칙을 잘 알아두면 조금만 고쳐도 나아질 수 있는 부분을 골라낼 수도 있다. 둘째, 규칙을 깨뜨리려면 간결해야 한다. 셋째, 소설을 쓸 때 시점 규칙을 엄격히 따르더라도 나쁘지 않다.

시점을 능숙히 다루려면 시간이 걸린다. 여유를 갖고 연습을 하고 과정을 즐기자. 시점에 통달하게 되면 이전까지는 느끼지 못했던, 소설을 장악하는 느낌이 든다. 기분이 좋을 것이다.

¶ 요약

- 시점은 작가가 누구의 머릿속에 '들어갔는가'를 뜻한다.
- 가장 친근한 시점은 1인칭 시점이다. 친밀도가 가장 적은 것은 전지적 시점이다.
- 초보 작가는 3인칭 시점으로 쓰는 게 좋다.
- 경험이 많아질 때까지는 시점으로 실험하지 말자.

다음 밑줄 친 부분은 시점이 바뀌거나 부적절하게 쓰인 곳이다. 무엇이 문제인지 알 수 있겠는가? 자세한 설명은 그다음에 덧붙였다.

프랭크는 새러가 아직 그곳에 있기를 바라며[1] 방으로 달려갔다. 그녀는 초조하게[2] 그곳에서 기다리고 있었다. 프랭크가 말했다.

"서둘러. 여기에서 빠져나가야 돼!"

새러가 한숨을 쉬었다.[3] "이번엔 뭐야?"

"경찰이야. 경찰이 오고 있어." 그녀는 왜 그의 말대로 하지 않을까?[4] 그는 창가로 다가가 경찰차를 경계하며 거리를 내다보았다. 새러는 의자에서 일어나 말했다.[5] "과대망상이야, 바보같이. 당신 의료팀이잖아." 그는 언제나, 빠짐없이 의료팀을 달고 다녔다.[6]

프랭크가 몸을 돌렸을 때, 검은색과 흰색을 칠한 첫 번째 차가 길턱으로 다가와 섰다.[7]

프랭크가 외쳤다.

"다들 나를 쫓고 있는데, 과대망상은 아니지! 내가 말할 땐 내 얼굴을 봐."

마음의 준비가 되면 당신을 볼게, 라고 새러는 생각했다.[8] 새러는 부엌으로 갔다. 그녀는 서른 살의 아름다운 여자로 친구들 사이에서 인기가 많았다. 이 순간 남편에게는 그렇지 않았지만.[9]

검은색과 흰색을 칠한 다른 차가 아파트 건물 앞에 멈춰 섰다.[10]

프랭크와 새러의 귀에 확성기 소리가 들렸다.

"어디 있는지 알고 있다! 양손 들고 나와라."

둘은 기겁했다.[11]

새러는[12] 교도소에 가게 되리란 걸 알았다.

프랭크는[13] 새러가 안다는 사실을 알았다. 그는 모르는 게 없었기 때문이다.[14]

1. 이 부분은 문제는 아니다. 여기서 시점인물이 프랭크라는 것을 알려준다.

2. 시점이 전환되었다. 그녀가 초조하다는 사실을 프랭크가 어떻게 알까? 시점인물이 새러로 바뀌었다.

3. 두 인물이 모두 인식할 수 있는 사실이므로 시점이 겹친다(이중 시점).

4. 프랭크의 생각을 나타낸 문장이다. 시점이 다시 프랭크로 옮겨 갔다.

5. 프랭크가 창밖을 보고 있는데 새러가 의자에서 일어났다는 것을 어떻게 알 수 있을까?(이 문장을 고치려면 프랭크의 머릿속에 들어가 그가 무엇을 보고 있는지 파악한 뒤 그의 주의를 환기시킬 내용을 넣는 게 좋다)

6. 새러의 생각이다.

7. 프랭크는 이미 창가에서 몸을 돌렸는데 이 광경을 어떻게 볼 수 있을까?

8. 명백한 시점 전환이다.

9. 누구의 생각일까? 작가의 생각처럼 느껴진다.

10. 이중 시점이다.

11. 이중 시점이다.

12. 새러의 시점이다.

13. 프랭크의 시점이다.

14. 이 역시 작가의 개입이다.

다음은 1인칭 시점으로 쓴 소설의 일부다. 밑줄 친 부분은 시점이 파괴된 부분이다. 자세한 설명은 그다음에 덧붙였다.

나는 그녀를 찾아 델리 식당으로 들어갔다. 각자의 음식과 <u>각자의 문제</u>[1] 때문에 바쁜 사람으로 만원이었다.

그러다 그녀를 보았다. 나에게 등을 보인 채 벽에 붙은 칸막이 자리에 앉아 있었다.

나는 <u>단호한 눈빛으로</u>[2] 그쪽으로 가서 맞은편에 앉았다.

<u>그녀는 달가워하지 않았다.</u>[3]

"뭐 하고 있어, 새러?" 내가 말했다.

"뭐 하고 있는 걸로 보이는데?"

그녀는 역겹다는 듯이 고개를 저었다.

<u>내 뒤쪽에서 스크램블 달걀 접시를 든 종업원이 다가와</u>[4] "일행이 있으시군요"라고 말한 다음 새러 앞에 접시를 내려놓았다.

"전 커피 주세요." 내가 말했다.

커피는 매력적인 역사를 지닌 생산물이다. 원래는 무슬림 지방에서 알려졌지만 점차 네덜란드를 거쳐 유럽으로 전해졌다. 유럽 커피 대부분이 재배된 곳은 네덜란드령 동인도제도였다. 건강에 좋으냐를 두고 논쟁이 있었지만 현재 학계에 따르면 적정량 복용은 유익하다.[5]

새러는 옆에 누가 있는 게 싫었다.[6]

"여기에서 뭐 해?"

"네가 뭘 알고 있는지 알아내려고 왔어."

나는 푸른 눈을 번득이며[7] 이렇게 말했다.

새러는 가방으로 손을 넣어 열쇠를 찾아[8] 더듬거렸다. 그런 다음 유리 테이블로 던졌고, 열쇠는 철걱거리며 내 앞에 떨어졌다.

"당신이 알아야 할 건 이게 전부야." 새러가 말했다.

1. 프랭크는 다른 사람들에게 문제가 있는지, 무슨 생각을 하고 있는지 알 수 없다. 만약 '사람은 각자 문제가 있다'는 게 그가 인간에 대해 내린 결론이라면 화자로서 그 이유를 더 분명히 설명해야 한다.
2. 1인칭 시점의 화자는 자신의 눈빛을 볼 수 없다.
3. 그녀가 달가워하지 않는다는 것을 알 수 있는 어떤 정보도 없다. 이런 내용은 행동과 대화를 통해 드러나는 게 낫다.
4. 프랭크는 시점인물이므로 자신의 뒤쪽에서 다가온 종업원이 무엇을 들고 있는지 볼 수 없다.
5. 작가의 개입이다.

6. 프랭크의 판단일 수 있으나 이 역시 장면을 통해 보여주는 편이 낫다.

7. 1인칭 시점의 화자는 자신이 눈을 번득이는 모습을 볼 수 없다.

8. 프랭크는 새러가 가방에서 무얼 찾고 있는지 알 수 없다.

소설을 쓸 때 우리를 가장 무기력하게 하는 것은
내면의 목소리다.
"넌 능력이 부족해. 네가 쓴 글은 정말 형편없어."
작가가 되려는 이들은 누구나 이런 목소리를 듣는다.
이 목소리가 글쓰기에 대해 하는 말은
거의 언제나 거짓말이다.

_랜디 웨인 화이트

영국의 농촌에서는 돌담을 세워 양을 가둔다. 어떤 돌담은 몇 세기 동안 자리를 지켜온 놀라운 건축적 업적이다. 돌담을 만든 돌들은 평평하지만 어느 것도 똑같지가 않다. 색깔과 모양이 다양한데도 서로 맞물려 전체를 이룬다.

소설을 이루는 장면은 돌담을 세우는 돌과 같다. 나는 벽돌보다 돌담의 돌이 더 좋다. 벽돌은 모두 똑같이 생겼기 때문이다. 마찬가지로 소설의 장면은 형태와 느낌은 다양하되 뒤로 물러나면 조화롭게 어우러진 모습이어야 한다. 어긋나서 튀어나온 돌이나 가운데에 금이 간 돌이 없어야 한다. 각 장면을 튼튼하게 세워 이야기에 꼭 필요한 요소로 만들면 소설은 구조적으로 견고해진다. 약한 장면이 있으면 소설은 허물어질 수도 있다.

이번 장에서는 돌담이 세월의 흐름을 견디듯 견고한 소설을 만들 수 있도록 장면을 자체편집 하는 법을 살펴볼 것이다.

장면은 다음 중 두 가지 이상의 기능을 해야 한다.

- 행동을 통해 이야기를 전개한다.
- 인물의 반응을 통해 그의 특성을 나타낸다.
- 뒤에 나올 주요 장면을 위해 기초를 마련한다.
- 이야기에 묘미(양념)를 더한다.

이 외에도 각 장면은 어느 정도 이야기를 '고조'해야 한다. 소설의 처음부터 끝까지 모든 장면이 줄곧 강렬해야 한다는 뜻은 아니다. 모든 장면이 뻐꾸기를 쫓는 코요테처럼 만화적인 느낌을 줄 필요는 없다.

그러나 장면에는 위기가 있어야 한다. 중요한 문제가 있어야 한다. 인물이 숨을 돌리거나 생각에 잠기거나 마음을 가다듬는 중이더라도 그 아래에 깔린 이야기 속에서는 문제가 소용돌이쳐야 한다. 장면의 주요 요소는 행동, 반응, 설정, 묘미인 게 가장 좋다. 이제부터 각 항목을 살펴보자.

행동 장면: 목표와 결과가 있다

행동 장면은 인물이 어딘가에 도달하고, 문제를 해결하고, 이야기를 전개하려고 노력하는 장면이다. 자동차 추격이나 총격전도 물론 행동에 속하지만 그런 것만이 행동은 아니다. 행동 장면에서는 목표와 장애물, 결과를 볼 수 있다.

목표

모든 행동 장면에는 '장면의 목표'가 있어야 한다. 즉 시점에 상관없이 사건을 일으키려 하는 추진력이 있어야 한다. 예를 들어 다음과 같다.

- 경찰이 정보를 얻으려 목격자를 심문하고 있다.
- 아이를 잃은 어머니가 고통을 잊으려 애쓰고 있다.
- 해군 특수부대가 암살자 다섯 명을 한 번에 죽이려 하고 있다.
- 한 남자가 아내의 배신을 인정하기 싫어 술을 마시고 있다.

장애물

시점인물이 목표를 달성하지 못하게 방해하는 인물, 장소, 사물, 환경에는 어떤 것이 있을까?

- 목격자가 경찰에게 거짓말을 하고 있으며 총까지 지니고 있다.
- 어머니가 집 안의 모든 물건에서 잃어버린 아이의 모습을 본다.
- 암살자들은 기량이 탁월하다. 암살이 그들이 하는 일이므로.
- 술은 감정을 무디게 하지만 의식을 앗아가지는 않는다.

이렇듯 대립 요소는 외적인 것(예를 들어 다른 인물)일 수도 있고 내적인 것(예를 들어 인물의 심리와 사고방식)일 수도 있다.

또한 사회적 대립 요소도 있다. 현상 유지가 목표인 집단이 그런 역할을 할 수 있다. 예를 들어 에번 헌터의 소설을 영화화한 「폭력교실The Blackboard Jungle」에 등장하는 리처드 대디어는 폭력이 난무하는 학교를 바꿀 수 있다고 생각하는 교사다. 다른 교사 대부분과 학교 경영진은 그렇게 생각하지 않는다. 이 때문에 소설과 영화에서 긴장감 있는 장면이 연출된다.

마지막으로 자연도 대립 요소로 쓰일 수 있다. 스티븐 킹의 『세기의 폭풍Storm of the Century』에서처럼 자연은 근본적인 걸림돌이 되기도 한다. 킹이 쓰는 소설에서는 겨울에 메인의 해안에서 멀리 떨어진 섬에는 절대 갇히면 안 된다. 그가 아마 그곳에 광적인 살인자를 떨어뜨릴 것이다. 자연이나 환경은 시간이 결정적인 요소일 때 엄청난 장애물이 될 수 있다. 인물이 마을에 들어가야 하는데 다리가 끊어진다. 아니면 폭풍에 날아온 나무가 길을 가로막는다. 아니면 자동차가 고장 난다. 작가의 멋진 점은 결정권이 있다는 것이다.

결과

각 장면은 일정한 때가 되면 끝나야 한다. 대개 장면은 이렇게 끝난다.

- 행복하게
- 썩 행복하지는 않게

• 끔찍하게

소설의 세계에서는 장면이 뚜렷하든 모호하든 나쁘게 끝날수록 좋다. 독자는 걱정을 하고 싶어서 소설을 읽기 때문이다. 독자는 자신이 감정이입을 한 주인공이 시련과 고난을 헤쳐나가는 모습을 보고 싶어 한다. 순조롭게 전개될수록 걱정거리는 줄어든다. 그러니 장면이 끝난 후 가능하면 주인공의 상황이 더 나빠지도록 전개하자.

예를 들어, 주인공이 원하는 정보를 얻지 못한다.

더 나쁜 경우로, 상처가 되는 정보를 알게 된다.

훨씬 나쁜 경우로, 망치에 얻어맞는다.

선택할 수 있는 나쁜 결과의 종류는 무한하다. 그렇다고 때때로 행복하게 끝나는 장면이 있으면 안 된다는 뜻은 아니다. 숨을 돌릴 수 있게 이따금씩 좋은 일이 일어나도록 장면을 배치하자. 그러나 되도록 빨리 주인공은 다시 어려움에 빠져야 한다.

반응 장면: 감정이 먼저다

행동이 주로 움직임에 대한 것이라면, 반응은 대개 감정에 대한 것이다. 반응은 인물이 주변을 둘러싼 문제를 어떻게 다루는지 보여준다. 반응 장면은 그 장면만으로 완전할 수 있다. 또는 행동 장면에 반응 비트를 넣을 수도 있다. 어떤 일이 벌어지면 그 반응은 다음과 같은 순서로 전개된다.

감정

무슨 일이 일어났을 때 우리는 대개 가장 먼저 감정적으로 반응한다. 이는 우리를 인간으로 만드는 요소이기도 하다. 우리의 감정은 우리를 보호하고 즉각적인 지시를 내리기 위해 존재한다. 때로는 잘못된 지시를 내리지만 그래도 감정은 드러난다.

주인공이 마침내 호텔 방에 들어갔다가 남편이 죽은 모습을 발견한다고 해보자. 이때는 감정이 먼저다. 자극이 강할수록 감정적 반응은 더 뚜렷하다.

분석

감정이 식으면 이제 인물은 어떻게 할지 정해야 한다. 앞에서 나온 여자와 죽은 남편의 경우 몇 가지 선택을 할 수 있다.

- 시신을 숨긴다.
- 경찰을 부른다.
- 시어머니에게 알린다.
- 주저앉아 아무 행동도 하지 않는다.

결정

마지막으로 반드시 결정을 내려야 한다. 그러지 않으면 이야기가 정체된다. 이 결정으로부터 다음 목표나 행동 장면이 나오게 된다. 다음 도표는 행동과 반응으로 플롯이 끊임없이 흔들리는 현상을 보여준다.

[행동과 반응에 흔들리는 플롯]

목표가 있다 ——— ● 장애물에 부딪힌다   ○ 새로운 목표가
                                            생긴다

           결과에 좌절한다
             ○   ● 반응한다
                              (감정, 분석, 결정)

설정 장면: 조심스레 퍼지는

이야기의 다른 면들을 정하는 설정 장면에는 대개 행동 장면과 반응 장면의 모든 요소가 들어간다. 설정 장면은 상대적으로 짧아야 하고 소설의 시작 부분에 배치해야 한다.

예를 들어보자. 작가는 우선 인물의 주변 환경과 특징을 미리 설정해둬야 한다. 그래야 나중에 사건이 벌어졌을 때 이를 활용할 수 있다. 피해자가 어둠을 무서워하는 다섯 살 난 소년이라고 해보자. 시점인물을 선택하고 이 소년의 특성을 보여줄 장면을 설정해야 한다. 소설의 주인공인 엄마가 시점인물이라고 해보자. 엄마가 남편과 말다툼을 하던 중에 방에서 비명을 지르는 아들의 목소리에 깜짝 놀라는 장면을 구성할 수 있다. 엄마는 아들을 달래러 가서 아이가 느끼는 두려움에 대해 생각하다가 남편에게 돌아온다.

설정 장면에 들어간 정보는 장면에 스며들어 소설 전체로 조심스럽게 퍼져나가야 한다.

약간의 묘미가 필요하다

장면에는 약간의 묘미가 있으면 좋다. 묘미는 어떤 장면에든 들어갈 수 있고, 때로는(또는 드물게) 장면 전체의 기초를 세우기도 한다. 스티븐 킹은 중편소설 『스탠 바이 미The Body』에서 한 인물이 보잘것없는 이야기를 꾸며내게 함으로써 이런 효과를 얻는다. 플롯 전개는 중단되지만 첨가된 묘미가 독자를 더더욱 끌어들인다. 장면 속 묘미는 평범한 장면과 인상적인 장면을 가르는 차이를 만들기도 한다.

마리오 푸조의 소설을 각색한 프란시스 포드 코폴라 감독의 영화 「대부」에 나오는 한 장면도 그 예다. 영화에서 돈 코를레오네가 총에 맞은 후 소니는 돈을 배신했다고 의심되는 폴리를 공격하라고 지시한다. 그 지시는 통통한 행동대장 클레멘자에게 내려진다.

클레멘자가 언제 돌아올지 묻는 아내에게 작별인사를 하며 중산층 분위기의 집을 나설 때 이 장면의 묘미가 시작된다. 그는 출근하는 평범한 남자 같다. 아내는 카놀리(시칠리아 전통 과자)를 가져가라고 당부한다. 클레멘자는 폴리가 운전하는 차에 탄다. 다른 부하들은 뒷좌석에 있다. 클레멘자는 그들이 마피아 간 영역 다툼을 벌이기에 적당한 장소를 찾으러 가는 중이라고 말한다. 차 안에서 잡담이 오가고 웃음도 지나간 뒤, 시골길에 이르러 클레멘자는 폴리에게 차를 세우라고 한다. "오줌 좀 눠야겠어." 클레멘자가 말하고 수풀 쪽으로 다가간다.

이제 우리에게는 카메라가 측면에서 길게 잡은 자동차의 모습이 보인다. 운전석에 앉은 폴리의 모습이 보인다. 그 외에 보이는 것은 수풀과 멀리 떨어진 자유의 여신상뿐이다. 자동차 뒷좌석에서 총을 든 손이 올라온다. 폴리의 머리에 두 발을 쏜다. 클레멘자는 지퍼를 올리고 자동차로 돌아와 암살자에게 말한다. "총은 놔둬. 카놀리는 챙기고." 암살자는 카놀리가 든 작은 상자를 클레멘자에게 건네고 둘은 쾌활하게 걸음을 재촉한다.

이 장면을 강렬하고 인상 깊게 만든 것은 대립하는 요소 때문이다. 평범하고 가정적인 남자의 일상이 마피아 암살과 어우러진다. 이것이 바로 묘미다.

긴장감은 장면의 필수 요소

소설의 모든 장면에는 긴장감이 흘러야 한다. 겉으로 드러난 갈등 때문이든, 인물의 감정에 따른 내적 혼란 때문이든.

먼저 장면 속에서 시점인물이 이루어야 할 목표를 통해 외적 긴장감을 형성해야 한다. 시점인물은 무엇을, 왜 원하는가? 이는 인물에게 중요한 문제여야 한다. 그렇지 않으면 독자도 중요하다고 생각하지 않는다.

다음으로 장애물을 드러내야 한다. 인물의 목표 달성을 막는 것은 무엇인가? 다른 인물의 대립 행동이나 인물이 처하게 된 상황일 수 있다.

마지막으로 좌절을 겪는 인물을 보여줘야 한다. 그러면 이어지는 장면에서 긴장감이 조금씩 커진다. 상대적으로 차분한 장면에서도 인물은 걱정, 짜증, 불안 등 내적 긴장감을 느낄 수 있다.

에번 헌터의 『그녀가 사라진 순간The Moment She Was Gone』을 예로 들어보자. 앤드류 걸리버의 쌍둥이 누이인 정신분열증 환자가 행방불명이다. 앤드류와 그의 어머니, 형, 형수가 조사에 착수한다. 형수는 분위기를 가볍게 만들려고 한다.

> "그럼 아마 세인트 패트릭 성당에 숨어 있을 거예요."
> 오거스타가 말했다.
> "아니면 현대미술관에."
> 형수님이 애니를 농담거리로 삼으려 하자, 기분이 몹시 나빴다. 그저 애론 형한테 더 잘 보이려고 그러는 것 같았다. 사실 형은 애니의 엉뚱한 장난이 눈곱만큼도 재미있다고 생각한 적이 없었다. 실제로 재미있었을 때에도! 예를 들어 애니가 조지아에서 경찰의 신발에 오줌을 누었을 때처럼 말이다.
> "아니면 애니의 스승님이라도 찾으러 나서야 할까 봐요."
> 오거스타는 이 말을 덧붙임으로써 중죄를 저질렀다.
> "형수님, 재미없거든요."
> 내가 말했다.

작가는 오거스타의 '유머'에 앤드류의 짜증을 대립해서 이야기 전체의 긴장감을 높인다.

모든 장면에는 다음 요소가 둘 이상 들어가야 한다.

갈등

- **내적 갈등**: 인물이 자기 자신과 감정적으로 벌이는 싸움
- **외적 갈등**: 목표를 막는 장애물

  ① 인물: 중요하게 생각하는 문제가 다른 인물이나 집단

  ② 사회: 공동체의 규칙이나 환경

  ③ 자연: 물리적 환경과 관련된 모든 것

긴장감

- **불확실성**: 인물에게 정보가 충분하지 않다.
- **걱정**: 인물에게 (나쁜) 정보가 차고 넘친다.
- **의심**: 인물이 자신의 능력이나 다른 인물, 또는 환경을 믿지 못한다.

전개를 어떻게 하면 좋을까?

장면은 어떻게 시작하는 게 좋을까? 이야기를 굴리기 시작했다면 빨리 장면을 제시해야 한다. 장면의 전개 방식은 논리적으로 다음과 같다.

A = 장면을 설정하기 위해 묘사로 시작함

B = 인물이 무대 위에 등장함

C = 장면의 핵심인 갈등이나 주요 문제가 나타남

물론 곧바로 인물을 등장시킨 다음에 묘사를 해도 된다. 장면의 전개 방식은 이렇게 바뀔 수도 있다. B, A, C 아니면 C, B, A. 다음은 전통적인 장면 전개 방식이다.

[A]

술집은 어두컴컴했고 김빠진 맥주 냄새가 났다. 컨트리송이 요란하게 울려 퍼지고 있었는데 잃어버린 트럭에 대한 노래였다. 두세 사람이 그가 있는 쪽으로 고개를 돌렸다.

[B]

스티브는 맥주를 주문하고 자연스럽게 행동하는 게 좋겠다고 판단했다. 그 후에는 맨프레드에게 다가가 얘기 좀 하자고 할 것이다. 그렇게, 다른 용무가 있는 듯한 낌새는 조금도 풍기지 않을 것이다.

그는 카운터에 맥주를 올려두고, 금색 벽거울과 그 앞에 줄지은 다양한 술병을 유심히 바라보았다. 6연발 권총 하나면 유리를 산산조각 내고 사람들이 몸을 급히 숙이는 상황을 연출할 수 있었던 옛 서부극을 떠올렸다. 만약을 대비해 지금 그 총이 있으면 좋았을 거라는 생각이 들었다. 맨프레드는 그를 보면 달가워하지 않을 것이었다.

스티브는 술을 한 모금 더 들이켜고 손등으로 입을 닦은 다음 맨프레드의 테이블로 다가갔다.

맨프레드의 붉은 머리카락은 검은 카우보이모자로 덮여 있었다.

창백한 푸른 눈동자는 시카고 베어스의 경기를 보여주는 대형 TV 화면에 고정되어 있었다.

[C]

"맨프레드?" 스티브가 말했다.

두 눈동자가 획 움직였다. "뭐요?"

"얘기 좀 할 수 있습니까?"

"경기를 보는 중이오."

스티브는 의자를 당겼다. "잠깐이면 됩니다."

"앉을 생각일랑 꿈에도 하지 마쇼."

그리고 그다음은 장면에 갈등이 일어난다. 이것도 괜찮은 전개 방식이고 언제든 쓸 수 있지만 할머니의 신발처럼 약간 구식이다.

이 유형을 여러 가지로 변화시켜 더 나은 효과를 얻을 수 있다. 불필요한 건 삭제해도 좋다.

다른 전개 방식의 예시를 보자.

"맨프레드?" 스티브가 말했다.

두 눈동자가 획 움직였다. "뭐요?"

"얘기 좀 할 수 있습니까?"

"경기를 보는 중이오."

맨프레드의 검은색 카우보이모자 밑에서 눈이 번득였다. 붉은 머리카락 몇 가닥만 보였다. 시카고 베어스의 경기를 보여주는 대형 TV 화면과 술집 뒤쪽에서 울려 퍼지는 컨트리송이 서로를 견제하고 있었다.

스티브는 의자를 뒤로 당겼다. "잠깐이면 됩니다."

"앉을 생각일랑 꿈에도 하지 마쇼."

소설의 어느 지점에 이르면 스티브가 누구인지, 어디로 가고 있는지 알게 될 것이다. 장면은 갈등으로 시작되었다. 이제는 장소의 세부 사항을 적당히 덧붙이면 된다.

필살기를 쓰자

『소설쓰기의 모든 것 1: 플롯과 구조』에서 장면을 쓸 때 활용할 필살기 세 가지를 따로 소개했다. 바로 매혹하기hook, 고조하기 intensity, 유도하기prompt다.

여기에서도 간략히 설명하겠다.

매혹하기

장면을 어떻게 시작하는가는 소설을 어떻게 시작하는가 하는 문제만큼이나 중요하다. 독자에게 책을 내려놓을 구실을 조금도 주어서는 안 된다. 일단 이야기가 굴러가게 되면 잠깐 숨을 돌려도 된다는 생각이 들지도 모른다. 하지만 그럴 틈은 없다.

장면이나 장章을 시작할 때 독자를 사로잡을 요소를 넣자. 한 가지 방법은 새로운 인물을 소개하는 것이다. 스티브 마티니는 『배심원The Jury』의 이어지는 세 장에서 그렇게 했다.

- 6장: 지미 드 앤젤로는 마흔일곱 살로 경찰이었다가 탐정으로 전직했다.
- 7장: 윌리엄 에퍼슨은 이 사건에서 수수께끼 같은 인물이다.
- 8장: 개브리얼 워네이크 박사는 군범죄 연구실과 계약한 개인 컨설턴트다.

대화는 지금 어떤 일이 일어나고 있다는 뜻이므로 역시 좋은 매혹하기 기법이다.

"불 켜지 마." 그녀가 말했다.

그럴 용기도 없었다. 밖에서 다 보이는 건 싫었다. 아파트에서는 어젯밤의 피자 냄새가 났다.

재미있게 쓸 수만 있다면 공간 묘사로 장면을 시작한 다음 행동으로 넘어가도 좋다. 맥스 필립스가 『페이드 투 블론드Fade to Blonde』에서 어떻게 했는지 보자.

할리데이의 사무실은 여섯 달 전에 지었는데도 오래되어 보이는 현대적인 건물에 있었다. 이층짜리 로비 전면은 줄무늬 유리벽이었고 뒤로 철과 테라초 계단이 딸려 있었다. 모든 것이 칙칙한 녹색 욕실 타일로 덮여 있었다. 싸구려로 보이지 않으려고 무던히도 애쓰고 있었다. 10달러짜리 정장을 입은 레베카의 하숙집 같았다. 내가 계단을 올라가자……

장면을 시작하는 방법은 전략의 문제다. 소설이 어떤 분위기를 자아내길 바라는가? 전개가 빠른가, 아니면 느린가? 인물의 내면을 다루는 내용인가, 아니면 외적 위협을 다루는 내용인가? 대상 독자가 대중적인 이야기를 좋아하는가, 아니면 순수소설을 좋아하는가?

각 상황에 맞게 장면을 시작하는 방법을 골라야 한다.

여유롭게 시작하고 싶은가? 분위기를 설정한 다음 천천히 행동으로 들어가고 싶은가? 그렇다면 다음을 보자. 애니 프루의『그 비장의 카드That Old Ace in the Hole』다.

다음 날 아침은 바람이 매서웠다. 그가 텍사스에 접어들어 자줏빛 벌집 몇 개와 '세계 최대의 프레리도그를 보세요— 서쪽으로 3마일'이라고 쓰인 표지판을 보았을 때, 바람이 더욱 거세지며 시도 때도 없이 자동차를 쾅쾅 때려댔다. 겨울의 채찍질에 쪼그라든 회전초가 길 위를 무수히 굴러다녔다. 플라스틱 판, 음식 포장지, 가방, 종이, 상자, 너덜너덜한 천이 날아다니다 철망에 걸려 펄럭이는가 싶더니, 새롭게 들이닥친 돌풍에 날아갔다. 온 세상이 쓰레기를 휘젓고 있었다.

이 소설의 작가는 장면에서 행동을 보여주기 전에 이런 식으로 한 쪽이 넘는 묘사를 이어가는데, 모두 소설의 분위기와 조화를 이룬다. 여기서 세부 사항이 차곡차곡 쌓여 분위기를 만들어나간다는 점에 주목하자. 이는 두 가지 기능을 한다. 즉 평범한 묘사인 동시에 전략적인 묘사다.

시간의 경과를 보여주는 것도 여유롭게 글을 시작하는 좋은 방법이다. 앤 라모트의 『푸른 신발Blue Shoe』의 한 장면을 보자.

5월 들어 폭우가 가장 심한 날이었다. 겨울의 끝자락에 이르자 일상생활의 감각이 제자리를 찾으며 혼돈을 떨치고 되살아났다. 정해진 일과와 게으른 주말, 방학, 감기와 독감과 치과 예약, 매티의 침대 속에서 함께 보낸 길고 졸린 토요일 아침에서 위안을 찾던 시절이 지나간 것이다. 초봄이 되자 그들은 외투를 벗어던지고 밖으로 뛰어나갔다. 정원에서는 꽃들이 미친 듯이 만개했고 아이들은 아이사가 늘 말하듯이 쑥쑥 자라고 있었다. 이제 그들은 니키, 리와 함께 한 달에 세 번의 주말을 보내고 있다.

¶ 사건의 한가운데로 들어가자

순수소설의 경우에도 장면을 전개할 때 주요 행동을 되도록 빨리 보여주는 게 좋다. 주요 행동은 장면의 핵심이자 작가가 장면을 쓰는 이유다. 노르웨이 작가 레이먼드 옵스펠드는 이를 '강조점hot spot'이라고 했다.

작가는 '인 미디아스 레스In Medias Res'를 추구해야 한다. 즉 '사건 한가운데에'에서 시작해야 한다. 때로는 장면의 시작 부분에 군더더기를 빼고 더 빨리 전개하는 게 좋다. 다음은 그 예다.

화요일은 따뜻했다. 햇볕이 루시퍼의 망치처럼 보도를 세차게 때렸다. 온 도시가 졸음에 시달리며 심한 마비 상태에 빠진 듯했다. 돈은 도심으로 오는 내내 교통 체증과 싸웠지만 다행히도 2차 보증금을 낼 필요가 없는 주차 자리를 찾아냈다.

중심가를 걷는데 흰색 면 셔츠에 땀이 차기 시작했다. 매싱게일 건물은 언제나처럼 그 자리에 서 있었다. 우습군, 하고 그는 생각했다. 설마 움직일 거라고 생각한 거야? 내가 하려는 행동을 피해 숨을 거라고?

돈은 엘리베이터를 타고 4층으로 올라가 스위트룸 415호로 갔다. 그는 목소리를 가다듬은 뒤 총을 뽑고 안으로 들어갔다.

"모두 꼼짝 마!" 그가 외쳤다.

이 시작 부분에 딱히 잘못된 점은 없다. 전략에 따라 달라질 뿐이다. 그러나 빠르게 전개해야 하는 액션소설이라면 다른 방법을 써도 좋다.

돈은 총을 뽑고 스위트룸 415호로 뛰어들었다.

"모두 꼼짝 마!" 그가 외쳤다.

그런 다음 하고 싶은 묘사를 장면이 전개되는 동안 넣으면 된다. 예를 들어 건물의 냉난방 설비가 고장 난 탓에 돈은 숨 막힐 듯이 덥다는 사실을 깨달을 수도 있다.

또 이렇게도 시작할 수 있다.

"모두 꼼짝 마!" 돈이 외쳤다. 그는 스위트룸 415호의 깜짝 놀란 접수원에게 총을 겨눴다.

다양하게 바꾸자. 늘 똑같은 리듬으로 시작하면 안 된다. 대화, 생각, 묘사를 활용하되 반드시 '강조점'과 가까이 두자.

¶ 시점을 빠르게 설정하자

장면이 시작되면 시점인물을 재빨리 설정해야 한다. 누가 보고 있는 장면인가? 독자에게 알려야 한다.

그다음으로는 시점인물에게 무엇이 중요한지 말한다. 인물의 문제는 무엇인가? 목표는 무엇인가? 애초에 그가 '무대 위에 등장한' 이유는 무엇인가? 이 작업은 분명하게 할 수도 있고 미묘하게 할 수도 있다.

• 분명하게

마지는 밥을 찾으며 레드 커네리로 들어갔다. 마지막으로 한 번만 그에게 주먹을 날릴 작정이었다. 그를 어떻게 생각하는지 똑똑히 알려주기로 했다. 당해도 싸다, 그렇지 않은가?

• 미묘하게

마지는 레드 커네리로 들어갔다. 주변을 둘러보았다. 밥은 어디 있지? 마지는 자신이 주먹을 쥐었다 폈다 하고 있다는 걸 깨달았다. 마지는 걸음을 멈추고 호흡을 가다듬으려 애썼다.

앞 장면 덕분에 인물의 생각과 감정이 분명할 때는 미묘하게 시작해도 좋다. 그러나 장면의 행동으로 반전을 노릴 경우는 예외다. 독자는 마지가 밥에 대해 어떻게 생각하는지 모르고 있다가 그녀가 맥주 주전자로 그의 머리를 칠 때 알게 될 수도 있다. 그러나 대개는 그 장면에서 누가 무엇을 원하는지 단서를 보여줌으로써 독자가 결과를 궁금해하며 긴장감을 즐기게 해야 한다.

고조하기

앨프리드 히치콕의 격언을 잊으면 안 된다. 소설에 지루한 부분이 있으면 안 된다. 지루한 부분이란 아무런 문제가 없는 부분이다. 문제가 심각할수록 긴장감은 고조된다. 모든 장면에는 긴장감이 있어야 하지만 늘 격렬할 필요는 없다. 그러면 독자가 지친다. 긴장감을 조절하는 것은 소설 쓰기의 핵심 중 하나다. 독자에게 숨 쉴 틈도 주어야 한다. 그러나 그 틈에도 숨 가쁜 상태는 유지되어야 한다.

장면을 보며 긴장감을 좀 더 강화할 방법이 있는지 반드시 점검하자. 다음 질문을 해보자.

- 인물들의 이해관계를 깊게 만들 수 있을까?

- 인물이 더 힘든 역경을 겪게 할 수 있을까?

- 인물이 좀 더 걱정하게 할 수 있을까?

- 사건을 좀 더 까다롭게 만들 수 있을까?

- 의외의 인물을 집어넣을 수 있을까?

- 배경이나 날씨를 장애물로 이용할 수 있을까?

유도하기

장면의 마지막 단락이나 마지막 문장의 목표는 단 하나다. 독자가 계속 책장을 넘기게 하는 것이다. 어떻게든 독자를 나아가게 만드는 것이다. 장면을 끝맺는 방식은 셀 수 없이 많다. 다음은 그중 일부다.

- 수수께끼 같은 대화

- 암시로 가득한 이미지(예를 들어 밀려오는 안개)

- 갑자기 드러난 비밀

- 중요한 결정이나 맹세

- 충격적인 사건을 알림

- 반전이나 뜻밖의 내용(즉 흐름을 뒤집는 새로운 정보)

- 여운을 남기는 질문

그레그 아일스는 『슬립 노 모어Sleep No more』에서 암시를 활용해 장면을 끝낸다. 문자 그대로! 이 서스펜스소설의 초반에 나오는 장면이다. 존 웨이터스는 젊은 남편이자 아버지로 겉보기에는 완벽한 삶을 산다. 그러나 딸의 축구 경기에서 놀랄 만큼 아름답고 신비스러운 여자를 우연히 만나는데, 그 여자를 보고 결혼 전에 사귄 애인을 떠올린다.

웨이터스는 어두운 강으로 돌아갔다. 불길한 예감으로 뱃속이 텅 빈 것 같았고 머릿속에 두 여자의 모습이 일렁였는데, 둘 다 아내의 모습은 아니었다.

작가는 이렇게 앞으로 다가올 어두운 분위기를 암시하며 장면을 끝맺는다(강을 수식하는 '어두운'이라는 단어는 적절한 선택이다). 불길한 예감으로 뱃속이 허하다. 그리고 머릿속에 일렁이는 두 여자의 모습은 그가 지금은 생각하고 있지 않지만 아내가 따로 있다는 것을 알려준다. 재앙이 다가온다는 징조다.

불길한 예감이나 불안, 화, 짜증, 혼란은 인물이 겪는 내적 괴로움을 뜻하며 괴로움은 반드시 독자를 유혹한다.

스티븐 킹의 초기 소설 『크리스틴Christine』에서 몇몇 장의 마지막 단락을 살펴보자.

처음부터 안 좋았다. 이제는 급속히 나빠지고 있었다./
그게 내 생각이었다. 그러나 그때 나는 잘못 생각하고 있었다./
그가 말했다. "드니스, 난 내가 할 수 있는 일을 할 거야."/
그날 밤 나는 너무 일찍 자러 가지는 않았다./

하지만 이제 나는 조금 더 나이가 들었다./

우리는 위층으로 올라갔고, 나는 피곤했지만 오래 깨어 있었다. 파란만장한 하루였다. 밖에서는 밤바람에 흔들린 나뭇가지 하나가 집 옆면을 톡톡 두드렸고, 저 멀리 시내에서는 어떤 아이가 갑자기 차를 가속하는 소리가 들렸다. 밤이라 그런지 히스테리를 일으킨 여자가 기절할 듯이 웃는 소리처럼 들렸다./

피하고 싶은 질문이었다. 그는 대답하기가 두려웠다.

필살기를 꾸준히 계발하자. 더욱 읽기 재미난 소설을 쓸 수 있게 될 테니 보람 있을 것이다. 작가에게 필요한 압도적인 추진력이 생길 것이다. 독자에게 도전하자. 독자가 소설을 내려놓지 못해 다른 약속을 모두 취소하게 만들자.

인물을 압력솥에 넣자

전설적인 시나리오 작가인 패디 차예프스키는 1950년대에 '일상의 음유시인'이라 불렸다. 그는 평범한 인물이 일상에서 아등바등 살아가는 이야기를 써서 공감을 불러일으켰다. 그의 방법은 인물을 압력솥에 넣는 것이었다.

그의 영화 「미드 오브 나이트Middle of the Night」가 그 예다. 성공했지만 외로운 중년의 홀아비 마치와 아름답지만 신경질적인 스물네 살 아가씨 노박에 대한 이야기다. 이 둘의 주변 사람들은 평범하다. 마치에게는 누이와 딸, 사위가 있고 노박에게는 엄마와 자매가 있다. 또 마치의 직장에서 일하는 쉰아홉 살의 세일즈맨이 있다(자살을 시도하는 인물이다).

모두 평범하지만 그 평범함이 흥미롭다. 그들의 고민을 이해할 수 있기 때문이며(우리는 지금도 그렇고 앞으로도 그들과 똑같은 고민을 할 거라는 걸 알고 있다), 그 고민이 '극한의 궁지'에 몰리기 때문이다. 마치는 지독하게 외롭지만 그 사실을 숨기려 한다. 마침내 그는 벽을 깨고 노박에게 자신을 사랑해달라며 사실상 애원한다.

노박은 신경과민에 가까울 정도로 걱정이 많다. 신체적으로 남자들(전남편을 포함해)에게 이용당했고 열정이 넘친다. 그녀는 진정으로 사랑받기를 원하지만 마치를 사랑하면 그가 결국 자신을 버릴까 봐 두려워한다(반대로 그는 그녀가 다른 남자에게 끌리고 있을까 봐 계속 염려한다). 노박의 어머니는 무척 예민한 사람으로 노박에게 마치를 버리고 전남편에게 돌아가라고 설득한다. 각 장면마다 이런 긴장감이 조금씩 깔려 있다. 인물은 압력솥 같다. 그들의 마음속은 걱정 때문에 약간 진동하다가 그 걱정이 점차 강해져 마침내 압력을 분출하며 폭발한다.

우리도 이렇게 모든 장면에서 인물의 내적 고민을 따져봐야 한다.

- 인간적이고 공감 가는 인물인가?
- 극한까지 압력을 받고 있는가?
- 미묘하게 또는 분명하게, 그 압력을 표현할 방법은 무엇인가?
- 폭발의 결과는 무엇일까?

장면에는 움직임이 있어야 한다

'잔뜩 떠들기만 하는 인물'은 쓰면 안 된다. 두 인물이 아무 사건도 일어나지 않는 곳에서 대화만 하는 장면은 되도록 쓰지 말아야 한다는 뜻이다. 인물이든 주변 상황이든 장면에는 움직임이 있어야 한다.

예전에 나는 주인공인 변호사가 목재집하장을 운영하는 고객을 찾아간 장면을 쓰고 있었다. 둘은 마당에서 만났고, 고객은 주인공에게 사무실로 들어가서 대화를 나누자고 한다. 자연스러워 보이는 장면이었다. 변호사가 사건을 해결해주기로 한 고객과 대화를 해야 해서 필요한 장면이기 때문이었다.

머릿속에 두 가지 생각이 떠올랐다. 첫째, 작가가 정적인 장면을 쓰는 이유는 주로 정보를 교환하기 위해서다. 따라서 대화를 나눌 만한 장소로 인물을 데려가야 한다. 논리적이지만 정적이다.

둘째, 그때 즐겨보는 TV 드라마 「성범죄 전담반Law & Order」의 재미있는 특징이 떠올랐다. 이 드라마에서 형사들은 목격자를 심문할 때 대개 그들의 일터로 찾아가 일하느라 분주한 목격자에게 질문을 한다. 이러면 잔뜩 떠들기만 하는 상황을 피할 수 있을뿐더러 '지금은 일하러 가야 합니다' 같은 대화처럼 갈등을 일으킬 멋진 기회도 생긴다. 그래서 장면을 '걸으면서 대화하는' 모습으로 고쳐 썼다.

다음은 그중 일부다.

피트는 서류철을 들고 마당에서 통화 중이었다. 모양과 크기가 다양한 목재가 쌓여서 벙커 같은 분위기였다. 군사 공격을 대비한 그라운드제로 같았다. 샘은 포위된 기분이 들었고 얼핏 반역자가 된 것도 같았다.

피트가 그에게 웃음을 지으며 전화를 끊자 괴로움이 더 심해졌다. "샘, 뜻밖이네요."

이번에 피트의 손은 낙관이 어린 듯 힘이 들어가 있었다. 그의 팔뚝에서 땀이 번들거렸다.

"운반량이 꽤 되네요?" 샘은 미약하나마 잡담이라도 나눠보려고 했다.

"밸리서클 개발이 진행되면-로스코 대로 끝이랑 이어지는 길이죠-전량을 다 운반해야 합니다."

"잘됐군요."

"도움이 되겠지요. 걸으면서 얘기할까요?"

"좋죠."

피트는 휴대전화를 허리띠에 끼우고 마당 북쪽으로 걷기 시작했다. 피트가 말했다. "새로운 소식이 있는 모양이군요."

"네."

"좋은 소식인가요?"

"결국에는 그렇겠지만⋯⋯."

(⋯⋯)

파란 작업용 셔츠를 입고 야구 모자를 쓴 남자가 적재 구획에서 피트에게 소리쳤다. "저, 사장님, 말린 나무들을 안으로 들여놓을까요?"

"그러게." 피트가 대답했다.

"어디로요?"

"아무데나!"

이제 샘의 죄책감은 두 배로 늘어났다. 그는 작업장에 방해가 되고 있었다. "죄송해요, 피트. 이곳에서 당신을 괴롭히는 게 아니었어요."

요약: 모든 것을 보여줄 필요는 없다

요약은 장면에 대한 논의에서 빼놓을 수 없는 요소다. '장면'은 지금 눈앞에서 어떤 일이 벌어지는 기분을 들게 하지만(스크린으로 영화의 한 장면을 볼 때를 떠올려 보자), '요약'은 작가나 화자가 무슨 일이 일어났는지 설명하는 것으로 순간순간을 보여주기보다 뭉뚱그려 말하는 형태다.

소설에서 요약은 반드시 필요한 요소다. 모든 것을 보여줄 필요가 없기 때문이다. 예를 들어 메리와 그녀의 남편 프랭크가 말다툼을 한다. 프랭크는 뛰쳐나가며 문을 쾅 닫는다. 메리는 식료품을 사러 가게에 가기로 한다. 가게에서 우연히 옛 남자친구를 만나는데 그는 앞으로 그녀에게 다가올 예정이다.

여기서 눈으로 볼 장면은 말다툼과 가게 장면이다. 이는 순간순간 독자가 봐야 한다. 그러나 가게로 가는 메리의 모습은 보여줄 필요가 없다. 그렇게 하면 이야기가 늘어질 뿐이다.

요약은 메리를 첫 번째 장면에서 다음 장면으로 재빨리 이동시키는 방법이다. 이 요약은 '이행'이라고도 불린다.

예를 들어보자. 다음은 말다툼 장면을 마무리하며 요약을 활용했다.

"햇볕도 없는데 끝까지 견뎌보시지!" 프랭크는 외투를 집었다.

"그런 식으로 말하지 마!" 메리가 말했다. "어딜 가려고 그래?"

"엄마 집으로 갈 거야. 당신이 상관할 바 아니지만."

"이 집에서 나갈 생각은 마."

프랭크는 문을 열었다. "그 격언이 사실인 것 같군. 남자의 가장 가까운 친구는 어머니다." 그는 문을 쾅 닫으며 나갔다.

메리는 승리한 바보가 된 기분으로 잠시 서 있었다. 전날 밤 그가 가져온 꽃이 보였다. 메리는 꽃병을 들어 바닥으로 내동댕이쳤다.

기분 좀 가라앉혀야겠어. 메리는 자동차 열쇠를 들었다.

10분 후에 그녀는 랠프 식품점의 비스킷 코너를 돌아다니고 있었다.

마지막 문장은 요약이다. 메리가 문에서 나와 자동차에 올라타고 다시 나와서 올리브가로 우회전을 하는 등의 모습을 보여주지 않는다. 그럴 필요가 없다. 독자는 가게에 도착한 메리만 보면 된다. 이 점이 요약의 역할이다.

요약은 장면을 설정할 때도 쓸 수 있다. 이야기의 핵심이 메리가 전 남자친구인 랜스를 만나는 것이고, 프랭크와의 말다툼에 비중을 두고 싶지 않다면 이렇게 요약을 활용하면 된다.

　메리는 정말 이 일을 감행해야 하는지 의문이 들었다. 스타벅스에서 랜스를 만나는 것은 위험했다. 그러나 그녀와 프랭크는 언제나처럼 또 말다툼을 했고, 이번에 메리는 결국 꽃병까지 깨뜨리고 말았다. 프랭크와 살면서 돈이 점점 많이 나가고 있었다. 메리는 커피 값을 랜스가 내줬으면 좋겠다고 생각했다.

　메리는 스타벅스 앞 주차장으로 들어갔는데, 가슴이 찌릿했다. 랜스가 테이블에 앉아 그녀를 똑바로 바라보고 있었다.

여러 가지 문제를 얼른 처리해야 할 때도 요약을 활용할 수 있다. 스튜어트 우즈가 『짧은 빨대Short Straw』에서 쓴 방법이다.

　"친구여," 비토리오가 대답했다. "푸에르토 발라르타에서 가장 좋은 호텔 세 곳이 어딥니까?"

　"글쎄요, 세뇨르, 좋은 호텔이 많아서요. 하지만 꼭 골라야 한다면 세 곳의 이름을 알려드리죠." 그는 그렇게 했다.

　"좋소, 그 호텔부터 시작하지요." 비토리오는 이미 철저하게 점검한 총 보관함을 연 다음 총과 탄창을 권총집에 다시 넣었다. 처음 만난 접수원 두 명은 돈을 받은 후에, 어떤 이름을 대도 바버라 이글은 처음 듣는다고 했다. 세 번째 호텔에 갔을 때 접수원은 바버라 케널리라는 손님이 있다고 했다.

지금 요약을 활용하고 있는지 아닌지 어떻게 알 수 있을까? 지금 쓰고 있는 부분에 현재형 대화문을 넣을 수 있는지 보자. 만약 넣을 수 있다 장면을 쓰고 있는 것이다. 그렇지 않다면 요약을 하고 있는 것이다. 다음을 보자.

존과 스테파니는 7월 14일 도스 자파토스라는 작은 마을에 도착했다. 두 사람이 휴가를 보낼 곳이었다. 이미 결정된 일이었다. 물론, 존이 내린 결정이었다. 그는 마을의 이름이 1912년에 지어졌다는 내용을 책에서 읽었다. 판초 빌라는 자신의 신발을 한 짝만 완성했다는 이유로 구두장이에게 총을 쏘았다.

이 글은 요약이다. 마을에 대한 정보는 현재형 대화가 끼어들 여지를 주지 않는다. 다음은 다르다.

스테파니는 도스 자파토스라는 지저분하고 작은 마을에서 창밖을 응시했다. "이곳에서 휴가를 보내고 싶었단 말이야?" 스테파니가 말했다.

"뭐 문제라도 있어?" 존이 대답했다.

"오, 그 문명이란 것도 치료 못 하는 게 있다니까. 당신과 당신의 판초 빌라 집착 말이야."

"당신은 흥미롭지 않아? 그 사람은 신발을 한 짝만 완성했다는 이유로 이 마을 구두장이를 쐈다니까."

"참 재미있기도 해라."

회상, 꼭 넣어야 할까?

많은 글쓰기 교사가 회상(플래시백)을 주의하라고 한다. 어떤 교사들은 싱클레어 루이스가 회상을 활용하는 가장 좋은 방법이 무엇이냐는 질문을 받았을 때 한 대답을 그대로 인용한다. "쓰지 마십시오." 좀 극단적인 가르침이다. 회상을 잘 활용한 소설가는 많다. 세심하게 다루면 누구나 그렇게 할 수 있다.

회상 장면을 쓸 때 던질 첫 질문은 '꼭 필요한가?'이다. 이 점을 확실히 해두어야 한다. 정보를 꼭 회상으로 전달해야 할까?

현재형으로 시작 부분을 쓰다가 너무 빨리 회상으로 들어가지 않도록 조심해야 한다. 회상이 중요하다면 차라리 그 장면을 도입부(프롤로그)나 첫 장에 배치하는 게 나을 수 있다. 흥미로운 첫 장이 나온 뒤 매력적인 회상 장면이 이어지면 효과적이다.

회상이 반드시 필요하다고 결론을 내렸다면 반드시 '장면으로' 활용해야 한다. 눈앞에서 대립하는 장면이어야 한다. 정보 덩어리가 아니라 극적인 행동이 있어야 한다. 다음은 나쁜 회상의 예다.

잭은 어린 시절 땅에 휘발유를 뿌렸던 기억을 떠올렸다. 아버지가 몹시 화를 내서 잭은 겁이 났다. 아버지는 잭을 때렸고 고함을 질렀다. 결코 잊지 못할 경험이었다.

대신 이렇게 써야 한다.

잭은 휘발유통을 떠올리지 않을 수 없었다. 그는 여덟 살이었고, 그걸 가지고 놀고 싶었을 뿐이었다.

차고는 그의 극장이었다. 집에는 아무도 없었다. 잭은 휘발유통을 토르의 망치처럼 높이 들어 올렸다. "나는 휘발유의 왕이다!" 잭은 외쳤다. "너희에게 불을 내리겠다!" 잭은 발밑에 엎드린 상상 속의 인간들을 내려다보았다.

휘발유통이 손에서 미끄러졌다. 잭은 통을 붙잡지 못하고 쿵 하고 무시무시한 소리를 내는 광경을 지켜볼 수밖에 없었다. 새로 바른 시멘트 위로 휘발유가 쏟아졌다. 잭은 통을 바로 세웠지만 너무 늦어버렸다. 차고 한가운데에 냄새 고약한 커다란 웅덩이가 패고 말았다.

아빠가 날 죽일 거야!

잭은 필사적으로 천을 찾아 두리번거렸다. 엉망진창인 바닥을 닦을 수 있는 것이라면 뭐든 좋았다. 차고 문이 열리는 소리가 들렸다. 아빠가 집에 돌아온 것이었다.

잘 쓴 회상 장면은 이야기를 망가뜨리지 않는다. 독자는 한 장면에서 다른 장면으로 전환되는 소설에 익숙하다. 박진감 넘치는 기술을 활용해 잘 쓰기만 한다면 회상 장면으로 전환되어도 독자가 받아들일 것이다.

기법 1: 들어갔다 나오기

회상이 자연스럽게 전개되도록 장면에 드나드는 방법은 무엇일까? 늘 성공하는 방법이 하나 있다. 시점인물의 기억을 자극하는 감각적인 세부 사항을 집어넣는 것이다.

웬디는 벽으로 시선을 돌렸다가 파리가 걸린 거미줄 쪽으로 검고 기분 나쁜 거미가 다가가는 모습을 보았다. 다리를 살금살금 움직여, 먹이를 향해 천천히 다가가고 있었다. 오래전 레스터가 웬디에게 집적댔던 모습처럼.

웬디는 열여섯 살이었고 레스터는 교내의 인기남이었다. 어느 날 그는 사물함 옆에서 그녀에게 외쳤다.

"저기, 영화 보러 갈래?"

이렇게 장면 속에 회상을 집어넣을 수 있다. 극적인 장면이 되었다.

그럼 회상 장면에서 빠져나오려면 어떻게 해야 할까? 역시 감각적인 세부 사항을 활용하면 된다(이 경우에는 시각). 독자가 강렬한 세부 사항을 기억하고 회상에서 빠져나왔다는 것을 알 수 있도록.

레스터는 차 뒷좌석에서 몸을 움직였다. 웬디는 어떻게 할 수가 없었다. 일은 5분 만에 끝나버렸다.

거미는 어느새 거미줄에 도착했다. 그 광경을 지켜보던 웬디는 구역질이 났다. 하지만 눈을 돌릴 수가 없었다.

기법 2: 과거완료 시제를 쓰지 않는다

회상 장면을 쓸 때는 과거완료 시제(-했었-)에 주의해야 한다. 한두 번은 써도 좋지만 그 뒤에 더는 안 써야 한다. 다음을 보자.

마빈은 야구를 잘했었다. 야구팀에 지원했었고, 코치는 그의 실력을 칭찬했었다. "자네를 선발 수비수로 삼아야겠어." 적성 시험이 끝난 직후 코치가 그에게 말했었다. 그 말을 들은 마빈은 전율을 느꼈었다.

대신 이렇게 써야 한다.

마빈은 야구를 잘 했었다. 야구팀에 지원했고 코치는 그의 실력을 칭찬했다. "자네를 선발 수비수로 삼아야겠어." 적성 시험이 끝난 직후 코치가 그에게 말했다. 그 말을 들은 마빈은 전율을 느꼈다.

기법 3: 백플래시

회상, 즉 플래시백 대신 '백플래시'를 쓸 수 있다. 백플래시란 장면 속에 과거에 대한 정보를 짧게 알려주는 것이다. 기본적인 두 가지 방법은 대화와 생각이다.

우선 대화를 보자.

"저기, 우리 아는 사이 아닌가요?"

"아닌데요."

"맞아요, 맞아. 당신 한 10년 전에 신문에 실렸죠? 오두막에서 부모를 죽인 아이로."

"잘못 보셨습니다."

"체스터 A. 아서! 대통령의 이름을 따서 지었다고 했어요. 기사에서 읽은 기억이 나요."

여기서 체스터의 괴로운 과거사는 짧은 대화로 드러난다. 이는 과거에 일어난 충격적인 일이나 어두운 비밀을 긴장된 순간에 드러내는 좋은 방법이기도 하다.

이제 생각을 보자.

"저기, 우리 아는 사이 아닌가요?"

"아닌데요." 정말일까? 이 남자가 그를 알아본 걸까? 마을 주민 모두가 그가 쳇 아서란 걸, 부모를 죽인 아이란 걸 알게 될까?

"맞아요, 맞아. 당신 한 10년 전에 신문에 실렸죠?"

12년 전이었고, 이 남자는 이미 그의 정체를 파악하고 있었다. 비열한 언론에서는 그가 약물 과다 복용으로 부모를 죽였다고 했다. 학대를 받았다는 사실에는 조금도 관심이 없었지! 이 남자도 마찬가지일 것이었다.

이번에 독자는 과거를 회상하는 체스터의 머릿속에 들어와 있다. 온전한 회상 장면을 쓰고 싶다면 생각을 전환점으로 삼아도 좋다.

회상이라는 재료를 능숙하게 다루는 것도 훌륭한 작가라는 표시다. 그리고 회상 대신 짧은 백플래시를 쓰는 것은 대개 현명한 작가라는 표시다.

¶ 요약

- 장면은 소설을 쌓는 돌이다. 하나하나를 중요하게 여기자.
- 행동 장면에는 목표와 장애물을 갖춘 시점인물이 필요하다.
- 반응 장면(또는 반응 비트)에는 감정적으로 반응하고 상황을 분석하고 목표 달성을 위해 다음 행동을 결정하는 시점인물이 필요하다.
- 설정 장면과 묘미는 조금씩만 쓰되 현장감 있는 장면 속에 넣어야 한다.
- 사건의 한가운데에서 장면을 시작하자. 다양한 방식을 활용하자.
- 되도록 주인공을 더 힘든 상황에 빠뜨리며 장면을 끝맺자.
- 장면을 전환하거나 설정할 때는 요약을 활용하자.
- 회상 장면 역시 매혹적이어야 한다.

다음 장면에서 시점인물, 주인공의 목표, 대립 요소, 결과를 찾아보자.

해가 떴을 때, 샘[1]은 차를 몰고 로즈의 집으로 가서 직접 헤더를 데려올까 생각했다. 아내는 신경 쓰지 말라고 했고, 그는 그 말이 옳다는 걸 알고 있었다. 이것은 자연스럽게 풀어야 할 문제였다.

(……)

그래도 그는 한 가지 결심을 했고, 되돌릴 수 없는 것이었다. 그는 커피를 다 마시고 루의 사무실로 갔다.

"아니, 무슨 일인가, 자네?" 루는 오른손으로 연필을 만지작거리고 다른 손으로 키보드를 두드리고 있었다.

"못 하겠습니다, 루."[2]

"뭘?"

"하퍼 사건을 포기하는 것 말입니다. 제가 맡아온 일인데."

루는 연필을 책상으로 던졌다. "실망이군."[3]

"죄송합니다. 어쩔 수가 없습니다."

"그게 다야?"

"오래 고민했습니다."

"그럼 이제 우린 함께 결정을 내리는 게 아니란 말인가?"

"저에게서 결정권을 가져가려 했잖습니까, 루. 제가 책임자라고 발표했지만 실은 제가 이 사건을 계속 맡기를 바라지 않았죠. 하지만 전 받아들였고 변호사로서 제 의무는—"

"로스쿨 윤리학은 그만 얘기하겠나? 자네만 변호사가 아니라고."

"그냥 제가 하고 있는 일에 믿음이 생겼습니다."

루는 고개를 저었다. "마음에 안 드는군. 하지만 그건 자네도 이미 알고 있었겠지." 루는 잠시 입을 다물었다. "좋아. 자네가 해야 할 일을 하게. 하지만 수임료를 면제해줄 수는 없네.⁴ 이제 나가서 일 좀 하지, 응?"

일. 그랬다. 샘은 과거에 늘 하던 대로 할 것이었다. 뼈 빠지게 일하는 것. 로스쿨을 다닐 때 반에서 가장 똑똑한 학생이 아니었고, 스스로도 그 사실을 알았다. 그러나 그는 일에 있어서는 누구도 자신을 능가하지 못하리라 믿었고, 그렇게 되었다.

1. 시점인물이다. 인물의 이름이 나왔고 서술어가 '생각했다'이기 때문이다.
2. 주인공의 목표다.
3. 대립 요소다. 행동과 대화를 통해 루가 적대자인 것이 드러난다.
4. 결과다. 승낙을 받지만 조건이 붙었다.

실전 연습 02

다음 장면의 시작 부분은 무척 투박하다. 이런 식으로 장면을 시작해야 할 때도 있겠지만 여기서는 곧장 본론으로 들어가는 연습을 해보자. 다음의 시작 부분에서 독자를 매혹하려면 어떻게 해야 할까?

그 월요일은 추웠다. 일기 예보관이 말한 대로였다. 그는 추울 거라고, 몹시 추울 거라고 예보했었다. 존은 아침에 커피를 홀짝이며 그 예보를 보았다. 사상 최고로 추운 날이 되리란 걸 알고 있었다. 그는 신경을 써서 옷을 따뜻하게 입었다. 옷 속에 비단 셔츠를 입었다. 그 위에 한 겹을 더 껴입었다. 추위에 떨고 싶지 않았다.

차고는 추웠다. 차고 문을 열자 추위가 그를 덮쳤다. 정말이지 추운 날이 되리란 걸, 이미 알고 있었다.

그는 차에 타고 시동을 걸고 차고 문 개폐기로 문을 열었다. 문이 열릴 때까지 기다린 다음 밖으로 나오기 시작했다.

존은 히터를 켜려고 손을 내민 채로 차를 계속 몰았다. 그런데 뭔가 부딪히는 느낌이 들었다. 뒤이어 비명이 들렸다. 그는 차를 세우고 뛰쳐나갔다.

진입로에 노인이 꼼짝 않고 쓰러져 있었다.

"안 돼. 죽으면 안 돼. 제발 죽으면 안 돼요." 존이 말했다.

어떻게 고치면 좋을지 세 가지 예를 보여주겠다.

1)

뭔가 부딪치는 느낌이 들었고 뒤이어 비명이 들렸다. 그는 차를 세우고 뛰쳐나갔다. 진입로에 노인이 꼼짝 않고 쓰러져 있었다. 사방에서 눈이 흩날렸고 거센 바람이 존의 외투를 인정사정없이 파고들었다.

2)

"안 돼." 존이 말했다.

"죽으면 안 돼. 제발 죽으면 안 돼요." 그는 노인을 보지 못했다. 다만 뭔가 부딪힌 것 같더니 비명이 들렸다. 후진해서 진입로로 나오던 참이었다. 노인은 여기에서 뭘 하고 있었던 것일까? 존의 차를 보지 못했을까?

사방에서 눈이 흩날렸고 바람이 존의 외투를 인정사정없이 파고들었다.

3)

죽음은 눈 속에서 차갑게 찾아왔다.

존은 차를 뒤로 빼던 중이었다. 경찰에게도 그렇게 말했다. 매섭도록 추운 아침에 그저 차를 뒤로 빼고 있었을 뿐이라고.

6장 ——————————— 대화:
말도 곧
행동이다

소설의 모든 대화에는 목적이 있어야 한다.

대화는 소설을 더 나아지게 만드는 가장 빠른 방법이다. 그렇다. 감상적이고 과장된 대화는 명절에 만난 수다쟁이 삼촌처럼 원고에서 튀기 때문이다. 그러나 인물들이 명쾌한 대화를 하면 원고가 더욱 전문적으로 보인다. 그 즉시.

초보 작가들의 원고 대부분은 대화가 투박하다. 현실감이 없다. 현실감 있게 들린다면 대개는 소설의 내용과 상관없는 실생활의 대화를 쓴 탓이고 이 역시 효과가 없다.

때로는 화자를 가리키는 말이나 부사가 너무 많다. 때로는 긴장이나 갈등이 없는 순조로운 대화가 너무 많다. 대화문 자체가 너무 '뚱뚱하기도' 하다. 활력을 주거나 읽기 좋게 만들기 위해 빼야 할 단어가 많다는 의미다. 이 다양한 문제의 해결책은 이해하거나 적용하기 어렵지가 않다. 연습만 한다면 원고를 더욱 예리하게 다듬기란 쉬운 일이다. 차차 다루기로 하자.

소설의 대화란 '인물이 하는 행동'의 다른 형태다. 말은 물리적이다. 인물은 말을 한다. 인물이 말을 할 때는 장면에서 자신이

해야 할 일을 하기 위해서여야 한다. 단순히 공간을 채우기 위해 넣어선 안 된다. 대화를 행동으로 생각하면 기초적인 실수를 피할 수 있다.

탁월한 대화의 여덟 가지 필수 요소

소설의 모든 대화에는 목적이 있어야 한다. 작가 스스로 왜 쓰는지 알아야 한다. 다음의 필수 요소로 이제부터 쓸 모든 대화문을 평가할 수 있을 것이다.

하나. 대화는 반드시 필요해야 한다

대화가 반드시 필요하지 않다면 왜 그 자리에 있는가? 대화는 다음 셋 중 한 가지 이상의 기능을 해야 한다.

플롯을 전개한다. 인물의 특징을 드러낸다. 주제를 나타낸다.

플롯을 전개하려면 대화로 필수적인 정보를 전달해야 한다. 자세히 설명하거나 배경을 알리거나, 독자가 장면에서 일어나는 일을 이해하도록 해야 한다.

"빌." 쉴라가 말했다. "여기에서 뭐 하고 있어? 볼티모어에 있는 줄 알았는데."

"일을 마무리 못해서 말이야, 여보."

이 대화에서 독자는 (쉴라가 아는 대로라면) 빌이 볼티모어에 있어야 한다는 사실을 알게 된다. 또한 그가 그다지 유쾌하지 않은 생각을 하고 있다는 사실도 알게 된다.

또한 대화는 인물의 특성과 관계를 드러낸다. 『몰타의 매』에서 사설탐정인 샘 스페이드는 딱 부러지는 어조로 말한다. 멋쟁이인 조엘 카이로는 좀 더 세련된 어투로 말한다.

스페이드가 말했다. "어디 가서 얘기 좀 합시다."

카이로는 턱을 들었다. 카이로가 말했다. "실례입니다만, 사적인 대화라면 계속하고 싶지 않군요."

인물이 어떤 식으로 말하는지 듣기만 해도 독자는 많은 것을 알 수 있다.

또 너무 서투르게 쓰지만 않는다면 대화로 주제를 명시할 수도 있다. 『몰타의 매』의 주제는 무엇인가? 탐욕과 거짓말, 돈의 위력이다. 그렇다, 이 모든 것이다. 그러나 샘 스페이드의 입장에서는 주제가 무엇인가? 얼간이 노릇을 하지 않는 것이다. 잘못하면 한 남자이자 탐정으로서 계속 살아나갈 자존감과 능력을 모두 잃는다. 그러니 주제는 자신의 원칙을 고수해야만 자멸하지 않는다는 것이다.

그녀는 그의 어깨에 손을 얹었다. "그럼 날 도와달라고 하진 않을게요."

그녀가 속삭였다. "하지만 괴롭히진 마세요. 이제 날 놓아줘요."

그가 대답했다. "아니, 경찰이 왔을 때 당신을 넘겨주지 않으면 나는 끝장나오. 다른 사람들과 같은 꼴이 되지 않으려면 이 길뿐 이오."

"나를 위해, 그러진 않을 거죠?"

"당신을 위해 얼간이가 되진 않을 거요."

사랑 앞에서도 그의 원칙은 흔들리지 않는다.

"…… 그런데 다른 쪽에는 뭐가 남을까? 우리에게 남은 것이라 고는 당신이 나를 사랑하고 내가 당신을 사랑하는지도 모른다는 사실뿐이오."

"그런지 아닌지 당신은 알잖아요." 그녀가 속삭였다.

"모르겠소. 당신에게 빠지기란 너무나도 쉬운 일이니까." 그는 굶주린 듯 그녀의 머리카락에서부터 발끝까지, 그리고 발끝에서 다시 눈까지 훑어보았다. "하지만 그 결과가 무엇일지는 모르겠소. 아는 사람이 있을까? 하지만 내가 당신을 사랑한다고 칩시다. 그 게 어떻단 말이오? 한 달 뒤에는 마음이 바뀔지도 모르는데. 전에 도 겪어봤소. 그 정도 지속되더군. 그런 다음엔? 내가 얼간이 노릇 을 했다고 생각하겠지……."

로런스 블록의 단편소설 「떠돌이 여인을 위한 양초A Candle for the Bag Lady」에서 매트 스커더는 피해자인 메리 앨리스 레드필드가 살았던 싸구려 임대주택의 관리인을 심문한다. 나이 든 관리인

라킨 부인은 이렇게 회상한다.

"난 그 여자가 나타나는 데 익숙해졌다우. 내가 '안녕하세요'나 '좋은 아침이네요', '기분 좋은 날 아닌가요?'라고 말했던 것 같은데, 대답으로 눈길 한번 주지 않더라니까. 하지만 그런데도 말을 건네 보고 싶은 친근한 느낌을 주는 사람이었지. 이제 그 여자는 죽었고 우린 모두 나이를 더 먹었구려, 안 그러우?"

"그렇군요."

"가여운 노인네. 어쩜 그럴 수가 있는지 말 좀 해보실라우? 대체 어쩜 그런 사람을 죽일 수 있을까?"

대답을 바라는 건 아닌 듯했다. 다행이었다. 할 말이 없었으니까.

둘. 대화는 주고받는 것이다

다음 장면을 상상해보라. 메리라는 여자가 입원한 남편에게 들렀다가 집으로 왔다. 1시간 안에 다시 남편에게 갈 생각이다. 커피 잔을 들고 앉아 감정을 추스르는데, 문을 두드리는 소리가 들린다. 메리가 응답한다.

테드가 서 있었다.

"오, 테드, 볼티모어에서 온 우리 주치의시군요. 들어오세요." 메리가 말했다.

테드가 문으로 들어왔다.

"메리." 테드가 말했다. "모킹버드가에 있는 이 집에 당신이 있어서 다행입니다."

"저도요, 테드. 와주시니 위로가 되네요. 키는 190센티미터에 몸매가 좋을 뿐 아니라 자신이 무슨 말을 하는지 잘 아는 의사가 찾아와 주시니 위기에 처한 마흔 살 여자에게는 멋진 일이죠."

이렇게 형편없는 대화를 쓰는 작가는 없을 것이다. 그러나 이처럼 노골적이진 않더라도 이런 식으로 쓰고 있진 않는지 주의해야 한다. 앞의 글에서 작가는 독자에게 정보를 조금씩 흘리고 있다(사실 독자가 뒷목을 잡고 쓰러질 지경이다!). 대화는 정보를 전하는 탁월한 방법이지만 다음 규칙을 해치지 않아야 한다. 그 규칙이란 소설의 대화는 반드시 한 인물에게서 다른 인물로 이어져야 하고, 정보를 주려는 노골적인 시도로 보여선 안 된다.(201쪽, '대립 상황' 참조).

셋. 대화에는 갈등이나 긴장감이 있어야 한다

모든 대화에는 갈등이나 긴장감이 있어야 한다. 다시 말한다. 모든 대화에는 갈등이나 긴장감이 있어야 한다. 행복한 결혼 생활을 하는 남편과 아내 사이의 대화라면? 점심을 먹으며 가벼운 대화를 나누는 두 친구 사이의 대화라면? 또는 같은 편인 두 사람의 대화라면? 그런 대화에도 긴장과 갈등이 있어야 된다는 말인가? 그렇다.

여기에서 앨프리드 히치콕의 격언을 활용해보자. 탁월한 대화문은 지루한 부분을 덜어낸 것이다. 긴장감이나 갈등이 없으면 지루하다. 다시 말해 주인공은 어려움이나 위험, 처음부터 있었던 난관에 대처해야 한다. 그러면 최소한 다른 인물과 대화를 할 때마다 그런 내적 긴장감이 늘 나타난다.

긴장감과 갈등은 다양한 효과를 내기 위해 조절할 수 있다. 앞서 본 장면의 메리를 생각해보자. 이번에 메리는 부엌 테이블에서 이웃인 뱁스와 커피를 마시고 있다. 메리의 남편 프랭크는 아직 병원에 입원 중이다. 장면은 이렇게 전개될 수도 있다.

"새로 산 토스터 잘돼?" 뱁스가 물었다.

"오, 아주 훌륭해." 메리가 대답했다. "그걸 사서 정말 다행이지 뭐야. 타깃 매장에서 세일 중이야."

"정말? 나도 하나 살까 봐."

"그렇게 해. 마음에 쏙 들 거야. 정말 그럴 거야."

뱁스는 커피를 홀짝 마셨다. "음, 맛있는데. 종류가 뭐야?"

"프렌치 로스트."

"내가 진짜 좋아하는 거야."

"나도."

아니면 이런 식으로 전개될 수도 있다.

"새로 산 토스터 잘돼?" 뱁스가 물었다.

"응?"

"토스터 말이야. 어때?"

"토스트를 만들어주지."

"그래?"

"그래. 토스트를 만들어줘."

"내 얘기는 그게 아니라—"

"뭐 다른 걸 기대한 거야?"

뱁스는 커피를 홀짝 마셨다. 둘은 오랫동안 말없이 앉아 있었다.

넷. 대화는 상황과 맞아떨어져야 한다

갑자기 툭 튀어나와서 '내 얘기 좀 들어요! 전 끝내주는 대화라고요!'라고 말하는 대화를 집어넣고 거들먹거리는 작가를 가끔 볼 때가 있다. 이는 대화가 내러티브의 전체 분위기과 어울리지 않는다는 뜻이다. 우리를 소설 속으로 끌어들이는 대신 소설 밖으로 밀어낸다. 그러니 자랑하지 않고 그저 보여주는 것을 목표로 삼자.

그렇다고 기억에 남는 대화문을 절대 쓰지 말아야 한다는 말은 아니다(203쪽, '직접적인 대화를 피하기 위한 장치' 참조). 로버트 B. 파커의 『더블 플레이Double Play』에서 전직 해병이자 제2차 세계대전 퇴역군인인 조셉 버크는 술집에서 앤서니라는 다른 해병을 만난다.

"몸이 억세군." 앤서니가 말했다. "권투 선수를 해보면 어떻겠소. 내 동생 앤젤로가 쉬운 경기를 주선해줄 수 있을 거요."

"얼마나 쉽기에?"

"이길 만큼 쉽지." 앤서니가 말했다.

"상대 선수들은 질 거고?"

"물론이지."

"그리고?"

"그리고 자네는 명성을 얻는 거지." 앤서니가 대답했다.

"그리고?"

"그리고 우리는 자네에게 판돈이 큰 경기를 주선해줄 거고 나랑 앤젤로는 돈을 좀 걸고……."

간단명료한 대화는 억센 전직 해병들이 권투 경기에 대한 이야기를 나누는 분위기와 맞아떨어진다. 단답형 문장은 잽과 비슷하고 마지막 문장은 가볍게 허둥거리는 몸부림 같다.

로빈 리 해처의 소설 『빅토리 클럽The Victory Club』과 비교해보자. 이 소설의 배경은 제2차 세계대전의 후방 지역이다. 식료품 상인인 하워드 백스터는 남편이 해외 참전 중인 루시 앤더슨을 돌봐준다.

"무슨 생각을 그리 골똘히 하세요, 앤더슨 부인?"

당황한 나머지 그녀의 뺨이 화끈 달아올랐다. "그냥 부러운 생각이 들어서요. 라이트 부인과 부인의 자동차 말이에요. 걷거나 버스를 타지 않고 어딘가로 가본 게 무척 오래되었어요. 정말이지 자동차에 몸을 싣고 드라이브를 하고 싶네요."

"당연한 말씀입니다." 그는 눈썹을 치켜올렸다. "다음 토요일에

저와 맥콜로 드라이브를 가도 괜찮으시겠지요. 산에 눈이 많이 쌓이고 호수가 아직 얼어 있을지 모르지만, 도로 상태는 괜찮을 겁니다. 거기로 가서 오두막집에서 점심을 먹고 어두워지기 전에 돌아오면 될 겁니다."

"차가 있어요?"

이 장면의 분위기는 화려하고 감정과 세부 사항으로 가득한데, 어려운 시절에 친분을 나누는 두 사람에게 어울리는 분위기다.

물론 어떤 장면에서든 분위기는 바뀔 수 있으며 대화로 이를 알려줄 수 있다. 핵심은 분위기에 어울리도록 어조를 다양하게 바꾸는 것이다.

다섯. 대화는 인물과 어울려야 한다

일단 인물을 설정하고 나면 대화는 그 사람에게 딱 맞아야 한다. 이때 다음 네 가지 기본 사항을 고려해야 한다.

- **어휘**: 인물이 쓰는 단어는 그의 배경을 알려준다. 어려운 단어를 많이 아는 인물은 교육을 많이 받았다는 의미다.
- **즐겨 쓰는 단어와 표현**: 특정 세대나 특정 직업군에는 상투어나 즐겨 쓰는 전문 용어가 있다. 물론 이는 곧잘 바뀌기 마련이므로 인터넷을 참고하거나 해당 직업군의 사람들과 대화를 하는 등 최신 표현을 계속 알아두어야 한다.
- **지역색**: 지역에 따라 그 지역에서만 쓰는 말이 있고, 같은 단어도

전혀 다른 뜻으로 쓰는 경우가 있다.

- **사투리**: 요즘에는 발음대로 사투리를 적으면 악평을 받는다. 강한 억양은 글로 표현하지 않는 게 좋다. 대신 사투리를 연상시키는 단어 한두 개를 쓰자.

여섯. 소설 속 대화는 현실 속 대화가 아니다

많은 초보 작가가 저지르는 실수 중 하나는 소설에 실제의 언어를 재현하려 하는 것이다. 소설 속 대화는 현실 속 대화를 연상시켜야 하지만 단어마다 용도가 있어야 한다. 현실 속의 언어는 더듬는 말(음, 어, 있지)과 딴 이야기로 가득하다. 그리고 잡담이 여백을 채운다.

더듬는 말은 꼭 필요할 때만 써야 한다. 예를 들어 인물이 초조해하거나 뭔가를 숨기려 할 때는 '있잖아' 같은 말을 쓸 수 있다.

일곱. 대화는 간결해야 한다

과거에는 소설에 장황한 대화가 있어도 괜찮았다. 예를 들어 다음은 시어도어 드라이저의 『미국의 비극』에 나오는 대화문이다(서술문은 삭제했다). 이 대화에서 스무 살의 청년 클라이드는 로버타에게 성관계를 맺자고 유도하는 중이다. 로버타는 보수적인 기독교 집안 출신이다.

[클라이드] "점점 추워지는 것 같지 않아?"

[로버타] "응, 정말이야. 곧 있으면 더 두꺼운 외투를 입어야 할 것

같아."

"이제 뭘 해야 할지 모르겠다, 안 그래? 갈 만한 곳도 별로 없고 밤마다 이렇게 거리를 돌아다니는 것도 재미없을 거야. 가끔 길핀스네에서 만나기로 정할 수도 없잖아. 이제 그곳도 뉴턴네 집과 똑같아졌어."

"오, 그래. 하긴 그 집 식구들은 매일 밤 열시 반이나 열한 시까지는 응접실을 쓰니까. 또 그 집의 두 딸도 12시까지 내내 들락거리고 대개는 집 안에 있으니까. 어쩌면 좋을지 모르겠단 말이야. 게다가 넌 나랑 그렇게 같이 있는 모습을 다른 사람에게 보이고 싶지 않다고 말한 것 같은데. 네가 거기 오면 널 다른 사람에게 소개할 수밖에 없고."

"오, 그런 뜻으로 한 말은 아니야. 잠깐 들른 게 뭐가 어때서? 그 사람들은 알 필요도 없지 않아? 지금 거기는 아무도 없겠지?"

"아니, 안 돼, 그렇게 할 수는 없어. 괜찮지 않을 거야. 나도 싫고. 누군가 우리를 볼지도 몰라. 너를 아는 사람이 올지도 모르고."

"이렇게 늦은 시각에 누가 우리를 본단 말이야? 주위에 아무도 없을 거야. 가고 싶다면 잠깐 들어갔다 나오면 되잖아? 아무도 우리 소리를 못 들을 거야. 큰 소리로 말할 필요 없어. 거리에도 아무도 없을 거야. 집 옆으로 가서 깨어 있는 사람이 있는지 보자."

이 대화를 로버트 크레이스의 소설 『인질Hostage』에 나오는 대화와 비교해보자.

경비원은 전화기를 다시 탤리의 귀에 댔다.

"제인?"

"무슨 일이야, 제프? 이 사람들 누구야?"

"몰라. 당신 괜찮아? 맨디는?"

"제프, 나 무서워."

경비원이 전화기를 가져갔다.

"이 정도면 충분해."

"대체 당신은 누굽니까?"

"당신을 놓아줘도 되겠지? 충격도 지나갔고, 풀어줘도 허튼짓 안 하겠지?"

"놓아주세요."

요즘에는 대화가 간결할수록 좋다. 인물이 연설을 하거나 말을 길게 늘어놓거나 세련되게 말하려고 단어 선택에 신경 쓰는 등 강력한 이유가 있는 경우가 아니라면 말이다. 연설이나 긴 독백을 넣을 경우에도 독자를 위해 쪼개서 넣을 방법을 찾아내는 게 좋다. 생각, 행동, 말 자르기 등을 끼워 넣으면 된다.

"87년 전에," 대통령이 말했다. "우리의 선조들은 이 대륙에 새로운 국가를 탄생시키고 자유를 잉태했으며……."

오오, 이런, 하고 재스퍼는 생각했다. 대통령이 연설을 할 모양이었다.

"…… 모든 인간이 평등하게 창조되었다는 명제입니다."

재스퍼는 흙덩어리를 발로 찼다. 평등한 건 내 발이지.

"이제 우리는 위대한 내전에 참여하게 되었습니다. 이 나라가, 아니 이토록 비옥하고 이토록 헌신적인 나라가 오래 지속될 수 있는지 시험하게 되었습니다."

"죄송한데요." 재스퍼가 외쳤다. "이게 중국의 차 값과 무슨 상관이죠?"

대통령은 말을 멈추고 재스퍼를 노려본 다음 재빨리 고개를 끄덕였다. 푸른 제복을 입은 병사 두 명이 재스퍼의 팔을 잡고 그의 몸을 땅으로 눌렀다.

"그 전쟁의 위대한 전쟁터를 우리는 만난 것입니다." 대통령이 말했다.

"당신네 전쟁터가 어디인지 알아요." 재스퍼가 외쳤다. "바로 여기죠!"

여덟. 대화에는 숨은 뜻이 풍부해야 한다

훌륭한 대화문에서는 겉으로 드러나지 않은 뜻이 말로써 드러난 뜻만큼이나 중요하다. 프랜신 프로즈는 『소설, 어떻게 쓸 것인가Reading Like a Writer』에서 다음과 같이 말한다.

우리 인간은 말을 할 때 단순히 정보만 전달하는 것이 아니라 인상을 남기고 목표를 성취하고자 한다. 그리고 때로는 듣는 이가 우리가 말하지 않은 것을 알아채지 못하도록 차단하고 싶어 한다. 그저 집중력을 분산시키려는 것이 아니라 우리의 말뜻을 알아들을까 봐 두려워하는 것이다. 그 결과 드러난 뜻보다는 숨은 뜻이 많이, 어쩌면 훨씬 많이 대화에 들어 있을 때가 많다. 겉보기보다 속에 더 많은 것이 들어 있다. 나쁜 대화의 특징 하나는 그 말이 기껏해야 한 번에 한 가지 기능만 한다는 것이다.

어떤 대화든 수면 위로 드러난 부분과 수면 아래에 감춰진 부분이 있다. 수면 아랫부분은 눈에 보이지는 않지만 미묘하게 드러나기 마련이며, 독자는 자신도 모르게 이렇듯 다층적인 내용을 흡수하게 된다.

수면 아래 층위는 사건, 인물, 주제로 나뉜다.

각 층위를 살펴보자. 먼저 소설 속 이야기에서 지금까지 일어난 '사건'은 현재에 영향을 미친다. 이 사건은 겉으로 드러난 일일 수도 있고, 아니면 뒷이야기일 수도 있다(드러났든 아니든).

[이야기의 층위]

예를 들어 「카사블랑카」의 초반부 장면에서 우리는 릭이 이 지역에서 술집을 운영하는 이유를 왜 숨기는지 알지 못한다. 프랑스인 대위인 르노가 릭에게 질문을 하자 릭은 건강 때문이라고 말한다. 물이 좋다고 해서 카사블랑카에 왔다고 한다.

"카사블랑카는 사막 한가운데에 있네." 르노가 말한다.

릭이 대답한다. "내가 잘못 알았지."

나중이 되어서야 독자는 수면의 아랫부분, 즉 그가 평생 하나뿐인 사랑에게 버림받았다는 것을 알게 된다.

'인물'은 그의 모든 인생 이야기를 뜻한다. 이 역시도 소설에 반드시 드러낼 필요는 없다. 인물은 오래전에 겪은 일 때문에 특정한 방식으로 행동한다. 묘한 말도 한다. 인물이 왜 그렇게 말하고 행동하는지는 뒤에 가서 드러낼 수도 있다.

J. D. 샐린저의 『호밀밭의 파수꾼』에서 독자는 홀든의 성장 과정에 대해 조금씩 알게 된다. 그는 처음에 "자세한 얘기"는 하고 싶지 않다고 말하지만 그 모든 것이 현재의 홀든에게 영향을 미쳤다는 건 분명한 사실이다. 그러니 인물의 과거를 속속들이 파악하자. 어린 시절부터 인물을 형성해온 사건들을 알아두자. 그러면 현재의 대화에 미묘한 음영과 색조가 깃든다.

유명한 범죄영화 「본 투 킬Born to Kill」에서 로런스 티어니가 연기한 인물은 때로 미친 듯이 화를 내고 살인을 저지른다. 왜 그럴까? 그는 "누구도 날 바보로 만들지 못해"라는 말을 되풀이한다.

그의 배경에 이런 결과를 일으킨 뭔가가 있으리라 짐작되지만 영화는 그게 무엇인지 절대 설명하지 않는다. 그러나 덕분에 인상 깊은 대화를 관객에게 남겼으므로 꼭 설명할 필요는 없다.

마지막은 '주제'다. 많은 작가가 초고를 쓰는 동안에는 주제를 못 잡겠다고 말한다. 나중에야 주제가 드러난다는 것이다. 그렇다면 주제를 찾은 후에 다시 원고를 보며 대화로 주제를 표현하면 된다.

로스 맥도널드의 소설 『지하인간The Underground Man』의 시작 부분의 장면에서 루 아처는 아파트 단지에서 어느 유부녀와 이야기를 나누고 있다. 별거 중인 남편이 그녀를 비난한 뒤 아들을 데리고 떠난 참이다. 사립탐정 아처는 고용되지 않은 상황이지만 고객에게 하듯이 여자에게 질문을 던진다. 아처는 계속 질문한다. 그러나 그녀는 고객이 아니다. 적어도 지금은. 나중에 독자는 그가 얼마나 외로운지 알게 된다. 그가 그녀에게 왜 계속 말을 걸었는지 이해하게 되고 그 장면을 회상하면 가슴이 저릿하다. 바로 이 점이 숨은 뜻의 기능이다. 화폭에 깊이와 넓이를 더하되 부드러운 분위기로 표면의 음악을 보조한다.

탁월한 대화를 쓰기 위한 열두 가지 도구

지금까지 탁월한 대화의 필수 요소를 살펴보았다. 이제는 대화쓰기에 유용한 기법들을 알아보자.

하나. 대화 조율

좋은 대화는 문장을 쓰기도 전에 시작된다. 배역을 정하기 전부터 시작된다. 대화를 '조율'하라는 것은 서로 갈등과 긴장감을 겪도록 인물을 충분히 다르게 만들라는 뜻이다. 대화는 행동의 연장일 때가 가장 좋으므로 장면 안의 인물이 서로 다른 관심사를 갖고 있으면 대화는 저절로 따라온다.

영화「굿바이 뉴욕 굿모닝 내 사랑City Slickers」은 조율을 잘 한 예다. 로빈스, 에드, 필은 각자 처한 여러 위기 상황 때문에 뉴욕을 떠나 소몰이 길을 따라 서부로 여행을 떠난다.

코미디의 대부분은 세 친구의 상호 작용 때문에 생긴다. 세 사람은 서로 몹시 다르다. 로빈스는 매력과 재치로 위기를 모면하려 하는 기지 있는 광고인이다. 에드는 툭 하면 싸우면서 남자다움을 증명하고 싶어 하는 마초다. 필은 도무지 되는 일이 없는 실패자다.

영화 초반에 로빈스가 올가미 밧줄을 던지는 법을 배우려고 하는 장면이 있다. 그는 잘하지 못한다. 에드가 잔소리를 한다. 로빈스는 경쟁이 아니라고 말한다. 에드는 그 의견에 반대하면서 삶이 곧 경쟁이고 모든 것이 경쟁이라고 말한다. 그때 필이 어슬렁거리며 다가오고 두 친구는 무엇을 하고 있었느냐고 묻는다. 필은 대답한다. "말이 거세당하는 장면을 보고 왔어." 인물이 서로 다르기 때문에 대화가 각자에게 어울리면서도 재미있다. 이처럼 대화는 성격 묘사에 도움이 된다.

둘. 역할 배정

잭 빅햄은 『잘 팔리는 소설 쓰기Writing Novels That Sell』에서 '교류 분석'이라는 심리 요법을 개조한 유용한 도구를 소개한다. 사실 나는 에릭 번 박사가 이 요법을 개발해 『심리 게임Games People Play』이라는 책으로 널리 소개했다는 사실 이외에, 이 요법에 대해서 아는 점이 없다. 따라서 이 도구는 교류 분석을 '대략적으로 연상시키는' 방법이라고 소개하는 게 가장 좋을 것이다.

핵심은 이렇다. 사람들과의 관계에서 우리는 어떤 역할을 스스로 설정하고 그 역할에 맞게 말하고 행동한다. 그 역할은 부모, 어른, 아이 세 가지다.

- 부모(P)는 권위 있는 자리로서 힘을 가진 존재다. P는 규칙을 정한다. 그가 말하면 시행된다. 그게 끝이다.
- 어른(A)은 가장 객관적인 역할이다. 이성적이고 침착한 사람으로 상황을 있는 그대로 볼 수 있다. 아마 "어른답게 행동하자"라는 말을 할 것이다.
- 아이(C)는 이성보다 감정이 앞선다. 이기적이며 원하는 대상을 원하는 순간에 갖고 싶어 한다.

나는 이 모델을 보고 어떤 장면에서든 인물을 이 셋 중 한 가지 역할로 배정하거나, 이 역할의 특성을 미묘하게 드러내 인물들 사이에 긴장감을 일으킬 수 있다는 것을 발견했다. 그리하여 다음과 같은 간략한 표를 종이나 머릿속에 그렸다.

	인물1		인물2	
P				P
A				A
C				C

인물1에게 (주로) 어떤 역할을 맡기고 인물2에게 (주로) 어떤 역할을 맡길지 정한다. 당연히 갈등이 가장 적은 유형은 다음과 같다.

A ——————→	←—————— A

왜 그럴까? 어른은 가장 차분하며 '사이좋게' 지낼 수 있기 때문이다. 그럼 다음 유형은 어떨까?

P ——————→	←—————— A

이제 갈등의 소지가 생겼다. P는 A를 가르치고 감독하려 한다. A는 합리적이고 타당한 이유로 저항할 것이다. 그러면 P는 권위에 복종하지 않는다는 이유로 A에게 실망하며 한 단계 더 나아간다. 대화나 행동이 치열해진다.

또한 이 역할은 고정되지 않는다. 장면 속에서 자신이 이루려는 목표 때문에 인물은 갈등이 일어나는 동안 다른 역할을 하려 할 수도 있다. 예를 들어 A는 좀 더 P처럼 행동하려 하다가 갈등에 빠질 수 있다. 그러면 상황은 두 숫양이 서로 머리를 들이민 양상이 된다. 또는 A가 C처럼 토라지며 연민을 얻으려 할 수도 있다. 아니면 떼를 쓰든지. 이는 인물이 각자의 역할에서 느끼는 강렬함과 장면 속에서 일어날 수 있는 변화를 중심으로 무한히 응용할 수 있다. 예를 들어 닐 사이먼의 희곡 『별난 커플』에서 펠릭스 엉거(결벽증 환자)와 오스카 매디슨(게으름뱅이)은 매주 하던 포커 게임이 무산된 것을 알았다. 그 이유는 본인은 알아채지 못하지만 펠릭스와 그의 까칠함 때문이었다. 이제 오스카는 그동안 쌓인 화를 터뜨려 싸울 준비가 되었다. 장면에서 이 싸움이 시작될 때 펠릭스는 A다. 그는 상황을 분석하며 이성적으로 논의하고 있다. 오스카는 A가 될 기분이 아니다. 오스카는 C다. 장면이 이어진다.

> [펠릭스] "우습지 않아, 오스카? 우리가 행복하다고 생각하다니……."(청소를 시작한다)
> [오스카] "무지무지 고마울 거 같아, 펠릭스. 네가 지금은 청소를 안 해준다면 말이야."
> [펠릭스] "조금만 치우면 돼."

영화에서 오스카는 "난 오늘 저녁에 어지를 게 남았거든" 하고 말한 다음 바닥에 담배를 몇 개 던진다. 매우 유치한 행동이다. 그런 다음 오스카는 아이러니를 지적한다. "우리가 다시 합의하지 못하면, 난 너를 죽일 거야. 그게 아이러니야." 펠릭스는 뭐가 문제인지 묻고, 오스카는 장광설을 늘어놓는다. 모두 쏟아낸다. 그러는 와중에 펠릭스는 벽에 걸린 사진을 똑바로 되돌린다. 오스카는 그게 비뚤어진 채로 있었으면 좋겠다고 말한다. 자기 사진이니까! 오스카는 사진을 다시 비뚤게 건다. 이쯤 되자 펠릭스는 전략을 바꾼다. 어린애처럼 칭얼거린다. "얼마나 오래 걸릴까 생각했어." 그는 토라지기 시작한다. 이제 오스카는 그의 마음을 풀어주려 애쓰며 A의 역할을 맡는다. 이런 식으로 왔다 갔다 하며 다툼이 전개된다. 이 장면은 책보다 영화로 더 볼 만한데, 대화를 통해 P와 A와 C의 역학을 볼 수 있기 때문이다.

이런 시도를 몇 번 해보면 전에 놓쳤을지 모르는 점들을 발견할 수 있을 것이다.

셋. 단어 생략

단어 생략은 대화문의 달인 엘모어 레너드가 즐겨 쓰는 기법이다. 그는 곳곳에서 단어 하나를 삭제하는 것만으로 대화에 현실감을 불어넣는다. 사실은 전혀 그렇지 않은데도 대화가 꼭 실제로 오가는 말처럼 들린다. 그가 쓴 모든 대화는 레이저처럼 성격 묘사와 이야기에 기여한다.

보통의 대화는 다음과 같다.

"개가 죽었다고?"

"그래, 자동차에 치였어."

"녀석 이름이 뭐였는데?"

"암컷이었어. 터피라고 불렀지."

다음은 레너드가 『표적Out of Sight』에 쓴 대화다.

"개가 죽었다고?"
"자동차에 치였어."
"녀석 이름이 뭐였는데?"
"암컷인데 이름은 터피."

자연스럽게 들리지만 경제적이고 의미심장하다. 몇몇 단어를 삭제해서 실제로 하는 말처럼 느끼게 하는 게 핵심이다. 모든 기법이 그렇듯이 이 기법은 과장할 위험이 있다. 적용할 부분과 인물을 잘 고르자.

넷. 인물 구체화

나는 인물을 보고 들을 수 있게 되기까지는 정말로 생동감 넘치는 대화가 떠오르지 않는다. 외모와 목소리를 설정하지 않으면 대화가 천편일률적으로 나온다. 내가 그 인물을 연기하고 있는 것처럼 나와 비슷한 목소리가 된다.

인물의 외모와 목소리를 빨리 포착하려면 머릿속으로 배역을 맡길 구체적인 인물을 찾아야 한다. 우리는 무척 유리하다. 역사상 존재한 그 어떤 배우도 좋고 개인적으로 아는 사람도 좋다. 게다가 우리가 머릿속으로 떠올린 사람이 누구인지 독자는 알지 못한다. 구체적인 인물을 찾으면 곧 참신한 대화가 떠오를 것이다.

이 기법은 이렇게 활용해도 좋다. 어떤 효과가 나는지 보기 위해서 반대 성별의 배우에게 그 배역을 맡기는 것이다. 남자 트럭 운전사가 그레이스 켈리(미국의 영화배우이자 모나코 왕비)가 연기하는 듯한 말투를 쓰면 어떨까? 기분 좋은 놀라움을 느끼게 될 것이다. 그렇지 않다면 그 말투를 쓰지 말아야 한다. 이 점은 작가가 누리는 즐거움이다.

다섯. 즉흥 연기

나는 글쓰기에 전념하기 전에 얼마 동안 배우로서 여기저기 기웃거렸다. 뉴욕의 연기 교실에서 수업을 받기도 했는데, 그곳에서는 즉흥 연기도 가르쳤다. 수업에 참여하러 온 사람 중에는 퓰리처상을 수상한 극작가도 있었다. 그에게 여기에서 뭘 하고 있느냐고 물었더니 그는 즉흥 연기가 대화 쓰기 연습에 엄청 도움이 된다고 말했다. 나는 그 말이 사실이란 걸 알게 되었다. 그러나 굳이 연기 교실에 들어갈 필요는 없다. 우디 앨런을 흉내 내면 즉흥 연기를 연습할 수 있다.

앨런의 영화 「바나나 공화국Bananas」에 나오는 법정 장면을 기억하는가? 극중에서 앨런은 재판에 나가 스스로를 변호한다. 증인석에 앉아 반대 심문을 받는 상황에서, 질문을 던지고 대답을 하려 증인석으로 뛰어들었다가 펄쩍 뛰어나와 또 다른 질문을 던진다.

이와 똑같이 해보자(물론 집에서 남몰래). 두 인물이 갈등을 겪는 장면을 구성한다. 그런 다음 말다툼을 시작한다. 실제로 자리를 바꾸며 왔다 갔다 한다. 이동할 때는 잠시 대화를 멈추고 각 인물의 목소리로 대답할 수 있는 시간적 여유를 갖는다.

이 기법은 이렇게 활용해도 좋다. 유명한 두 배우가 등장하는 장면을 쓰는 것이다. 단, 모든 배역은 자신이 연기해야 한다. 거침없이 연기하자. 그리고 기회가 된다면 즉흥 연기 수업에 참여해 보자. 퓰리처상 수상 작가를 만날지도 모른다.

여섯. 말 비틀기

이 기법은 닐 사이먼의 형인 대니 사이먼에게 배웠는데, 그는 LA에서 오랫동안 희극 창작 교사로 일했다. 닐 사이먼과 우디 앨런은 둘 다 그에게 서사적 희극을 쓰는 법을 배웠다고 한다.

그는 희극에 '우스운 농담', 즉 그저 웃기기 위해서 삽입한 웃긴 대화가 있는 것을 싫어했다. 그런 대화도 이야기와 자연스럽게 어우러져야 한다고 생각했다. 그러니 웃긴 대화를 쓰려면 그 인물이 자연스럽게 할 말을 생각한 다음 이를 살짝 '비틀기'만 해야 한다.

그 과정을 예를 들어 살펴보자. 지금 「대부」의 한 장면을 쓰고 있다. 마이클 코를레오네가 라스베이거스에 왔다. 나이도 더 많고 세력도 더 강한 모 그린에게 콜레오네가에서 그의 카지노 지분을 사겠다고 말하기 위해서다. 모 그린은 격분한다. 어떤 대답을 할까? 처음에는 떠오르는 대로 전형적인 대화를 쓸 것이다.

"난 모 그린이야! 자네가 고등학생일 때 난 갱단에서 일을 하고 있었다고!"

이 정도로는 부족하다. 그래서 살짝 비튼다.

"난 모 그린이야! 자네가 고등학생일 때 난 갱단에서 총질을 하고 있었다고!"

조금 나아졌다. 하지만 좀 더 손볼 수 있다. 실제 영화에서는 이렇게 나온다.

"난 모 그린이야! 자네가 치어리더들하고 시시덕거릴 때 난 갱단에서 총질을 하고 있었다고!"

이것이 말 비틀기다. 오래된 시트콤 「사인필드Seinfeld」의 에피소드 하나를 보자. 갑자기 유대인 남자들이 일레인에게 추근거리기 시작한다. 일레인은 "비유대인 여자의 매력" 때문이라는 말을 듣는다. 그래서 일레인은 랍비를 찾아가 이 문제에 대해 질문한다. 랍비는 이와 관련된 신화가 있다고 말한다. 일레인은 뭐라고 할까?

"뭔가 있긴 있어요. 제가 만난 유대인 남자들마다 저한테 수작을 거니까요."

시시하다. 비틀어보자. '유대인 남자'를 대신할 말은 무엇일까?

"뭔가 있긴 있어요. 제가 만난 사지 멀쩡한 이스라엘 남자들마다 저한테 수작을 거니까요."

조금만 더 비틀어보자.

"뭔가 있긴 있어요. 제가 이 일대에서 만난 사지 멀쩡한 이스라엘 남자들마다 저한테 수작을 거니까요."

실제 방송에서의 대사는 이랬다.

"뭔가 있긴 있어요. 제가 이 일대에서 만난 사지 멀쩡한 이스라엘 남자들은 죄다 골대로 달려든다니까요."

일곱. 대립 상황

많은 작가가 소설에 설명을 집어넣는 문제로 골머리를 앓는다. 그리고 가끔 직설적인 서술을 한 무더기 던진다. 소설이 시작하기 전에 일어난 뒷이야기 쓰기가 특히 까다롭다. 꼭 필요한 내용을 알려주면서도 단순한 정보 제시에 그치지 않으려면 어떻게 해야 할까?

대화를 이용하자. 우선 긴장감이 넘치는 장면을 쓰되 되도록 두 인물 사이에 긴장감이 흘러야 한다. 두 사람이 언쟁하며 서로 맞서게 하자. 그러면 정보를 자연스럽게 드러낼 수 있다. 다음은 투박하게 처리한 경우다.

　　"난 제프리를 사랑하게 됐어." 손드라가 말했다.
　　"왜 그 사람에게 끌리는데?" 메이벨이 물었다.
　　"왜냐고? 이유야 많지. 새하얀 치아, 빛나는 눈. 여름날이면 경쾌하게 들리는 그의 목소리. 나를 감싸는 튼튼한 두 팔."
　　"너 진짜 낭만주의자구나!"
　　"응, 근데 제프리도 그래. 나한테 연애시를 써주거든."

어쩌고저쩌고. 독자는 손드라가 제프리와 사랑에 빠졌다는 정보를 알게 된다. 그녀가 공상에 빠진다는 사실도. 그러나 군더더기가 너무 많다. 이를 대립 상황으로 바꾸면 다음과 같다.

　　"왜 자꾸 멍하니 딴 곳만 보고 있니?" 메이벨이 물었다.
　　"미안." 손드라가 말했다. "그냥 생각 좀 하느라……."
　　"무슨?"
　　"제프리."
　　"야, 제발! 그만 좀 하지 그래?"
　　"왜 제프리를 싫어하는 거야?"
　　"차라리 쓰레기가 왜 싫으냐고 물어."
　　"메이벨!"
　　"너 그 남자가 그렇게 좋아?"

"그 사람을 사랑하게 됐어."

"으, 손발이 오그라든다……."

이와 다르게 써도 괜찮다. 원래의 대화문보다 더 재미있게 바꿀 방법은 수없이 많다. 대화 중인 인물이 정신적으로, 감정적으로 '같은 편'이기만 하면 대화가 매력적이지 않다는 사실만 명심하자. 때로 이 방법으로 긍정적이고 공감 가는 인물의 모습을 그릴 수도 있다.

여덟. 직접적인 대화를 피하기 위한 장치

초보 작가가 저지르는 흔한 실수 중 하나는 대화문을 단순히 말만 주고받는 식으로 쓰는 것이다. 앞의 말에 대한 직접적인 대답으로 단어나 구문을 (메아리처럼) 반복한다. 예를 들면 이렇다.

"안녕, 메리."

"안녕, 실비아."

"와, 지금 네가 입은 옷 정말 멋진데."

"옷이라고? 이 낡은 것 말이야?"

"낡은 것이라니! 진짜 새것처럼 보여."

"새것은 아니지만 그렇게 말해줘서 고마워."

이런 대화는 '빈틈이 없다.' 놀랄 것이 없으니 독자는 흥미를 거의 느끼지 못하고 방황한다. 직접적인 대답이 약간 있는 것은 괜찮지만 지나치면 지루해진다. 따라서 명백하거나 직접적인 언급을 피하기 위한 다른 장치가 필요하다.

"안녕, 메리."
"실비아. 네가 있는 줄 몰랐어."
"와, 지금 네가 입은 옷 정말 멋진데."
"목이 마르네."

이 대화만으로는 이 장면이 앞으로 어떻게 될지 모른다. 그러나 이렇게 고치는 것만으로 더욱 흥미로워졌으며 표면 아래에 다른 기류가 있다는 것이 암시되고 있다. 어쩌면 이 부분에서 이야기 전체의 씨앗을 찾을 수도 있을 것이다.

질문도 직접적인 대화를 피하기 위한 장치로 삼을 수 있다.

"안녕, 메리."
"실비아. 네가 있는 줄 몰랐어."
"와, 지금 네가 입은 옷 정말 멋진데."
"그 사람은 어디 있니, 실비아?"

흠. '그 사람'은 누굴까? 또 실비아는 왜 알려고 할까? 요점은 직접적인 대화를 피하기 위한 장치로 쓸 수 있는 요소가 무수하다는 것이다. 마음껏 실험하자. 이미 쓴 대화에서 일부를 골라 직접적인 대답을 엉뚱한 반격으로 바꾸어보자. 즐거움과 놀라움이 함께 느껴질 것이다.

다음은 빈틈이 없는 대화의 또 다른 예다.

"나갈 준비 됐어, 여보?"
"응, 자기야, 잠깐만."

가능한 대답은 다음과 같다.

• 무응답
"나갈 준비 됐어, 여보?"
"정말 창피해."

• 질문
"나갈 준비 됐어, 여보?"
"당신은 왜 항상 그래?"

• 뜻밖의 말
"나갈 준비 됐어, 여보?"
"오늘 시내에서 당신을 봤어."

• 말 끊기
"나갈 준비 됐—"
"제발, 아서, 그만둬."

• 갑작스러운 충격

"나갈 준비 됐어, 여보?"

"이혼하자."

아홉. 주옥같은 말

아침에 눈을 떴는데 전날 밤 나눴던 대화에 딱 맞는 완벽한 대답이 떠오른 경험은 누구에게나 있을 것이다. 우리 모두 즉석에서 그런 재치 있는 말을 하고 싶어 하지 않는가?

소설 속 인물은 할 수 있다. 이 점이 소설가가 누리는 재미 중 하나다. 나에게는 약간 제멋대로인 규칙이 하나 있다. 소설을 네 부분으로 나눈 뒤 각각에 주옥같은 말을 하나씩 넣는 것이다. 대화를 고칠 때 각 부분에 주옥같은 말을 넣을 곳이 있는지 찾아보자.

로런스 블록은 용의자를 묘사하는 경찰의 대화에 다음과 같은 말을 썼다. 소문에 따르면 용의자는 못생겼다. 누군가 묻는다. "얼마나 못생겼어?"

"얼마나 못생기게 만들었던지, 조물주는 그 남자한테 삽으로 입을 얻어맞아도 할 말이 없을 거야."

열. 침묵

침묵은 강력한 대화 수단이다. 어떤 대화가 생각났든지 침묵이 가장 훌륭한 선택일 때가 많다. 어니스트 헤밍웨이는 이 방면의 달인이었다. 단편소설 「흰 코끼리를 닮은 언덕Hills Like White Elephants」을 보자. 남자와 여자는 스페인의 어느 기차역에서 술을 마시고 있다. 남자가 말한다.

"다른 거 마실까?"

"좋아."

따뜻한 바람에 구슬 커튼이 테이블 쪽으로 나부꼈다.

"맥주가 시원하고 맛있어." 남자가 말했다.

"아주 좋아." 소녀가 말했다.

"정말 무지 간단한 수술이야, 지그." 남자가 말했다. "사실 수술이라고 할 수도 없어."

소녀는 테이블 다리가 버티고 선 바닥을 보았다.

"네가 신경 안 쓸 거라는 거 알아, 지그. 정말 아무것도 아니야. 그냥 공기만 넣는 거지."

소녀는 아무 말도 하지 않았다.

이 이야기에서 남자는 소녀에게 낙태(본문 어디에서도 이 단어는 나오지 않는다)를 하라고 설득하는 중이다. 소녀의 침묵만으로도 반응은 충분하다.

헤밍웨이는 직접적인 대화를 피하기 위한 장치와 침묵, 행동을 이용해 요점을 보여준다. 그는 단편소설 「병사의 고향」에 나오는 어머니와 아들이 나누는 유명한 대화에서도 똑같은 기법을 활용한다.

그의 어머니가 말했다.

"하느님은 모두에게 할 일을 주셨다. 그분의 나라에 나태한 사람은 있을 수 없어."

"전 그 나라 사람이 아니에요." 크레브스가 말했다.

"우리 모두 그분의 나라에 사는 사람이다."

크레브스는 언제나처럼 당황스러우면서도 짜증이 났다.

"네 걱정을 많이 했단다, 헤럴드." 어머니가 말을 이었다.

"네가 어떤 유혹에 노출됐을지 안다. 남자가 얼마나 약한 존재인지도 알아. 내 아버지인 네 훌륭한 외할아버지가 우리에게 남북전쟁에 대해 이야기해주셨고 난 너를 위해 기도해왔어. 종일토록 너를 위해 기도했다, 헤럴드."

크레브스는 접시 위에서 굳어가는 베이컨을 바라보았다.

침묵과 굳어가는 베이컨. 장면의 분위기를 파악하는 데 이 이상은 필요 없다. 인물이 대화를 나누며 어떤 감정을 느끼는가? 침묵의 소리로 이를 표현해보자.

열하나. 쏟아내기

장면의 초고를 쓸 때는 대화를 쏟아내야 한다. 값싼 샴페인처럼 콸콸 부어야 한다. 나중에는 광택을 내겠지만 우선은 종이 위에 내려놓아야 한다. 이 기법을 활용하면 처음부터 제대로 쓰려고 했을 경우에는 생각조차 나지 않았을 대화를 떠올릴 수 있다.

사실 대화를 먼저 쏨으로써 역동적인 장면을 구상할 수 있는 때가 많다. 인물이 무엇 때문에 말다툼을 벌이고 있는지, 왜 마음을 졸이는지, 무엇을 드러내고 있는지 적자. 최대한 빨리 적어야 한다. 누가 무슨 말을 했는지 나누는 데 조금도 신경 쓰지 말고 전개하자. 대화를 적기만 하자.

일단 그렇게 적고 나면 장면의 주제를 무엇으로 정할지 좋은 생각이 떠오를 것이다. 예상과 다를 수도 있다. 좋은 현상이다! 요리를 제법 할 줄 아는 작가가 된 것이다. 이제 적어둔 내용을 보며 장면에 어울리는 서술을 쓰고, 화자를 가리키는 지문과 기타 지문을 덧붙이면 된다.

이 기법은 작가의 피로를 멋지게 치료해준다. 나는 아침부터 최선을 다해 글을 쓰지만 저녁이 될 때까지(이때쯤이면 대개 피곤해진다) 할당량을 채우지 못했다면 빠르고 맹렬하게 대화만 쓴다. 대화가 쏟아져 나와 나를 장면 속으로 끌어들인다. 때로는 활기가 솟구쳐 할당량 이상으로 많은 글을 쓰기도 할 것이다. 쓴 대화를 다 이용하지 않더라도 좋은 연습이 된다. 대화를 쓰면 쓸수록 실력이 는다.

열둘. 나누기

이 기법은 쏟아내기의 반대다. 이 기법을 연습할 때는 장면을 떼어다가 최대한 세밀하게 나눈다. 단어를 나누고, 문장을 나누고, 단어를 침묵과 행동 비트로 대체한다. 장면을 무성영화에 최대한 가깝게 바꿔보는 것이다. 이렇게 하면 십중팔구 대화문이 더 나아지고 예리해진다. 그러면 원하는 것을 덧붙여도 좋다.

대화를 일종의 무기로 생각하면 도움이 될 때가 많은데, 갈등이 심해지는 중이라면 더욱 그렇다. 언어적 무기는 각종 책략으로 서로를 압도하려는 인물이 쓰는 것이다. 화, 욕설, 삐지기, 인신공격, 속임수 등 선택할 수 있는 무기의 범위는 넓어서 사실상 인간관계의 무기고에서 뭐든 꺼내 쓸 수 있다.

존 D. 맥도널드의 고전 『사형집행인The Executioners』은 변호사 샘 보든에 대한 이야기로, 잔혹한 강간범 맥스 케이디는 샘의 가족을 노린다. 케이디의 첫 번째 행동은 샘의 가족이 키우는 개를 독살한 것이다. 샘은 아내 캐럴에게 솔직히 털어놓지 못한다. 아내가 샘에게 따진다.

"내가 애도 아니고 바보도 아니고 너무 화가 나…… 이건 과잉보호야."

아내는 보살핌을 받는 게 '불쾌'하다고 말하며 직접적으로 공격한다. 샘은 대답한다.

"당신한테 말했어야 했는데. 미안해."

샘은 캐럴의 분노를 가라앉히기 위해 사과한다. 하지만 그의 사과는 빈말처럼 들릴 뿐이고 캐럴은 계속 공격한다.

"그래서 이제 케이디가 맘대로 돌아다니면서 우리 개를 독살하고 우리 애들한테까지 접근하고 있어. 누구부터 공격할 것 같아? 큰애, 작은애?"

"여보, 캐럴. 제발 그만해."

"내가 히스테리 부리는 거 같아? 그래, 난 히스테릭한 여자야."

캐럴이 빈정댄다. 샘이 달래려고 애쓰지만 캐럴은 독설과 저주를 내뱉을 뿐이다. 변호사인 샘은 방법을 바꾼다.

"케이디가 그랬다는 증거가 없잖아?"

캐럴이 수건을 싱크대에 내던진다.

"잘 들어. 난 케이디가 그랬단 걸 증명할 수 있어. 내게 증거가 있어. 당신이 받아들일 만한 증거는 아닐 거야. 법적인 증거는 아니니까. 증인도 없어. 법률상으로 의미가 없겠지. 하지만 난 알아."

캐럴은 샘에게 말이 통하지 않자 재빨리 전략을 바꿔 비장의 무기를 꺼낸다.

"당신은 도대체 어떤 사람이야? 이건 우리 가족의 문제야. 우리 개도 가족이었어. 판례를 다 뒤지고 나서 소송 준비를 시작하겠다는 거야?"

캐럴은 샘의 남성성과 직업을 공격한다. 샘이 대답하려 하지만 캐럴은 막아버린다(말 가로막기도 좋은 무기다).

"당신은 모를 거—"

"난 아무것도 몰라. 이 일은 당신이 예전에 한 일 때문에 벌어진 거야."

"어쩔 수 없었어."

"당신이 그러지 말았어야 했다고 말하는 게 아니야. 그자가 당신을 미워한다고 당신이 말했지. 제정신이 아니라며. 그러니까 그자를 어떻게 해봐."

캐럴은 즉각적인 행동을 원하지만 샘은 그렇게 할 수 없다. 상황의 급박감 때문에 무기 같은 대화가 나타난다.

침묵도 무기로 쓸 수 있다는 것을 잊지 말자. 윌리엄 E. 바렛의 『들백합The Lilies of the Field』에서 독일인 수녀는 떠돌이 잡역부 호머 스미스가 머물면서 그녀의 작은 수도회에 예배당을 지어주기를 바란다. 그러나 그는 자신이 한 간단한 작업의 대가를 받고 떠나고 싶어 할 뿐이다. 스미스는 수녀와 대립한다.

그가 말했다.

"말씀 좀 나누고 싶습니다. 그동안 수녀님을 위해서 작업을 했습니다. 썩 괜찮았지요. 제가 일한 대가를 받고 싶습니다."

수녀는 두 손을 몸 앞에서 깍지를 끼고 말없이 앉아 있었다. 주름 잡힌 얼굴 가리개에서 수녀의 작은 눈동자가 그를 바라보았지만, 눈동자에는 빛이 없었다. 그는 그녀가 자신의 말을 이해했는지 아닌지 알 수 없었다.

한 인물이 다른 인물에게 무척 중요한 것이 무엇인지 안다면 때로는 이를 가장 강력한 무기로 쓸 수 있다. 침묵에 맞닥뜨린 스미스는 엄정한 조치를 취하기로 한다. 그는 수녀에게 '일꾼은 품 삯을 받아야 마땅하다'는 성경 구절을 말하며 설명한다. "전 가난한 사람입니다. 급료를 받으려고 일하지요." 이에 수녀는 지지 않고 똑같은 무기를 사용해 스미스에게 다른 성경 구절을 보여준다. "또 너희가 어찌 의복을 위하여 염려하느냐. 들의 백합화가 어떻게 자라는가 생각하여 보라. 수고도 아니 하고 길쌈도 아니 하느니라. 그러나 내가 너희에게 말하노니, 솔로몬의 모든 영광으로도 입은 것이 이 꽃 하나만 같지 못하였느니라."(마태복음 6장 28절부터 29절)

스미스는 자신이 교활한 수녀를 상대하고 있으며 첫 번째 싸움에서 그 수녀가 이겼다는 것을 깨닫는다.

물론 모든 장면에서 지독한 갈등이 빚어지지는 않는다. 어떤 장면들은 갈등의 서곡이다. 그러나 그럴 때조차 인물은 대화를 이용해 다가올 전투에서의 위치를 선점할 수 있으며, 그때가 오면 좀 더 강력한 무기를 이용할 수 있을 것이다.

에드워드 올비의 희곡 『누가 버지니아 울프를 두려워하랴? Who's Afraid of Virginia Woolf?』에 나오는 대화를 보자. 조지가 '손님 초대하기'라는 잔혹한 게임을 시작하면서 무기로 쓴 언어는 이야기를 거의 차지해버린다. 조지가 집에 찾아온 젊은 부부의 면전에 당황스러운 사실을 불쑥 내뱉고 뒤이어 다른 사실을 덧붙이는 바람에 젊은 부부는 감정적으로 공황 상태에 빠진다. 물론 조지와 그의 아내 마사는 서로에게 겨누려고 가장 치명적인 무기를 비축해둔다. 폭력적인 의도에서 비롯된 대화가 점차 강화된 탓에 이 희곡은 결코 지루해지지 않는다.

사실 제대로 맞아떨어진 대화문은 전투 용어로 설명할 수 있다. 즉 찌르기와 막기, 크게 휘두른 펀치와 어퍼컷, 후퇴와 전진이다. 고전영화 「카사블랑카」에 나오는 단순한 대화를 보자. 나치 장교인 스트라서 소령은 술집 주인인 릭 블레인에게 질문을 하고 있다. 스트라서는 더 영향력 있는 지위에 있으며 번지르르한 매력을 뽐내며 대화를 나눈다. 반대로 릭은 권위를 피력하는 데는 관심이 없다.

[스트라서] "몇 가지 질문을 해도 되겠소? 물론, 비공식적으로."
[릭] "원하신다면 공식적으로 하시지요."
[스트라서] "국적이 뭐요?"
[릭] "술고래죠."

여기에서 우리는 릭이 대화 내내 게임을 교묘히 주도할 뿐 아니라 경멸하고 있다는 것을 감지할 수 있다. 단답형으로 끝나는 마지막 대답은 그의 태도를 완벽하게 전해준다. 이는 그가 나치의 우편함에 던지는 작은 폭죽이다.

얼마 뒤에 스트라서는 수류탄을 던진다.

[스트라서] "당신의 완벽한 신상명세서가 우리 손에 있소. '리처드 블레인, 미국인. 37세. 귀국할 수 없는 상태.' 이유는 좀 모호하군. 당신이 파리에 있었다는 사실도 알고 있소. 게다가, 블레인 씨, 당신이 파리를 떠난 이유도 알고 있소."

이때 릭은 스트라서의 손에서 신상명세서를 가져간다.

[스트라서] "걱정 마시오. 사방에 떠벌리진 않을 테니."
[릭] "제 눈동자가 정말 갈색입니까?"

이번에도 릭은 신랄한 반응으로 경멸을 드러낸다. 여기서 시작된 추격 게임은 점차 강도가 높아져 작품의 전체 플롯이 된다.

물론 모든 장면에서 지독한 갈등이 빚어지지는 않는다. 어떤 장면들은 갈등의 서곡이다. 그러나 그럴 때조차 인물은 대화를 통해 다가올 전투에서의 위치를 선점할 수 있으며 그때가 오면 좀 더 강력한 무기를 이용할 수 있다.

적합한 단어 찾기

인물이 어떤 언어적 무기를 쓸지 어떻게 알 수 있을까? 또 언제 쓸지는? 적대자가 다양한 행동을 하리란 걸 어떻게 예상할 수 있을까? 장면을 쓰기 전에 몇 가지를 유념하면 쉽게 알 수 있다.

첫째, 인물의 성격이 어떤가? 인물이 '진격하는' 유형이라면 말도 그런 식으로 할 것이다. 그가 하는 말은 힘차고 직설적일 것이다. 대실 해밋의 『몰타의 매』에 등장하는 샘 스페이드가 그런 인물이다. 다음 장면에서 그는 낯선 침입자인 조엘 카이로와 대립한다.

"내가 당신 목덜미를 잡았소, 카이로. 당신은 제 발로 찾아와 올가미에 머리를 들이밀었지. 지난밤 살인 사건을 처리하려는 경찰이 딱 좋아할 만한 짓이지. 이제, 나와 협력하든지 말든지 결정하쇼."

그러나 멋쟁이 카이로는 치자나무 향기를 은은하게 풍기며 더 화려한 언변을 구사한다.

"저는 행동을 취하기 전에 당신에 대해 상당히 다양한 조사를 시행했습니다. 그리고 당신이 무척 합리적인 사람이라 이익이 되는 일을 가로막는 다른 의견을 용납하지 않는다는 사실을 확신하게 되었습니다."

여기서 쓰인 단어만으로도 독자는 이 둘이 매우 다른 인물이라는 것을 알 수 있다.

다음으로 장면마다 반드시 인물의 목표를 설정하자. 명백하든 미묘하든 갈등을 일으키는 목표가 없으면 장면은 완전히 실패할 위험에 처하고 만다. 그러나 각 인물이 무엇을 원하는지 알면 안

무를 구성할 수 있다. 위쪽인지 아래쪽인지, 방어인지 공격인지.

『몰타의 매』에서 앞의 대화가 나오는 장은 카이로가 권총으로 스페이드를 겨눌 때 고조되기 시작한다. 스페이드가 팔꿈치로 카이로의 얼굴을 가격하고 총을 뺏자 역학 관계가 급변한다. 이제 카이로는 검은 새 실종 사건에 협력할 것이라는 점을 스페이드에게 납득시켜야 한다. 설득하는 카이로의 말이 그 장의 거의 전부를 차지한다. 마침내 스페이드는 그 말을 받아들이고 카이로의 총을 돌려준다. 카이로는 그 총을 받고 재빨리 다시 스페이드를 겨눈다. 또 다른 전환이다.

마지막으로 '치다, 속이다, 밀어붙이다'와 같은 전투적인 동사 목록이 있으면 유용하다. 거침없이 전진하자. 나중에 장면을 쓸 때 이 목록을 참조할 수 있다. 이 중 하나가 인물의 완벽한 언어적 무기가 될지 모른다.

지문은 얼마나 자주, 어떻게 쓸까?

화자를 가리키는 지문

화자를 가리키는 지문은 독자에게 누가 말하고 있는지 알려준다. 거의 언제나 기본 설정은 단순한 '말했다'여야 한다. 어떤 작가들은 '말했다'라는 단어가 창의력이 부족하다는 잘못된 인식 때문에 이를 쓰지 않을 방법을 찾느라 애를 쓴다. 이는 잘못이다.

독자에게는 거의 보이지 않지만 '말했다'의 기본적인 역할은 말하는 사람을 알리는 것이다. 이 단어는 제 기능을 하고는 눈앞에서 사라진다. 대화가 무거운 짐을 들어 올릴 수 있게 해준다. 따라서 독자는 이 단어를 거의 인식하지 못한다. 다른 단어로 대체하면 독자가 더 신경을 쓰게 된다.

과거에는 대화에 부사를 자유롭게 쓸 때가 많았다. 예를 들어 손 스미스가 1929년에 쓴 소설 『길 잃은 양The Stray Lamb』을 아무 데나 펼치면 다음과 같은 내용이 보인다.

> "변덕스럽군요, 소령." 산드라가 체념한 듯이 말했다.
> "증거는 단 한 조각도 남지 않았습니다." 롱 씨는 일행에게 잘됐다는 듯이 알려주었다.
> "카메라가 없었다니 부끄럽군요." 그녀가 진술했다.
> "상황에 따라서요." 토머스가 신중하게 대답했다.

말할 필요도 없이(이 표현은 군이 쓰고 싶지 않지만) 오늘날에 이런 화려한 문법은 악평을 받는다. 주저 말고 '말했다'를 쓰자. 두 인물이 등장한 대화 장면에서 화자가 분명하다면 이를 생략할 수 있고 또 그래야 한다. 다음처럼 쓰지 말자.

> "당장 달려가서 인사하자." 그가 말했다.
> "오, 끝내주는 생각인데." 그녀가 말했다.
> "그런 말투를 쓸 필요는 없잖아." 그가 말했다.
> "생각이 내 머리를 때리면 그렇게 돼." 그녀가 말했다.
> 그가 말했다. "내가 널 때릴지도 몰라."

그녀가 말했다. "겁주지 마. 안 그럼 아빠한테 전화할 거야."

"어서 불러보시지." 그가 말했다.

"못할 줄 알고?" 그녀가 말했다.

장면의 어느 지점인가에 따라 화자를 가리키는 지문은 하나만으로 충분할 수 있다. 예를 들어 이 두 인물이 자동차에 타고 운전 중이라는 사실을 분명히 밝혔다면 대화는 이런 식으로 전개될 것이다.

"당장 달려가서 인사하자." 그가 말했다.

"오, 끝내주는 생각인데."

"그런 말투를 쓸 필요는 없잖아."

"생각이 내 머리를 때리면 그렇게 돼."

"내가 널 때릴지도 몰라."

"겁주지 마. 안 그럼 아빠한테 전화할 거야."

"어서 불러보시지."

"못할 줄 알고?"

첫 문장의 '그가 말했다'는 화자를 명시한다. 따라서 나머지 대화에서 독자는 누가 무슨 말을 하는지 알게 된다. 그러나 이런 식으로 너무 오래 끌지는 않는 게 좋다. 중간중간 화자를 가리키는 지문이나 행동 지문을 넣어 화자를 밝히자.

행동 지문

대화는 행동의 한 형태이므로 몸짓을 표현해 언어를 보조할 수 있다. 이를 '행동 지문'이라고 부른다. 행동 지문은 '말했다'라는 단어 대신에 인물의 신체적 움직임을 알려준다.

리사 샘슨의 『여자의 직감Women's Intuition』을 보자.

> 마샤는 악보를 가방에 쑤셔 넣었다. "이제 그 앤 설탕 금욕주의자예요, 아빠."
>
> 아빠는 놀라서 나를 바라보았다. "설마! 왜?"
>
> 참 고맙게도, 마샤가 즉시 끼어들었다. "WJZ의 건강 코너에서 하는 특별프로를 봤는데 설탕이 사실상 독극물이라고 했대요."
>
> 나는 고개를 저었다. "마샤, 제발."

행동 지문은 대화 다음에 이어질 수도 있다.

> "얼른 가자." 해리어트는 문 쪽으로 몸을 돌렸다.

물론 매번 이럴 필요는 없다. 행동 지문이 너무 많으면 독자가 지친다. 다양함이 필요하며 지문이 없어야 가장 좋을 때도 있다. 누가 말하고 있는지를 독자가 안다면(문장의 순서나 특별한 말버릇 때문에) 대개는 그것으로 충분하다. 그러나 대화가 일종의 행동이라는 사실을 염두에 두고 지문으로 장면에 역동성을 더할 방법을 찾는 게 좋다. 그러면 글에 더 활기가 생긴다.

이렇게 쓰지 말자.

"앞으로 2시간 동안 우리는 뭘 하지?" 스미스가 초조하게 말했다.

대신 이렇게 쓰자.

스미스는 눈썹을 잡아당겼다. "앞으로 2시간 동안 우리는 뭘 하지?"

현실 속에서 말은 노력 없이 나오는 것일지 모른다. 소설에서는 그렇지 않다. 인물의 말을 행동의 연장이라고 보고 모든 단어를 가치 있게 만들자.

물음표와 느낌표

인물이 질문을 하면 '그가 물었다'나 '그가 말했다' 같은 화자를 가리키는 지문을 써야 할까? 어떤 이들은 물음표 때문에 '물었다'라는 단어가 불필요하다고 느낀다. 그래도 '물었다'는 '말했다'만큼이나 눈에 띄지 않으므로 때때로 다양한 표현 중 하나로 그 단어를 쓰고 싶다면 써도 좋다. 그러나 '질문했다'나 '문의했다'와 같은 동의어는 쓰지 않기를 권한다.

내 생각에 소설에서 느낌표는 거의 쓰지 않는 게 좋다. 개인적인 생각이나 대화를 전달할 때만 써야 한다(또는 하디 형제들The

Hardy Boys 같은 청소년추리소설 시리즈를 쓰고 있을 경우에만! 이 시리즈는 어린 독자가 책장을 계속 넘기도록 각 장이 마침표로 끝난다!)

개인의 생각은 이런 식으로 표현하는 게 좋다.

그녀는 슬쩍 창밖을 보았다.

토니잖아!

대화문에서 느낌표 다음에 '말했다'를 써도 무방할 때가 있기는 하지만 이때는 정황상 '말했다'라는 단어가 너무 차분한 표현은 아닌지 주의해야 한다.

"이 괴물!" 그녀가 말했다.

여기에서 '말했다'는 느낌표와 어울리지 않는다. 화자가 분명하다면 화자를 가리키는 지문을 생략해도 좋다.

"이 괴물!"

아니면 행동 지문을 써도 좋다.

그녀는 도끼를 들었다. "이 괴물!"

- 대화를 '행동'으로 생각해야 한다. 대화는 인물이 해야 할 일을 하게 만들어야 한다.
- 소설 속 대화는 '현실 속 언어'가 아니다. 존재 이유가 있어야 하지만 사실감 있게 들려야 한다.
- 모든 대화에는 갈등이나 긴장감이 있어야 한다. 인물 중 한 명만 겪는 감정이라도 마찬가지다.
- 이야기, 배경, 인물, 주제와 관련된 숨은 뜻이 대화에 깊이를 더한다.
- 인물의 목소리가 모두 똑같이 들리지 않도록 조율하자.
- 설명은 대립적인 대화 속에 숨겨서 표현하자.
- 화자를 가리키는 지문은 '말했다'를 기본으로 쓰자. 다른 지문과 부사는 아주 가끔씩만 써야 한다.
- 다양성을 위해 행동 지문을 활용하자.

다음은 두 인물이 나누는 대화다. 한 인물의 대화에 밑줄을 그어두었다. 이 장에서 배운 직접적인 대화를 피하기 위한 다른 장치를 이용해 밑줄 친 대화를 바꾸어 긴장감을 더하자.

"안녕."
"안녕."
"네가 오는 줄 몰랐어."
"그럴 생각은 없었는데, 초대를 받았어."
"잘됐네. 아름다운 저녁이지 않니?"
"정말 멋져."
"산들바람에 인동 향기가 실려 오면 참 좋지 않아?"
"오, 맞아."

서로 몹시 적대적인 두 인물을 고른다. 둘의 이름은 무엇인가? 나이는? 왜 적이 되었는가? 파티에서 두 인물이 만나는 장면을 써보자. 첫 번째 대화는 정해두고, 나머지 대화는 직접적인 대화를 피하기 위한 다른 장치를 이용해 자유롭게 바꾼다. 이미 써둔 글이 있다면 이를 가지고 실험하자. 대화를 더 많이 쓰자. 마음껏 쏟아내자.

대화에서 몇 단어를 생략하자. 더 나아 보이는가?

침묵할 만한 곳을 찾아보자. 숨은 뜻이 분명히 보이는가? 침묵하는 인물은 그가 무슨 생각을 하고 있는지 암시할 어떤 행동을 하고 있는가? 마지막으로 주옥같은 말로 바꾸고 싶은 대화 하나를 고른다. 다양하게 변화를 준 다음 가장 훌륭한 문장을 선택한다. 반짝거리는가? 분명 그럴 것이다. 우리는 대화의 달인이 되는 중이다.

실전 연습 03

다음의 연설을 장면의 일부로 바꾼다. 필요한 요소가 있다면 집어넣는다.

국민 여러분이 제 대통령 취임식에서 나라의 긴박한 상황에 맞는 솔직하고 단호한 연설을 듣고 싶어 한다는 사실을 잘 알고 있습니다. 이런 때야말로 진실을, 모든 진실을 정직하고 대담하게 말해야 합니다. 우리는 현재 국가의 상황을 정직하게 직면하지 못하고 위축될 필요가 없습니다. 이 위대한 나라는 지금까지 그랬듯이 잘 견뎌낼 것이며 되살아나 번영할 것입니다. 그러므로 무엇보다도, 저의 확고한 신념부터 역설하고 싶습니다. 바로 우리가 두려워해야할 것은 두려움 그 자체뿐이라는 것입니다. 이 이름 없고 무분별하며 근거 없는 두려움은 후퇴를 전진으로 바꾸는 데 필요한 노력을 마비시킵니다. 이 나라가 겪은 어두운 시기마다 정직하고 열정적인 지도부는 승리에 반드시 필요한 국민 여러분의 이해와 지지를 받았습니다. 이 중대한 시기에 다시 한번 지도부에 그런 지지를 보내주실 것을 믿습니다.

대화만으로 이루어진 장면을 쓴다. 행동 비트나 묘사는 조금도 없어야 한다. 대화만으로 분위기를 표현한다.

이제 분위기를 조성하는 음악에 귀를 기울이며 장면을 쓴다. 어떤 음악도 괜찮다. 영화 사운드트랙은 다양한 분위기를 낼 수 있는 풍부한 원천이다. 대화가 표현한 분위기에 어울리는 음악이어야 한다.

좀 전에 쓴 장면을 고쳐 쓰되 이번에는 할 수 있는 한 원래 음악과 반대되는 음악을 찾아 듣는다. 장면에 어떤 영향을 미치는가?

7장

3막 구조의
효과:
시작, 뒤죽박죽,
끝!

나에게 소설 쓰기는 곧 발견의 기쁨이다.

_로빈 리 해처

완성된 소설을 펼쳤을 때의 상태를 가리키는 복합적이고 학술적인 문구가 있다. 바로 '시작, 중간, 결말'이다. 나는 이런 식으로 익살맞게 바꾼 표현을 좋아한다. "시작, 뒤죽박죽, 끝."

중간 부분은 골치 아프다. 그런 까닭에 3막 구조가 적합하다. 이야기는 시작되어야 하고, 전개되다가, 끝나야 한다. 소설의 구조로 여러 실험을 해보고 싶더라도 이 3막 구조가 왜 효과적인지 이해해두면 합리적인 결정을 내리는 데 도움이 될 것이다. 소설의 각 부분에는 그 나름의 과제가 있다.

시작 부분은 독자의 시선을 끌어야 한다.

중간 부분은 독자를 붙잡아둬야 한다.

결말 부분은 독자에게 만족을 줘야 한다.

쉬운 임무가 아니다! 그러나 이는 편집자와 독자가 원하는 것이고 따라서 작가가 해내야 하는 것이다. 그 방법을 살펴보자.

소설의 시작 부분, 그중에서도 첫 문장은 절대적으로 중요하다. 편집자는 대개 이 부분을 읽는다(이 부분이 탄탄하지 않으면 나머지 부분을 읽을 필요가 없기 때문이다). 그리고 서점에서 책을 훑어보는 독자는 대개 처음 한두 쪽을 보고 구입 여부를 정한다. 다시 말해 소설의 시작 부분은 읽는 사람의 시선을 끌어야 한다.

준비 운동을 한다는 이유로 단 한 문단도 낭비해선 안 된다. 박력 없는 첫 부분은 '별로'라는 인상을 심어준다. 강렬한 첫 부분은 탄력을 붙여준다. 사실 글은 계속 탄탄하게 전개되어야 하지만 좋은 시작 문장은 시간을 벌어준다.

그럼 시작 부분을 좋게 만드는 요소는 무엇일까? 한마디로 말해 '장애물'이다. 소설의 핵심이 바로 장애물이기 때문이다. 주인공의 삶은 채찍질을 당하고, 독자는 주인공이 어떻게 대처하는지 보려고 소설을 읽는다. 이런 첫 문장을 생각해보자.

화요일은 햇빛과 희망으로 가득 찬, 캘리포니아다운 멋진 날이었다.

이때 독자는 무엇을 느낄까? 이 문장은 무조건 독자의 관심을 꺼버리지는 않겠지만 분명 관심을 불러일으키지도 않을 것이다. 게다가 이 문장이 딘 R. 쿤츠가 쓴 것이라면! 그렇다, 인상 깊은 첫 문장 쓰기의 달인이 이런 문장을 썼다. 거기에 그저 마침표를 덧붙이고 문장의 반을 잘라냈을 뿐이다. 그가 쓴『용의 눈물Dragon Tears』의 첫 문장을 다 옮기면 다음과 같다.

화요일은 해리 라이온이 점심 때 누군가를 쏴야 할 때까지는 햇빛과 희망으로 가득 찬, 캘리포니아다운 멋진 날이었다.

이 문장은 독자의 시선을 확 끌어당긴다. '평화로운 인물에게 일어난 변화나 변화가 일어날 듯한 조짐'이 있다면 혼란이 생긴다. 그래서 혼란이 생길 거라고 암시하는 첫 문장이 효과적이다.

편지를 받은 날 아침, 매슈 코워트는 말도 안 되는 추위에 혼자 눈을 떴다.
_존 카첸바크,『마지막 증언Just Cause』

편지 내용은 무엇일까? 그 속에는 분명 혼란을 일으킬 내용이 들어 있다. 그리고 왜 매슈 코워트는 혼자일까? '말도 안 되는 추위'는 불길한 조짐에 구체적인 분위기를 더한다.
순수소설이라고 해도 장르 특성 때문에 모든 재미 요소를 포기할 필요는 없다. 예를 들어 애너 퀸들런은 처음부터 즉시 독자를 사로잡는 법을 알고 있다.

남편이 처음 나를 때렸을 때, 나는 열아홉 살이었다.
_『블랙 앤 블루Black and Blue』

교도소는 당신의 상상만큼 나쁘진 않다.

_『단 하나의 진실One True Thing』

이 문장들은 화자의 과거와 관련된 것으로 평온을 뒤흔든다.

그녀의 귀에 노크 소리가 들리더니 곧 개 짖는 소리가 뒤따랐다.

_애니타 슈리브, 『조종사의 아내The Pilot's Wife』

노크 소리는 가벼운 장애물이며 개 짖는 소리는 다급함을 더한다.

대화는 소설을 시작하는 효과적인 방법이다. 곧바로 긴장감이 생기고(그래야 한다) 즉시 독자의 흥미를 일으키기 때문이다.

때로는 시작 부분에 넣을 대화를 떠올리는 것만으로도 상상력이 샘솟기도 할 것이다(앞에서 든 예시에서 쿤츠가 그랬듯이). 이때 주의할 점 한 가지는 화자와 상황을 명시하지 않고 대화를 너무 길게 끌면 안 된다는 것이다. 독자는 몇 줄 정도라면 참지만 그보다 길어지면 누가 무엇을 왜 말하는지 알고 싶어 한다. 그러나 교묘하게 처리하면 대화가 두 가지 기능을 함으로써 지루한 느낌 없이 정보를 전달할 수도 있다.

예를 들어보자. 다음은 저명한 글쓰기 교사 드와이트 V. 스웨인이 쓴 펄프소설(값싼 갱지에 인쇄하는 대중소설)인 『바뀐 남자 The Transposed Man』의 시작 부분이다.

"이름은?"

"로버트 트래버스."

"직업은?"

"광산 기술자."

"사는 곳?"

"가니메데, 목성 개발 구역, 제7기지."

"달을 방문한 이유는?"

"구름의 바다에 새로 생긴 달메이어 구역이 작동하고 있는지 점검하러 왔습니다. 그걸 개작해서 가니메데의 트렌다트 구역에 쓸 수 있을지 생각 중입니다."

"그렇군……." 창구 감독관은 내 서류를 뒤적였다. "화소 분석지는 어디 있죠?"

여기서 독자는 대답하는 화자의 정체를 파악하기도 전에 몇 가지 사항을 알게 된다. 먼저 이 대화는 공무상의 질문과 답이다. 그리고 질문을 받는 남자의 이름은 로버트 트래버스다. 몇몇 단어를 통해 보건대 이 소설의 장르는 SF다(따라서 이 시작 부분은 '이야기의 세계'를 소개하는 셈이다). 그리고 마지막 문장에서 갈등이 나타난다.

나는 『최후의 증인Final Witness』의 시작 부분을 쓸 때 법정에서 반대 심문이 전개되고 있는 듯한 분위기를 풍기다가 반전을 꾀하고 싶었다.

"몇 살입니까?"

"스물네 살입니다."

"3학년에 올라갑니까?"

"네."

"반에서 2등이고?"

"지금은요."

"사실 거짓말할 동기가 있지 않나요?"

"네?" 레이철 이바라는 뺨이 화끈거리는 것을 느꼈다. 그 질문이 따귀처럼 난데없이 튀어나온 탓이었다. 의자에 앉은 레이철은 허리를 좀 더 꼿꼿이 세웠다.

키 큰 변호사가 한 발자국 다가왔다. "거짓말을 할 동기 말입니다, 이바라 양."

"아니오, 변호사님. 전 거짓말하지 않습니다."

"절대?"

"절대요."

"왜 이러실까요, 이바라 양. 다들 거짓말을 하잖습니까. 특히 좋은 직장에 들어가고 싶을 때는."

레이철은 궁지에 몰린 동물이 된 것처럼 날카롭게 응수하고 싶은 충동을 억눌렀다. 마음을 가라앉히자, 라고 레이철은 생각했다. 평온을 잃지 말자. 레이철은 대답했다. "모두가 늘 그런 건 아니죠."

"증명할 수 있습니까?" 키 큰 변호사가 물었다. "절대 거짓말을 하지 않는다는 사실을?"

"왜 이런 질문을 하시는 거죠?"

앨런 레이크우드는 또 한 걸음 다가왔다가 갑자기 멈추더니 무심코 책상 모서리에 앉았다.

"내가 하는 작은 연습입니다. 그걸 기습 공격이라고 부르죠. 학생도 법정에서 목격자를 구워삶는 게 어떤 일인지 알아야 하고, 그 사람들 입장에 서봐야 합니다. 그리고 내가 그랬듯이, 기를 쓰고 달려들어야 해요."

알고 보니 키다리 변호사는 미국 연방 검찰청에 지원한 젊은 법학도를 상대로 약간 가혹한 면접 게임을 하고 있었다. 갈등이 즉시 생기고 이야기가 급진전된다.

다음은 그레고리 맥도널드의『플레치Fletch』시작 부분이다.

"성명이 뭐죠?"

"플레치."

"애칭 말고 성은요?"

"플레처."

"이름은?"

"어윈."

"뭐라고요?"

"어윈입니다. 어윈 플레처. 사람들은 플레치라고 부릅니다."

"어윈 플레처 씨, 당신에게 제안을 하나 하려고 합니다. 듣기만 해도 1,000달러를 드리죠. 제안을 거절하고 싶으면 1,000달러를 들고 돌아가시고, 우리가 얘기를 나눴다는 사실을 누구에게도 말하면 안 됩니다. 괜찮은가요?"

"범죄입니까? 그러니까, 저에게 시킬 일이?"

"물론입니다."

"괜찮습니다. 1,000달러 정도면 들을 수 있죠. 저에게 뭘 시키시려고요?"

"저를 죽여주십시오."

이제는 더 읽고 싶은 마음이 든다. 대화가 직설적이고 흥미로우며 깜짝 놀랄 말로 끝나기 때문이다.

처음 세 쪽은 계속 흥미롭게

자, 첫 문장이나 첫 문단에 살인자가 등장했다. 이제 작가가 할 일은 끝내주는 이야기를 덧붙이는 것이다. 즉, 살인자가 불러 일으킨 흥미를 세 쪽 이상 지속해야 한다. 현재 독자는 작가의 편이다. 독자가 그 자리를 지키게 하려면 어떻게 해야 할까? 이야기를 시작하기 위해서는 변화나 도전이 필요하다. 평범한 일상에서 벗어난 무언가가 있어야 한다.

초보 작가 원고의 시작 부분은 어느 가족의 멋진 하루를 보여주는 경우가 많다. 어느 날 아침, 엄마는 침실에서 내려와 커피를 끓이고 아이들을 학교에 보낸다(말다툼도 없이). 이웃 사람이 잡담을 나누려고 들른다. 그러다 마침내(아마 2장에 이르러서야) 문제의 조짐이 보인다. 이러면 안 된다. 문제, 아니면 적어도 변화를 암시하는 뭔가(또는 일상을 방해하는 요소)는 처음부터 나와야 한다.

코넬 울리치는 도입부 쓰기의 달인이다. 다음은 그가 쓴 두 소설의 일부다.

여자는 그들이 누구이며 이런 시각에 거기에서 뭘 하려는지 궁금했다. 영업사원일 리는 없었다. 영업사원은 세 명씩 무리 지어 돌아다니지 않기 때문이다. 그녀는 대걸레를 내려놓고, 초조한 듯 두 손을 앞치마에 닦은 다음 문으로 다가갔다.

설마 나쁜 소식이겠어? 스티븐에게 아무 일도 일어나지 않았겠지? 그녀가 문을 열고 그들과 대면할 무렵, 그녀의 몸은 불안으로 떨리고 있었고, 밝은 황갈색 피부가 감싼 얼굴은 창백했다. 그들이 모자 띠에 흰색 카드를 붙이고 있음을, 그녀는 알아차렸다.

그들은 저마다 다른 사람을 밀치며 앞다투어 다가왔다.

"미드 부인?" 첫 번째 사람이 말했다.

"무, 무슨 일이죠?" 그녀의 목소리가 떨렸다.

_『검시Post-Mortem』

그녀는 자신의 사망 증명서에 서명했었다. 그는 자기 탓이 아니라고, 그녀가 자초한 일이라고 끊임없이 마음을 달랬다. 그는 그 남자를 본 적이 없었다. 누가 있다는 건 알았다. 알게 된 건 6주 전이었다. 사소한 단서들 때문에 알았다. 어느 날 그가 집에 왔는데 재떨이에 담배 꽁초가 있었다. 한쪽 끝은 아직 촉촉하고 다른 쪽 끝은 아직 따뜻했다. 그들의 집 앞 아스팔트에 기름 흔적이 있었는데 그들에게는 차가 없었다. 배달 차량일 리는 없었다. 그 흔적

으로 보아 차는 그곳에 오랫동안, 아마 1시간 이상 서 있었을 것이
므로.

_『3시 Three O'Clock』

속도에 변화를 주고 싶다면 유쾌하게 시작했다가 반전을 던져
혼란스럽게 만들면 된다. 울리치의 소설『나는 죽은 남자와 결혼
했다 I Married a Dead Man』는 이렇게 시작한다.

콜필드의 여름밤은 무척 유쾌하다. 양꽃마리와 자스민, 인동과
토끼풀 냄새가 난다. 이곳의 별들은 내 고향에서처럼 차갑고 멀지
않고, 따뜻하고 친근하다. 더 낮게, 더 가까이 다가온 것처럼 보인
다. 열린 창문에서 커튼을 휘감는 바람은 아기의 입맞춤처럼 부드
럽고 평온하다. 게다가 귀를 기울이면 잎이 무성한 나무들이 몸을
뒤척이며 다시 잠에 빠지는 바삭바삭 소리를 들을 수 있다. 램프
불빛 때문에 집 안에 생긴 그림자가 야외 잔디밭까지 나가 몸을 늘
이며 잔디를 파고든다. 완벽한 평화와 안위가 고요함과 정적을 선
사한다. 오, 정말이지, 콜필드의 여름밤은 유쾌하다.

그러나 우리에게는 그렇지 못했다.

인물의 삶 표면에 잔물결을 일으키는 모든 게 시작 부분의 장
애물이 될 수 있다. 큰 위험이 아니어도 된다. 다만 평온한 일상을
깨뜨리는 일이어야 한다.

신화의 구조는 영웅의 '일상'에서 시작한다. 장애물은 대개

'모험 또는 도전에 대한 사명'이다. 영화 「스타워즈」에서 루크는 이모, 삼촌과 평범한 일상을 살아간다. 어느 날 삼촌이 산 중고 로봇을 루크가 수리하던 중, 도움을 요청하는 리아 공주의 홀로그램이 작동된다. 색다르고 이상한 소재다. 흥미를 일으킨다.

영화 「오즈의 마법사」에서 시작 부분의 장애물은 매우 빨리 등장한다. 도로시는 바싹 뒤따라오는 토토와 함께 농장으로 달려가는 중이다. 도로시는 겁에 질려 있다. 그 이유는 굴치 양이 토토를 데려가겠다고 위협했기 때문이다. 몇 분 후 굴치 양이 자전거를 타고 농장으로 와서 토토의 보호권을 갖게 되자 장애물은 더욱 강렬해진다.

이렇듯 현재 상황을 뒤흔드는 시련을 소설의 앞부분에 배치하자. 시련 요소는 다음과 같이 무궁무진하다.

- 한밤중에 걸려온 전화
- 흥미로운 소식이 담긴 편지
- 주인공을 사무실로 호출하는 상사
- 병원에 입원하게 된 아이
- 사막 한복판에서 고장 난 자동차
- 로또 당첨
- 어떤 사건 또는 살인 목격
- 아내(또는 남편)가 떠나면서 남긴 쪽지

프롤로그는 짧고 극적으로

1950년대 말과 1960년대 초에 무척 인기 있던 TV 드라마 중 「피터 건Peter Gunn」이 있다. 냉철하고 재즈를 좋아하는 사설탐정 피터 건이 주인공인 이 연속극의 시작은 크레디트(드라마 제작에 참여한 명단)가 아니다. 곧장 충격적인 사건을 보여준다. 대개는 누군가 살해당한 사건이다. 그 장면이 2분가량 이어진다. 그런 다음 작곡가 헨리 맨시니의 오프닝 음악이 크레디트와 함께 나온다. 나머지 내용은 피터 건이 사건의 진상에 도달하는 과정을 그린다. 이는 흥미진진한 프롤로그를 적절하게 활용한 예다. 그 자체가 짧고 극적이며, 메인플롯에 영향을 미치기 때문이다.

쿤츠의 『미드나이트』는 프롤로그로 시작한다(작가는 이를 1장이라고 부르지만). 이 역시 같은 이유로 효과적이다. 첫 문장은 이렇다.

재니스 캡쇼는 밤에 달리는 걸 좋아했다.

이 소설의 작가는 많은 작품을 이런 식으로 시작한다. 움직이고 있는 인물의 이름과 흥미로운 점을 보여주는 것이다. 밤에 달리는 행동은 알 수 없는 사건이 일어날 조짐이다. 작가는 재니스가 달리는 동안 그와 그의 주변 환경에 대해 자세히 설명한다. 빛과 연기처럼 분위기를 만드는 세부 사항을 활용해 심상치 않은 장면을 펼쳐 보인다.

그녀는 비탈진 중심가를 달리며 호박색 불빛이 아른거리는 웅덩이를 지나고, 바람에 조각된 삼나무와 소나무 때문에 겹겹이 늘어선 캄캄한 그림자를 지나면서, 움직이는 것은 자신뿐임을 깨달았다. 또 있다면 바람 없는 허공을 뱀처럼 느릿느릿 움직이는 옅은 안개뿐이었다.

또한 이 작가는 인물의 뒷이야기를 한다. 먼저 짧은 문단으로 재니스가 어렸을 때 어둠에서 위안을 찾았다고 알려주고, 다른 문단에서 그녀의 죽은 남편 이야기와 그녀가 그를 무척 그리워한다는 사실을 들려준다. 이 간략한 뒷이야기가 적소에 배치된 덕분에 재니스가 어둠 속을 달리는 동안 독자의 공감도 함께 일어난다. 작가는 그 장의 남은 부분에서 소름 끼치는 추격을 통해 긴장감을 만들고 결국에는 재니스의 충격적인 죽음을 보여준다. 세부 사항 덕분에 독자가 일시적으로나마 인물에게 공감했기 때문에 죽음의 위력은 더 커진다.

이처럼 꼭 필요한 과거 이야기를 프롤로그에 흥미롭게 소개하면 앞으로 펼쳐질 이야기의 바탕을 마련할 수 있다. 팻 콘로이의 『사랑과 추억The Prince of Tides』에 붙은 다소 긴 프롤로그가 그런 경우인데, 화자인 톰 윙고와 그의 쌍둥이 누이로 자살 시도를 두 번 한 서배너의 가족사를 들려준다. 다음은 그 끝부분이다.

사실은 이렇다. 우리 가족에게 놀라운 일이 일어났다. 나는 흥미로운 일을 조금도 겪지 않고 평생을 살아온 가족들을 알고 있다.

나는 늘 그런 가족이 부러웠다. 윙고 가족은 운명에 수없이 시달리며 무방비 상태로 굴욕과 수치를 당했다. 그러나 동시에 우리 가족에게는 싸움에 뛰어들 힘이 있었고, 그 힘으로 우리 가족 중 거의 모두가 복수의 여신들의 습격에서 살아남았다. 서배너의 말을 믿지 않는다면 말이다. 윙고 가족이 살아남을 수 없으리라는 게 서배너의 주장이었다.

나는 당신에게 내 이야기를 들려줄 것이다.

조금도 빠뜨리지 않고,

약속한다.

이런 프롤로그를 쓰려면 문체가 중요하다. 단어의 느낌과 글의 분위기가 이런 프롤로그에 힘을 싣는다.

뒷이야기는 예리하게

뒷이야기는 중심 내러티브 이전에 일어난 사건들이다. 이 요소는 매우 주의 깊게 다루어야 한다. 처음에 너무 많이 쓰면 이야기가 늘어진다. 그러나 조금도 쓰지 않으면 꼭 필요한 인물과의 유대감이 형성되지 않는다.

행동으로 시작해 균형을 잘 잡자. 내 규칙은 이렇다. '행동을 먼저 하고 설명은 나중에 한다.' 사실 1장에서는 정보 제시를 가능한 미루는 게 좋다. 꼭 필요한 내용만 나중에 알려주면 된다.

초보 작가가 쓴 원고의 1장은 대개 이런 식으로 전개된다.

빅토리아는 역마차에서 내려 뉴멕시코 텀블위드의 지저분한 거리에 섰다. 먼지 냄새가 그녀의 콧구멍을 맹렬히 공격했다. 땅땅 울리는 피아노 소리가 어딘가에서 들리더니, 머리 위에서 맴도는 거대한 술집 간판이 보였다.

자, 작가는 인물을 마을에 데리고 와서 행동을 하게 했다. 좋다. 그러나 그 후로 1쪽의 중간쯤에 이런 내용이 등장한다.

그녀는 애처롭게 보스턴에 있는 집을 생각했다. 벌써 그리웠다. 그곳에서는 행복했는데.
그녀의 아버지는 서부로 가지 말라고 했다. 그녀가 열여섯 살이었을 때……

그 뒤로 뒷이야기가 죽 전개된다. 원래의 시작 부분은 제자리걸음이고 나오는 건 인물의 '뒷조사'뿐이다. 초보 작가는 1장의 대부분을 뒷조사에 할애하다가 1장을 끝날 때가 되어서야 현재로 돌아오는 경우가 많다. 이해할 만한 과실이다. 초보 작가는 이야기를 시작하기 전에 주인공이 누구이며 어떻게 현재 상황에 이르렀는지 다 알려줘야 한다고 생각한 것이다. 독자가 인물에게 유대감을 느끼고 관심을 갖게 만든 다음 행동을 시작하려는 것이다.

이해할 수는 있지만 실패하는 게 당연하다. 문제는 작가가 브레이크를 밟고 있다는 사실이다. 독자가 인물의 과거사에 대한 정보를 얻는 동안 본격적인 이야기는 정체된다. 작가가 재미있는 상황 또는 걱정스러운 상황을 먼저 보여준다면 독자는 온전한 설명을 듣기까지 오래 기다릴 것이다. 이때 인물에 대한 독자의 관심을 더하기 위해 뒷이야기를 약간 할 수는 있다.

과거사는 콜린 코블이 『알래스카의 황혼Alaska Twilight』 1장에서 했듯 대화문으로도 드러낼 수 있다.

> 어거스타는 두 손으로 헤일리의 얼굴을 감싸고 그녀의 눈을 그윽이 들여다보았다.
>
> "네가 자랑스러워. 이제 그걸 감당할 만큼 용감해졌구나."
>
> 어거스타는 도리스 데이처럼 쾌활하게 격려를 해주려 했다. 헤일리는 그럴 기분이 아니었다. "전 용감하지 않아요." 헤일리가 말했다. "전 영화도 보고 싶고, 친구들도 만나고 싶고, 쇼핑몰에 가고 싶고, 특히 가루를 뿌린 도넛을 먹고 싶어요. 좋아서 여기 온 게 아니에요. 제 정신과 의사가 상담을 끝내는 데 도움이 될 거라고 해서 온 것뿐이고, 그러니 두고 볼 거예요. 클로에와 다시 연락이 되면 악몽이 멈출지도 모르죠."

글이 훌륭하면 뒷이야기를 읽는 것도 재미있을 수 있다. 필 캘러웨이의 『세상의 끝The Edge of the World』에서 화자는 2장을 이렇게 시작한다. "1976년 8월 4일, 교회의 휴거가 일어났다. 그때 나는 잠을 자고 있었다. 그러나 이 얘기를 하기 전에, 배경을 좀 더 설명해야겠다." 이 첫 문장은 독자의 관심을 사로잡으며 익숙한 정보를 주되 평범한 언어를 쓰지 않는다. 그리고 이렇게 이어진다.

나는 막내다. 형들은 나를 열차 맨 뒤에 딸린 승무원 칸이라고 부른다. 3학년 때 담임이 말했듯이 나는 실수로 잉태되었다. 가끔씩, 내가 짐을 싸서 조부모님의 고향인 스코틀랜드로 가는 배에 올라타면 가족들이 나를 생각할지 궁금해진다. 하지만 분명 생각할 것이다. 내가 승무원 칸일지 몰라도, 가족들은 내가 돌아올지 알고 싶어 하는 것 같다.

쿤츠와 스티븐 킹의 몇몇 베스트셀러 소설은 시작 부분에 자세한 뒷이야기가 나온다. 먼저 킹의 대작 『죽음의 지대The Dead Zone』를 보자. 조니, 그렉, 새러 이 세 인물이 소개되고, 행동이 나오다가, 각자의 뒷이야기가 자세히 그려진다. 예를 들어 9쪽에 그렉이 아버지의 분노를 회상하며 이야기하는 부분이 나온다. 덕분에 그렉에 대한 독자의 흥미와 공감이 강해진다. 17쪽부터 21쪽은 새러의 뒷이야기를 설명하는 데 할애된다.

이런 방법이 효과적인 이유는 두 가지다. 첫째, 일단 행동을 보여준 다음 뒷이야기가 나오고 있다. 당연한 방식이다. 둘째, 뒷이야기는 여기서 반드시 필요한 세부 사항이며 인물이 왜 그런 행동을 하는지 알려준다.

쿤츠의 첫 번째 베스트셀러 소설 『어둠 속의 속삭임Whispers』이 성공한 이유는 깊이 있는 인물을 만들려는 그의 의도적인 결정 때문이다. 그때까지 그는 소설에서 행동, 그것도 효과적인 행동을 많이 선보였지만 늘 겉도는 느낌이었다. 그런데 『어둠 속의 속삭임』에서는 깊이 있는 배경을 보여주었다.

『어둠 속의 속삭임』에는 서스펜스소설 중에서도 무척 유명하고 소름끼치는 행동 장면이 있는데, 브루노 프라이가 힐러리 토머스를 강간하려는 장면이다. 그가 힐러리의 집에서 그녀를 공격하고 추격하는 내용이 24쪽에서부터 41쪽에 이른다! 그러나 그 앞 내용은 무엇인가? 힐러리 토머스의 뒷이야기가 7쪽부터 11쪽까지 펼쳐진다. 이 뒷이야기가 왜 그토록 중요한가? 강간 시도 장면에서 힐러리에 대해 굉장한 관심을 불러일으키기 때문이다. 앞 내용이 없으면 독자는 행동 장면을 보되 몰두하지는 않을 것이다. 독자는 앞 내용에서 힐러리가 제대로 양육받지 못해 열등감을 품게 되었고, 이제 그 열등감과 싸우고 있다는 것을 알게 된다(이렇게 근본적인 관심이 설정된다). 작가는 독자를 힐러리가 자란 음침한 시카고로 데려가 그녀가 상상력을 탈출구로 삼았다는 것을 보여준다(그녀가 현재 작가가 된 이유가 설명된다). 뒷이야기는 힐러리가 자신의 꿈대로 대작 영화를 계약하는 장면으로 끝난다. 그러나 그녀는 이 현실이 지금까지 일어난 다른 일들처럼 중간에 어그러질까 봐 두려워서 기쁨을 온전히 만끽하지 못한다. 이제 독자는 힐러리를 진심으로 이해하게 된다. 24쪽에서 힐러리가 집에 돌아올 때쯤, 독자는 이 인물과 사랑에 빠진다. 그래서 힐러리가 자신을 기다리고 있던 브루노 프라이를 발견했을 때 책을 계속 읽지 않을 수 없다.

긴 뒷이야기가 효과를 발휘하는 이유는 쿤츠와 킹의 글이 응집력 있고 예리하기 때문이다. 그러니 실력을 예리하게 갈고 닦는 동안에는 뒷이야기를 짧게 끝내는 편이 낫다.

2장을 1장으로 전환하기

'2장 전환'은 훌륭한 기법이다. 2장을 새로운 1장이라 여기고 상황을 얼마나 빨리 전개할 수 있는지 시험해보자. 다음은 어느 작가 지망생이 쓴 원고의 시작 부분이다.

"서둘러, 여보. 이러다 늦겠어."

캐슬린 존스는 뒷문에 서서 남편이 테라스로 천천히 뛰어오는 모습을 보고 있었다.

윌리엄 카터 존스는 그녀의 인생에서 유일한 사랑이었다. 둘은 중학교 때 만나 서로 다른 고등학교로 진학했다가 대학에서 재회했다. 캐슬린은 윌리엄의 마음을 얻기 위해서라면 뭐든 하려 했을 것이었다. 생물학 실험실에서 그를 처음 본 날, 그녀는 숨이 멎었다. 개구리 해부는 세상에서 가장 낭만적인 행동이 아니었지만, 둘은 실험 파트너가 되어 즐거웠다. 시간이 흐르면서 사랑이 만발했고 둘은 죽음이 갈라놓을 때까지 함께하기로 약속했다. 그게 22년 전이었다. 이제 둘에게는 꿈꾸던 집과 대학생 딸, 회전식 뒷문이 있었다. 테라스의 벽만이 그동안 존스네 집에 드나든 모든 십 대의 증거를 보여줄 뿐이었다. 많은 친구와 아직도 연락을 주고받지만, 어떤 친구들은 세상 어딘가로 사라졌다. 캐슬린은 사진 앞을 지나갈 때마다 마음속으로 기도했다.

이 글은 대화로 멋지게 문을 열었지만 나머지는 뒷이야기와 설명이다. 나는 이 학생에게 2장을 새로운 1장으로 만들어보라고 제안했다. 꼭 필요한 정보를 1장에 배치했다면 이제 소설 전반에 그 정보를 뿌리면 되니 말이다. 나는 반드시 그 자리에 있어야 하는 정보가 아니면 인정사정 보지 말고 삭제하라고 했다. 그 학생의 원고 2장은 이렇게 시작했다.

크레디트가 올라가고 태미가 조는 동안, 팬시는 삶이 조금 전에 본 로맨스영화 같았으면 좋겠다고 생각했다. 그러나 '해피엔딩은 영화에만 있는 법'이었다.

팬시는 한숨을 쉬며 태미를 흔들었다.

"태미. 잘 시간이야. 어서, 늦었어."

"듣고 있어. 깼다고. 몇 시지?"

"11시가 넘었어." 팬시는 불을 끄면서 팝콘 그릇을 들려고 태미의 몸 위로 손을 내밀었다.

훨씬 나아졌다. 뭔가 일어나고 있다.

독자를 붙잡아 두는 중간

소설 대부분은 중간 부분, 즉 2막에 할애된다. 2막에는 주인공과 주인공을 가로막는 여러 세력이 대결하는 내용이 나온다. 물론 중간에 나올 수 있는 이야기는 무한하다. 그렇다면 무엇을 쓸지 어떻게 결정할까? 상황에 따라 다르다.

개요를 잡을까, 말까?

『소설쓰기의 모든 것 1: 플롯과 구조』에서 나는 두 가지 접근법의 강점과 약점을 이야기했다. 그 두 방식이란 '개요를 잡는 것'과 '개요를 잡지 않는 것'이다.

어떤 작가들은 몇 장면 후에 무슨 일이 일어날지 모르는 채로 매일 글을 쓰는 것을 좋아한다. 작가가 앞으로 일어날 일을 모르면 독자도 알 수 없다는 게 그런 작가들의 입장이다. 하지만 이는 작은 오해다. 작가는 '언젠가는' 결정을 내려야 한다. 그 장면을 실제로 쓸 때까지 결정을 미루더라도 내용을 전혀 예측하지 못하는 건 아니다. 또한 전혀 모르는 채로 글을 쓰면 주제에서 벗어나 '옆길'로 샐 위험이 있으며 그러면 글을 상당 부분 뜯어고쳐야 한다.

그러나 개요를 잡지 않는 게 좋다고 믿더라도, 이야기를 미리 그려둔다는 생각을 용납할 수 없더라도 절망하지는 말자. 개요는 조금이라도 잡아두는 게 좋다. 구조를 다루는 기술에 도움이 되기 때문이다. 적어도 LOCK 체계는 파악해두자. 그러면 추격 장면을 구상할 때 거기에 이야기의 엔진, 즉 중대한 목적과 더 강력한 장애물 사이에서 일어나는 갈등을 집어넣을 수 있다.

개요를 잡지 않는 다작 작가 로빈 리 해처는 이렇게 말했다.

나에게 소설 쓰기는 곧 발견의 기쁨이다. 이야기가 어떻게 전개될지, 어떻게 끝날지 너무 많이 알게 되면 그 이야기를 전하고 싶은 열정이 사라진다. 그래서 나는 다음에 무슨 일이 벌어질지 궁금한 마음으로 매일 컴퓨터 앞에 앉는다. 어떤 일이 벌어질지 알 수 없지만 결국에는 모두가 조화를 이룬다.

해처가 인정하듯이 개요를 잡지 않는 방식은 작가를 두렵게 만드는 방식이기도 하다. 마감이 다가오면 특히 그렇다.

그러나 시행착오를 거친 결과 이게 내 창작 방식이자 나에게 가장 적합한 방식이란 것을 알게 되었다.

그러나 개요를 잡을 때 느끼는 안정성이 좋다면 마음껏 개요를 잡자. 방법은 다양하다(장면 내용을 적은 색인카드, 컴퓨터의 스프레드시트, 시놉시스 길게 쓰기 등).
역시 다작 작가인 리처드 S. 프래더는 이렇게 말한다.

참신한 아이디어를 떠올리고 이에 의지해 작업하려고 한다. 행간의 여백 없이 타이핑하며 100~200쪽에 달하는 플롯의 재료, 즉 아이디어와 인물, 대화, 행동, 반응 비트 등으로 채우곤 한다.

그는 이를 바탕으로 각 장마다 한두 쪽 분량으로 내용을 요약한다. 그런 뒤 공책에 옮겨 적고 그때부터 소설을 쓴다.
개요를 잡는 작가에게 내가 하고 싶은 조언은 이야기에 '숨쉴' 틈을 주라는 것이다. 그리고 이야기의 방향을 전환해야 할 것 같은 때가 오면 주저 말고 개요를 수정하자.
어떤 작가들은 개요를 잡는 것과 잡지 않는 것의 중간 방식을 쓴다. 즉 시작 부분의 개요를 꼼꼼히 작성한 다음 나머지 개요에는 '길잡이 장면'을 활용하는 것이다(나는 이 진영에 속한다). 길잡이 장면이란 꼭 필요하다고 여기는 장면이다. 주된 갈등이나 문제가 여기 속한다. 머릿속에 모호하게 떠오르거나 느낌 정도만 있을지도 모른다. 이를 색인카드나 개요 중간에 간단히 적자. 이야기를 전개하면서 앞으로 펼쳐질 일을 세밀하게 조정할 수 있다.

우리의 글쓰기 방식은 진화해야 한다. 분량이 많은 중간 부분을 쓸 때는 어떤 느낌이 드는지 유의하고 다양한 기법을 고려하며 여러 접근법을 실험해야 한다. 어떤 방법이 잘 맞는지 꾸준히 기록하고 새로 작업을 시작할 때 참고하자. 계속 기록하자.

독자에게 만족을 주는 결말

소설은 끝나야 한다. 그것도 예측이 불가능하되 독자를 만족시키는 방식으로 끝나야 한다. 다의성이 허용되는 순수소설이 아닌 다음에야 결말은 느슨해진 실을 묶어주어야 한다.

사실 결말을 쓰는 규칙은 없다고 할 수 있다. 결말은 각 소설 특유의 이야기 요소와 결부되기 때문이다. 만족스러운 결론을 쓰는 문제에 대해서라면 무엇보다도 상상력이 필요할 뿐이다.

시작은 쉽다. 끝은 어렵다.

처음에 독자의 시선을 잡아끄는 건 상대적으로 간단하다. 독자가 마지막 책장을 넘긴 뒤 만족을 느끼게 하는 게 어렵다. "이 소설을 읽게 만드는 건 첫 장이지만 다음 소설을 읽게 만드는 건 마지막 장이다." 소설가 미키 스필레인이 한 유명한 말이다.

그러나 결말의 다섯 가지 유형을 알아두면 도움이 될 것이다.

1. 주인공이 목표를 이룬다(해피엔딩).
2. 주인공이 목표에 실패한다.
3. 주인공이 목표를 이루지만 좀 더 귀중한 것을 잃는다(고전
비극).
4. 주인공이 더 위대한 무언가를 위해 자신의 목표를 포기한다.
5. 모호하거나 달콤쌉쌀하게 끝난다(대개는 순수소설).

결말에 이르기 전에 결말의 내용을 최대한 자세히 써보면 좋은 훈련이 된다. 얼마나 철저하게 쓰느냐는 자신이 어떤 작가인가에 따라 다르지만, 이 연습으로 이야기에 행동이 '스며들게' 해서 나중에 효과를 볼 수 있다. 독자는 수면 아래에서 일이 전개되고 있다는 것을 느낄 수 있다. 이는 늘 좋은 현상이다.

물론 결말에 이르러 세부 사항을 바꾸거나 아예 새로운 결말로 마무리할 수도 있다. 그때에도 멋지게 결말을 낼 수 있을 것이며 작가가 할 일은 미세하게 조정하는 일뿐이다.

또한 '여운'을 남겨라. 어떤 장르의 소설이든 멋진 결말에는 여운이 있다. 여운이란 '사라지지 않고 남은 음향'이다. 교향곡에서의 완벽한 마지막 음표와도 같다. 독자에게 결말을 넘어선 그 무엇을 남긴다. 대화, 묘사, 서술을 비롯해 이야기에 어울리는 그 어떤 것도 여운이 될 수 있다.

어떻게 여운을 남길 수 있을까? 이런저런 실험을 계속 해보자. 그리고 계속 글을 쓰자. 덧붙여 다음과 두 가지가 필요하다.

강렬하고 뚜렷한 목표

목표는 짜임새 있는 결말에 반드시 필요한 요소다. 소설이 전개되는 내내 주인공은 전반적인 목표를 추구한다. 이제 주인공이 마지막 결정을 내리거나 최후의 결전을 벌여야 할 때가 되었다. 되돌아갈 수 없는 첫 번째 관문을 통과했을 때 잃어버린 평온을 되찾기 위해서다.

상상력

결말을 구상하기 전에 상상력을 동원해 가능한 상황들을 그려보자. 소설에 필요한 재료는 모두 우리 머릿속에 있다. 풀어주기만 한다면 작가의 잠재 의식, 즉 '지하실의 소년들'이 도와줄 것이다.

¶ 요약

- 첫 문장, 첫 문단, 첫 쪽은 독자의 마음을 사로잡아야 한다.
- 일찌감치 주인공의 일상에 장애물을 던지자.
- 시작 부분에서 뒷이야기를 조금 들려주는 것은 괜찮지만 그에 앞서 행동을 나와야 하며 너무 지나쳐서는 안 된다.
- 중간 부분을 쓸 때는 응집력을 잃지 않도록 LOCK 체계 요소를 참조하자.
- 결말에 시간을 들여 고민하자. 마지막에 여운을 남기자.

도서관이나 서점에 가서 소설을 마음대로 몇 권 집는다. 첫 쪽을 읽는 다. 프롤로그가 있는가? 마음을 끄는가? 왜 그런가? 아니면 왜 그렇지 않은가? 이야기의 앞부분에 빠져들게 되는가? 계속 읽고 싶은가? 자 신의 반응을 분석한다.

실전 연습에서 읽은 소설의 시작 부분을 자신이 쓴 원고의 시작 부분 과 비교한다. 어떤 차이가 있는가?

영화를 볼 때 중간 부분(2막)에 주목한다. 늘어지는 느낌이 든다면 왜 그런지 생각해본다. 어떻게 바꾸면 좋을까? 이렇게 질문하며 생각하 기만 해도 글쓰기에 필요한 근육이 생긴다.

소설이나 영화의 결말이 불만족스러웠던 적이 있는가? 아마 있을 것 이다. 한 작품을 택해 결말을 분석한다. 어떤 점이 잘못되었는가?

8장

보여주기 vs 말하기: 무엇이 강렬할까?

초고를 쓸 때는 두려워하지 말고 감정을 쏟아내자.
이야기와 인물을 극한까지 밀어붙이자.
고쳐 쓸 때 얼마든지 누그러뜨릴 수 있으니까.

소설가에게 들려줄 엄격한 조언이 조금이라도 있다면, 그건 "말하지 말고 보여줘야 한다"이다. 그러나 초보 작가는 흔히 이 점에서 혼란을 겪는다. 독자의 마음을 사로잡는 소설을 쓰고 싶다면 보여주기와 말하기의 차이를 알아야 한다.

다른 점은 하나다. 보여주기는 영화의 한 장면을 보는 것과 마찬가지다. 눈앞의 스크린에 나타나는 게 전부다. 자신이 누구이고 기분이 어떤지 인물이 '행동'이나 '말'로 드러내면 그게 독자가 알 수 있는 전부다. 반대로 말하기는 영화를 친구에게 이야기해주는 것과 같다. 어느 쪽이 좀 더 강렬한 경험이 될까?

영화 「쥬라기 공원Jurassic Park」에서 풋내기들이 공룡을 처음으로 언뜻 본 장면을 기억하는가? 그들은 입을 딱 벌리고 눈을 휘둥그레 뜬 채, 그 자리에 서서 관객인 우리가 보기 전에 눈앞에 나타난 말도 안 되는 생물을 바라본다. 관객이 인물들의 감정에 대해 알아야 할 내용은 모두 그들의 얼굴에 쓰여 있다. 머릿속으로 무슨 생각을 하는지는 들리지 않는다. 그들의 감정은 지켜봐야만 알 수 있다.

소설에서 이 장면은 보이는 모습 그대로 묘사될 것이다. "마크의 눈이 휘둥그레 커졌고 입은 딱 벌어졌다. 마크는 숨을 쉬려 했지만 가슴이 갑갑했다. 그리고……" 독자는 인물이 느끼는 감정을 고스란히 느낀다. "마크는 깜짝 놀랐고 겁에 질렸다"라고 말하는 것보다 이게 훨씬 낫다.

19세기에는 말하는 방식이 일반적이었다. 다음은 조지 엘리엇이 쓴 『미들마치Middlemarch』의 일부다. 이렇게 글을 쓰는 작가가 당시에는 많았다.

프레드가 자신의 부채 상태를 털어놓으면서 아버지를 괴롭히지 않고 해결하고 싶으며, 누구에게도 불편을 끼치지 않도록 돈을 확실히 구할 수 있다고 말하자, 케일럽은 안경을 이마 위로 밀어 올리고 그가 좋아하는 맑고 앳된 눈동자를 들여다보면서 이야기에 귀를 기울였으며, 미래에 대한 자신감과 과거에 대한 정직함을 굳이 구별하지 않고 그의 말을 믿었다. 그러나 젊은이를 지도하기에 좋은 기회인 것 같아서, 서명을 해주기 전에 다소 강력한 훈계를 해야겠다고 생각했다. 그래서 케일럽은 종이를 들고 안경을 내려 빈자리가 얼마나 되는지 가늠했고, 펜을 집어 살피고는 잉크에 담갔다가 다시 살핀 다음, 종이를 앞으로 약간 밀어두고 다시 안경을 올렸고, 텁수룩한 눈썹 바깥쪽으로 깊은 시름을 드러냈다. 그러자 그의 얼굴에 특유의 온화함이 깃들었고(이번만큼은 이런 세부 사항을 용납해주길. 케일럽 가스를 알았다면 이런 특징을 좋아하게 되었을 것이므로), 그는 편안한 어조로 말했다.

"말의 무릎을 부러뜨린 게, 음, 운이 나빠서란 말이지? 그리고 음, 거래소에서는 언제 날렵한 기수들을 보내줄지 응답이 없고. 다음번엔 더 현명하게 대처해야 하네, 젊은이."

조지 엘리엇이 1940년대에 소설을 썼다면 이런 식이었을 것이다.

"이 사람한테 빚을 졌어요." 프레드가 말했다. "그 사람한테 돈을 좀 빌렸는데 갚을 수가 없습니다. 아버지에게 알리고 싶진 않습니다. 저한테 대출을 해주신다면 빠른 시일 안에 갚을 자신 있습니다."
케일럽은 안경을 위로 올렸다. 펜을 들어 탁자를 두 번 두드렸다. 그런 다음 텁수룩한 눈썹을 찌푸리며 말했다. "운이 나빴단 말이지, 응?"

이 글은 대화를 '보여주지만' 원래의 본문은 무슨 말이 오갔는지 '말한다.' 대화에 정보를 더 넣고 싶다면 두말할 필요 없이 인물의 대화를 늘리면 된다.

'보여주기' 소설의 명작 중 하나를 꼽자면 대실 해밋이 쓴 탐정소설 『몰타의 매』다. 그는 이 작품으로 '하드보일드'라고 부르는 새로운 양식을 선보였다. 이 양식의 특징은 모든 장면이 영화 스크린처럼 눈앞에 펼쳐진다는 점이다(이는 이 소설이 멋지게 영화화된 이유 중 하나다).

한 장면에서 주인공 샘 스페이드는 최근 충격으로 죽은 동료 마일스 아처의 미망인을 위로해야 한다. 그녀는 스페이드의 사무실로 들이닥쳐 그의 품으로 뛰어든다. 스페이드는 그녀의 눈물이 가짜라는 것을 알기 때문에 관심을 보이지 않는다.

이 부분을 해밋은 이렇게 쓸 수 있었다. "여자는 울면서, 샘의 품으로 몸을 던졌다. 그는 그녀가 우는 게 싫었다. 그녀도 싫었다. 그는 그곳에서 도망치고 싶었다."

이렇게 쓰는 건 말하기다. 노련한 작가인 해밋이 실제로 이 장면을 어떻게 썼는지 살펴보자.

"마일스의 동생에게는 알리셨나요?" 그는 물었다.

"그럼요. 오늘 아침에 왔어요." 말은 그녀의 울음소리에 묻혔다. 그의 외투가 그녀의 입을 가리고 있었다.

그는 다시 얼굴을 찌푸리고 고개를 숙여서 손목시계를 쳐다보았다. 그의 왼팔은 그녀를 안고 있었고, 그의 손은 왼쪽 어깨 위에 놓여 있었다. 그의 소매는 시계를 볼 수 있을 만큼 쭉 올라가 있었다. 10시 10분이었다.

얼마나 효과적인 묘사인가. 아처 부인이 눈물을 흘리는 사이에 샘이 시계를 힐끗 쳐다보는 모습을 묘사한 부분은 그가 부인을 전혀 동정하지 않고 있다는 것을 '보여준다'. 이러한 묘사는 우리에게 무척 강렬하게 다가온다.

이 짧은 에피소드 바로 뒤에 미망인은 "샘, 당신이 그이를 죽였나요?"라고 묻는다. 해밋은 샘이 어떻게 느끼는지를 '말하는' 대신 이렇게 썼다.

샘은 눈을 크게 뜨고 그녀를 보았다. 그의 여윈 턱이 벌어졌다. 그는 그녀를 안고 있던 팔을 뺐다. 그리고 그녀의 팔에서 물러났다. 그는 그녀를 매섭게 쳐다보며 목청을 가다듬었다. 샘은 짧게 "하!" 하고 내뱉고는 담황색 커튼이 쳐진 창가로 갔다. 그녀가 다가올 때까지 그는 커튼을 통해 창밖을 내다보았다. 그때 그가 갑자기 돌아서서 책상으로 갔다. 그는 앉아서 팔꿈치를 책상 위에 올려놓고 주먹으로 턱을 괴고는 그녀를 보았다. 그의 노르스름한 눈이 작은 눈꺼풀 사이에서 빛났다.

지나친 말하기는 게으름의 증거

다음은 게으른 말하기의 예로 소설의 두 번째 문단이다.

그녀는 무슨 일을 하든지 사랑과 관심을 기울여 열심히 했고, 자신에게 의미 있는 사람들 곁에 있어주었으며, 예술적 감각으로 친구들을 늘 놀라게 했고, 의식하지 못했지만 아름다웠으며, 함께 있으면 재미있는 사람이었다.

이 문단의 주요 문제점 두 가지는 다음과 같다.
첫째, 오로지 말하기만으로 이루어진 탓에 인물이나 이야기를 조금도 발전시키지 못한다. 왜 그런가? 독자인 우리가 작가의 말을 그대로 받아들이면 될 뿐, 작가가 인물의 행동을 보여주려고 열심히 노력하지 않았기 때문이다.

둘째, 설명 덩어리다. 필수 정보가 스며들지 않았다. 한꺼번에 쏟아낸 탓에 지루함만 줄 뿐 아무 효과를 내지 못한다.

그러나 모든 것을 보여줄 수는 없다

모든 것을 '보여주기'로 처리한 소설은 결국 분량이 1,000쪽에 달하고 대부분 지루할 것이다. 그럼 어떻게 할까? 장면이 격렬할수록 보여주기를 더 많이 활용하는 것이다. 다음 예시를 보자.

돈이 걸음을 옮길 때마다 발이 묵직하게 느껴졌고, 욕실 쪽으로 걸어가자 신발이 타일 바닥에 뽀득거리는 소리가 들렸다. 문손잡이를 잡으니 얼음처럼 차가웠다. 손잡이를 돌리고 문을 당기는데 겁에 질린 영양처럼 뱃속이 쿵쿵거렸다. 한 걸음, 한 걸음, 또 한 걸음. 그렇게 그는 안으로 들어갔다.

돈이 욕실로 들어가 세수를 하고 이런저런 생각을 한 다음 전화를 받는 장면을 이렇게 자세히 설명할 필요는 없다. 이 장면은 그럴 필요가 없다. 그냥 이렇게 쓰면 된다.

돈은 욕실로 들어갔다.

이와 달리 돈이 악당들에게 두들겨 맞은 직후라면 앞의 글에서 긴장감이 느껴질 수도 있다.

말하기, 즉 내러티브 요약은 장면 전환에 가장 유용하다. 예를 들어 한 장소에서 다른 장소로 옮겨갈 때 쓰면 좋다. 그곳에 이르는 모든 단계를 독자에게 보여줄 필요는 없다.

돈은 욕실에서 나와 자동차 열쇠를 들고 아파트 문을 나와 계단으로 갔다. 계단으로 두 층을 내려와 차고 문을 열었다. 차고로 들어가 차로 다가갔다. 자동차 열쇠로 문을 열고 차에 탔다. 열쇠를 꽂아 시동을 걸고 후진을 해서 진입로로 나온 다음 도로 쪽으로 갔다. 진입로에서 나와 우회전을 하고 차량 행렬 속으로 들어갔다. 첫 번째 신호등이 빨간색이어서 돈은 차를 세웠다. 신호등이 녹색으로 바뀌자 차를 몰아 드디어 술집 앞에 도착했다. 그는 차의 속도를 줄인 다음 술집 문밖의 연석에 주차했다.

이 중 어느 지점에서 중요한 일이 일어나는 게 아니라면 이렇게 설명을 늘어놓을 필요가 없다. 대신 이 편이 낫다.

돈은 자동차 열쇠를 거머쥐었다. 10분 후 그는 술집 앞에 차를 세웠다.

내러티브를 요약해 장면 전환을 할 때는 빠르게 처리하자. 다음 장소를 보여주자. 그리고 다음 장면으로 들어가자.

열기가 달아올랐을 때 인물의 감정과 느낌을 보여주면 독자는 그 장면을 체험할 수 있다. 열기가 달아올랐다는 건 감정과 느낌이 그 순간에 중요한 요소가 되었다는 뜻이다. 메리가 그냥 가게에 들어선 것이라면 다음과 같이 써도 아무 문제가 없다.

파티 때문에 지친 메리는 이럴 때는 더블라테가 딱이라고 생각했다.

그러나 메리가 긴 말다툼 끝에 녹초가 되었고 그 때문에 운전대 앞에서 졸음이 쏟아진다면 어떨까? 말하기보다 보여주기를 써야 할 것이다.

메리는 떨어지는 눈꺼풀에 힘을 주었다. 뺨을 찰싹 때렸다. 제발, 10킬로미터만 더 가면 돼.

인물의 감정과 느낌을 언제 보여줄지 정할 때 유용한 도구가 있다. 바로 '감정 등급'이다. 장면 속의 감정을 0부터 10까지의 단계로 구분해보자. 0단계는 격렬함이 조금도 없는 상태고 10단계는 극한에 이른 상태다.

장면이 전개되면서 감정의 고조는 변할 것이다. 처음에는 약하게 시작했다가 점점 강해지거나, 강하게 시작했다가 누그러질 수 있으며, 아니면 그 중간 상태일 수도 있다. 등급이 0단계인 장면은 절대 쓰면 안 된다. 또 10단계까지 이르는 장면은 아주 드물게, 즉 소설에서 한두 번 정도만 써야 한다. 그러나 그 사이의 등급은 얼마든지 써도 좋다.

내가 경험으로 얻은 법칙은 다음과 같다. 감정 등급이 5단계 이상이면 '보여주기'를 쓰는 편이 낫다. 이 범위는 '보여주기 구역'이다. 그 아래는 '말하기 구역'이다. 경험이 쌓이면 장면의 감정 등급을 자연스럽게 판단할 수 있을 것이다.

[감정 등급]

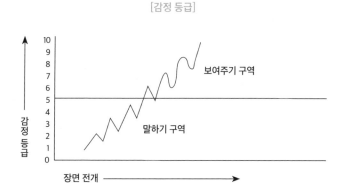

인물의 감정을 보여줄 때는 행동, 은유, 대화를 활용하는 게 좋다. 몇 가지 예를 살펴보자.

행동
- 그녀의 턱이 떨리기 시작했다.
- 그는 벽을 향해 주먹을 휘둘렀다.

- 그녀는 전화기를 방으로 내던졌다.
- 그는 손으로 배를 움켜쥐고 몸을 구부렸다.

은유

- 그는 지진이 일어난 땅처럼 몸을 떨고 있었다.
- 그녀의 몸속에서 날카로운 핀들이 쿡쿡거리는 듯했다.
- 바늘이 꿰뚫고 나간 듯 몸이 얼얼했다.
- 두려움이 벌레처럼 그녀의 배를 파고들었다.
- 그녀의 가슴속에 두려움이 풍선처럼 부풀었다.
- 그녀의 머릿속에서 하얀 빛이 터졌다.
- 충격이 그녀의 숨을 앗아갔다.
- 그의 등뼈가 얼음 기둥처럼 느껴졌다.

이런저런 방법을 시도해보다가 결국 가장 적합한 표현을 찾아내면서 자신에 맞는 방법을 터득하게 될 것이다. 처음부터 딱 맞는 것을 찾을 거라 기대하지 말자.

인물의 감정은 대화를 통해서도 드러날 수 있다. 다음은 어니스트 헤밍웨이의 단편소설 「흰 코끼리를 닮은 언덕」의 일부다.

"내가 너와 같이 갈 거고, 내내 네 곁에 있을 거야. 그냥 공기만 넣을 거고, 그다음엔 감쪽같이 그대로 돌아온다니까."
"그럼 그 후에 우린 어떻게 하지?"
"그 후에도 우린 괜찮을 거야. 그전처럼."

"왜 그렇게 생각하는데?"

"우리를 괴롭히는 문제가 그것뿐이니까. 우리를 불행하게 만든 게 그것뿐이잖아."

소녀는 구슬 커튼을 바라보다가 손을 내밀어 두 가닥을 잡았다.

"그 후에도 우린 괜찮을 거고 행복할 거라고 생각한단 말이지."

"틀림없다니까. 겁낼 필요 없어. 그걸 한 사람을 내가 많이 알아."

"나도." 소녀가 말했다. "그리고 그 후에 모두 무척 행복해졌지."

우리는 대화만으로도 소녀의 감정이 어떤지 알 수 있다. 소녀가 앞으로의 행복을 조금도 낙관하고 있지 않다는 것을.

¶ 요약

- 요약과 장면의 차이를 완전히 이해해야 한다.
- 말하기는 빠른 장면 전환과 감정 등급이 약한 비트에 쓰면 좋다.
- 보여주기는 격렬한 비트에 쓰는 게 좋다.
- 행동과 은유는 인물의 강렬한 감정을 보여주기에 적합하다.

다음 부분에서 '말하기'로 쓴 부분을 찾아내 '보여주기'로 바꾸자. '올바른' 답일지 걱정하지 말자. 모든 방법은 조금씩 다르기 마련이므로 정답이란 없다. 이 연습의 목적은 요약이 무엇인지 파악하고 '보여주기'를 강화할 방법을 고민하는 것이다.

돈은 술집으로 들어갔다. 술집에서는 고약한 냄새가 풍겼고, 이는 그가 얼마나 우울한지를 생각하게 했다. 작은 개가 그를 보고 짖어대는 바람에 돈은 깜짝 놀랐다. 그래서 그는 개에게 발길질을 했다. "무슨 짓이에요!" 여자가 외쳤다. 인상적인 외모의 여자가 개의 목줄을 쥐고 테이블에 앉아 있었다.

돈은 그녀에게 개를 어떻게 다루어야 하는지 말했고 그녀는 바텐더를 불렀다. 바텐더가 다가와 돈에게 나가달라고 했다.

다음 문장을 보여주기를 이용한 행동 비트로 바꾸자.

- 존은 화가 났다.
- 존은 슬펐다.
- 메리는 기진맥진한 채 방으로 들어갔다.
- 메리는 존을 호되게 꾸짖었다.

다음은 그 예다.

- 존은 주먹으로 석고벽을 쾅 쳤다.
- 존은 두 손으로 머리를 감싸 쥐었다.
- 메리는 안으로 들어가 평소에 아끼는 낡은 안락의자에 털썩 주저앉았다.
- "이런 머저리!" 메리는 서성거리며 두 팔을 휘저었다. "우리가 행복할 수 있었던 모든 기회를 네가 망쳐버렸어. 너, 그리고 모든 걸 장난으로 넘기려는 너의 그 고집이 말이야. 정신 차리고 잘 들어. 세상 모든 건 장난이 아니야. 어이없는 건 바로 너야. 지금부터 어른답게 굴지 않으면, 난 그만 끝낼 거야."

9장

문체와 형식:
뜨겁게 쓰고,
차갑게 고치자

인간의 노력으로 이루어지는 대부분의 일에는
옳은 방법과 그른 방법이 있다고 한다.
그러나 글쓰기에는 오직 자신의 방식만이 있다.

_잭 우드퍼드

소설 작법의 모든 측면 중에서 문체와 형식은 사실상 가르치기 불가능한 요소다. 작가에 따라 전혀 달라지기 때문이다(달라야 한다). 소설 쓰기는 창작의 연금술로 문체와 형식을 통해 숨겨진 이야기를 엮는 일이다. 이때 문체와 형식이 "나 좀 보세요" 하며 종이 위에서 튀어나온다면 독자는 소설적 경험을 하지 못한다. 이런 까닭에 문체와 형식은 자연스럽게 드러내는 게 가장 좋다. 작법의 기본에 주의하자. 그러면 문체와 형식은 자연스러워 보일 것이다. 이 점이 우리의 목표다.

문체와 형식에 대한 엄격한 규칙을 제시할 수는 없지만 산문체의 한계를 뛰어넘기 위해 할 수 있는 일들은 있다. 이 장에서는 이 내용을 다루려 한다. 문체와 형식에 대한 감각을 익히고 글 속에 이를 나타내는 기법을 살펴보도록 하자.

문체와 형식의 차이는 무엇일까? 나는 이렇게 설명하고 싶다.

문체(글투)voice는 기본적인 글쓰기 도구로 단어의 소리, 문장과 문단, 글에서 느껴지는 특성을 뜻한다. 형식style은 문체를 소설 전체에 적용한 상태를 이른다. 소설이 전개되면서 독자가 받는 대체적인 느낌이다.

지금부터 다룰 내용과 연습 방법은 초고를 쓸 때 효과적일 것이다. 단어를 쓸 때는 너무 머리 아프게 생각하지 않는 게 바람직하다. 처음 쓰는 경우라면 특히 그렇다.

나만의 문체와 형식을 찾으려면

마크 트웨인에게는 특유의 문체가 있다. 그의 문체에서는 인간사를 바라보는 반짝거리는 눈과 풍자적인 태도를 엿볼 수 있다. 또한 우리가 제 모습을 보며 (때로는 착잡하게) 웃음을 터뜨리게 만든다. 윌리엄 포크너의 문체는 독특하다. 딘 R. 쿤츠도 그렇다. 사실 쿤츠는 언제나 새로운 시도를 했기 때문에 그의 문체는 시간이 지나면서 의식적으로 변했다. 이 사실은 모두에게 희망이다. 똑같은 곡조만 반복하며 노래하지 않아도 된다는 뜻이기 때문이다. 물론 이들의 소설은 형식도 다르다. 우리는 포크너를 쿤츠로, 헤밍웨이를 또 다른 작가로 착각하지 않는다.

그렇다면 우리 각자의 특성은 무엇일까? 지금부터 찾아보자.

책을 읽는다

작가는 곧 독자다. 그것도 특정 소설만 읽지 않고 모든 분야의 책을 읽는 독자다. 우리가 읽는 모든 글은 우리의 저장고에 들어가 선택권을 넓혀준다. 어떤 작가들은 소설을 쓰는 동안에는 다른 작가의 소설을 읽지 않는다. 다른 작가의 문체가 자신의 원고에 스며들까 봐 두려워한다. 그러나 작가 린다 홀의 생각은 다르다.

소설을 쓰는 동안 다른 글을 읽으면 '자신의 문체를 잃어버릴지도' 모른다고 말하는 이들을 이해할 수 없다. 나에게는 개성이나 성격의 일부를 잃어버릴지도 모른다는 말처럼 들리는데, 그건 불가능한 일이다. 쉽게 일어날 수 있는 일이 아니다. 나는 내 문체를 잃어버릴까 봐 걱정하지 않으며, 글을 쓸 때 내 형식과 매우 다른 글을 읽은 후에도 내 '문체'는 그게 뭐가 되었든 늘 그대로다. 작가 총회에 패널로 참석했을 때 바로 이 질문을 받았는데, 내가 줄 수 있는 최고의 조언은 언제나 글을 읽고 자신의 문체를 잃어버릴까 봐 두려워하지 말고, 결코 읽는 행위를 멈추지 말라는 것이다.

작가 애솔 딕슨도 마찬가지다.

잃어버릴 수 있는 문체라면 애초에 자신의 문체가 아니다. 어떤 이들이 좀 더 재미있는 사람으로 보이고 싶어 억양을 꾸며낼 때처럼 의식적으로 만들어낸 무언가일 뿐이다. 작가의 진정한 문체는 떠오르는 단어를 그대로 옮길 때 흘러나온다. 사실 나는 다른 작가의 긍정적인 예나 부정적인 예 모두에서 작법 기술에 대해 많이 배운다. 그러나 이 기술은 문체를 만들어주진 않는다. 이미 갖춘 문체를 훈련시켜준다. 문체를 만드는 방법은 문체를 만들려는 노력을 그만두고 떠오르는 단어를 쓰는 것이다.

흘러나가게 둔다

완벽한 단어를 찾으려 바닥에서 몸부림치지 말고 자연스럽게 내보내는 게 문체를 발전시키는 한 가지 방법이다. 내면의 편집자를 쉬게 하고 문장을 흘러나가게 두면 어떤 의도를 품고 작업했을 경우에 절대 쓰지 않았을 글을 쓰게 된다.

어떤 작가는 한 쪽을 다 쓴 다음 원하는 모습을 갖출 때까지 몇 번이고 그 쪽에 매달린다. 그러고는 다음 쪽으로 넘어가서 똑같이 한다. 정신 나간 것처럼 보이기도 하지만 어떤 이에게는 효과적이다.

할 수 있는 일 하나는 하루에 쓴 분량을 인쇄해서 들고 다니며 일과 중에 틈틈이 읽는 것이다. 휴대폰으로 인터넷 서핑을 하는 대신 이런 작업을 하자. 우리는 작가가 되고 싶은 게 아닌가?

1인칭에서 3인칭으로

과격한 조언을 듣고 싶은가? 1인칭 시점을 3인칭 시점으로 바꾸자. 원고 일부만 그렇게 바꿔도 좋다. 초고를 1인칭 시점으로 시작한 다음 문체가 설정되면 이는 그대로 두고 시점만 3인칭으로 바꿔도 좋다.

예를 들어보자. 다음은 내가 1인칭 시점으로 쓴 소설의 시작 부분의 일부다.

시벨 경관이라는 시련은 무더운 8월의 어느 금요일에 내게 던져진 마지막 과제였다. 월요일이면 다들 돌아와서 논의를 끝맺으려

할 터였다. 나는 주말 내내 설득력 있는 말을 구상해야 했다. 카를로스 멘데스가 공정한 판결을 받기 바란다면 어쩔 수 없는 일이었다.

사실 그는 유죄였기 때문에, 나는 그야말로 혼수상태에 빠져버렸을 수도 있었고, 그랬다면 카를로스에게 아무 도움이 되지도 않았을 것이다. 그러나 그는 희망을 붙잡아야 했다. 그의 집안사람 중에는 변호가 만족스럽지 않다며 트집을 잡을 비열한 고객들이 있었다.

나는 내 방주를 카노가 공원 관리실 쪽으로 돌렸다. 방주란 내 빈티지 캐딜락으로, 빈티지라는 말이 상태가 더 좋은 시절이 있었다는 뜻이라면 적절한 수식어였다. 이 차는 레이건 정부 시절에 생산돼 수차례 붕대를 칭칭 감으며 점검받고 개조되었다. 나는 5년 전에 어느 경찰 공매에서 이 차를 건졌다. 가장 큰 이점은 크다는 거였다. 필요하면 그 속에서 잠을 잘 수 있었다. 할리우드 영화에 나오는 망나니처럼 주둥이를 마구 놀려대던 그 시절에도, 나는 언젠가 집 없는 신세가 될지 모른다고 생각했다.

아직 그런 일은 일어나지 않았다. 그리고 변호사협회의 변호사 지원프로그램 덕분에, 그럴 일은 없을 것이다. 변호사 지원프로그램은 약물 남용으로 문제를 겪는 변호사들을 도와주는 곳이다. 나는 그 끈질긴 녀석을 1년 동안 등짝에서 떼어놓는 데 성공했다. 실패할 뻔한 적이 없다는 말은 아니다. 잠이 오지 않는 밤에는 특히 그랬다.

나는 두 가지 이유에서 이 소설을 3인칭 시점으로 바꾸기로 결정했다. 초고를 150매쯤 썼고 문체도 설정된 상태였다(1인칭 시점에서 가장 중요한 건 '태도'다). 그러나 3인칭 시점으로 쓰더라도 그 문체를 유지할 수 있었다.

시벨 경관이라는 시련은 무더운 8월의 어느 금요일에 스티브에게 던져진 마지막 과제였다. 월요일이면 다들 돌아와서 논의를 끝맺으려 할 테니 스티브는 주말 내내 설득력 있는 말을 구상해야 했다. 카를로스 멘데스가 공정한 판결을 받기 바란다면 어쩔 수 없다는 걸, 스티브는 알고 있었다.

스티브는 덕분에 자신에게도 눈 좀 붙일 시간이 생기기를 바랐다.

스티브는 방주를 카노가 공원 관리실 쪽으로 돌렸다. 방주란 그가 자신의 빈티지 캐딜락에 붙인 애칭으로, 빈티지라는 말이 상태가 더 좋은 시절이 있었다는 뜻이라면 적절한 수식어였다. 이 차는 레이건 정부 시절에 생산돼 수차례 붕대를 칭칭 감으며 점검받고 개조되었다. 스티브는 5년 전에 어느 경찰 공매에서 이 차를 건졌다. 가장 큰 이점은 크다는 거였다. 필요하면 그 속에서 잠을 잘 수 있었다. 할리우드 영화에 나오는 망나니처럼 주둥이를 마구 놀려대던 그 시절에도, 스티브는 언젠가 집 없는 신세가 될지 모른다고 생각했다.

아직 그런 일은 일어나지 않았다. 그리고 변호사협회의 변호사 지원프로그램 덕분에, 그럴 일은 없을 터였다. 변호사 지원프로그램은 약물 남용으로 문제를 겪는 변호사들을 도와주는 곳이다. 스티브는 그 끈질긴 녀석을 1년 동안 등짝에서 떼어놓는 데 성공했다. 실패할 뻔한 적이 없다는 말은 아니다. 잠이 오지 않는 밤에는 특히 그랬다.

덕분에 더욱 친숙한 3인칭 서술문을 얻을 수 있었다. 1인칭에서 3인칭으로 시점을 바꾸면 이와 같은 효과를 볼 수 있다. 소설의 중심인물과 서술문이 긴밀히 이어진다. 두 장章 정도만 이렇게 바꾸면 현재 쓰고 있는 원고를 어떤 형식을 써야 할지 감을 잡을 수 있다.

좋아하는 작가를 모방한다

자신만의 문체와 형식을 계발하는 중이라면 이 말은 직관에 어긋나는 것처럼 보일지도 모르겠다. 그러나 사실 우리가 쓰는 글은 살면서 읽은 모든 글의 산물이다. 우리는 이미 우리가 흠모하는 작가들의 영향을 받았다. 좋아하는 작가들을 '모사'하려 하지만 않는다면 '모방'하는 건 아무 문제가 없다.

나는 좋아하는 작가의 소설을 읽을 때마다 마음에 드는 부분에 표시를 한다. 대화 한마디일 때도 있고, 적확한 표현 또는 긴장감 있는 장면일 때도 있다. 내가 쓴 원고를 읽다가 특정한 면에서 부족한 점을 발견하면 이렇게 표시한 부분 중 관련된 것들만 다시 읽고 그의 문체에 흠뻑 빠져든다. 그러면 머릿속의 방식이 전환되면서 더욱 예리한 정신으로 다시 작업을 할 수가 있다.

예를 들어 나는 존 D. 맥도널드가 "나는 작가가 문장으로 마법을 부리길 바란다"라고 한 말을 기억하고 있었다. 그리고 그가 쓴 트래비스 맥기 시리즈 중『호박색보다 진한Darker Than Amber』을 읽다가 바로 그런 부분을 발견하고는 표시를 했다.

그녀는 천천히 허리를 세우며 우리의 얼굴을 하나씩 들여다보았고, 그녀의 검은 눈동자는 2개의 깊은 동굴로 들어가는 한 쌍의 입구처럼 보였다. 그 동굴에는 아무것도 살지 않았다. 어쩌면 오래전에는 무언가 살았을지도 몰랐다. 그 속에는 뾰족한 뼈가 무더기로 쌓여 있고, 벽에 휘갈긴 낙서와 불을 피우고 남은 회색 재도 있었다.

이 몇 문장은 직설적인 묘사로 이루어진 몇 문단보다 인물에 대해 더 많은 점을 말한다. 잘 고른 생생한 문장이 소설에 미치는 영향이 바로 이렇다.

소설에서 좋아하는 부분을 모으자. 그 부분을 복사하고 공책에 옮겨 적자. 주기적으로 살펴보며 흠뻑 빠져보자.

시를 읽는다

레이 브래드버리와 같은 어떤 작가들은 하루의 작업을 시작하기 전에 시를 즐겨 읽는다. 브래드버리는『화성으로 날아간 작가 Zen in the Art of Writing』에서 이렇게 말한다.

일생 동안 매일 시를 읽는다. 시는 자주 쓰지 않는 근육을 풀어주므로 좋다. 또 시는 감각을 확장하고 최상의 상태로 유지한다.

어디에서부터 시작할까? 시는 어디에나 있으므로 곧 마음에 드는 시를 찾을 수 있을 것이다. 우선 빌 모이어스가 동시대 시인 열한 명과 작법에 대해 인터뷰한 『단어 갖고 놀기Fooling With Words』를 읽으면 좋다. 모이어스가 말했듯, 시는 무엇보다 음악적이며 "가장 적합한 순서로 늘어선 가장 적합한 말"을 듣는 기쁨을 준다.

원고의 특정 부분, 또는 특정 문단을 고쳐쓰기 전에 시를 읽어도 좋다. 중요한 점은 시의 문체를 흉내 내지 않고 시어로 자신의 가능성을 키우는 것이다. 우리가 할 수 있는 다른 일은 묘사 부분을 시로 쓰는 것이다. 그러면 다음과 같은 결과가 나올 수도 있다.

지휘자는 악단을 위해 박자를 맞추고, 모든 연주자는 그를 따르며,

아이는 세례를 받고, 개종자는 첫 번째 신앙 고백을 하며,

보트들은 만에 늘어서 있다가 경주를 시작하며(새하얀 돛이 얼마나 반짝거리는지!),

가축을 지켜보던 몰이꾼은 길을 잃고 말 가축들에게 노래를 불러주며,

행상인은 등에 짐을 지고 땀을 흘리며(물건 사는 사람은 흥정 끝에 한 푼을 깎자고 하고),

신부는 흰 드레스의 주름을 펴고, 시계의 분침은 더디게 움직이며,

아편쟁이는 머리를 뻣뻣이 세우고 입술을 벌린 채 드러눕고,

매춘부는 숄을 질질 끌고, 그녀의 모자는 갸우뚱 기울어진 여드름투성이의 목 위에서 깐닥거리고,

군중은 그녀의 욕지거리에 웃음을 터뜨리고, 남자들은 야유를 보내며 서로 눈짓하고,

(가엾어라! 나는 그대의 욕을 비웃지도, 그대의 말에 야유를 보내지도 않는다)

각료 회의를 개최한 대통령은 위대한 장관들에게 둘러싸이고,

광장을 걷는 부인 셋은 으스대며 다정하게 팔짱을 끼고……

_월트 휘트먼, 「나 자신의 노래Song of Myself」

그런 다음에는 오직 연습용으로(출판용이 아니다!) 시를 산문으로 고치자. 예를 들어 다음은 퓰리처상 수상 작가인 스탠리 쿠니츠가 쓴 시 「충들The Layers」의 일부다.

어떻게 하면 심장이

상실의 축제와 화해할 수 있을까?

솟구치는 바람 속에서,

도중에 넘어진 친구들이 미친 듯이 날리는 먼지가

내 얼굴을 따갑게 찌른다.

핵심 시어인 '심장', '상실의 축제', '친구들이 미친 듯이 날리는 먼지' 등을 골라 소설의 서술문에 쓸 수 있다. 단어를 마음껏 활용하고, 원한다면 바꾸되 비슷한 소리를 내도록 만들어보자. 의미는 걱정하지 말자. 시에서 산문으로 바꾸는 연습만으로도 자신만의 문체를 만들 가능성은 더욱 커질 것이다.

길게 이어지는 문장을 쓴다

또 다른 유용한 연습은 길게 이어지는 문장을 쓰는 것이다. 한 번에 한 쪽에 넘는 문장이다. 주저 말고 쓰자. 규칙은 오직 하나다. '자체편집을 하지 않는다.'

윌리엄 사로얀은 이어지는 문장으로 가득한 『부고Obituaries』를 썼는데, 이 책은 대부분이 삶과 죽음을 숙고하는 내용이다. 예를 들면 이렇다.

나는 살아 있는 것이 좋지만, 전혀 좋지 않거나 지금과 같은 삶이라서 싫거나 오클랜드 고아원 시절처럼 싫다고 생각되던 옛 시절이 있었으며, 물론 가끔은 살아 있음에 특별한 기쁨을 느끼지 못하지만 동시에 특별한 불만도 느끼지 못하는데, 그건 분명 나 자신 때문이 아니라 내가 가진 모든 것 때문이며, 내가 시간과 세상과 인류를 받아들이는 방식에서 특별한 잘못을 찾을 이유는 전혀 없으며……

규칙적으로 이런 연습을 하면 '겸손하게 절제한 시'가 반짝거리며 불쑥 나타날 것이고, 작업 중인 원고에 실제로 쓸 수 있는 구문을 찾게 될 것이다. 그러나 찾는 건 나중 일이다. 처음에는 단어를 자연스럽게 내보내야 한다.

내 작가 일지에도 다음과 같이 계속 이어지는 묘사가 있다. 내면의 편집자가 가로막지 못하게 하고 그저 쓰기만 했다.

그는 머리에 도요타 크기만 한 거품 덩어리 모자를 썼는데, 피처럼 붉은데다 술 취해 저녁 식탁에 앉은 사람처럼 비틀거렸고, 그가 폭풍 속의 낡은 플루트처럼 휘파람을 불며 걷다가 잠시 걸음을 멈추고 주변을 둘러볼 때면 장난감 상자에서 튀어나온 용수철 인형처럼 머리가 흔들리며 두 눈은 물총처럼 좌절의 눈물로 촉촉이 젖어……

아마 이런 이미지 중 무엇도 실제로 소설에 쓰이지는 않을 것이다. 하지만 이런 글을 쓰는 행위는 그 자체로 자신만의 문체를 만드는 데 도움이 된다.

직유, 은유, 반전을 활용한다

『여름의 돌The Stones of Summer』의 작가 다우 모스먼은 자신이 쓴 두꺼운 소설의 모든 쪽을 시로 여긴다고 했다. 당연히 그의 소설은 은유와 직유로 가득하다.

그는 이중 유리문의 나무 설주에 몸을 기댄 채 뒤를 돌아보았는데, 흐리멍덩한 눈은 작년보다 생기가 없었고, 너른 물속에서 더는 수영하지 않는 파충류처럼 침묵하고 있었다.

'수영하지 않는 파충류처럼' 생기 없는 눈동자는 신선한 충격을 안길 뿐 아니라 소설 전체의 분위기와도 어울린다. 가장 훌륭한 직유와 은유는 이 두 가지 기능을 모두 해낸다. 그렇다면 이런 이미지는 어떻게 찾아낼 수 있을까?

목록을 작성한다. 맨 위에 주제를 적는다. 앞의 글을 예로 들자면 '생기 없는 눈동자'가 주제일 것이다. 무엇처럼 생기가 없을까? 어리석고 터무니없더라도 최대한 많은 이미지를 적자. 스스로를 몰아붙여 스무 가지 정도는 생각해내자. 그중 하나는 분명 쓸모 있을 것이다. 그렇지 않다면 다시 목록을 작성하자. 이 과정이 그림을 보는 듯 생생한 문장을 찾는 방법이다.

'즐거운 반전'도 좋은 기법이다. 예상치 못한 단어를 쓰거나 친숙한 내용을 새롭게 전개하는 것이다.

로버트 뉴튼 펙은 소설 『돼지가 한 마리도 죽지 않던 날A Day No Pigs Would Die』에서 형용사가 들어갈 자리에 명사를 써서 반전을 노린다.

핑키는 점점 어거스트보다 커지고 있었다.
온 하늘이 분홍이고 복숭아였다.

이따금씩 정상적인 문법을 벗어나야 한다. 그러면 즐거운 반전을 찾아낼 수 있다.

또한 친숙한 표현을 요란하게 바꾸는 것도 좋다. 진부하거나 상투적일 수도 있지만 생각나는 대로 묘사를 하고 그다음에 참신하게 바꿀 방법을 찾는 것이다.

예를 들어 "그녀는 아름다웠다"라고 쓴다. 이제 단어를 덧붙이거나 바꾸면서 이 문장을 마음껏 가지고 논다. 상투적인 표현에서 확 건너뛰어 "그녀는 100만 달러처럼 보였다"라고 해도 좋다. 할런 엘리슨은 여기에서 시작해 결국 "그녀는 100만 불짜리 면세품처럼 보였다"라는 문장을 찾아냈다. 이렇게 중간에 단어를 덧붙여도 참신한 표현이 된다.

시와 음악, 즐거운 반전을 찾아 나서자. 판단은 미룬 채 괜찮을 것 같은 문장을 많이 쓰고, 나중에 뒤로 물러서서 가장 좋은 것들을 골라내자. 이 번거로운 작업으로 문체에서 새로운 고지에 이를 테니 보람이 있을 것이다.

> **뜨겁게 쓰고, 차갑게 고치자**
>
> 모든 문장을 완벽하게 쓰고 난 후에야 다음으로 넘어가려고 해선 안 된다. 이야기에 깃든 감정과 열정에 몸을 맡겨라.
> 나중에는 차가운 머리로 고쳐 쓰라. 전날 무엇을 썼는지 살펴보고 그것을 편집한 다음 오늘의 목표량을 쓰면 된다. 초고를 뜨겁게 쓴 다음, 원고 전체를 차갑게 고쳐 쓰면 된다.
> 창작을 할 때는 활활 불을 지펴라. 교정을 할 때는 그 불꽃을 제어하라.

겉치레와 과장을 없앤다

20세기 후반에 미니멀리즘minimalism(가장 단순한 요소로 최대 효과를 이루려는 사고방식)이 대다수 대학의 글쓰기 수업에서 폭발적인 인기를 누렸다. 주로 대중소설에 대한 반작용으로 생겨난 것으로, 문체에서 겉치레와 과장을 없애려는 경향이다. 미니멀리즘은 형용사와 부사 같은 수식어 사용을 크게 배제한다. 이런 점에서 미니멀리즘은 유익하다. 수식어를 남발하면 소설이 너무 늘어질 수 있다. 그러나 미니멀리즘 이론에서는 형식과 주제가 다의적이어야 한다고 주장한다. 그런 소설을 좋아한다면 괜찮다. 그러나 그런 소설만 있는 건 아니므로 미니멀리즘이 늘 성공하지는 못한다.

레이먼드 카버의 손에서, 그리고 제임스 M. 케인의 손에서도 미니멀리즘은 빛을 볼 수 있다. 그러나 주의해서 적용하지 않으면 허세만 부리고 (거트루드 스타인의 말을 조금 바꿔 인용하자면) '기대한 효과는 보지 못하는' 결과가 나올 수도 있다.

미니멀리즘의 장점을 활용해서 수식어를 경제적으로 쓰도록 하자. 또한 고쳐쓰기를 할 때는 감정이 너무 옅어진 곳은 없는지 찾아보자. 독서는 감정적인 경험이므로 소설 속에 꼭 감정을 넣어야 한다. 다만 그런 감정을 소리 내서 외치지 말고 보여줘야 한다.

잡동사니와 군더더기

다음 문장에서 잘못된 점은 무엇인가?

그는 고개를 끄덕이며 찬성한다는 뜻을 전했다.

이 문장에 불필요한 부분이 있다는 것을 파악했는가? 이 문장은 늘어진 글이다.

군더더기(윌리엄 진서는 『글쓰기 생각쓰기On Writing Well』에서 '잡동사니'라고 했다)를 빼는 작업은 계속해야 한다. 여기에 규칙이나 두루 적용되는 기법 따위는 없다. 중요한 건 경험과 의지다. 마지막 말에 주목하자. 이미 쓴 것을 가차 없이 삭제하려는 '의지'는 프로 작가의 특징이다.

자체편집의 예

다음은 내가 쓴 『선조의 죄Sins of the Fathers』 일부분이다. 첫 번째는 초고다. 두 번째는 자체편집을 할 때의 사고 과정을 보여주기 위해 정리한 것이다. 비교해보자.

• 초고

우선 아이들이 등장했다.

린디의 꿈속에서, 수십 명쯤 되는 아이들이 햇빛이 비치는 들판을 달리며 소리 지르고 있었다. 겁에 질린 아이들, 그러니까 소년 소녀들이 세찬 파도처럼 물결치는데, 어떤 아이들은 야구복 차림이었고, 어떤 아이들은 얼룩덜룩하고 지저분한 옷을 입어서 디킨스의 소설이 눈앞에 길길이 날뛰는 모습 같았다.

아이들 뒤에 있는 두려움의 원인은 어둡고 보이지 않는 그 무언가였다. 꿈에서만 나타나는 풍경 위를 맴돌며, 린디는 두려움의 근원을 필사적으로 찾아 헤맸다.

한편 들판 뒤편에는 동화에서 본 것 같은 어두운 숲이 있었다.

아니면 악몽에서 본 듯한.

린다는 그게 누구인지, 그 속에 누가 있는지 알고서, 그리고 모습을 드러낸 그를 만나게 되리란 걸 알고서 숲으로 다가갔다. 그건 대런 디시니일 것이고, 그는 총을 갖고 있을 것이고, 꿈속에서 린다는 총에 맞지 않으려 몸을 숙이고 있었다.

가까이 다가갈수록, 사방으로 흩어지던 아이들의 비명이 등 뒤에서 잦아들었다. 린다는 뒤를 돌아보지 않고도, 경찰들이 그 장면에 등장하고 있다는 걸 알았다.

디시니에게 경고하려고 가는 건지, 아니면 그저 그를 보려는 건지 의문이 들었다.

그는 그녀에게 뭐라고 할까, 아니면 그녀가 그에게 말을 할까?

어두운 숲에는 밤마다 살아나는 나무들이 있었다. 울퉁불퉁한 팔과 옹이투성이 몸통. 여기는 사악한 존재들이 사는 곳이었다.

린디는 들어가고 싶지 않았지만, 걸음이 멈춰지지 않았다.

바로 그때, 깊은 숲속에서 어두운 물체가 모습을 드러냈는데, 그는 그녀를 향해 달리고 있었다.

• 자체편집

우선 아이들이 등장했다.

린디의 꿈속에서, 수십 명쯤 되는 아이들이 햇빛이 비치는 들판을 달리며 소리를 지르고 있었다. 겁에 질린 아이들, 그러니까 소년소녀들이 세찬 파도처럼 물결치는데, 어떤 아이들은 야구복 차림이었고, 어떤 아이들은 얼룩덜룩하고 지저분한 옷을 입어서 디킨스의 소설이 눈앞에 길길이 날뛰는 모습 같았다.

아이들 뒤에 있는 두려움의 원인은 어둡고 보이지 않는 그 무언가였다.[문장 구조가 약하다. 다시 생각하자. '어두운'에 유의하자. 너무 많이 쓰고 있다!] 꿈에서만 나타나는 풍경 위를 맴돌며, 린디는 두려움의 근원을 필사적으로 찾아 헤맸다.

한편[이 단어로 시작하는 문장은 대체로 약하다. 다시 생각하자!] 들판 뒤편에는 동화에서 본 것 같은[이런 표현이 잘 먹히는 부분이 있겠지만 남용은 금물이다] 어두운 숲이 있었다. 아니면 악몽에서 본 듯한.

린다는 그게 누구인지, 그 속에 누가 있는지 알고서[어색하다], 그리고 모습을 드러낸 그를 만나게 되리란 걸 알고서 숲으로 다가갔다. 그것은 대런 디시니일 것이고, 그는 총을 갖고 있을 것이고, 꿈속에서 린다는 총에 맞지 않으려 몸을 숙이고 있었다.[이 극적인 이미지를 강화할 수 있을지 고민하자]

가까이 다가갈수록, 사방으로 흩어지던 아이들의 비명이 등 뒤에서 잦아들었다. 린다는 뒤를 돌아보지 않고도, 경찰들이 그 장면에 등장하고 있다는 걸 알았다.

디시니에게 경고하려고 가는 건지, 아니면 그저 그를 보려는 건지 의문이 들었다.[좀 더 긴장감 있게 고치자]

그는 그녀에게 뭐라고 할까, 아니면 그녀가 그에게 말을 할까?

어두운[다시 생각하자. 또 '어두운'이다] 숲에는 밤마다 살아나는 나무들이 있었다. 울퉁불퉁한 팔과 옹이투성이 몸통. 여기는 사악한 존재들이 사는 곳이었다.

린디는 들어가고 싶지 않았지만, 걸음이 멈춰지지 않았다.

바로 그때,[불필요한 표현이다] 깊은 숲속에서 어두운 물체가 모습을 드러냈는데, 그는 [독자가 어떻게 이 물체가 '그'라는 걸 알 수 있지?] 그녀를 향해 달리고 있었다.

¶ 요약

- 문체와 형식은 소설 속에 자연스럽게 드러나야 한다. 억지로 나타내는 게 아니다.
- 문체를 만들기 위해 다양한 문학 작품과 시를 읽자.
- 감정은 대개 적게 쓸수록 좋다. 처음에는 마음껏 분출하되 고쳐쓸 때는 거침없이 삭제하자. '뜨겁게 쓰고, 차갑게 고치자.'

다음은 내털리 골드버그가 제안한 연습법이다. 자신이 쓴 글에서 (대개 장소나 인물을) 묘사한 부분을 골라 형식에 구애받지 말고 확장하는 연습이다.

빈 종이에 (A)라고 쓰고 주변에 동그라미를 치는 등 수식 기호를 적는다. 그리고 새 종이 맨 위에 (A)라고 쓰고 상상력을 자유롭게 펼치며 글을 쓴다. 자기검열을 하지도 말고, 좋은 글을 쓰려고도 하지 말자! 지금은 이미지와 통찰력을 찾는 중이다. 우뇌가 마음껏 수다를 떨게 놔두자.

예를 들어보자. 다음은 내 작가 일지의 일부다.

> 가게들이 늘어선 진짜 도심이었다. 부티크, 철물점, 신발 가게, 골동품 가게, 서점. 월마트는 아직 들어서지 않았지만 필수라고 할 수 있는 스타벅스는 있었다. 그는 스타벅스에 들어가 모카 프라푸치노를 즐겼다. 따뜻한 오후였고 LA까지는 갈 길이 멀었다.
> 그는 잠시 거닐었다. 보기 좋은 멕시코 음식점과 볼링장이 있었고 상영관이 2개인 극장도 있었다. 브래드 피트의 최신작과 미성년자 관람가인 공포영화가 상영 중이었다.

연습을 하기 위해 이 글에서 바꿀 장소에 표시를 했다.

> 가게들이 늘어선 진짜 도심이었다. 부티크, 철물점, 신발 가게, 골

동품 가게, 서점. 월마트는 아직 들어서지 않았지만 필수라고 할 수 있는 스타벅스(A)는 있었다. 그는 스타벅스에 들어가 모카 프라푸치노를 즐겼다. 따뜻한 오후였고 LA까지는 갈 길이 멀었다. 그는 잠시 거닐었다. 보기 좋은 멕시코 음식점과 볼링장이 있었고 상영관이 2개인 극장도 있었다. 브래드 피트의 최신작과 미성년자 관람가인 공포영화(B)가 상영 중이었다.

이제는 자유롭게 글을 쓸 차례다.

(A)

전 세계에 촉수를 뻗친 초록 괴물. 모든 마을과 도시와 집으로 손을 뻗는다. 위대한 욕망의 신전. 카페인 도취. 현재 세상이 필요로 하는 게 바로 이런 것 아닌가? 도취, 달콤한 도취!

(B)

아, 그래, 미성년자를 위한 공포영화. 최근 TV 드라마에 나온 가장 섹시한 배우들이 어김없이 주연으로 등장하는, 대형스크린 데뷔작이지만 도무지 잊을 수 없는 쓰레기 영화였던, 포스터에는 반드시 요즘 인기인 육감적인 몸매가 등장하지만, 그래봤자 곧 패리스 힐튼이나 이름은 생각 안 나지만 다 아는 그런 배우들과 함께 문화적 무책임이라는 쓰레기통에 함께 들어가겠지?

이상한 줄은 알지만 이 글들은 출판용이 아니다. 또한 이제부터 좀 더 자세히 쓸 것이다. 지금 원하는 건 목표를 달성하고 만족스러운 문체를 찾는 것뿐이다.

다음 발췌문을 한 번에 하나씩, 네다섯 번 반복해 읽는다. 한 번은 소리 내서 읽는다. 그다음, 문체를 모방하려 노력하며 글을 한 쪽 쓴다. 상황을 설정해 자유롭게 쓴다. 한 쪽을 다 채우면 한 문단으로 줄인다.

이제 알겠는가, 벌킹턴? 도저히 견딜 수 없는 이 진실을 그대는 어렴풋이 보았으리라. 깊고 진지한 생각은 영혼이 바다처럼 숨김없는 자신의 독립성을 지키려 대담히 기울이는 노력일 뿐임을. 그러나 하늘과 땅의 가장 모진 바람이 공모하여 간교하고 비굴한 해안으로 이 영혼을 내던지려 한다는 사실을.
_허먼 멜빌, 『모비딕』

불태우면 즐거웠다.
불길이 모든 것을 삼키고, 모든 것이 까맣게 변하는 광경을 보는 건 특히나 즐거웠다. 그가 쥔 놋쇠 분사구에서 이 위대한 독사가 세상을 향해 석유를 독처럼 내뿜으면 그의 머릿속에서도 피가 팔딱였고, 그의 손은 놀라운 지휘자의 손이 되어 교향곡을 연주하며 모든 것을 이글이글 태워 넝마와 숯 덩어리 폐허로 만들어버렸다.
_레이 브래드버리, 『화씨 451 Fabrenheit 451』

정말 그 일에 대해 듣고 싶다면, 당신은 아마도 제일 먼저 내가 어디에서 태어났는지, 어린 시절이 얼마나 끔찍했는지, 우리 부모가 나를 낳기 전에 얼마나 바빴는지 등 『데이비드 코퍼필드』식의 쓸데없는 이야기들이 알고 싶을 것이다. 하지만 당신이 진실을 알고 싶다고 해도 나는 이런 것들을 말할 생각이 없다.

_제롬 데이비드 샐린저,『호밀밭의 파수꾼』

그러나 그 후 그들은 얼빠진 천사들처럼 춤추듯 거리를 걸었고, 나는 그동안 내 관심을 끈 사람들을 만나면 늘 그랬던 것처럼 휘청휘청 뒤를 따라갔다. 내가 좋아하는 사람들은 오로지 미친 사람들이었기 때문이다. 미친 듯이 살고, 미친 듯이 말하고, 미친 듯이 구원을 갈구하고, 모든 것을 한꺼번에 가지려 하는 사람들, 하품을 하거나 진부한 말을 늘어놓지 않는 사람들, 다만 별들이 있는 곳까지 올라가 거미처럼 폭발하다가 갑자기 푸른 역광을 펑 터뜨려 모두에게서 "와!" 하는 탄성을 이끌어내는 전설적인 노란 로마 폭죽처럼 타오르고, 타오르고, 또 타오르는 사람들.

_잭 케루악,『길 위에서On the Road』

마침내 세상 모든 것은 하나로 합쳐지고, 그 사이로 강물이 흐른다. 강은 세상의 거대한 홍수와 맞닥뜨려 깊은 시간을 뚫고 솟아오른 바위를 타 넘는다. 어떤 바위에는 시간을 초월한 빗방울이 새겨져 있다. 바위 그늘에는 이야기가 숨어 있는데, 그중 일부는 그들의 이야기다.

나는 물에 대한 생각을 떨칠 수가 없다.

_노먼 맥클린, 『흐르는 강물처럼A River Runs through it』

로스앤젤레스의 토요일 새벽 2시 30분, 잠이 깬 카펜터는 어둠속에서 베개를 가슴에 끌어안으며 잃어버린 아내의 이름을 불렀다. 괴롭고도 불안한 자신의 목소리가 잠자던 그를 흔들어 깨운 것이었다. 지진으로 집이 뒤집어져 서까래에서 다락방의 먼지들이 떨어지듯이, 꿈은 그에게서 단번에 빠져나가지 않고 흔들리는 면사포에 숨어 사라져갔다.

_딘 R. 쿤츠, 『유일한 생존자Sole Survivor』

10장

배경과 묘사:
생기가 있는,
오감이 있는

글은 생각의 기록이 아니다.
글은 소리의 기록이다.
단어들이 창조한 선율은 그에 실린 생각을
강화하거나 반박하거나
새로운 차원으로 끌어올린다.

_톰 모리시

배경은 소설 속 이야기가 일어나는 곳이다. 묘사는 배경과 그곳에 사는 인물에게 생기를 불어넣는 방식이다. 작가는 소설을 읽는 독자가 실제 인물과 장소를 경험한다고 느끼게 만들어야 한다.

편집자와 독자는 바로 이런 소설을 찾고 있다. 그들은 물을 것이다. "장소를 생생하게 느끼게 해주세요. 제 눈으로 보고 싶고, 냄새도 맡고 싶습니다. 인물을 자세히 알고 친밀감을 느끼고 싶습니다. 저를 위해 그렇게 해줄 수 있나요?"

물론, 우리는 할 수 있다.

배경은 곧 인물이다

배경에 대한 중요한 조언을 하겠다. 배경을 소설 속의 인물로 생각하자. 갈등과 긴장이 일어날 여지를 만들어두자. 앞으로 장소에서 벌어질 행동을 골똘히 생각하고 영향력을 발휘하게 하자.

스티븐 킹의 『샤이닝』에 나오는 오버룩 호텔을 기억하는가?

겨울을 맞이해 문을 닫은 그 으스스한 장소는 말 그대로 유령이
나올 듯한 기운으로 진동하고 있다. 게다가 사방이 눈인데, 이 눈
은 이야기에 크나큰 기능을 한다.

작가는 배경을 자세히 파악해야 한다. 가본 적이 없는 장소라
면 반드시 조사를 해야 한다. 잘 아는 곳에 대해 쓰더라도 쉬우리
란 보장은 없다. 나는 매번 실제 장소를 돌아다니며 사진을 찍고
그곳에서 받은 인상을 기록하려고 노력한다.

장소를 조사할 때는 모든 감각을 활용하자. 다음과 같은 질문
으로 점검 목록을 준비해두었다가 답을 적자.

- 날씨가 어떤가?
- 이곳 날씨는 사람들에게 어떤 영향을 미치는가?
- 가장 눈에 띄는 건물이나 특색은?
- 어떤 냄새가 나는가?
- 어떤 동식물군이 자라고 있는가?
- 이곳의 일상은 어떠한가?
- 이곳의 집들을 통해 사람들의 어떤 점을 알 수 있는가?
- 어떤 소리가 들리는가? 이 지역의 다른 장소에서는 소리가 어떻
  게 달라지는가?
- 이곳만의 특성은?

이렇게 하면 생생한 세부 사항을 쓸 수 있다. 소설에 등장할
사건 현장의 내부 정보를 수집하기에 매우 좋은 곳은 개인 서점

이다. 그곳에 가면 자신을 작가라고 소개하고 서점 주인과 직업적인 관계를 맺을 수 있으니 일거양득이다. 그곳의 역사와 근황을 알려달라고 하자. 지역신문과 전단지도 정보를 수집하기에 좋다. 관광안내센터는 물론이고 상공회의소에도 가자. 나중에 질문이 떠오르면 연락할 수 있도록 이메일 주소를 수집하자.

지형과 특징과 거리를 되살릴 수 있도록 위성사진 프로그램 같은 수단을 활용해도 좋다. 오슨 스콧 카드는 소설『제국Empire』을 쓸 때 거의 구글맵과 구글어스에 의존해 거리와 장소의 세부 사항은 물론이고 사건 현장에 대한 자세한 정보까지 얻었는데, 그 현장에 가상의 급수지까지 설정할 정도였다.

말하는 세부 사항

말하는 세부 사항이란 현장감 있게, 그리고 독특하게 묘사된 세부 사항을 뜻한다. 이는 인물에게 곧바로 생기를 불어넣는다. 소설가 모니카 우드는『묘사Description』에서 말하는 세부 사항을 이렇게 설명했다. "말하는 세부 사항은 독자가 알아야 할 내용이 무엇인지 알려준다. 이는 무의식에서 불쑥 튀어나온다. (……) 또한 글을 쓰는 의식적인 자아에서 의도적으로 나오기도 한다." 물론 많은 세부 사항을 찾아두고 목록을 작성한 다음에 쓰기 좋은 것들만 골라도 된다.

서술문에 자연스럽게 엮인 세부 사항은 독자를 소설 속 세계로 끌어들인다. 즉 멋진 허구를 창조할 수 있다. 이는 모든 작가의 목표다.

세부 사항이 빈약하면 이야기가 '허술하게' 느껴진다. 그리하여 독자는 콕 집어 설명할 수는 없겠지만 뭔가 부족하다고 느낀다. 소설을 읽어도 감동이나 재미를 느끼지 못한다.

예전에 가르친 어느 학생은 1장이 행동으로 가득한 역사소설을 써왔다. 때는 16세기였다. 장소는 네덜란드였다. 그러나 소설 속의 모든 움직임에 구체적인 묘사가 거의 없었다. 시간과 장소에 특색이 없었다. 언제든 어디에서든 일어날 수 있는 이야기처럼 보였다. 이에 대한 나의 처방은 장소를 제대로 묘사해서 세부 사항을 말하는 것이었다.

예를 들어보자. 다음은 내가 쓴 역사소설 『낙원의 풍경Glimpses of Paradise』의 4부에 나오는 장면이다. 배경은 1921년 미국 로스앤젤레스고, 지 밀러는 여배우 지망생이다.

지 밀러는 가로등 옆에서 걸음을 멈추고 가방을 들여다보는 척했다. 몇 개 없는 내용물을 손으로 찌르고 뭔가를 찾는 듯이 여기저기 더듬었지만, 사실은 곁눈으로 관찰하고 있었다.

식료품점 주인은 아침에 팔 물건들을 길가에 거의 다 진열한 참이었는데, 휘파람을 불며 일을 하고 있었다. 지는 지켜보고 귀를 기울였다. 가끔 그녀의 시선은 갓 도착해 미처 정리되지 않은 감귤 더미 맨 꼭대기에 아침 햇살을 받아 더더욱 탐스럽게 자리 잡은 오렌지 2개로 떨어졌다.

식료품점 앞쪽 창문에는 광고가 붙어 있었다. '카네이션 우유 −

11달러. 볶은 커피 2파운드우유 - 40센트. 벤허 비누우유 - 5센트.'
그녀는 그중 어느 것도 살 형편이 못 되었다. 모두 값비싼 물건이
었다. 하지만 아, 커피는 정말 탐이 났다.

지는 칠칠치 못한 10센트짜리 은화가 깊숙이 숨어 있을지도 모
른다는 듯이, 가방 속을 더더욱 자세히 들여다보는 척했다. 사실
그녀에게는 동전 하나 없었다. 그러나 그런 척하면서, 마음속으로
메리 피크포드가 집안 형편이 어려운 젊은 주부였다면 이런 모습
으로 동전을 찾았을 거라고 생각했다. 눈을 동그랗게 뜨고, 눈살을
찌푸리고, 걱정스러운 기색을 점점 뚜렷이 드러내면서.

플라워 거리 근처 9번가에 있는 시장이 상업 지구 중에서도 가
장 바쁜 곳 중 하나란 걸, 지는 미리 알았어야 했다. 사거리는 장을
보러 온 인파로 북적였는데, 그중에는 로스앤젤레스 여성 인구의
표본이 엄청 포함되어 있을 터였다. 바로 앤젤리노 하이츠와 일리
전 공원 일대에 사는 상류층이었다. 로스앤젤레스강 동쪽에서 온
근면한 주부들이었다. 애덤스가 아파트에서 온 가정부들이었다.
글랜데일과 호손에서 전차를 타고 자신들의 직장인 통신회사나 대
기업 속기팀으로 온 미혼여성들이었다.

이따금씩 노숙자들이 보이기는 했다. 그들은 저마다 나름의 서
글픈 사연과 가슴 아픈 이야기를 간직한 탓에 계층 자체를 무시하
는 사람들이자, 피치 못할 사건이 일어나면, 즉 도둑질하다가 들켰
거나 집세를 안 냈거나 가끔은 매춘굴에 있다가 발각되어서 범죄
기록에 이름을 올리기도 하는 사람들이었다. (……) 그녀는 수수한
갈색 산책복을 입고 레이스가 닳아서 헤지고 구멍이 한쪽 없는 갈

색 가죽 신발을 신고 있었다. 그녀의 갈색 블라우스 왼팔 바로 밑에는 구멍이 하나 뚫렸기 때문에 어쩔 수 없이 식료품점 주인을 등지고 오른쪽으로 돌아 있어야 했다. 그녀는 의심을 불러일으키고 싶지 않았다.

이제 사과 상자 쪽으로 몸을 돌린 식료품점 주인은 아예 다른 곡조로 휘파람을 불기 시작했다. 지는 그게 요즘 사방에서 들리는 「즐겁지 않나요?」라는 노래라는 걸 알 수 있었다.

현대소설에서는 장소에 현장감을 불어넣는 것도 마찬가지로 중요하다. 솔 스타인은 소설 『마법사The Magician』를 다음과 같이 시작한다.

크리스마스 이후로 눈이 내리다 말다를 반복했다. 지금까지 거의 한 달 동안, 마을 남자들이 출근한 동안 남자아이들은 둘이나 셋씩 삽을 들고 나와 집 근처 보도에 길을 냈다. 때때로 가난하거나 거만한 나이든 남자가 죽음을 불사하고 손에 삽을 들고 나와서는 집에 드나들 길을 뚫으려고 계단의 눈을 치우거나 슈퍼에 간 아내가 눈이 또 내리기 전에 돌아오기를 바라며 제설기로 진입로를 치웠다.

거의 매일 밤, 교통이 뜸해지면 마을의 오렌지색 제설차가 삐걱거리며 길로 나와서, 아직도 쏟아지는 눈 사이로 전조등을 가늘게 비추었다. 이런 대로 옆에 눈이 나지막한 언덕처럼 쌓여 있었는데 어떤 것들은 높이가 3, 4미터나 되었고, 매일 밝은 햇빛에 살짝 녹

왔다가 다시 얼어붙어 딱딱해졌다. 그 위에는 곧 눈이 다시 내릴 터였다. 봄은 영영 오지 않을 것 같았고, 불룩 솟은 이 회색 덩어리들이 결국 물로 변해 발로 디딜 수 있는 땅속으로 사라지기란 영영 불가능할 것 같았다.

여기서 작가가 그냥 '제설차'라 하지 않고 '오렌지색 제설차'라고 썼다는 사실에 주목하자. 구체적인 묘사란 이런 것이다.

행동이 있는 세부 사항

세부 사항은 다음과 같이 단조롭게 드러낼 수도 있다.

마을의 말 보관소는 나무 보도 끝에 있었는데 여행자들이 말을 넣어두는 곳이었다. 오늘날, 마을은 활기로 떠들썩했다.

그러나 서부소설 작가인 토드헌터 밸러드는 『급행선High Iron』에서 다음과 같이 표현했다.

로니건은 말을 챈들러 말 보관소에 맡기며 보관소 지기에게 누가 사가지 않도록 주의해달라고 부탁한 다음, 레인코트로 감싼 침낭을 긴팔 밑에 끼고 박판으로 지은 보도로 나갔다. 그의 열정적인 회색 눈동자는 바쁘게 움직이는 마을 중심가의 점 하나도 놓치지 않았다.

세부 사항이 매우 구체적이면서도 자연스럽게 느껴진다. 말 보관소는 '챈들러 말 보관소'고, 침낭은 '레인코트로 감싼' 것이다. 보도는 그냥 나무가 아니라 '박판으로' 만들어졌다. 이 작가는 그림을 그리되 '주인공의 행동과 관점'에서 그렸다. 덕분에 세부 사항은 산만하지 않게 제 기능을 한다.

모든 감각이 있는 장면

구체적인 색을 이야기하면 장면에 활기가 생긴다. 다음은 존 D. 맥도널드가 쓴 트래비스 맥기 시리즈 중 『날랜 붉은 여우The Quick Red Fox』의 일부다.

그녀는 금색 끈이 달린 납작한 샌들을 신었다. 염소 털과 비슷한 색에 섬세하게 짠 바지를 입고 있었다. 가냘픈 목에 가느다란 녹색 실크스카프를 느슨하게 매고 있었는데, 그녀가 지닌 단 하나의 보석이자 각설탕만큼 큰 에메랄드와 정확히 어울렸다.

시각과 청각은 표현하기 쉽다. 그러나 후각과 촉각은 어떨까? 게다가 미각은? 이 감각들은 잘 쓰이지 않는 세부 사항이다. 소설을 읽을 때 이런 감각을 잘 찾아보자.

잊지 말고 '두 가지 기능'을 하도록 하자. 즉 묘사만 해서는 안 되고 음영과 색조를 더해야 한다. 이를 잘해낸 예는 찰스 디킨스의 『황폐한 집』에서 찾아볼 수 있다.

이 소설은 다음과 같이 시작한다.

굴뚝 통풍관에서 나온 연기가 검고 부드러운 이슬비와 함께, 커질 대로 커진 눈덩이만큼이나 큰 그을음 덩어리를 눈처럼 뿌려댔다. 마치 태양의 죽음을 애도하는 모습과도 같았다. (……)

사방이 안개였다. 안개는 강을 타고 올라가 녹색 섬과 초원 사이로 흘러갔다. 안개는 강을 타고 내려가 비좁게 줄줄이 늘어선 배와 위대한(그리고 더러운) 도시의 오염된 강변 사이를 굴러갔다. 에식스 습지에도, 켄트 언덕에도 안개가 머물렀다. 안개는 석탄선의 승무원실에 스며들었다. 갑판에 드러눕고 범선 지붕 위를 맴돌았다. 안개는 바지선과 나룻배의 뱃전에 몸을 늘어뜨렸다. 그리니치에 사는 늙은 연금생활자들의 눈과 목에 파고들어 그 동네의 수많은 난롯가에서 쌕쌕거렸다. (……)

그러나 백발의 죄인 중에서도 가장 치명적인 이 챈서리 법정의 판사가 오늘 하늘과 땅이 보는 가운데 주관해야 하는 이 아득하고 당황스러운 재판과 비교하면, 제아무리 짙은 안개도 짙은 것이 아니요, 제아무리 깊은 진흙탕도 깊은 것이 아니었다.

이처럼 날씨를 묘사할 경우에는 그에 대한 인물의 반응도 함께 보여주자. 다음과 같이 그냥 나열하지 말자.

무더운 날이었다. 잭은 신문을 사러 거리를 걷고 있었다.

대신 이렇게 쓰는 게 좋다.

무더운 날이었다. 잭의 셔츠는 땀에 젖어 몸에 달라붙었다. 잭은 그게 몹시 싫었다.

분위기는 곧 배경음악이다

소설의 분위기는 영화의 배경음악과 같다. 보이지 않게 흐르며 독자의 감정을 깊이 있게 만든다.

돋보이는 세부 사항은 감정을 느낄 순간을 준비할 뿐 아니라 실제로 그런 감정을 느끼게 한다.

레이먼드 카버의 단편소설 「별것 아닌 것 같지만, 도움이 되는 A Small, Good Thing」의 시작 부분은 분위기를 만들고 내러티브 곳곳으로 흩어진다.

토요일 오후, 그녀는 차를 몰고 쇼핑센터 제과점으로 갔다. 낱장마다 케이크 사진이 테이프로 붙어 있는 묶음형 바인더를 뒤적인 후에, 아이가 좋아하는 초콜릿 케이크를 주문했다. 그녀가 고른 케이크는 우주선과 도약대로 장식되어 있고 그 위에는 흰 별들이 흩뿌려져 있었으며, 다른 쪽 끝에는 빨간 당의로 만든 행성도 하나 있었다. 행성 아래에 아이의 이름인 '스코티'를 초록색 글자로 쓰기로 했다.

'테이프로 붙어 있는' 사진이 '묶음형 바인더'에 들어 있다고 표현한 점에 주목하자. 덕분에 장면에서 현실감이 느껴진다. 그러나 어린 시절의 꿈과 엄마의 희망이라는 분위기를 만드는 건 케이크의 세부 사항이다. 스코티의 앞날은 우주처럼 무한하게 펼쳐져 있다. 그래서 스코티가 차에 치어 죽었을 때 수많은 희망도 그아이와 함께 죽은 것이므로 독자는 더더욱 큰 충격에 빠진다.

적확한 세부 사항만 잘 보여줘도 장면이나 소설 전체의 마지막 인상이 강렬해진다. 돈 드릴로의 『화이트 노이즈White Noise』의 결말을 생각해보자. 곧 파멸할 세상에서 슈퍼마켓에 물건을 사러 온 사람들이 평소처럼 지내려고 하는 모습은 아이러니한 슬픔을 자아낸다.

그리고 우리는 이곳에서, 밝고 화려한 색깔의 물건들을 카트에 담으며 나이에 상관없이 함께 기다린다. 다행히도 줄이 천천히 움직인 덕분에 우리는 신문꽂이에 있는 타블로이드 신문을 훑어볼 시간이 생긴다. 음악이나 사랑을 제외하고 우리가 필요로 하는 모든 것은 이 타블로이드 신문 꽂이에 있다. 불가사의한 지구 밖 이야기들, 마법의 비타민, 암 치료법, 비만 치료제, 유명한 사람들과 죽은 사람들을 숭배하는 이들.

세부 사항으로 분위기를 만드는 데 도움이 되는 기술 중 '눈 감기 연습'이 있다. 눈을 감고 상상력을 발휘해 세부 사항이 풍부한 그림을 떠올린다. 성급하게 하지 말고 여유롭게 해야 한다. 눈앞에 보이는 광경에 감정이 복받칠 때까지 계속 상상한다. 그런 다음 현실의 장소를 묘사하는 기자가 된 것처럼 세부 사항을 적는다. 나중에 편집하면서 만들고자 하는 분위기를 확고히 해줄 재료를 만든다. 비유와 은유를 써서 이미지를 더욱 구체화한다.

메리 카의 회고록『거짓말쟁이들의 클럽The Liars' Club』의 다음 부분처럼 구체적인 언어를 찾아내기 위해 열심히 노력하자.

카나리아색 레인코트를 입은 소방관 몇 명이 다음 방으로 들어가기 시작했고, 할머니들이 싸구려 잡화점에서 정원 용품을 만질 때처럼 부드로 박사의 두꺼운 손가락들이 다시금 얼룩덜룩한 내 잠옷 끝자락을 문질렀다.

묘사를 덩어리째 집어넣는 실수

초보 작가, 특히 역사소설을 쓰는 작가는 배경과 묘사를 과장해서 표현하는 경향이 있다. 대개는 자료조사에 엄청난 시간을 썼을 테니 이해할 만한 일이다. 이들은 독자의 관심을 붙잡아 소설 속으로 끌어들일 수 있으리라 생각하며 자세한 정보 하나하나를 이야기 속에 밀어 넣으려 한다. 그러나 사실은 정반대다. 독자는 배경이나 세부 사항 자체에는 관심이 없다. 독자는 무엇보다도, 그리고 언제나 인물에 관심이 있다. 작가 싱클레어 루이스는 말했다. "아조레스제도가 궁금하면 소설이 아니라「내셔널 지오그래픽National Geographic」을 읽겠지!"

그러니 묘사 '덩어리'를 집어넣으면 안 된다. 묘사를 한꺼번에 쏟아부었다가 다시 원래 이야기를 끄집어내지 말라는 뜻이다. 가끔은, 특히 장면의 시작 부분에서는 상대적으로 묘사를 많이 넣어도 되지만 그보다는 행동이 벌어지는 동안 묘사가 스며들게 하는 편이 대개 더 낫다. 그러려면 인물의 관점에서 묘사를 하고 분위기를 살릴 세부 사항을 활용해야 한다(이번에도 두 가지 기능이다).

딘 R. 쿤츠의 『미드나이트』 시작 부분에는 밤에 조깅을 나선 재니스 캡쇼라는 인물이 등장한다. 그녀는 살아서 조깅을 마치지 못한다. 사실 그녀를 뒤쫓은 무시무시한 존재의 먹잇감이 될 상황이다. 다음은 그녀가 추적자를 처음 발견했을 때의 몇 문단을 발췌한 것이다. 묘사적 세부 사항은 밑줄로 표시했다.

6미터 높이의 돌담 위에 누군가 서서 그녀를 내려다보고 있었다. 재니스가 흘깃 쳐다본 순간 안개의 망토가 움직이며 달빛에 그의 실루엣이 드러났다. (……)

재니스는 그의 시선에 꼼짝할 수 없어 잠시 그를 똑바로 응시했다. 달빛의 역광을 받아 저 위쪽에서 어렴풋이 나타난 형체, 바위 벽 위에 꼼짝 않고 높이 솟았으며 오른쪽에서 바닷물의 물보라가 치는 그 존재는 발광하는 보석으로 눈을 만든 돌 조각상이었을지도 몰랐다. (……)

재니스는 굳었던 몸을 풀고 달리던 길로 돌아가서 해수욕장 입구를 향해 달렸다. 1킬로미터도 넘는 거리였다. 창문에 불을 켠 집들이 만을 굽어보는 가파른 절벽 꼭대기에 서 있었다.

인물의 배경에 대한 세부 사항은 소설이 실존 인물을 다루고 있다는 착각을 불러일으킨다. 허구라는 사실을 망각하고 소설 속의 세계로 빠져들기가 수월해진다. 허구의 꿈이 매우 생생해져서 실제로 경험하는 것이나 다름없게 된다.

다음은 투박한 방식으로 인물의 기본 배경을 표현한 예다.

매디 페이스는 때로 잠을 잘 이루지 못했다. 이런저런 걱정거리가 떠오르곤 했다. 손님들이 살림살이를 보고 어떻게 생각할까, 하는 것처럼 사소한 문제로 초조해할 때도 있었다. 식당에 가서도 뭘 주문할지 결정을 못 내려 약혼자를 미치게할 때가 가끔 있었다.

이런 성격 묘사의 달인인 스티븐 킹은 단편소설 「홈 딜리버리 Home Delivery」에서 인물의 배경을 아주 멋지게 표현한다.

존슨 목사가 다녀간 후에 식탁 밑에서 먼지 얼룩 하나라도 발견한 날에는 잠을 못 이루곤 했던 매디 페이스. 매디 설리번이었을 때 메뉴판을 앞에 두고 끙끙대며, 가끔은 30분 동안이나 메인 요리 때문에 고민하면서 약혼자 잭을 미치게 만들었던 매디 페이스.

"매디, 그냥 동전 던지기로 정하면 어때?" 그녀가 송아지고기 찜과 양고기 스테이크 중 하나로 겨우 선택의 폭을 좁힌 다음, 그 이상 나아가지 못하자 잭이 했던 말이다.

이 짧은 두 문단에서 구체적으로 표현된 모든 예를 살펴보자.

- 방문객은 '존슨 목사'라는 사람이다.
- 매디가 고민한 이유는 '먼지 얼룩 하나' 때문이다.
- 위치는 '식탁 밑'이다.
- 매디의 결혼 전 성은 '설리번'이다.
- 매디의 약혼자 이름은 '잭'이었다.
- 그녀는 '메뉴판을 앞에 두고 끙끙대곤' 했다.
- 때로 그 시간은 '30분 동안이나' 되었다.
- 잭은 이런 매디 때문에 짜증이 났다(실제 대화가 나온다).
- 매디는 '송아지고기 찜'과 '양고기 스테이크' 사이에서 고민한 적이 있다.

결정적 순간을 묘사하는 법

훌륭한 소설에는 반드시 결정적인, 또는 감정이 돋보이는 순간과 장면이 있다. 그런 부분은 가치 있는 만큼 공들여 써야 한다. 방법 하나는 그 순간을 슬로모션으로 쓰는 것이다.

데니스 루헤인이 『미스틱 리버Mystic River』에서 그랬듯이 각 비트에 집중한다.

그녀는 숨을 깊이 들이마셨다가 내뱉었다. "일요일 새벽 3시에, 데이브가 누군가의 피를 뒤집어쓰고 우리 아파트로 돌아왔어요."

그렇게 말은 나와버렸다. 말은 그녀의 입을 떠나 허공으로 들어 갔다. 말은 그녀와 지미 앞에 벽을 세웠고 그 벽에서 다시 천장이 생기고 두 사람 뒤쪽에 다른 벽이 세워지더니 말은 결국 그 한 문 장에서 나타난 자그마한 교도소로 와락 숨어버렸다. 거리에서 들 려오는 소음은 잦아들었고, 산들바람은 자취를 감췄으며, 셀레스 테가 맡을 수 있는 냄새라고는 지미의 향수 냄새와 둘의 발치에 있 는 계단에서 몸을 태우는 눈부신 오월의 햇빛뿐이었다.

이 소설에서 셀레스테의 고백은 결정적인 전환점이다. 따라서 강렬한 묘사 없이 넘어가서는 안 된다. 작가는 그 효과를 위해 이 처럼 문단 하나를 할애했다. 이어지는 비트도 마찬가지다.

- 셀레스테는 '나와'버리고 '허공'으로 들어간 말들을 생각한다.
- 말의 효과는 벽을 만들어 인물을 격리한다.
- 공간의 한계가 좀 더 부각된다(자그마한 교도소).
- 다른 감각적 세부 사항은 사라진다(소음, 산들바람).
- 남은 감각 이미지는 현재 자리에 있는 것이다(지미의 '향수 냄새' 와 '계단에서 타는 햇빛').

핵심적인 순간을 찾아야 한다. 속도를 늦추고 묘사적 세부 사 항과 생각에 집중해서 그 순간을 부각하자.

- 인물과 마찬가지로 장소를 현명하게 고르고 조사하자.

- 오감을 활용하고 '말하는 세부 사항'을 쓰자.

- 묘사로 분위기를 만들자.

- 인물의 행동과 관점으로 장면을 묘사하자.

- 묘사를 덩어리째 집어넣는 실수를 하지 말자.

- 결정적인 순간을 보여줄 때는 속도를 늦추고 적확한 세부 사항
  을 열심히 찾아보자. 시간을 들일 가치가 있다.

자신의 원고에서 인물의 배경을 드러낸 부분을 찾는다. 세부 사항만 나열하지 않았는지 분석한다.

인물의 배경에 대해 실존 인물처럼 느껴지게 할 '구체적인 세부 사항' 목록을 작성한다. 시간을 들여 조사한다. 현실 속 실제 예를 살펴보고 이를 인물에게 어떻게 설정하면 좋을지 구상한다. 이제 목록에서 인물에게 적용할 항목을 두세 가지만 고른다. 다른 세부 사항도 넣고 싶다면 한꺼번에 집어넣지 않도록 이야기 속에서 엮을 만한 곳을 찾는다. 이렇게 고친 원고를 읽는다. 모든 세부 사항에 밑줄을 긋고 다시 본다.

- 장소의 분위기가 확실한가?
- 감각(시각, 청각, 후각, 미각, 촉각)적인 세부 사항을 활용했는가?
- 밑줄 친 부분이 한 부분에 덩어리째 있는가? 아니면 곳곳에 흩어져 있는가?

다시 최대한 묘사를 많이 집어넣어 써본다. 마음껏 과장한다. 시적인 표현을 쏟아붓는다. 모든 감각을 활용한다. 이제 편집자의 눈으로 그 부분을 다시 읽는다. 일부는 그대로 두고 일부는 삭제한다. 이제 어떤 느낌이 드는가?

기억하자. 가장 중요한 건 세부 사항을 많이 집어넣는 게 아니라 '말하는 세부 사항'을 고르는 것이다.

묘사만으로 이루어진 일기를 쓰자. 하루 동안 다양한 시간에 메모를 한다. 큰 것에서부터 작은 것까지, 세부 사항을 최대한 많이 관찰하고 기록한다.

나중에 이 세부 사항을 묘사적 장면으로 바꾼다. 어떤 장면이든 상관없다. 그 장소에 인물을 떨어뜨리고 시적 감흥을 살려 묘사한다.

다음은 베스트셀러 소설에서 발췌한 묘사 부분이다.

- 두려움이라는 벌레가 그의 뱃속을 파고들었다.
- 그녀의 살갗 아래 사는 공포가 표면에서 불타올랐다.
- 그녀의 턱이 떨리기 시작했다.
- 그녀의 마음속에서 공포가 풍선처럼 부풀었다.
- 그의 가슴속에 얼음 공이 생겼다.
- 그녀의 머릿속에서 하얀 빛이 폭발했다.
- 충격이 그녀의 숨을 앗아갔다.
- 그의 등뼈가 얼음 기둥처럼 느껴졌다.

다음 제시된 감정들을 보고 각 감정에 속하는 명사를 떠오르는 대로 적어보자. 명사에 형용사를 덧붙이고 싶다면 그래도 좋다. 예를 들어 속에서 불꽃이 튀어 오르는 전선은 '두려움'과 관련이 있을 것이다. 그러니 '너덜너덜한 전선'을 쓸 수도 있다.

- 두려움 　　 • 기쁨 　　 • 분노
- 증오 　　 • 욕망 　　 • 충격

이제 각 목록에서 마음에 드는 명사에 동그라미를 친다. 그 명사와 감
정을 강력한 동사로 잇는 문장을 쓴다. 아래는 그 예다.

너덜너덜한 전선이 그의 뱃속에서 굽이쳤다.

나중에 쓸 수 있도록 자신만의 문장을 차곡차곡 모으자.

11장 ———————————————— 설명:
삭제의 기술

소설 작법이란 무엇을 삭제할지 아는 기술이다.

이 장에서는 '설명'에 대해 간단히 이야기하려 한다. 서술문을 너무 많이 쓰면 이야기가 그 어느 때보다도 빨리 늘어지기 때문이다. 설명은 플롯이나 인물에 대한 중요한 '정보'를 전달한다. 예를 들어 매년 로데오 경기를 개최하는 어느 마을이 소설의 배경이라고 해보자. 논픽션을 쓰는 중이라면 사전에 실린 글처럼 단순히 설명적인 정보만 넣으면 된다.

로데오는 멕시코 투우에서 파생되었다. 스페인어인 이 단어는 문자 그대로 '둘러싸다'라는 뜻이다. 로데오 하면 주로 벽지의 경기장에서 근근이 먹고사는 먼지투성이 카우보이의 이미지가 떠오르지만, 사실 현대의 프로 로데오는 매우 다른 ……

그러나 소설에 이런 내용을 넣으면 이야기는 완전히 멈추고 만다. 설명을 능숙하게 처리하는 건 유능한 소설가라는 표시다. 그렇다면 설명을 자연스럽게 하려면 어떻게 해야 할까?

먼저 '무엇'과 '누구'를 결정한다

우선 독자에게 절대적으로 필요한 정보가 무엇인지 정하고 나머지는 모두 빼야 한다. 그렇다. 독자에게 모든 정보를 다 알릴 필요는 없다. 소설 작법이란 무엇을 삭제할지 아는 기술이기도 하다. 미국 남북전쟁을 소재로 소설을 쓰기 위해 노예무역의 완전한 역사를 반드시 알아야 하는 건 아니다. 중요한 건 내용 선택이다.

다음으로 설명을 반드시 인물의 시점에 따라 넣어야 한다. 그렇지 않으면 작가 자신의 목소리가 이야기 전개에 끼어들어 독자를 '상상의 나라'에서 끄집어낼 것이다. 몇 문단에 걸쳐 설명한 다음 시점인물을 등장시키면 안 된다. 그 대신 장면이 전개되는 동안 인물이 움직일 때 정보를 끼워 넣어야 한다. 어떻게 다른지 살펴보자.

이그제마이너 건물은 중심가에 있었다. 도심의 인상적인 스카이라인을 형성한 수많은 건물 중 하나였다. 이런 까닭에 오후가 되면 보도에서 수많은 행인을 볼 수 있었다. 이그제마이너에서 한 블록 떨어진 곳에 프리스비 공원이 있었다. 그 땅은 1921년에 하이럼 프리스비 제독이 자신의 딸과 스페인 왕자의 결혼을 기념하기 위해 도시에 기증한 것이었다.

얼 존스는 거리를 걸어가며 이 모든 것을 보았다.

이보다는 다음과 같이 쓴 게 더 낫다.

정오가 조금 지났을 때, 얼 존스는 이그제마이너 건물에서 나와 중심가에서 오른쪽으로 방향을 꺾었다. 그는 인상적인 스카이라인과 분주하게 보도를 오가는 행인들이 보이는 도심을 무척 좋아했다. 프리스비 공원 옆을 걸으며 하이럼 프리스비의 동상에 손을 흔드는 것도 무척 즐겨하는 일이었다. 1921년 도시에 이 땅을 기증한 사람은 바로 그 제독이었는데, 딸이 어느 스페인 왕자와 결혼하게 되었다는 게 기증 이유였다.

"고맙소, 친구." 얼은 이렇게 말하며 지나갔다.

대화로 설명하자

기본 정보를 제시하는 다른 방법은 대화다. 그러나 저지르기 쉬운 위험한 실수가 하나 있다. 바로 '설명 덩어리'를 큰따옴표로 감싸기만 하고 할 일을 다 했다고 생각하는 것이다. 예를 들면 다음과 같다.

"안녕, 벅, 여기에서 뭐 하냐?"

"로데오."

"진짜 로데오?"

"응."

"이런, 난 로데오에 대해서 잘 모르는데."

"그럼 내가 얘기해줄게." 벅이 말했다. "로데오는 멕시코 투우에서 파생되었어. 스페인어인 이 단어는 문자 그대로 '둘러싸다'라는 뜻이지. 로데오 하면 주로 벽지의 경기장에서 근근이 먹고사는 먼지투성이 카우보이들의 이미지가 떠오르지만 사실은……."

이렇게 하면 안 된다. 대화의 본질은 한 인물에서 다른 인물에게 진심을 전달하는 것이다. 그저 독자에게 정보를 던져주는 장치가 아니다. 작가가 그런 식으로 대화를 이용하면 독자는 즉시 이야기에서 빠져나가 버린다.

그러므로 대화로 설명을 하되 다음 단계를 따르자.

1. 빼도 되는 정보를 정한다. 설명할 수 있다고 해서 반드시 필요한 정보는 아니다.

2. 대화에 정보를 넣는 이유가 반드시 있어야 한다.

3. 정보를 한꺼번에 쏟지 말고 한 번에 조금씩 보여준다.

"안녕, 벽, 여기에서 뭐 하나?"

"로데오."

"진짜 로데오?"

"음."

"이런, 난 로데오에 대해서 잘 모르는데."

"투우는 들어봤지?"

"물론이지."

"거기에서 나온 거야."

"그래? 난 그냥 어슬렁거리는 먼지투성이 카우보이들이나 하는 건 줄 알았지."

벅은 웃음을 터뜨렸다. "아니야. 이젠 대규모 프로 스포츠가 되었는데……."

이게 핵심이다. 갈등을 일으킬 수 있다면 심할수록 좋다. 대개 말다툼은 정보를 넣는 좋은 방법이다.

"이런, 난 로데오에 대해서 잘 모르는데."

"투우는 들어봤지?"

"물론이지."

"거기에서 나온 거야."

"그래? 난 그냥 어슬렁거리는 먼지투성이 카우보이들이나 하는 건 줄 알았지."

벅이 내뱉듯이 말했다. "너 눈곱이 뭔지는 아냐?"

"그—"

"넌 눈곱만큼도 모르잖아. 너랑 눈곱이랑 로데오에 가면, 눈곱은 '전 멍청이랑 왔어요'라고 쓴 티셔츠를 입어도 될 거야. 이건 프로 스포츠라고!"

전환 기법

앞서 247쪽에서 '2장을 1장으로 전환'하는 기법을 설명했다. 그 방법을 적용해서 아예 1장을 버리고 2장을 시작 부분으로 삼아보자. 원고의 각 장을 열어 첫 문단을 보면서 설명을 좀 더 뒤로 옮길 수 있는지, 아니면 이야기를 전개하며 곳곳에 뿌릴 수 있는지 살펴보자. 나의 규칙을 다시 알려주겠다. '행동을 먼저 하고, 설명은 나중에 한다.'

¶ 요약

- 설명은 독자에게 필요한 정보여야 한다. 너무 많으면 이야기가 늘어진다.
- 꼭 필요한 게 아니면 반드시 삭제하자.
- 설명은 한 번에 조금씩 넣는다.
- 대화 속에 설명을 숨기자.

다음은 사전에 나오는 소방관에 대한 설명이다. 의용 소방관으로 일하는 인물(남자든 여자든 좋다)을 창조하고, 소방관이 무얼 하는지 잘 모르는 반대 성별의 다른 인물을 만들자. 두 인물의 대화를 통해 다음 정보의 대부분이 흘러나오도록 대화 장면을 써보자.

소방의 주된 목표 세 가지는 (중요도 순서대로) 사람을 구하고, 재산을 지키고, 환경을 보호하는 것이다. 소방관은 본질적으로 힘든 직업이다. 따라서 소방관으로 지내는 내내 진화 훈련을 하며 안전 활동에 필요한 기술을 정기적으로 연습한다. 소방관은 다른 응급 대처 기관과 밀접하게 협력하는데, 특히 경찰서가 그렇다. 모든 화재 현장은 자격을 갖춘 조사원이 아니라고 판단할 때까지는 엄밀히 말해 범죄 현장이므로 증거와 현장 보존, 첫 응답자의 첫 관찰 소견, 증거가 되는 일련의 흔적 등 대응하는 소방관과 경찰 사이의 책무가 겹칠 때가 많다.

이렇게 쓴 장면을 며칠 동안 한쪽에 치워두었다가 다시 꺼내 편집한다. 행동 비트와 묘사와 다른 인물을 덧붙여 얼마나 나아지게 만들 수 있는지 살펴본다.

정해진 답은 없다. 모두 자신의 창의력에 달렸다. 그러나 여러 직업에 대한 정보를 찾고(사전 같은 수단을 활용해서) 똑같은 과정을 거치며 이 연습을 반복할 수는 있다. 연습하자.

12장

**주제:
인물보다는
덜 중요한**

모든 소설에는 의미가 있다.
모든 작가도 마찬가지다.

"메시지를 보내고 싶으면 웨스턴 유니온(미국의 통신회사)을 이용하라." 영화제작자 샘 골드윈은 이렇게 말했다. 이 말을 들으면 '주제'라는 논제를 꺼내지 않을 수 없다.

어떤 작가들은 주제를 싫어한다. 어떤 작가들은 주제를 무시한다. 어떤 작가들은 머릿속으로 주제를 확실히 정하고 소설을 쓴다. 또 어떤 작가들은 소설을 마칠 때까지 기다린 다음 어떤 주제가 드러났는지 본다. 정답이란 없다. 그러나 함정은 많다. 이 장은 그 함정들을 피하도록 도와줄 것이다.

소설의 주제란?

주제는 간단히 말해 '커다란 아이디어'다. 명백하거나 미묘할 수 있지만 결말에서는 어떤 소설이든 메시지가 있다는 느낌이 든다.

저명한 글쓰기 교사인 윌리엄 포스터해리스는 모든 소설은 '도덕적 공식', 즉 각각의 가치가 충돌하는 방식으로 설명할 수 있다고 믿었다. 그의 공식을 표현하면 다음과 같다.

가치 1 vs 가치 2 = 결과

구체적인 가치를 이렇게 넣으면 된다.

사랑 vs 야망 = 사랑

사랑이 야망을 이긴 결과다. 비극이라면 결과는 반대로 야망의 승리가 될 것이다. 그러나 결국에는 어떤 가치가 이길지 작가는 안다.

가장 중요한 건 주제가 인물을 통해 소설 속에 드러난다는 사실을 깨닫는 것이다. 주제는 인물과 그들이 무엇을 위해 싸우고 있는지 생각해보면 찾을 수 있다. 주제가 인물의 주요 갈등을 둘러싸고 있다는 사실을 이해하면 다음 같은 실수를 피할 수 있다.

- 종이인형 같거나 평면적인 인물
- 설교 같은 문투
- 세부 사항 부족
- 진부한 이야기

이런 실수는 작가가 주제를 정해두고 '증명'하고 싶은 뭔가를 생각하면서 모든 사건이 이 틀에서 나오도록 할 때 일어난다. 그러니 기억하자. '인물이 주제보다 중요하다.'

인물을 통해 주제를 드러내기 위해서는 먼저 인물, 즉 주인공과 적대자, 조연을 발전시킨 다음 그들이 각자 중요하게 생각하는 가치 때문에 일어나는 갈등을 소설 속에 배치한다. 이야기를 쓰고 인물이 싸우는 모습을 지켜본다. 생동감과 현실감이 있게 한다. 생각해둔 주제가 있다면 나비의 날개처럼 가냘프게 이어가야 한다. 인물이 살아 숨 쉬게 하자.

또는 많은 작가처럼 그저 인물과 플롯을 따라가다가 주제가 자연스럽게 떠오르도록 기다려도 좋다. 처음에는 컴컴한 굴 속으로 들어가는 광부의 램프처럼 희미한 불빛 같을지 모른다. 사방이 캄캄하다. 불빛을 따라 움직이며 무슨 일이 일어나는지 보자.

주제에 대해서는 걱정하지 않아도 된다. 인물의 싸움에 대해 걱정해야 한다. 인물의 인간미와 그가 중시하는 가치에 열정적으로 헌신하는 모습을 보여주자. 그들을 갈등 상황에 집어넣자. 인물이 싸우면 주제는 자연히 드러나게 되어 있다.

영화 「시에라 마드레의 황금The Treasure of the Sierra Madre」에서 늙은 광부는 젊은 두 동료에게 사금을 가려내는 비법을 말한다. "그걸 간질이는 방법을 알아야 해. 그럼 웃으면서 나타나거든." 주제도 마찬가지다. 주제가 이야기를 압도해서는 안 된다.

수많은 메시지 vs 단 하나의 메시지

주제를 메타메시지meta message, 즉 작가가 작품을 통해 전달하고자 하는 세상에 대한 중요한 한 가지 진술이라고 생각하자. 우리가 자각을 하든 못 하든 주제는 그런 기능을 한다.

소설에서 서브메시지sub message는 여러 개일 수 있지만 메타메시지는 단 하나뿐이다. 예를 들어 표도르 도스토옙스키의 『카라마조프가의 형제들Братья Карамазовы』의 주제는 '인간의 삶에서 가장 고귀한 가치는 인정과 정의'라는 것이다. 그러나 순수 지성의 무익함과 자유 의지의 무거움 같은 수많은 메시지를 제시한다.

그러나 인물이 주제의 논지만 제시해서는 안 된다. 인물은 열정적인 가슴을 지닌 진짜 사람들 같아야 한다. 작가의 일은 그 열정이 어디에 있는지 알아내는 것이다. 집필 전 미리 쓰기 단계에서 시간을 들여 주인공이 스스로의 목소리로 삶의 철학을 설명하게 해보자. 다음과 같은 연습을 활용하자. 인물이 맞은편 의자에 앉아 있다고 상상한다. 화난 얼굴이다. 믿음직한 친구로서 그 인물에게 왜 화가 났느냐고 물어본다. 그 인물이 하는 말을 떠오르는 대로 재빨리 받아 적는다. 의식의 흐름에 따른 자유 형식으로 연습한다. 적어도 15분 동안은 적어야 한다. 편집하고 싶은 생각을 떨치며 글을 쓰면 인물은 실제로 놀라운 말을 하기 시작할 것이다. 좋은 현상이다. 생동감 있는 인물은 이렇게 나온다. 나중에 이 음성 일기를 인물과 소설에 걸맞게 편집하자. 생생한 열정을 지닌 생생한 인물이 탄생할 때까지 이 작업을 반복하자.

입체적인 인물을 만들어두면 본격적으로 이야기를 전개할 때 그들을 통해 서브메시지를 전달할 기회가 엄청 많아진다. 이런 일은 자연스럽게 일어나야 한다. 따라서 우리는 다양한 방식으로 주제를 '엮는' 방법을 배워야 한다.

주제는 촘촘히 엮을 것

아름다운 태피스트리를 본 적이 있는가? 멀리에서 보면 한 폭의 그림 같다. 가까이 다가가야 날실(기본이 되는 짜임)과 씨실(무늬를 만들어내는 실)로 짜인 직물이라는 것을 알 수 있다. 둘을 엮으니 예술품이 탄생한 것이다.

위대한 이야기도 이와 마찬가지로 플롯과 주제가 어우러져 통일된 하나를 이룬다. 바로 이때 엮는 기술이 필요하다. 나머지 이야기의 올을 풀지 않고 주제를 드러내기 위해 작가는 태피스트리와 같은 느낌을 창조해야 한다.

대화 속에 주제를 엮을 때

직설화법을 쓰지 않도록 경계해야 한다. 직설화법이란 한 인물의 말이 한두 문단 이어지는 것을 뜻한다. 이는 작가의 목소리를 얄팍하게 대변하는 용도로 쓰일 때가 너무 많다. 그러니 인물이 열변을 토해야 할 것 같은 시점에 이르면 가차 없이 이렇게 스스로에게 물어보자.

- 이 말은 등장인물의 입에서 나오는 나의 목소리인가?
- 인물이 말을 늘어놓아야 할 극적인 필요성이 있는가?
- 이 말은 이야기에 꼭 필요한가? 인물의 성장에 필요한가?
- 이 방법 말고 정보를 잘 전달할 대안(행동, 생각, 대화)이 있는가?

이 질문들에 만족스럽게 답할 수 없다면 인물이 열변을 토하지 않게 하는 편이 최선이다. 그러나 그 열변에 정당한 이유가 있다고 생각한다면 열변은 반드시 인물의 내적 상태를 보여주는 창문이어야 한다. 예를 들어 윌리엄 서머싯 몸의 『면도날The Razor's Edge』에서 영적 순례를 떠난 래리 대럴은 여러 쪽에 걸쳐 자신의 탐색에 대한 연설을 한다.

그러나 저를 가장 괴롭힌 문제는 그게 아니었습니다. 죄에 대한 선입견을 받아들일 수가 없었던 거죠. 제가 아는 한 죄란 수도사의 머릿속에서 완전히 없어질 수 없는 것이었습니다. 육군 항공대 시절에 사람들을 많이 사귀었습니다. 물론 그 사람들은 틈만 생기면 술을 마시고 기회만 있으면 여자를 만나고 욕도 해댔지요. (……) 제가 하느님이었다고 해도 그런 사람에게, 설사 아주 질이 나쁘다고 해도 영원한 형벌을 선고하진 못했을 겁니다.

이 부분에서 우리는 대럴의 몸부림뿐 아니라 그의 배경(항공대) 중 일부까지도 엿볼 수 있다. 단순한 정보 전달 이상의 기능을 한다. 이 연설은 이 소설의 독자에게 반드시 필요하다. 그리고 이는 독자에게 익숙해진 인물인 대럴의 목소리로 들린다.

영화 「워터프런트」의 주제는 '인간성'이다. 인간성은 인간에게 무슨 의미인가? 단지 생존한다는 뜻인가? 아니면 우리는 서로 연결된 존재라는 뜻인가? 이 영화에서 테리 멀로이는 제 일은 각자가 알아서 해야 한다고 믿는다. 전직 프로권투 선수로 평생 치고받기 말고는 아무것도 몰랐던 그는 생계를 유지할 돈을 좀 벌면서 적당한 사람들과 어울리고 싶어 한다. 에디 도일은 정반대다. 신학교에서 교육을 받은 그녀는 인간성이 어떠해야 하는지에 대해 더 웅대한 생각을 갖고 있다.

다음 장면에서 테리는 가볍게 술을 마시려고 에디를 술집에 데려왔다. 테리는 결국 에디의 오빠 조이가 제거되고 말 음모에 자신도 모르게 가담했다.

에디: 정말 권투 선수였어요?

테리: 그랬소.

에디: 어떻게 흥미를 갖게 됐는데요?

테리: 모르겠소. 어차피 평생 치고받으며 살아야 하니, 그걸로 돈이라도 벌자 싶었지. 어렸을 때 아버지가 살해당했소. 어떻게 그리 됐는지는 묻지 마시고. 그러고 나서 찰리 형과 난 사람들이 '아이들의 집'이라고 부르는 쓰레기장에 버려졌소. 참, 집은 무슨 놈의 집. 어쨌든, 난 그곳에서 도망쳤고 클럽에서 시합을 하면서 신문을 배달했는데, 조니 프렌들리가 내 일부를 샀소.

에디: 당신의 일부를 샀다고요?

테리: 그래요. 잠깐 동안은 거기서 꽤 잘 지냈소. 그런데 그 후에…… 잠깐, 대체 진짜 뭐가 신경 쓰이는 거요, 응?

에디: 사람이 다른 사람한테 신경 쓰면 안 되나요?

테리: 이런, 제정신이 아니시군.

에디: 그러니까, 사람은 누구나 다른 사람의 일부가 아닌가요?

테리: 그런 헛소리를 진짜 믿소?

에디: 네, 믿어요.

(술이 나온다)

테리: 왔군. 숙녀 분께 한 잔, 신사에게 한 잔. 첫 번째 잔이지만 마지막은 아니길 바라며. 어서 들어요.

(에디가 한 모금 마신다)

테리: 아니, 그렇게 말고. 단숨에.

(테리가 술을 단숨에 들이켠다)

테리: 후아.

(에디는 술을 마시고 비틀거린다)

에디: 후아.

테리: 내 인생 철학을 듣고 싶소? 상대방이 저지르기 전에 내가 먼저 저질러라.

에디: 당신 같은 사람은 처음 봐요. 몸 어디에서도 불꽃같은 감정이나 낭만, 아니면 인정 같은 게 없어요.

테리: 그런 게 있어 봤자 고생만 하지, 어디에 쓴다고?

에디: 그럼 당신 앞길을 막는 게 있으면, 그냥 밀쳐버리고 제거해버리겠군요. 그게 당신의 생각이에요?

테리: 그 말을 하면서 날 보진 말아요. 조이가 당한 일은 내 잘못이 아니었소. 그 녀석을 손보잔 건 내 생각이 아니었다고.

에디: 누가 그렇대요?

테리: 다들 나한테 바늘을 들이대고 있으니까. 당신과 그 교회 얼간이들과 배리 신부 말이오. 그 신부가 나를 보는 눈빛이 맘에 들

지 않소.

에디: 그분은 모두를 그렇게 봐요.

테리: 흥, 그래? 그 배리 신부는 왜 그러는 거요? 꿍꿍이가 뭐요?

에디: 꿍꿍이라뇨?

테리: 그럼, 꿍꿍이지. 다들 꿍꿍이가 있기 마련이니까.

에디: 하지만 그분은 성직자예요.

테리: 지금 농담하자는 거요? 그래서 뭐? 달라질 건 없는데.

에디: 당신은 아무도 믿지 않는군요?

테리: 들어봐요. 여기에선 제 일은 각자가 알아서 해야 하오. 그렇게 목숨을 이어가는 거요. 적당한 패거리에 끼어야 주머니에서 동전이라도 짤랑거릴 수 있다고.

에디: 그렇게 하지 않으면요?

테리: 안 그러면? 곧바로 깩이지.

에디: 동물처럼 사는 거군요.

테리: 맞소. 난 차라리 동물처럼 살겠소. 결국······.

에디: 조이 오빠처럼 될 바에야? 오빠를 입에 올리는 게 두려운 거군요?

이 대화에서 주제는 자연스럽게 드러난다. 대화를 이용해 주제를 엮을 때는 이렇게 갈등으로 포장하자. 테리와 에디는 지극히 당연한 갈등을 겪고 있다. 테리는 에디의 오빠인 조이가 살해된 데 무심코 동조했다. 그리고 에디의 생각은, 혹시 테리가 믿는다면 그가 아는 유일한 세계가 산산이 부서지고 말 그런 것이다.

주제를 전달하는 대화가 서투르고, 너무 명백하고, 감상적일 때가 있다. 그런 경우 '유머'로 능숙하게 다듬으면 어느 정도 괜찮아진다. 존 그리샴은 유머를 활용해 인물의 변화가 감상적이지 않게 한다. 『유언장The Testament』에서 네이트 오라일리는 선교사인 레이철 레인에게 자신이 자살을 시도했다고 말한다.

"싸구려 보드카를 마시고 죽기 직전까지 취했죠."

"불쌍한 분이군요."

"네, 전 아파요. 병이 있습니다. 수많은 상담가 앞에서 수차례 인정한 사실이죠."

"하느님께 고백한 적은요?"

"분명 아실 걸요."

"분명히 그러실 거예요. 하지만 요청하지 않으면 그분은 도와주지 않으실 거예요. 전능한 분이지만, 당신이 그분께 다가가야 해요. 기도로, 용서하는 마음으로."

"그럼 어떻게 됩니까?"

"당신 죄를 용서받게 되죠. 당신의 명부가 깨끗해지고요. 중독에서 벗어날 거예요. 주님은 당신의 모든 죄를 용서하실 거고, 당신은 새로운 그리스도인이 될 거예요."

"국세청은 어쩌고요?"

네이트는 종교적인 설명에 적당히 대답하는 대신 국세청에 대해 묻는다. 무거운 대화에 가벼운 순간을 배치한 덕분에 적절한 균형이 유지된다.

또한 말하는 이가 작가가 아니라 인물이어야 한다는 점을 놓치면 안 된다. 스티븐 킹이 『유혹하는 글쓰기On Writing』에서 말하듯이 좋은 대화문의 열쇠는 진실함이다. 주제를 전달하는 대화에서는 더더욱 중요하다.

내적 독백: 은밀하게 정직하게

인물이 하는 생각은 그가 누구인지를 드러낸다. 은밀한 생각은 인물의 영혼을 바라보는 정직한 목격자다. 그러나 말과 마찬가지로 생각은 때로 게으른 작가의 손에서 주제를 떠받치는 무거운 임무를 도맡는다.

내적 독백은 행동에 곁들여 짧게 나와야 가장 효과적이다. 인물이 스트레스를 받는 상황에서 그 인물의 생각을 간단히 보여주는 게 좋다.

다음은 앨튼 갠스키의 『귀신 들린 배A Ship Possessed』의 일부다. 여기서 인물은 행동을 하던 중 순식간에 회상에 잠긴다.

세월이 흐르며 자신의 믿음이 약해졌다고 생각하니 그는 슬퍼졌다. 그에겐 아직 신앙이 있었고 그 사실을 조금도 숨기려 하지 않았다. 하지만 할 수 있는 만큼 적극성을 보이지도 않았고, 예전에 그랬듯이 신앙이 삶의 많은 부분을 차지하지도 않았다. 이제 그는 조금 더 알고 싶다고 생각했다.

이 부분에 필요한 건 이 정도다. 이 시점에서 신앙적 고민에 대해 더 자세히 이야기했다면 장면의 집중도가 떨어졌을 것이다.

그러나 작가는 인물의 머릿속에 깊이 파고들어 생각이 계속 흘러나오게 해야 할 때도 있다. 그런 경우 내적 독백에는 그 자체로 주목을 끄는 형식과 내용이 있어야 한다. 워커 퍼시의 『재림The Second Coming』에서 내적 독백이 나오는 짧은 부분을 보자.

모두가 포기했다. 모두가 두 가지뿐이라고 생각한다. 죽음이나 마찬가지인 전쟁과 살아서 겪는 죽음이나 마찬가지인 평화. 그러나 세 번째 것, 삶이 있어야 한다면?

기독교라는 탈을 쓴 죽음은 나를 압도하지 못할 것이다. 그리스도가 생명을 가져왔다면, 왜 교회에서 죽음의 냄새가 나는가?

캐롤라이나의 옛 기독교 세계라는 탈을 쓴 죽음은 나를 압도하지 못할 것이다. 오래된 교회는 죽음의 집이다.

캐롤라이나의 새 기독교 세계라는 형태의 죽음은 나를 압도하지 못할 것이다. 거듭남이 두 번 태어난다는 뜻이라면, 나는 세 번째 승부를 기다리겠다.

이 부분은 "∞라는 탈을 쓴 죽음"이라는 반복 어구가 계속 나와 무척 시적이다. 동시에 소설의 문체와 완벽하게 조화를 이룬다.

이런 부분에 어울리는 문체를 어떻게 찾을 것인가? 그야말로 문체가 작가를 찾아오게 해야 한다. 처음 글을 쓸 때 자연스럽게 쏟아내면 된다. 인물의 머릿속으로 들어가 그의 생각과 말을 마음껏 표출하자. 고쳐 쓰는 건 나중에 하자. 우뇌와 좌뇌가 함께 춤추게 만드는 것이 효과적인 문체를 찾는 최상의 방법이다.

주제를 드러내는 은유, 모티프, 상징

종교적 전통이라는 우물에서 길어 올린 소설은 강력한 효과를 내려고 '은유'를 쓸 때가 많다. 성상, 의식, 경전 등 감정에 호소하는 소재를 소설의 엄선된 부분에 배치해서 풍성한 의미를 드러낸다.

역사소설 작가인 잭 캐버노는 『진실을 엿보다Glimpses of Truth』에서 이런 기술을 쓴다. 소설의 배경은 14세기 영국으로, 그리스도인이 영어 성경을 읽는 게 법으로 금지되던 때였다. 이 장면에서 주인공 토머스 토르는 늙은 존 위클리프가 독자적으로 영어 성경 번역본을 베껴 쓰고 배포하는 일을 돕고 있는데, 자신의 후견인인 교육받지 못한 농군 하웰에게 알파벳 T를 쓰는 법을 가르쳤다. 그런 다음 토머스는 하웰이 쓴 그 글자에 다른 글자들을 덧붙여 성경 구절로 만들었다. 하웰의 딸 펠리스가 그 광경을 목격한다.

"성경에 나오는 단어들입니까?" 하웰이 숨을 헐떡이며 말했다.

토머스는 하웰의 반응을 이해할 수 없었지만 고개를 끄덕였다.

"다윗 왕의 시편 중 하나지."

"오, 이럴 수가." 하웰이 떨리는 목소리로 말했다. 눈동자가 눈물로 번들거렸다. "제 글자도 말이지요."

"그래. 자네가 쓴 T 자가 저거지."

"제 손으로 성경을 옮긴 거라고요?"

"그렇다네."

"아버지, 괜찮으세요?" 펠리스가 물었다.

하웰은 대답하지 않았다. 경외심이 어린 그의 눈은 천 조각에 쓰인 글자에 고정되었다. 눈물이 그의 뺨을 타고 흘러내렸다. 하웰이 부탁했다. "다시 읽어주십시오."

토머스는 천천히 읽었다. "주님은 나의 목자시다."

부드럽게, 그리고 경건하게 하웰은 단어들을 되풀이했다. (……) "오! 얼마나 웅대한 뜻인가! 게다가 내가 쓴 T 자로 시작하다니!"

(……) 토머스는 그에게 천 조각을 건넸다. 이 농군은 그 천이 그리스도가 매달린 십자가의 파편이라도 되는 듯이 큼직한 두 손을 모아 받았다.

마지막 이미지만으로도 독자는 인물의 감정을 이해할 수 있다. 이런 기법을 좀 더 다양하게 활용한 예시는 종교 이야기를 현대적으로 각색한 소설에서 찾아볼 수 있다. 성경에 나오는 무척 유명한 비유는 돌아온 탕자 이야기다. 그가 유산을 탕진한 후 마침내 집으로 돌아오자 아버지는 측은히 여기며 환영한다. 앤절라 엘웰 헌트는 소설 『기록The Note』에서 방탕한 '딸'을 선보인다.

페이튼이 진열장에서 유리컵을 꺼내 얼음을 채우는 동안 킹은 부엌 탁자에 앉아 있었다. 페이튼은 킹을 힐끔힐끔 쳐다보다가 그가 무척 편안해 보인다는 사실을 알게 되었다. 페이튼은 탁자로 유리컵을 가져왔다가 그가 냅킨 홀더에서 꺼낸 아버지의 편지 두 장을 보았다.

"당신이 읽고 싶어 할 것 같았어." 그는 편지들을 일부러 탁자에 떨어뜨리며 말했다. "때가 된 것 같지 않아?"

편지를 응시하는 페이튼의 가슴속에 현실감이 가득 부풀어 올랐다. (······)

그녀는 수화기를 들고 오랜 세월 동안 누르지 않았던 숫자들을 누른 다음 남자의 목소리가 들려오자 몸을 돌렸다. "아빠? 저 페이튼이에요."

방 건너편에서, 그녀를 향해 열정적으로 엄지 2개를 치켜드는 킹이 보였다. 그녀는 그의 미소에 웃음으로 답한 다음, 가슴이 뒤틀리며 일그러지는 얼굴을 숨기려 시선을 돌렸다.

아버지는 흐느끼고 있었다.

성경 이야기를 잘 아는 독자를 위해 말하자면, 이 장면은 원래 의미의 수준을 끌어올린다. 종교적인 것이든 세속적인 것이든 자신만의 전통을 찾아서 소설에 깊이를 더해줄 재료로 삼자.

'모티프'는 소설 속에서 되풀이해 나오는 요소다. 장소나 물건, 말과 어구, 인물 유형 등 의미를 전달하는 데 의식적으로 쓰인 거의 모든 것이다. 『바람과 함께 사라지다』에서는 땅이 모티프로 집을 상징하는 동시에 전쟁과 탐욕에 중단된 영속성을 대표한다. 『모비딕』의 모티프는 바다로 두려움과 위험뿐 아니라 보상에 대한 희망처럼 여러 의미가 있다.

'상징'은 주제와 관련된 요소들을 대표하는 물건이나 장소 등을 뜻한다. 『위대한 개츠비The Great Gatsby』에서 데이지가 있는 부두를 비추는 녹색 불빛은 결국에는 얻을 수 없는 꿈과 희망을 상징한다. 영화 「콜래트럴Collateral」에서 주인공은 택시운전사를 다그쳐 약속한 장소를 순회하게 하는 살인청부업자다. 한 지점에서 택시는 도시의 밤거리를 비추는 빛에 멈추고 코요테가 길을 획 건넌다. 두 남자는 이를 멍하니 바라본다. 코요테는 살인청부업자가 무엇인지를 상징한다. 즉 고독한 도시의 포식자지만 사냥당한 존재다. 그의 운명은 정해져 있다.

소설 전체에 깊이를 더하는 여운

소설의 마지막 장, 정확히 말해 마지막 문단과 문장은 절대적으로 중요하다. 분위기와 어울리는 목소리로 여운을 남겨야 한다. 안톤 체호프의 말대로 소설 끝에 "독자를 위해 작품 전체의 인상을 정교하게 응축해야 한다."

플래너리 오코너의 단편소설 「성령의 성전A Temple of the Holy Ghost」이 그렇다. 이 소설은 다음과 같은 이미지로 끝난다.

그녀의 어머니는 대화를 그만두었고, 아이의 둥근 얼굴은 생각에 잠겨 멍했다. 아이는 창문으로 고개를 돌려 한껏 뻗은 풀밭이 초목들과 함께 오르락내리락 하다가 어두운 숲까지 이어진 풍경을 내다보았다. 해는 피에 젖은 고결한 주인처럼 거대한 붉은 공이었고, 땅으로 내려와 보이지 않게 되자 숲 위에 걸린 붉은 시골길 같은 선을 하늘에 남겼다.

이 이미지는 반향을 일으키며 소설 전체에 깊이를 더한다.

적절한 결말을 찾아내는 건 소설 쓰기의 위대한 직무 중 하나인데, 감동을 주는 글을 쓰고 싶다면 더욱 그렇다. 다른 결말을 몇 가지 써보면 좋은 연습이 된다. 서로 다른 이미지와 행동, 대화를 써보자. 노력한 보람이 있을 것이다.

뉴욕의 메트로폴리탄 미술관에는 청나라 건륭제 시대의 비단 태피스트리가 걸려 있다. 소용돌이치는 구름과 정교한 꽃들 사이로 위풍당당한 새들이 날아오른다. 모든 요소가 완벽하게 조화를 이룬 결점 없는 그림처럼 보인다. 매끄러운 소설도 이와 똑같은 마법을 부린다. 전하고 싶은 주제를 소설이라는 직물에 엮어 넣으면 독자에게 무척 만족스러운 경험을 선사할 수 있다.

우리는 왜 쓰는가?

소설을 통해 궁극적으로 어떤 '의미'를 전하고 싶은가? 플롯이라는 경계를 넘어 삶에 대해 무슨 말을 할 것인가? 삶을 바라보는 자신의 시각을 어떻게 조명할 것인가? 모든 소설에는 의미가 있다. 모든 작가도 마찬가지다. 빅터 프랭클은 이 주제에 대해 쓴 명저에서 "의미를 찾는 인간의 탐색이 삶의 본원적인 동기"라고 말한다. 이는 독자가 소설을 집어 드는 잠재의식적인 이유다. 독자는 소설을 탐색하며 동시에 자신의 내적 영역을 탐험한다.

존 가드너는 『교훈적 소설에 관하여On Moral Fiction』에서 이렇게 말한다.

> 이 시대에 좋은 예술과 나쁜 예술의 차이가 있다고 한다면, 좋은 예술가는 깊이 있고 정직한 관심에서 이런저런 방식으로 삶의 모습을 만들어가는 사람이라고 생각한다. (……) 그래서 추구할 가치가 있다.

그렇다면 우리는 왜 글을 쓰는가? 오로지 돈이나 명성을 위해서라면 이 두 가지를 모두 실현해줄 불꽃을 잃어버릴 것이다. 우리는 깊이를 추구해야 한다.

온 세상을 바꿔야 한다는 말은 아니다. 독자가 재미있게 읽을 글을 쓰는 것도 합당한 목표다. 훌륭하고 탄탄한 오락은 고통을 덜어준다. 오늘날 우리에게 필요한 게 그런 오락인지 누가 알겠는가? 그러나 우선은 무엇이 자신의 마음을 움직이는지 알아야 한다. 이를 소설에 집어넣으면 오락적인 가치가 급상승할 것이다.

작가로서 되고 싶은 모습을 그려보자. 마음을 흥분시키는 것을 찾자. 이를 선언문으로 바꾸자. 작가로서 희망과 꿈을 요약한 한 문단이면 된다. 이 선언문을 주기적으로 읽자. 이따금씩 성장한 모습을 반영하도록 고쳐 쓰되 창조적 자극을 주는 문구가 들어 있어야 한다.

그 창조적 자극을 세상에 심자. 자신이 관찰한 세상의 모습과 세상이 자신에게 해준 일을 알리자. 앤 라모트는 말한다. "작가가 되고 싶으면 경건해질 수 있어야 한다. 그렇지 않다면 왜 글을 쓴 단 말인가? 왜 이곳에 있단 말인가? 경건함이란 경외심이며, 세상 속에 있으면서 세상을 향해 열린 마음이다." 글에 대한 경외심이 충만한 사람이 쓴 소설은 의미로 가득하지 않을 수 없다. 그러나 기억하자. 소설은 무엇보다도 읽고 싶은 재미가 있어야 한다.

A. I. 베저리디스는 소설가이자 시나리오 작가로 누아르영화 「키스 미 데들리Kiss Me Deadly」를 쓴 것으로 가장 유명하다. 이 영화의 플롯은 치명적인 뭔가가 담긴 여행 가방을 중심으로 전개된다. 오랫동안 프랑스 영화평론가와 여러 학자는 이 영화의 다층적인 의미에 대해 이야기했다. 논쟁을 좋아하는 베저리디스는 만년에 이렇게 말했다.

사람들은 나에게 각본의 숨은 의미나 원자폭탄, 매카시즘, 시의 의미 등에 대해 묻는다. 내가 할 수 있는 말이라고는 글을 쓸 때 그런 것들에 대해 생각하지 않았다는 것이다. (……) 나는 신나게 즐겼다. 모든 장면과 모든 인물을 재미있게 만들고 싶었다. (……) 나는 신나게 즐겼다.

의미가 있는 글을 쓰되 잊지 말고 모든 장면과 모든 인물을 흥미롭게 만들자. 그리고 그 과정을 즐기자.

훈계는 금물!

엄한 훈계를 하지 않도록 주의하자. 잔소리란 소설에 대해 작가가 독자에게 죄다 말하는 것이다. 서술로 알려줄 수도 있는데 작가가 이야기에 개입하는 건 최악이다. 이런 문투는 빅토리아 시대 문학에서 흔히 볼 수 있다. 당시 온순한 독자는 죄를 지으면 벌을 받는다는 엄한 교훈을 배웠다. 오늘날의 작가는 대개 훈계를 인물에게 맡긴다.

패디 차예프스키가 「종합병원The Hospital」에서 그랬듯이, 젊음이 어떠해야 하는지 훈계를 늘어놓기보다는 마침내 고통을 내려놓은 술 취한 의사의 입을 빌린다.

> 아들이 하나 있네. 스물세 살이지. 작년에 녀석을 집에서 쫓아냈어. 독실한 사기꾼. 그 앤 보편적인 사랑에 대해 설교하면서 모두를 경멸했지. 중산층이라면 싸잡아 경멸했어. 중산층의 품위까지도.

¶ 요약

- 초고를 완성한 후에야 주제가 떠오르는 경우가 많다.
- 소설 작법의 다양한 요소를 활용해 주제를 엮자.
- 설교 같은 문투는 쓰지 말자.
- 인물은 생동감 있고 소신 있게 행동해야 하는데 적대자도 마찬가지다. 모든 행동에는 타당한 이유가 있어야 한다.

좋아하는 소설들을 골라 주제적 요소들을 찾는다. 이미 읽은 책이므로 플롯은 대충 훑는다. 작가가 좀 더 큰 의미나 세계관을 나타낸 곳을 찾는다. 밑줄을 치고 거기에 쓰인 기법을 연구한다.

인물의 입을 통해 플롯에서 일어나고 있는 일에 대해 연설을 한다. 길게 이어지는 의식의 흐름 화법을 쓴다. 중간에 끊지 않는다. 원한다면 장황하게 말을 늘어놓아도 좋다. 연습일 뿐이니까. 또한 얼마든지 길어도 좋다. 적어도 원고지 8매는 넘어야 한다. 연설에는 현재 벌어지는 일뿐만 아니라 인물이 그 일에 대해 어떻게 '생각'하는지도 나타내야 한다. 다 쓰고 나면 인물에 대해 뭔가를 알게 되었다는 사실에 깜짝 놀랄 것이다. 이는 주제, 즉 작가 자신이 구체화하고 싶은 내용일 수도 있다.

요즘에는 소설에 긴 연설을 쓰지 않는 경향이 있지만 전부는 아니더라도 일부는 활용해볼 수 있다. 단, 이야기에 엮어 넣어야 한다는 사실을 반드시 기억하자.

원고를 훑어보며 장면 속 배경에서 눈에 띄는 물건들에 표시를 하거나 목록으로 작성한다. 그런 물건들로 주인공의 신념을 상징할 만한 방법을 떠올려 보자. 그중 한 방법을 택해 다음과 같이 심화한다.

- 장면 속에서 좀 더 생생하게 묘사하기
- 이야기 속에서 나중에 미묘한 방식으로 다시 꺼내기

13장

고쳐쓰기의 철학: 장난스럽게, 그러나 진지하게

쓰고 또 쓰라.
영혼에 굳은살이 생기지 않는다면,
이 일이 맞지 않는다는 뜻이다.

_데이비드 에딩스

미켈란젤로는 「다비드 상」을 어떻게 조각했느냐는 질문을 받았을 때 이렇게 대답했다고 한다. "돌을 바라보며 다비드가 아닌 부분을 모두 뺐다." 이는 소설의 고쳐쓰기 과정을 설명하는 말로도 나쁘지 않다. 자신이 쓴 이야기 덩어리에서 자신의 소설이 '아닌' 부분을 모두 빼는 것이다. 조각하고 덧붙이고 손질하고 잘라내지만, 결국 우리가 원하는 건 이야기가 가장 완전한 형태를 갖추는 것이다.

그리고 그 형태가 어떤 것이 될지 정할 사람은 오로지 우리 자신뿐이다. 작가에 따라, 고쳐쓰기가 무엇이냐는 질문에 다른 답을 할 것이다. 예를 들면 다음과 같다.

고쳐쓰기는 지옥이다.

고쳐쓰기는 재미있다.

고쳐쓰기는 지루하다. 창작만이 즐거운 작업이다.

고쳐쓰기는 기말고사를 다시 치르는 것과 같다. 다만 이번에는 책을 펴두고 예전에 쓴 답안지를 참고로 삼는다.

이 외에도 많다. 모든 작가가 동의하는 점(적어도 99퍼센트가 동의하는 점)은 위대한 소설을 창조하는 데 고쳐쓰기가 반드시 필요하다는 것이다.

고쳐쓰기 없이 소설을 내놓는 건 벌거벗은 채로 아이스하키를 하는 것과 같다. 경기 상황을 제대로 바라볼 장비조차 없이 나서는 것이다. 곧 정확히 겨냥된 퍽이 가장 아픈 부위를 치고 말 것이다. 그 퍽은 빈약한 재료에 대해 편집자가 지니고 있는 편견이다. 그들은 하나같이 '안 됩니다'라고 말할 것이다. 그래서 고쳐쓰기를 해야 한다. '안 되는' 그 모든 이유를 들어내야 한다.

이번 장은 여러 가지로 활용할 수 있다.

당장 고쳐 쓰고 싶은 원고가 있다면 16장으로 넘어가서 수정 작업에 몰두하는 게 좋다. 잘 풀리지 않는 특정 부분이 있고 그 이유를 알 수 없다면 그 부분에 중점적으로 적용해보길 바란다. 또는 한창 초고를 쓰고 있는데 길을 잃은 느낌이 들면서 다음에 뭘 해야 할지 알 수 없는 상황이라면 이번 장에서 그 해결책을 찾아낼 수 있을 것이다.

고쳐쓰기를 즐기는 작가

소설을 쓰는 건 사랑에 빠지는 것과 같다. 화학 반응, 즉 아이디어의 불꽃이 튄다. 데이트를 신청하고 친해진다. 데이트를 마치고 키스를 하면 희망과 욕망이 온몸에 가득 찬다. 휘파람이 절로 난다.

우리는 글쓰기에 뛰어든다. 종이 위에 문장들이 쓱쓱 나타난다. 창작의 향기에 사로잡혀 소설을 알아간다. 이윽고 어느 지점에 이르러 우리는 깜짝 청혼을 하고 소설은 좋다고 화답한다. 이제 우리는 소설과 결혼했다. 결혼 생활이 시작된다. 그러다가 문제들이 표면에 떠오른다. 아침에 입 냄새가 난다. 짜증을 낸다. 고함치며 다툰다. 꽃은 모두 어디로 갔을까?

이제 우리는 의심이 들기 시작한다. 그러나 결혼 서약을 했기에 문제를 해결해나가기로 결심한다. 그렇게 결혼의 결속력은 더 강해진다. 그래서 장차 쓸 원고로 가족계획을 세우기 시작한다.

이렇듯 고쳐쓰기는 좀 더 나은 관계를 위한 카운슬링 과정과도 같다.

장기적 관점의 중요성

여러 직종에서 성공한 사람들을 연구한 결과 최고 자리에 오른 이들이 공통으로 지닌 요인 몇 가지가 밝혀졌다. 그중 매우 중요한 요인이 '장기적 관점'이다. 이들은 일확천금을 노린 게 아니며, 성공하려면 배우고 노력하고 실패하고 다시 노력하고 참고 견디며 굽이굽이 나아가야 한다는 사실을 알고 있었다.

의사는 의술을 시행하기 전에 오랫동안 훈련한다. 앞으로 먼 길을 가야 한다는 사실을 안다. 그러나 궁극적인 목적을 위해 희생한다. 사업을 시작하는 사람은 초기에 오랫동안 열심히 일해야 한다. 그러나 고생한 만큼 보람이 있을 것이다.

진지하게 소설을 쓰려거든 우리도 똑같은 관점으로 작법을 대해야 한다. 가능한 한 가장 멋진 소설을 쓰고 싶다면 노력해야 한다. 처음부터 곧바로 목표가 이루어지지는 않는다.

첫 영화 대본을 쓰고 난 뒤 나는 마트에 나온 강아지 같았다. 흥분해서 있는 힘껏 빨리 달렸고 놀라움과 희망이 가슴에 그득했다. 글을 쓰면서 생각했다. '이거 참 쉽잖아. 이렇게 재미있으니 좋은 작품이 나오겠어.' 영화계에서 일하는 지인에게 대본을 보여주었다. 일주일 후 그녀가 전화를 걸었다. 그녀가 꺼낸 첫마디다. "그게 없어." 나는 힘이 쭉 빠졌다. 필요한 점을 갖추지 못했다는 뜻일까? 재능이 없다고? 설마! 그런데 그게 아니었다. 그녀는 '원고'에 그게 없다고 설명했다. 내가 훨씬 많은 것을 배워야 한다고. 그 말을 들으니 『마지막 지령The Last Detail』의 저자 대릴 포닉선에게서 받은 조언이 떠올랐다. 나는 대학 시절에 그에게 편지를 써서 작가가 되는 일에 대한 조언을 부탁했다. 그는 이런 답장을 보냈다. "인물을 보호하세요. 자기 안에 아무것도 없으면 줄 것도 없습니다. 오랫동안 연습생으로 지낼 각오를 하세요."

그렇다. 장기적으로 보며 고쳐쓰기를 친구로 대하는 법을 터득하자. 고쳐쓰기를 잘하는 똑똑하고 훈련된 작가가 되면 수많은 이점이 있다.

- 더 좋은 작가가 된다. 고쳐쓰기를 할 때마다 작법에 대해 더 많이 배우게 되고, 점점 더 글이 탄탄해진다.
- 전문가 표식이 생긴다. 이 표식은 우리의 직업의식을 드러내며 편집자에게 우리가 책을 펴낼 능력이 있다는 확신을 준다.

- 자신감을 갖고 가능성을 키우도록 용기를 준다.
- 그 자체로 보람이 있다. 충실하고 유익하게 고쳐쓰기를 하면 하루를 마감할 때 더 편안히 쉴 수 있다. 잡초를 많이 뽑은 정원사처럼 정원이 그만큼 건강해졌다는 사실을 알고 잠자리에 들 수 있다.

장난스럽게, 그러나 진지하게

누군가 영화배우 로버트 미첨에게 대본을 받으면 무엇을 바라게 되느냐고 물었다. "쉬는 날이죠." 미첨은 대답했다. 나는 늘 그 말이 재미있어서, 어쩌면 반쯤은 진심일 거라고 생각했다. 미첨은 열심히 연기하고 있다고 말하지도 않았고, 모든 것을 너무 진지하게 받아들이지도 않았다. 스타덤에 올라 어리병병한 것처럼 보인다. 이런 태도로 어떻게 돈을 벌 수 있었을까? 게다가 세계적으로 유명해지기까지 했는데? 하지만 사실은 미첨이 겉으로 인정하는 것보다 자신의 직업을 더 진지하게 여긴 게 아닐까 하는 생각도 든다. 영화「라이언의 딸Ryan's Daughter」을 보면 알 수 있다.

이 영화는 평론이나 상업적으로 실패작이다. 영화에는 무척 멋진 촬영 기법이 시도되었고 뇌리를 맴도는 배경음악이 흐른다. 그러나 뭔가 잘되지 않았다. 나는 그 영화가 처음 개봉되었을 때 보았고 비평가들과 똑같은 느낌을 받았다. DVD로 출시된 뒤 한 번 더 보았다. 이 영화의 감독인 데이비드 린은 무척 훌륭한 예술가로「아라비아의 로런스Lawrence of Arabia」는 다시 만들 수 없는 명작이다. 피터 오툴 같은 배우가 또 없을 것이고, 낙타랄지 이국적인 풍경이랄지 그 모든 게 앞으로는 컴퓨터그래픽으로 처리될 것이기 때문이다.

다시 보니 영화는 역시 썩 훌륭하지는 않았지만 더 나았다. 무엇보다 훌륭한 부분은 미첨이었다. 그는 전형성을 탈피해 몸은 건장하고 매력적이지만 성격은 소심한 교사를 연기했다. 젊은 로즈는 그에게 여학생다운 환상을 갖고 그와 기어코 결혼하지만 결국 그가 자신이 생각했던 육체적 즐거움을 주지 못한다는 사실을 깨닫는다. 이는 불륜으로 이어지며 그 결과 끔찍한 일이 생겨 결국 미첨은 불행해진다.

그는 최고였다. 오스카상 후보에 올랐어야 했다. 쉬는 날이 좋다던 이 배우는 자신의 일에 진심으로 헌신한 사람이기도 했다. 우리도 글쓰기에 대해 이렇게 느껴야 한다. 장난스러운 창의력(그리고 이따금씩 찾아오는 쉬는 날)을 즐기자. 그러나 동시에 진지하게 작업하자. 자신이 하는 일에서 꾸준히 실력을 향상시키자.

글을 쓰는 삶에는 놀이와 노력이 언제나 함께한다.

고쳐쓰기에 필요한 자세, 그리고 기법

원고에 있는 문제를 얼마든지 해결할 수 있다는 자신이 생기면 기분이 무척 좋다. 평생 작법을 꾸준히 공부한다면 그렇게 될 것이다. 나는 아직도 작법서를 읽는데, 새로운 내용을 배우거나 유용한 기법을 새로운 각도로 볼 수 있기 때문이다.

다음은 고쳐쓰기를 하기 직전에 명심하려고 노력하는 몇 가지 사항이다.

고쳐쓰기는 재시험과 같다

고쳐쓰기는 책을 펴고 정답을 보며 치를 수 있는 시험과 같다. 로스쿨 첫 학기 때 나는 법철학 수업을 들었다. 훤히 꿰고 있는 내용이었다. 덕분에 공부하느라 기를 쓰던 어느 여학생이 기말고사 공부를 도와달라고 하기도 했다. 시험 전날 나는 답안지를 어떻게 쓸지 구상했다. 다들 하듯이 지루한 형식으로 쓰지 않을 작정이었다. 이야기를 들려주듯 표현할 생각이었다. 대담하고 무모한 시도였다. 그리고 내가 받은 점수는 77점이었다. 교수는 분명 이야기에 열광하는 사람이 아니었다. 내가 공부를 도와준 여학생은 어떻게 되었느냐고? 반에서 최고점을 받았다.

이러니 학교 시험보다 글쓰기가 더 낫다는 것이다. 초고는 완성하고 나서 제출하지 않아도 되기 때문이다. 틀린 부분이 보이면 고치고 도움이 될 기법을 활용해서 몇 번이고 다시 쓰면 된다.

너무 고삐를 죄지 않는다

고쳐쓰기를 하다 보면 꽤 자주 소설이 약간, 어쩌면 아주 크게 바뀌었다는 걸 깨닫곤 한다. 그렇다고 당황하지 말자. 고쳐 쓰는 동안에는 소설에 숨 쉴 여유가 있어야 한다. 흔쾌히 그 여유를 허락하라.

계획대로 작업한다

생각할 수 있는 유일한 방법이 아닌 다음에야 모든 것을 다 내던지고 싶은 유혹을 뿌리쳐야 한다. 더욱이 원고를 처음 훑어본 것이라면 이는 떠올릴 수 있는 유일한 방법이 아니다. 원고에서 악취가 나는 것 같을 수도 있다. 사실 그럴지도 모른다. 그래도 괜찮다. 대부분의 작가는 초고의 악취가 하늘 높이 진동하거나 적어도 높은 천장까지 닿기도 한다는 것을 잘 알고 있다. 점차 나아질 것이다.

자기 자신을 알자

F. 스콧 피츠제럴드는 두 부류의 작가가 있다고 말했다. 가지를 치는 작가와 속을 채우는 작가.

어떤 작가들은 초고를 대충 쓰는 걸 좋아한다. 때로는 묘사 장면이나 변화가 일어나는 부분을 아예 비워두고 고쳐쓰기 단계에서 원고에 덧붙인다. 이런 부류는 속을 채우는 작가다. 반면 가지를 치는 작가는 초고를 쓰고, 쓰고, 또 써서 머릿속에 떠오르는 모든 것을 다 집어넣고 삭제할 걱정은 나중에 한다.

어느 방법이든 효과가 있겠지만 작가마다 더 편안하게 느끼는 방법이 있기 마련이다. 원고를 최대한 빨리 끝내고 싶은가? 그렇다면 속을 채우는 작가일 것이다. 글을 써나가며 이야기를 발견하고 새로운 길이 나타날 때마다 그 길을 따라가고 싶은가? 그렇다면 아마 가지 치는 작가일 것이다. 잘 생각해보고 앞으로 나올 과제를 실행에 옮길 수 있도록 상황에 맞게 준비하자.

보상 체계를 마련하라

미국의 첨단산업 기업인 제너럴 일렉트릭에서 효과가 좋은 방법은 초보 작가에게도 유용할 것이다. 제너럴 일렉트릭의 경영자였던 잭 웰치는 조직의 사기를 높이기 위해 작은 축하 행사를 치르는 것을 매우 좋아했다. 그리고 이 행사는 뛰어난 성과를 냈다. 웰치는 임원들에게 아주 작은 목표 달성에도 스스로 이를 축하할 창의적인 방법들을 찾아보라고 했다. "사업은 재미있어야 한다" 라고 그는 말했다.

글쓰기 역시 재미있어야 한다. 그러니 자신이 한 일을 축하할 방법을 찾아보자. 고쳐쓰기는 프로 작가들이 팔을 걷어붙이고 하는 고된 노동이다. 고쳐쓰기를 끝마치고 드디어 출판사에 원고를 보낼 준비가 되면 기분이 무척 좋다.

우리는 보상받을 자격이 있다. 보상이 예정된 마감은 그 무엇보다도 출판 가능성을 높여준다.

다음은 내가 작업을 완료한 후 즐겨 하는 일들이다.

- 아내와 함께 근사한 레스토랑에 간다.
- 혼자 대낮에 영화를 보러 가서 초코볼 한 상자를 다 먹는다.
- 오랫동안 군침만 흘렸던 비싼 책을 스스로에게 선물한다.

좋아하는 것들을 목록으로 만들고 일을 끝마칠 자극으로 활용하자.

건강을 지킨다

상상력의 집은 두뇌다. 두뇌의 집은 몸이다. 몸은 영혼의 성스러운 거처다. 걸맞은 대우를 해야 한다. 몸을 잘 돌보면 생산성과 창의성이 향상된다. 장기적인 관점으로 보자.

쉬운 시작은 활기차게 걷는 것이다. 오디오북을 활용하면 여러 가지 일을 할 수 있다. 나는 걸으며 작법을 공부할 수 있도록 소설을 듣는다. 스스로 작은 약속을 한다. 걷는 동안이 아니면 오디오북을 다 듣지 않기로 한 것이다. 그러면 소설의 다음 이야기가 궁금해서 어쩔 수 없이 운동을 하게 된다.

문학사를 살펴보면 술이나 약에 의존해, 또는 단순히 게으름을 피우느라 재능을 낭비한 천재가 곳곳에 널려 있다. 작가로서의 삶은 단 한 번뿐이다. 최선을 다하자.

조지 버나드 쇼는 희곡을 50편 넘게 썼고 아흔네 살의 나이로 죽었을 때 또 다른 작품을 쓰는 중이었다. 이렇게 해야 한다.

계속 쓰는 것만이 방법이다

전 시대를 통틀어 내가 가장 좋아하는 배우는 스펜서 트레이시다. 그의 연기는 늘 사실적이고 자연스러웠다. 도무지 '연기'한다는 느낌이 들지 않는다. 험프리 보가트도 같은 생각이었다. 그도 트레이시를 최고라고 말했는데 "카메라가 찍고 있다"는 느낌조차 들지 않았기 때문이라 했다.

그는 영화에서 진정으로 자연스러운 최초의 배우였다. 무성영화 시대의 특징은 소리의 부재를 메우려는 과장된 표정과 몸짓이다. 영화에 처음으로 대화가 생겼을 때 출연자들은 연극배우가 극장 뒷줄을 향해 말하듯이 연기했다. 그러다 트레이시가 등장했고, 단순하고 자연스러운 스타일로 사람들을 깜짝 놀라게 했다. 비결이 무엇이냐는 질문에 그는 그저 "자기다운 모습을 잃지 말고 다른 배우들에게 귀를 기울인다"라고 말했다.

트레이시는 1950년대에 새로운 메소드 연기법의 신봉자(말런 브랜도와 제임스 딘을 떠올려 보자)였던 젊은 배우와 어느 장면을 찍고 있었다. 메소드 연기법은 내면 탐색에 공을 들이고 인물의 동기나 감정을 발견하기 위해 골똘히 연구하는 특성이 있었다. 그러나 이 점은 제작에 방해가 되기도 했다. 한번은 젊은 배우가 감독에게 인물이 문을 통해 들어오는 동기가 무엇이냐고 물었다. 트레이시는 더 참지 못하고 외쳤다. "빌어먹을 문으로 들어오는 이유는, 이 빌어먹을 방에 들어올 유일한 방법이기 때문이다!"

소설 쓰기에 대해 고민만 거듭하고 있는가? 작가는 기술과 이론, 연습에 대해 이야기하기를 무척 좋아한다. 나도 분명히 그렇다. 그러나 때로는 꾸준히 글만 써야 한다. 그게 소설을 끝마치는 유일한 길이기 때문이다.

조금 느긋할 줄도 알아야 한다. 로런스 블록은 자신이 쓴 최고의 글은 지나치게 생각하지 않고 자연스럽게 풀어놓았을 때 비로소 나왔다고 했다. 현명한 말이다. 계속 글을 쓰자. 끝마칠 방법은 그것뿐이다. 그리고 트레이시의 훌륭한 연기 비결을 기억하자. 자기다운 모습을 잃지 말고 귀를 기울이자. 비평가를 위해 글을 쓰지 말자.

지하실의 소년들을 부르자

스티븐 킹은 뛰어난 기술이 있는 소설가로 조만간 또다시 틀을 깰지 모른다.『유혹하는 글쓰기』에서 그는 '지하실의 소년들'에 대해 이야기하는데, 이는 작가의 잠재의식 속 생각을 빗댄 표현이다. 그는 글을 쓸 때와 고쳐 쓸 때 그 소년들이 활동하게 해야 한다고 말한다. 혹시 지하실의 소년들이라는 아이디어가 마음에 들지 않으면 주저 말고 자신만의 은유를 생각해내자. 무의식을 이용하는 게 요령이다.

자면서 일하자

자는 동안 일을 하면 어떨까? 지하실의 소년들은 자지 않아도 되므로 우리가 잠들어 있는 동안 이 소년들을 바삐 일하게 하면 어떨까? 꿈나라에 간 동안에도 소년들이 바삐 일하게 하자.

즐거운 결과를 이끌 멋진 과정을 알려주겠다. 원고를 쓰고 있다고 해보자. 문제와 의문에 부딪혔다. 기본적인 것들을 바꿔야 한다. 다시 말해 반드시 풀어야 하는 문제다. 이렇게 그 문제와 맞붙자. 잠자리에 들기 전에 종이 한 장을 가져와 작업 중 생긴 문제를 '질문' 형태로 적는다. 다음과 같이 구체적이어야 한다.

- 좀 더 그럴듯하게 델마를 건물에서 빼내려면 어떻게 해야 할까?
- 존이 용기를 보여줄 만한 행동에 무엇이 있을까?
- 문지기를 좀 더 흥미로운 단역으로 만들려면 어떻게 해야 할까?

확실한 이유는 모르겠지만 직접 적으면 문제가 지하실로 좀 더 분명하게 내려간다. 머리가 베개 위로 떨어질 때까지 가능한 자세히 질문은 적자. 아침이 되어 '다른 일을 하기 전에'(커피 한 잔은 예외) 새 종이를 꺼내고 앉아서 되도록 많은 답을 쓰자. 대개는 머리끝까지 생각이 콸콸 샘솟을 것이다. 떠오르는 생각을 억제하지 말자. 여러 답을 나열하면서 하루를 시작하기 전에 이 멋진 순간을 즐기자.

미루기는 덫이다

새해 첫날, 나는 더 미루지 않고 2월부터 작업을 시작하기로 결심했다. 미루기란 고쳐쓰기를 시작하기 전에 허우적거리며 빠지곤 하는 덫이다. 모두가 이 문제를 겪지는 않지만 도움이 될 만한 몇 가지 방법을 알려주겠다.

1. 작업을 여러 부분으로 나눈다

체계적인 항목을 적어두고 작업하면 고쳐쓰기를 좀 더 다루기 쉬운 일로 인식할 수 있다. 다음과 같은 보편적인 범주부터 시작해도 좋다.

- 통독하기
- 인물 다듬기
- 플롯 포인트(이야기의 변화가 생기는 플롯의 전환점) 만들기
- 윤문하기

일단 고쳐쓰기에 들어가면 좀 더 구체적인 항목이 저절로 나타날 것이다. 그러면 '인물 다듬기' 밑에 '제니의 감정을 좀 더 깊게 만들기'나 '단역들을 좀 더 생생하게 만들기'와 같은 항목이 생길지 모른다.

2. 작업 예상 시간을 정한다

유동적이긴 하지만 작업을 진행하게 만드는 '작은 마감 시한'을 정하자. 예를 들어 단역들을 살펴보고 묘미를 더할 방법을 연구하기 위해 4시간을 들일 수 있다.

3. 작업의 우선순위를 정한다

가장 중요한 것부터 순서대로 목록을 작성하자. 대화를 매만지기 전에 일단 중요한 플롯 문제부터 처리해야 한다.

4. 작업 과제는 한 번에 하나씩 생각한다

산꼭대기를 바라보지 말자. 눈앞의 길을 보자. 그 길을 따라 걷게 되면 몇 발자국 앞을 보자. 작업을 하는 동안에는 작품 전체에 대한 생각을 머릿속에서 몰아내자.

5. 가장 어려운 부분부터 고쳐쓰기를 시작한다

하기 싫은 작업에 최선의 노력을 쏟아붓자. 이를 해결했다는 흐뭇함을 느끼며 자신감 있게 전진할 수 있을 것이다.

6. 치즈에 구멍을 뚫는다

자유 시간이 조금 생겼는데 고쳐쓰기를 제대로 할 수 없다는 생각이 들면 작업의 일부를 떼어 그 부분만 해결하자. 작은 문제를 하나 처리했다면 치즈 전체에 작은 구멍을 하나 뚫은 셈이다.

6장 끝에 나오는 대화가 문제인가? 그렇다면 15분 동안 그 부분을 어떻게든 고쳐보자. 수프가 따뜻해지는 동안 고쳐 쓸 수도 있다. 혹시 뭔가를 사기 위해 긴 줄에 서 있다면 메모지를 꺼내 인물에게 적용할 수정 사항을 여러 개 적어보자. 지하실의 소년들이 움직이게 하자. 치즈를 창의적으로 만들자.

회사원이라 생각하고 쓰자

기분이 언짢은 상사와 함께 직장에 있는 셈 치자. 다작으로 유명한 존 D. 맥도널드는 이렇게 해서 작품을 엄청 많이 써냈다. 그에게 글쓰기는 직업이었다. 식탁에 음식을 올려야 했다. 그래서 점심을 먹는 1시간을 포함해 오전 8시부터 오후 5시까지 일정에 맞춰 글을 썼다. 오후 5시가 되면 하루 일을 마감하고 회색 플란넬 양복을 입은 사나이(슬론 윌슨의 『회색 플란넬 양복을 입은 사나이 The Man in the Gray Flannel Suit』의 주인공)처럼 마티니를 마셨다.

거의 동시에 두 작품의 마감 시한이 겹쳤을 때 나는 회사원이 될 수밖에 없었다. 오전 8시에 출근해서 오후 5시에 퇴근하고 점심시간은 1시간뿐이라고 상상하며 글을 썼다. 나는 그대로 실행했다. 아침 8시가 되기 전에 사무실에 도착했다. 내가 설정한 가상의 상사는 조금만 늦어도 얼굴에 초조한 기색을 드러낼 위인이었다. 1시간 일하고 5분 쉰 다음, 다시 1시간을 일하고 쉬기를 반복했다. 점심을 먹은 뒤 오후 1시에 일하러 돌아왔다. 이런 식으로 마감 시한을 맞출 수 있었다.

미출간 작가이거나 출간을 고려하고 있다면 스스로 마감 시한을 정해야 한다. 이는 창의적 유형의 작가에게는 어려운 일이기도 하다. 이들은 상상의 들판에서 뒹굴며 창조적 자극이 파랑새처럼 날아들기를 기다리는 편을 좋아하기 때문이다. 초고는 그런 식으로 써도 괜찮지만 고쳐쓰기는 그렇게 하지 않는 게 좋다. 고쳐쓰기의 시간은 전투적이다. 스스로에게 인정사정 봐주지 말아야 하는 시간이다.

하지만 이런 점 때문에 유익하기도 하다. 마감 시한을 정하면 집중력이 생기고 걱정이 든다. 뱃속에서 나비가 파닥이듯 속이 울렁거린다. 이때 할 일은 그 나비들이 대형을 이루며 날아오르게 하는 것이다. 그러면 머리는 억지로라도 깊은 곳까지 내려가 대답을 끌어올릴 것이다. 그럴 때는 자연스럽게 따르라.

혹시 '정말로' 꼼꼼하게 하고 싶다면 컴퓨터 스프레드시트에 일하는 데 걸리는 시간을 기록하고, 허비한 시간을 없애려고 노력하자. 가능하다면 55분 단위로 일하고 이를 1시간으로 계산하는 게 좋다.

어떤 일이 일어나 작업이 중단되면 그 사항도 기록하자. 인터넷으로 게임을 하는 등 한눈을 팔았다면 경고의 표시로 스프레드시트의 셀을 붉은색으로 표시하자. 작가로서 절제력을 발휘하며 고쳐쓰기를 한다는 사실에 흐뭇함을 느낄 것이다.

업무 평가서를 쓴다

스스로 상사가 된 것처럼 자신의 업무 평가서를 작성하자. 어떤 영역이 문제인가? 개선할 여지가 있는 부분은 무엇인가? 어떤 실천과제를 부과했는가?

이제는 평가서를 읽고 조바심을 내자. 상사에게 항의하며 부당하다고 말하자. 그런 다음 자신에게 그만두고 싶거나 최고의 작가가 되고 싶지 않다면 마음대로 하라고 말하자. 그러고는 평가서를 받아들이고 실행에 옮기려 노력하자.

이 모든 행위는 자신의 사무실에서 남몰래 해야 한다.

14장

고쳐쓰기 전에: 초고를 쓰면서 고치면 안 될까?

자신이 쓴 글에 결코 만족하지 못하는 작가가 있다.
그들은 끝없는 고쳐쓰기의 덫에 걸려
시작한 글을 결코 마치지 못한다.

_론 벤레이

소설가 로버트 A. 하인라인은 작가를 위한 두 가지 규칙을 제시했다.

1. 글을 써야 한다.
2. 쓴 글을 끝마쳐야 한다.

소설을 고쳐 쓰려면 그 전에 먼저 소설이 있어야 한다. 그러니 소설을 끝마쳐야 한다.

고쳐쓰기에는 몇 가지 유념할 점이 있다. 사실 몇 개 안 된다. 초고의 목적은 글을 끝마치는 것이기 때문이다. 그런 후에야 한참 동안 한숨 돌리며 글을 바로 잡을 수 있다.

초고를 쓰는 동안에 중요한 부분을 고치는 건 권하지 않는다. 잠시 글쓰기를 멈추고 크게 바꾸고 싶은 유혹은 초고를 쓰는 내내 끊임없이 계속되며 작가를 미치게 만들 수 있다. 그리고 대개 그런 변화는 작가가 진정으로 쓰고자 한 이야기에 썩 어울리지도 않는다.

더욱이 소설을 끝마친 다음에야 이 모든 점을 제대로 알 수 있다. 그러니 초고란 소설 속에서 실제로 벌어지고 있는 일을 탐험하는 정도라고 생각하는 게 좋다. 써둔 글을 나중에 다시 보면 훌륭한 재료들이 뚜렷이 나타난다.

전날 쓴 글은 빠르게 고치자

전날 쓴 글(아니면 마지막으로 쓴 글)을 보고 빠르게 편집하자. 이 연습을 하면 이야기 흐름 속으로 되돌아가 새로운 내용을 쓸 준비를 할 수 있다.

나는 원고 출력해서 고칠 부분을 표시하기를 좋아한다. 물론 컴퓨터 화면으로도 할 수 있는 작업이다. 다만 종이 위의 원고를 눈으로 읽으면 좀 더 독자처럼 원고를 대할 수 있으며 덕분에 더 많은 것을 발견할 수 있다.

대개 나는 문체를 편집한다. 문체란 문장이 흘러가는 방식을 뜻한다. 내가 전하고 싶었던 내용이 그대로 펼쳐졌는지 확인하고 싶다. 플롯이나 인물에게서 중대한 문제가 보이거나 덧붙일 내용이 떠오르면 메모해두고 그날의 글쓰기 목표량부터 채우기 시작한다.

초고를 쓸 때는 기분 좋게 쓸 수 있는 최고 속도로 글을 쓰자.

개요를 잡지 않는 작가든 개요를 잡는 작가든 중간중간마다 물러서기는 굉장한 도구가 될 것이다.

300매가량을 쓴 다음에는 글쓰기를 멈추고 하루 쉰 뒤에 그동안 쓴 글을 읽자. 이때쯤이면 이야기 엔진이 가동 중이어야 한다. 소설이 무엇에 대한 이야기인지 아주 잘 알 만큼 충분히 전개했어야 한다. 이제는 시간을 갖고 인물과 방향이 원하는 대로 가고 있는지 확인한다. 마음에 들지 않으면 변화를 꾀한다.

이 방법을 쓰면 뒷이야기(소설에 넣었든 안 넣었든)와 행동, 괴벽, 강점, 약점, 지문(연설 내용, 옷차림 등을 가리키도록)을 덧붙여서 주인공을 더욱 입체적으로 만들 수 있다. 또한 이 과정에서 소설의 분위기와 느낌에 대한 결정을 내릴 수도 있다. 예를 들어 원래 계획했던 부분이 아닌 다른 부분을 강조해야 하는 상황이 생길 수 있다. 좋은 소설은 스스로 자유로워지려 하기 때문이다.

예를 들어보자. 나는 내가 좋아하는 상황을 바탕으로 소설을 쓰고 있었다. 변호사가 죽은 줄 알았지만 실은 살아 있는 동생을 발견한다. 둘은 함께 지내면서 그동안 얼마나 다른 길을 걸어왔는지 알게 된다. 주인공은 점차 동생과 관련된 불안한 비밀들을 발견하면서 자신이 위험에 빠졌다는 것을 깨닫는다.

머릿속 계획에 따라 처음 300매를 썼다. 그 계획이란 인물을 일정 시점까지 데려간 다음 긴장감 넘치는 추적 장면을 연달아 쓰는 것이었다. 그런데 뒤로 물러서서 보니 뭔가 빠져 있다는 느낌이 들었다. 긴장감 넘치는 재료를 구상하지 못한 건 아니었다. 거기에는 문제가 없었다. 그러나 소설과 제대로 이어지지 않았다는 느낌이 가시지 않았다. 일주일 정도 물러서기 시간을 보내는 동안 소설에 대해 생각했고 매일 떠오르는 대로 자유롭게 스스로에게 편지를 썼다.

어느 날 아침 눈을 떴을 때 문제가 뭔지 알게 되었다. 이 소설은 내게 주인공이 동생에게 느끼는 감정과 동생의 실종과 관련된 죄책감을 더욱 깊이 다루어달라고 말하고 있었다. 긴장감은 여전히 넘치게 하되 딱딱한 안전화가 아니라 부드러운 양말을 신고 걸어가야 했다.

초고를 다시 살펴보면 재료의 느낌이 전해지면서 훨씬 깊이 있고 온전하게 이야기 속으로 들어갈 수 있다. 이 점이 물러서기의 효용이다. 이제 다시 뛰어들어 소설을 완성하자. 그런 다음 고쳐 쓰고, 윤문하고, 출판사에 보내자.

일기, 고쳐쓰기의 기록

자유 형식의 일기는 글을 쓰는 동안 중요한 내용을 적어두는 훌륭한 방법이다. 즉 고쳐쓰기의 역사적 기록인 셈이다. 초고 역시 전개 중인 글이다. 처음부터 완벽하게 만들려고 하지 말아야 한다. 숨 쉴 여유가 필요하다. 초고를 다 쓴 다음, 불필요한 부분을 모두 쳐내고 필요하면 소설다운 부분을 추가하자.

오늘날의 작가는 활용할 수 있는 도구를 그 어느 때보다도 많이 갖추고 있다. 이제는 파란 연필만 있는 게 아니다.

스스로 미세 조정을 할 수 있는 부분은 다음과 같다.

- 주석: 워드 문서의 주석 달기 기능을 활용하자. 초고를 쓸 때 이 기능을 활용하면 채워야 하는 플롯상의 지점과 답을 찾아야 하는 문제, 그 외에 머리에 떠오르는 여러 가지 내용을 메모할 수 있다. 고쳐 쓸 준비가 되면 주석만 참조하거나 이를 인쇄해서 보면 된다.

- 개요 정리: 초고를 쓰면서 이야기를 계속 요약하자. 즉 개요를 꾸준히 정리하자. 각 장의 처음 두 문단과 마지막 두 문단을 복사해서 붙이면 좋다. 그런 다음 각 개요 맨 위에 인물의 행동을 간결한 문장으로 요약한다.

예를 들어 소설이 이런 식으로 시작한다고 하자.

- 1장

로이스 엔로 대위는 정확히 8시 27분에 수용소의 정문을 나섰다. 그녀의 시계에 따르면 정확히 7분 후에 폭탄이 폭발할 것이다. 그 후에는 모두 알게 될 것이다. 분명히 알게 될 것이다.

그리고 이렇게 끝난다고 하자.

누군가 그녀의 어깨를 두드렸다. 그녀는 몸을 돌렸다. 그 누구보다도 보고 싶지 않은 얼굴이었다.

계속 정리 중인 개요의 표제는 다음과 같을 것이다.

1. 로이스는 폭탄이 터지기 전에 술집에 들어간다. 폭발과 그로 인해 발생한 혼란을 즐기지만 발각되지 않는다.

로이스 엔로 대위는 정확히 8시 27분에 수용소의 정문을 나섰다. 그녀의 시계에 따르면 정확히 7분 후에 폭탄이 폭발할 터였다. 그 후에는 모두 알게 될 것이었다. 분명히 알게 될 것이다. 누군가 그녀의 어깨를 두드렸다. 그녀는 몸을 돌렸다. 그 누구보다도 보고 싶지 않은 얼굴이었다.

이 작업에는 고작 1, 2분밖에 걸리지 않는다. 초고가 끝날 무렵에는 그동안 쓴 소설의 완벽한 개요가 생길 것이다.

- **스프레드시트 또는 표**

어떤 작가들, 그러니까 거의 언제나 개요를 잡는 작가들은 개요를 스프레드시트나 표로 정리하기를 좋아한다. 그런 다음 색상 기능이나 다른 표시를 이용해 개요와 관련 인물, 대략적인 사건을 한눈에 볼 수 있게 만든다. 그런 스프레드시트나 표는 이런 모습일 것이다.

장	배경	인물	내용	결말
1	스타벅스	피트 vs 메리	피트가 메리에게 스티브와의 불륜을 비난한다.	메리가 피트에게 커피를 끼얹고 뛰쳐나간다.

• 종이

종이를 써도 좋다. 펜과 연필 같은 도구로 내용을 직접 적을 수 있다. 어떤 작가들은 고기 포장용으로 쓰는 긴 두루마리 방습지에 개요를 쓰는 걸 좋아한다. 또 어떤 작가들은 색깔이 다양한 포스트잇과 펜을 이용해 거대한 지도를 그린다. 그런 다음 이를 돌돌 말아 가지고 다닌다(내 친구 두 명은 지도 운반통까지 만들어 쓴다. 뭐, 효과만 있다면야).

• 비평 그룹

많은 작가가 비평 그룹, 독자 네트워크, 유료 서평 등으로 도움을 받는다. 하지만 이곳에서 부정적인 경험을 한 작가도 그만큼 많다. 이런 자원을 꼭 이용할 필요는 없다. 과거 대부분의 프로 작가는 담당 편집자 한 명만으로도 부족함 없이 잘 지냈다. 토머스 울프에게는 맥스웰 퍼킨스(대형 출판사 스크리브너의 전설적인 편집자)가 있었고, 아인 랜드에게는 베넷 서프(랜덤하우스 출판사의 설립자)가 있었다.

그러나 작가와 편집자가 함께 성장하며 관계를 맺던 시절은 거의 끝나고 있다. 요즘에는 작가가 더 큰 책임감을 갖고 원고의 품질에 주의를 기울어야 한다.

그러니 다음 지침으로 다른 이들의 의견을 유익하게 활용하자. 열성적인 소규모 작가 그룹은 몇 가지 이점이 있다. 소설가 잭 캐버노는 이렇게 말한다.

나는 비평 그룹에 합류한 뒤에야 출간을 목표로 글을 쓰게 되었다. 한 달에 한 번 있는 회의는 마감 시한이 되어주었고 비평을 받게 해주었으며(덕분에 그들이 틀렸다는 사실을 증명하기 위해 더 열심히 노력했다), 공동 목표를 추구할 뿐 아니라 출판사의 지침과 요구에 대한 정보까지 나누는 사람들을 연결해주었다. 비평 그룹이 없었다면 나는 진지하게 글을 쓰지 않았을 것이다.

로빈 리 해처의 경험은 이와 달랐다.

책을 주제로 한 비평 그룹에 두 번 참석했다. 무시무시한 경험이었다. 나는 남의 지적을 받고서는 글을 잘 쓰지 못하며, 직관적인 작가라서 창작하는 동안에는 다른 의견을 듣지 않아야 일이 잘된다. 내 원고를 가장 먼저 보는 사람은 거의 예외 없이 담당 편집자다. 때로 문제가 풀리지 않으면 믿을 만한 작가 친구에게 한 장면이나 한 장을 읽어달라고 부탁하지만, 그것도 그저 전달하고 싶은 내용이 잘 전달되고 있는지 확인하기 위해서다.

특히 작가 생활 초반에는 추진력을 얻는 데 비평 그룹이 도움이 된다. 그러나 다음 조건을 갖추어야 한다.

- 관계가 있는 사람들을 찾는다. 이미 관계가 있으면 도움이 된다.
- 소그룹을 유지한다. 대략 4명에서 7명이 좋다.
- 받은 만큼 돌려줘야 한다. 다른 사람들에게도 반드시 충분한 시간을 내줘야 한다.
- 현실적인 마감 시한을 설정하고 고수한다.
- 그룹의 사람들에게 자신이 쓰고 있는 장르를 확실히 알린다.
- 신뢰를 쌓는다. 자존심은 잠시 내려놓는다.
- 시기 어린 질문을 경계한다. 그럴 때가 있다. 누군가의 글이 눈에 띄게 훌륭하면 긴장감이 생긴다. 이런 문제는 면전에서 말하는 게 가장 좋다.

그렇다면 비평 그룹의 주요 문제는 무엇일까?

- 때로 미칠 듯이 바빠서 이미 빡빡한 계획표에 억지로 일을 구겨 넣어야 한다.
- 서로를 믿지 못하면 결국 감정만 상할 수도 있다. 그래서 전부터 아는 사람들끼리 하는 게 중요하다.

이렇게 여러 도구가 생겼다. 이제는 도구를 쓸 준비를 하자.

15장

고쳐쓰기의
시작:
첫 통독

모든 작가에게는 "충격 방지 처리가 된
퇴비 탐지기가 내장"되어 있어야 한다고 한
어니스트 헤밍웨이의 말은 절대적으로 옳다.

대학농구사상 가장 위대한 (그리고 가장 성질이 불같은) 감독으로 손꼽히는 바비 나이트는 이렇게 말한 적이 있다. "연습한다고 완벽해지지 않는다. 완벽한 연습만이 완벽을 만든다."

정말 맞는 말이다. '잘못' 연습하면 더 나은 선수나 팀이 될 수 없다. 그러니 "글쓰기는 곧 고쳐쓰기다"라는 오래된 격언을 살짝 비틀어야 한다. '좋은 글쓰기는 방법을 알고 하는 고쳐쓰기다.' 이 책의 목적은 바로 이 방법, 즉 고쳐쓰기의 모든 측면을 다룰 도구와 전략을 알려주는 데 있다.

작가에게 가장 중요한 순간은 원고를 완성했을 때 찾아온다. 매우 중요한 때지만 위험투성이다. 사실 '위험'이라는 단어는 약간 과장일지 모르지만 '투성이'는 딱 들어맞는 표현이다. 이 순간 작업을 멈추고 '원고 전체를 한 번 읽지도 않고' 들입다 고쳐쓰기를 하고 싶은 유혹을 이겨내야 한다.

이 과정을 위성사진 프로그램처럼 생각하자. 우리는 우리 '지구'의 완벽한 개요를 얻고 싶다. 바로 우리의 소설이다. 이야기 전체다. 좀 더 자세히 보기 위해 지구를 이리저리 돌릴 수는 있지만 우리는 늘 위쪽에 있어야 한다. 이때는 나중에 방문할 곳, 즉 집중적으로 다룰 곳에 표를 붙인다. 이게 고쳐쓰기의 기본이다.

　시작하려면 우선은 큰 그림이 필요하다. 독자가 무엇을 얻게 될지 예측하려면 이야기에 대한 '감'을 잡아야 한다. 다음 다섯 단계를 따르자.

1단계: 휴식

초고를 마친 후에는 반드시 휴식을 취해야 한다. 적어도 2주는 필요하다. 3주면 더 좋으며, 여유가 있다면 한 달 동안 쉬자(그러나 나 같은 유형이라면 그 기간이 영원처럼 느껴질 것이다. 그리고 마감 시한이 있다면 이런 호사를 누릴 틈이 없을 것이다).

　이 휴식 단계 동안에는 원고에 대해 완전히 잊는다. 어떤 작가들은 이 시간을 일주일짜리 휴가로 삼아 글은 조금도 쓰지 않는다. 나는 무슨 작업이든 하고 싶어 한다. 이런 부류라면 다른 일에 몰두하자. 다른 소설을 써도 괜찮다. 수필이나 블로그 포스트를 쓰거나 글쓰기 연습을 해도 좋다(브라이언 카이틀리가 쓴 『새벽 3시의 에피파니The 3A.M. Epiphany』에 나오는 것처럼). 아니면 일기도 좋다. 또는 결코 쓰지 않을 소설의 처음 몇 장을 써보자. 흥미를 돋우는 첫 문장으로 시작해 사전 계획 없이 글을 쓰자. 누가 알겠는가? 발전시키고 싶은 아이디어를 얻게 될지도 모른다. 중요한 점은 초고가 아닌 다른 글에 모든 집중력을 쏟는 것이다.

2단계: 사전 준비

첫 통독을 할 때는 흥분을 불러일으키자. 정신의 상태가 좋으면 통찰력을 일으키는 데 도움이 된다. 이 과정을 즐겨야 한다.

사전 준비를 할 때 나는 원고의 표지를 만드는 일을 즐긴다. 간단히 디자인을 한 다음 비평가의 평론을 하나 넣는다. 다음과 같다.

죽으려 하다

제임스 스콧 벨

"벨의 소설은 점점 향상되고 있다.

정말이지 긴장감이 사그라지지 않는다."

「뉴욕 헤럴드 트리뷴」

누구도 볼 사람이 없으니 마음껏 과장하자. 재미가 느껴지기 시작할 것이다.

고쳐쓰기 과정 전체가 불안하다면(이렇게 느끼는 작가가 많다) 참고할 긍정적인 내용을 몇 가지 적어보자. 예를 들면 다음과 같다.

• 이 고쳐쓰기로 소설이 더 탄탄해질 것이다.
• 내게는 소설을 더 훌륭하게 만들 도구가 있다.
• 좋은 글쓰기는 방법을 알고 하는 고쳐쓰기며, 나는 그 방법을 알

고 있다.

- 방법을 알고 고쳐쓰기를 하면 전문가라는 표시가 난다. 나는 전문가다.

이 목록에 원하는 내용을 덧붙이되 덤벼들어 일을 시작할 수 있도록 가능한 한 모든 동기를 부여하자.

3단계: 원고 출력

원고를 깨끗하고 빳빳하게 출력하되 맨 위에 표지를 만들자. 단면으로 출력을 해야 할까? 줄 간격을 두 배로 할까? 서체는?

이 모든 질문의 답은 자기 자신에게 달렸다. 줄 간격(행간)을 두 배로 하고 단면으로 출력하면 기록할 공간이 생기지만 첫 통독 때 메모를 많이 하는 건 좋지 않다고 생각한다. 나는 기본 서체에 줄 간격 보통, 양면 출력을 좋아한다. 진짜 소설책의 느낌을 주기 때문이다. 나는 원고를 마치 처음 보는 독자처럼 대하려 한다.

4단계: 읽기 전 준비

좋아하는 작가가 쓴 신간을 어디에서 읽고 싶은가? 나는 사무실에서는 재미로 책을 읽지 않는다. 거실 창문 옆에 멋지고 폭신한 소파가 있는데 맛있는 커피를 들고 거기에 몸을 파묻는 것을 좋아한다. 자신만의 의식이 무엇이든 원고를 들고 그 의식을 행하

자. 필요하면 빨간색 펜(또는 필기도구 아무거나)이나 메모장도
준비한다.

5단계: 읽기

원고를 두 번에 걸쳐 읽는다. 많아도 서너 번으로 끝내는 게 좋다.
처음 원고를 읽는 참신한 독자가 된 기분을 내야 한다. 이때 뭔가
를 고치기 위해 멈추면 안 된다. 잊지 말아야 할 몇 가지 사항은
간단히 메모해도 되지만 일단은 전반적인 인상을 살펴야 한다.

나는 첫 통독 때 다음과 같은 기호들을 쓴다.

- 이야기가 늘어진다고 느껴지는 곳에는 체크(v) 표시를 한다.
- 이해할 수 없는 문장은 괄호( )로 묶는다.
- 어떤 요소를 덧붙여야 하는 부분에는 여백에 동그라미(○)를 그
  린다.
- 삭제하거나 바꿔야 할 부분, 또는 의미가 통하지 않는 부분에는
  물음표(?)로 표시한다.

첫 원고의 첫 독자를 활용하는 법

어떤 작가들은 믿을 만한 독자, 즉 작가가 어떤 작업을 하는지 알
고 있으며 객관적인 의견을 낼 수 있는 사람들에게 초고를 보여
주기를 좋아한다. 이런 독자는 굉장히 귀중한 존재다. 이들 독자

에게 초고를 보여줄 때는 다음과 같은 점들을 물어보자.

- 전체적인 플롯이 어떠한가?
- 주요 인물에 대해 마음에 드는 점과 싫은 점은 무엇인가?
- 어느 부분에서 지루함을 느꼈는가? 그 이유는?
- 개선할 사항이 있다면?
- 이 소설의 어떤 점이 좋은가?

6단계: 분석

첫 통독이 끝난 뒤에는 다음의 대해 생각해보자.

- 이해할 수 있는 이야기인가?
- 플롯이 매력적인가?
- 이야기가 자연스럽게 흘러가는가, 아니면 기복이 심한가?
- 인물이 책장 밖으로 튀어나올 듯이 생생한가?
- 이해관계가 충분히 깊은가?
- 독자를 '걱정'하게 만들 요인이 충분히 있는가?

비평가가 된 것처럼 짧은 평론을 쓰자. 이 원고에 객관적으로 점수를 매긴다면 몇 점인가? 물론 너무 가혹하게 평가하지는 말자.

초고가 완벽하거나 완벽에 가까울 거라고 기대해선 안 된다. 모든 초고는 형편없다. 많은 작가가 이렇게 믿는다. 이 점은 매우 중요하다. 고쳐쓰기를 하기 전에 이 점을 분명히 해둬야 한다. 지금 분석 단계에서는 원고를 훑어보며 손봐야 할 곳들에 좀 더 자세한 메모를 해야 한다.

개요 쓰는 방법

저명한 영국 소설가인 존 브레인은 『소설 쓰기Writing a Novel』에서 초고를 쓸 때의 글쓰기 기법을 소개했다. 이 기법은 많은 작가에게 그 유용함을 인정받았다.

이 기법은 글쓰기의 흐름을 이어가면서 초고를 되도록 빨리 쓰는 것이다. 뒤를 돌아보면 안 된다. 잠시 멈추고 중요한 수정을 해서도 안 된다. 한번 쓸 때마다 가능한 한 많이 쓴다. 그렇게 초고를 완성한 뒤에는 잠시 머리를 식힌 후 이야기를 요약한다. 즉 개요를 쓴다. 이 과정에서 내용이 아마 쉽게 바뀔 것이다. 이야기를 좀 더 훌륭하게, 더 깊이 있게 만들려고 할 테니 말이다. 어쩌면 눈에 띌 정도로 바꿔버릴지도 모른다. 개요는 30매에서 50매를 넘지 않아야 하고 몇 가지 다른 형태로 써야 한다.

글쓰기 교사인 스티븐 코크는 이렇게 말했다.

떠오르는 이야기가 선명해질 때까지 개요를 끊임없이 써야 한다. 새로운 초고를 쓰게 만드는 설득력 있는 개요가 나와야 한다. 원한다면 우선 초고 형태로 요약하자. 그런 다음 다른 방식으로 쓰

자. 시작 부분을 바꾸고, 결말 부분을 바꾸고, 시점과 관점을 다르게 쓰는 것이다. 각 요약본은 짧게 써야 한다. 그중 어느 것도 하루 이상 시간을 들이지 말아야 한다. 지금은 고쳐쓰기가 아니라 요약을 해야 한다. 가능성을 시험하는 중이다. (……) 이야기의 곁가지는 생각하지 않아야 한다. 응축해서 이야기를 쓰자. 주제에 대한 엉뚱한 상상에 빠지거나 이론화하지도 말아야 한다. 단, 이야기를 전개하는 이미지와 모티프, 중요한 장면은 들어가야 한다.

이런 개요를 몇 개 만들고 나면 마침내 가장 멋진 하나로 정리가 되는데, 이로써 자연스레 고쳐쓰기의 이정표가 생긴다.

브레인이 말한 초고 쓰기의 기법이 바로 이 방식이다. 이 방식이 자신에게도 잘 맞는지 확인해보기를 바란다.

덩어리 요인

자, 원고가 수습이 안 되는 엉망진창이라면 어떻게 할 것인가? 어디로 가야 할지, 어디에서 시작해야 할지 알 수가 없다면? 빠져나갈 곳을 찾을 수 없는 플롯 곁가지와 인물과 장면이 너무 많다면?

어쩌면 이런 지경이 된 건 개요를 잡지 않는 작가로서 매일 새로운 것을 쓰고 싶어 하기 때문일지도 모른다. 내가 아는 작가들 중에도 이런 식으로 작업하는 이들이 있는데, 그들은 개요를 잡는 작가 부류에 들어갈 수가 없다. 차라리 '엉망진창 덩어리'가 될 위험을 무릅쓴다.

이런 상황에서 어떻게 대처하면 좋을까?

일단 이 방식 자체가 틀린 건 아니다. 초고에 이런 방식을 제대로 적용하고 있다면 오히려 본질적으로 엄청난 소설 개요를 쓰고 있는 셈이다! 개요를 잡는 작가들은 1매짜리 개요를 쓰는데, 이 방식으로라면 1,000매가 넘는 개요를 쓴 것뿐이다. 이제 소설의 방향성을 파악한 뒤 다시 시작하자. 대신 레이 브래드버리가 말했듯이 글을 다시 쓰지 말고 '다시 살려야' 한다.

망망대해에서 길을 잃은 듯한 기분에서 빠져나올 수 없다면 어떻게 해야 할까? 어느 방향으로 헤엄쳐야 하는지조차 알 수 없다면? 몸을 허우적거리고 있는데 시야에 육지가 전혀 보이지 않는다면? 몇 가지 방법을 알려주겠다.

1. 절망을 받아들인다

뭐든 쉽게 대답하는 요가 수행자가 하는 말처럼 들리겠지만, 여기에 중요한 핵심이 있다. 즉 우리는 절망에 패배할 수도 있고, 아니면 절망을 이용할 수도 있다.

2. 여러 일을 동시에 한다

역사상 가장 많은 작품을 쓴 작가 중 한 명으로 손꼽히는 아이작 아시모프는 다양한 글을 놀라울 만큼 줄줄이 써댔고, 주제는 성경과 로봇처럼 가지각색이었다. 어떻게 그렇게 했을까? 그는 분명 똑똑한 사람이었고 수많은 영역에 정통했다. 그러나 그 많은 글을 쓰려면 몸을 움직여야 하는 건 마찬가지였다. 또한 머리가 굳지 않은 채로 그런 작업을 해야 했다. 게다가 당시는 컴퓨터가 나오기 전이었다. 그에 대해 알아낸 비결은 다음과 같다.

- 첫째, 타자를 치는 법을 알았다. 매우 빨랐다.
- 둘째, 작업 공간에 타자기가 여러 대 있었다.
- 셋째, 각 타자기로 다양한 글을 썼다.
- 넷째, 이 글을 쓰다가 저 글로 옮겨갔다. 이쪽에서 글을 쓰다가 막히면 잠시 동안 저쪽에서 글을 썼다. 즉 쓰던 글과 상관없는 일로 옮겨갔다.
- 다섯째, 매일 글을 쓰며 할당량을 채웠다. 매년 그렇게 했다.

이 방법이 그토록 효과적이었던 이유가 뭘까? 아시모프는 직관적이든 계획적이든, 우리의 놀라운 뇌가 호기심에 작동한다는 사실을 잘 알았다. 뇌는 한 가지 일에만 몰두하면 잠시 후 그 일을 지루해한다. 그러다 다른 쪽으로 관심을 돌리면 뇌는 이내 새로운 에너지로 다시 활동을 한다. 또한 새로운 일에 몰두하더라도 잠재의식은 별다른 노력 없이 이전의 작업에 복귀할 수 있다. 이전 작업에 다시 집중해야 할 때쯤이면 뇌는 준비가 되어 있다. 새로 할 말이 생긴다.

이렇듯 중요한 작업을 하는 중에 다른 일들도 함께 해보길 바란다. 맹렬히 고쳐쓰기를 하고 있더라도 여러 작업을 오가며 '탁구 치듯' 할 수 있다. 그러면 글 쓰는 머리 곳곳에 자극이 될 테고 새로운 통찰을 얻게 될 것이다.

이 방법은 머리를 쉬게 하면서 꾸준히 글을 쓸 수 있게 한다. 지하실의 소년들을 부르고 땀 흘려 일할 준비를 마치게 한다. 나는 원고를 고쳐 쓰는 동안 다른 초고를 쓰거나 새로 쓸 글의 사전 작업을 한다. 또한 창작의 근육이 늘 살아 있도록 단편소설 또는 수필, 사설, 블로그 포스팅 등을 쓴다. 고쳐쓰기를 하다가 지루해지면 이런 간단한 글을 쓰며 머리를 식힌다. 잠시 고쳐쓰기에서 손을 뗐다가 되돌아가면 활력이 다시 솟구친다.

7단계: 고쳐쓰기

이제 '고쳐쓰기 최종 점검 리스트'를 따를 준비가 되었다. 다음 장에서는 이를 다룰 것이다.

16장

고쳐쓰기
최종 점검

글쓰기의 멋진 점은 뇌수술과 달리
처음부터 제대로 하지 않아도 된다는 것이다.
_로버트 코마이어

축하한다. 이제 원고를 완성했다. '언젠가 소설을 써야지'라고 생각만 하는 사람은 대개 결코 이 단계에 이르지 못한다.

초고를 완성하면 그전에는 배우지 못하는 것들을 배울 수 있다. 그리고 글을 쓸 때마다 이 책에서 다룬 원리들을 적용하면 훨씬 더 많은 것을 배울 수 있다. 배움이라는 경험은 끝이 없다. 끝나서는 안 된다. 끝없이 배우자. 그리고 꾸준히 쓰자.

고쳐쓰기에 대한 더 체계적인 접근법이 필요하다. 많은 작가가 자리에 앉아 원고를 읽으며 그저 떠오르는 대로 수정만 한다. 크든 작든 고칠 부분이 보일 때마다 다듬는다. 그보다는 큰 부분에서 작은 부분으로 고치는 편이 훨씬 낫다. 가장 중요한 부분부터 다듬고 마지막 단계, 즉 윤문까지 순서대로 진행하는 것이다.

이번 장은 고쳐쓰기 단계에서의 최종 점검 리스트를 다룰 것이다. 순서는 얼마든지 바꿔도 좋으며 자신만의 항목을 덧붙이길 바란다. 작가로서의 시간 동안 이 점검 리스트를 마음껏 활용하자. 어느 쪽으로든 쓸모가 있을 것이다.

주인공에 대한 핵심 질문

• 주인공은 소설이 전개되는 내내 따라갈 가치가 있는 인물인가? 그 이유는?

• 어떻게 하면 주인공을 더욱 생생하게 만들 수 있을까?

• 주인공들이 충분히 다른가? 저마다 관심사가 있는가?

• 독자가 주인공에게 유대감을 느낄 만한 요인이 있는가?

(자신이 아닌 다른 사람을 돌보기 때문에, 재미있거나 불손하거나 이 유 있는 반항을 하기 때문에, 어떤 일에 유능하기 때문에, 포기하지 않고 오랫동안 역경을 헤쳐나가는 약자이기 때문에, 억울하게 불행 을 겪었지만 하소연을 늘어놓지 않기 때문에, 위태롭거나 위험한 상 황에 처했기 때문에 등등)

해결책

¶ 성별 또는 배역을 바꿔본다

주인공은 '책장 밖으로 튀어나와야' 한다. 예전부터 지금까지 매혹적인 소설에는 살아 숨 쉬며 우리를 놀라게 만드는 인물이 있다. 주인공이 밋밋해 보이면 '정반대 연습'을 해보자. 인물이 반 대의 성별이라고 상상한다. 눈을 감고 머릿속으로 몇 장면을 재 생한다. 그들의 행동은 어떻게 달라지는가? 그들은 어떤 감정을 드러내는가? 갑자기 어떤 미묘한 변화가 나타나는가? 진짜로 그 들의 성별을 바꾸지는 않아도 된다(물론 진짜 바꿔도 된다). 이 연습은 다양한 분위기를 발견하는 게 목적이다.

좀 더 변형해 '배역 바꾸기'를 해보자. 우선 주인공 역할을 할 실존 인물을 정한다. 어떤 영화배우가 어울릴까? 비교해보기 위해 다른 인물도 하나 고른다. 머릿속으로 몇 장면을 떠올려 보자. 톰 행크스나 로버트 드니로보다 잘 어울리는가? 수전 서랜던이나 샌드라 불럭이 연기했을 때보다 더 자연스럽게 느껴지는가?

¶ 감정을 살린다

브랜들린 콜린스는 『인물 속으로 들어가기Getting into Character』에서 작가를 위한 연기 기술을 다룬다. 그중 하나가 '감정 살리기'다. 콜린스는 이렇게 쓴다. "연기와 마찬가지로 소설에서도 입체적인 인물에게는 입체적인 감정이 있어야 한다. (……) 인물의 전체적인 감정이 아니라 그 구성 요소와 대립 요소, 전개 양상에 집중하면 인물은 감정이 더욱 풍부해지고 인간의 본성을 완전하게 드러낸다."

인물의 감정을 특색 있게 만들려면 전반적인 감정, 즉 소설 전체에 흐르는 근본적인 감정을 파악해야 한다. 이는 대개 장면 속에 나타난 인물의 욕망에서 찾을 수 있다(욕망이 없는 인물은 지루하다). 그 욕망을 극한까지 밀어붙이자. 어디까지 가는가?

감정을 작게 쪼개보자. 예를 들어 복수심은 분노, 충격, 적의, 당혹감, 수치심에서 비롯될 수 있다. 각 감정을 어떻게 탐구할 수 있을까? 그리고 욕망과 반대되는 것들을 살펴보자. 인물이 겪는 내적 갈등의 씨앗을 얻게 될 것이다. 인물의 내적 싸움을 극적인 방식으로 분명히 보여주려면 어떻게 해야 할까?

¶ 일기 고쳐쓰기

소설을 쓴 후에는 인물을 무척 잘 알아야 한다. 그러나 현실 속 사람과 마찬가지로 소설 속 인물도 그 내면 깊이 내려가 탐색해야 할 면이 많다.

인물의 목소리로 자유롭게 일기를 썼다면(49쪽 참조) 이를 고쳐 써보자. 인물은 자신의 목소리로 소설 속 사건들이 어떤 영향을 미쳤는지 말할 수 있어야 한다. 어떻게 달라졌는가? 인물은 어떤 변화를 원하는가? 인물은 누구를 사랑하게(또는 증오하게) 되었는가? 그들이 화를 내는가? 마음껏 표출하게 하자. 인물이 목소리를 낼 수 있는 영역은 무한대다. 그러니 목소리를 내게 하고 어떤 결과가 나오는지 보자. 그러면 인물의 감정에 깊이를 더할 수 있다. 또한 그들의 목소리는 우리를 다른 주제로 이끌기도 한다(12장 참조).

¶ 인물 변화표를 그린다

3막이 전개되는 동안 인물이 겪은 내적 변화를 추적해본다. 인물이 변화를 이끈 플롯 요소를 목록으로 만든다.

- 원고를 훑으며 인물의 내면 상태를 표현한 모든 부분을 형광펜으로 칠한다. 짧은 깨달음부터 자세하고 깊은 깨달음에 이르기까지 모두 찾는다.

- 이제 색칠한 부분만 순서대로 읽는다. 인물의 내면은 설득력 있게 변화하는가? 일관성이 없어 보이는 곳이 있는가? 다른 내적 통찰로 메워야 할 빈틈은 없는가?

[인물 변화표]

이름	1막	2막-1	2막-2	3막

적대자에 대한 핵심 질문
- 주인공만큼 충분히 실감나게 묘사했는가?
- 그의 행동은 (그 인물 스스로 생각하기에) 타당한가?
- '공평하게' 다루어지고 있는가?
- 싸움에서 이기는 능력이 주인공만큼 또는 주인공보다 더 강한가?(더 강한 게 낫다)

해결책
적대자가 '악당'인데 너무 평면적인 악당이라면(흔히 나타나는 결함이다) 다음과 같이 고쳐보자.

- 적대자를 동정하는 어머니의 관점에서 적대자의 일대기를 쓴다.
- 그런 다음 그중 몇몇 소재를 소설 속 장면에 엮어 넣는다. 대단하지 않아도 된다. 사소한 게 멀리 가는 법이다.

플롯에 대한 핵심 질문

- 독자가 책을 내려놓고 싶어질 만한 곳이 하나라도 있는가?

- 사람들이 뭔가를 하고 있는 이야기처럼 느껴지는가?

- 플롯이 억지스럽거나 부자연스럽지는 않은가?

- 이야기의 균형이 깨졌는가? 행동 장면이 너무 많은가? 반응 장면이 너무 많은가?

해결책

¶ 아이디어를 붙잡는다

고쳐쓰기를 하는 동안 머릿속에는 플롯에 대한 생각이 계속 떠오를 것이다. 잘 때도, 먹을 때도, 씻을 때도, 운전할 때도. 지하실의 소년들은 멈추지 않는다.

그러니 시시때때로 떠오르는 아이디어를 모조리 붙잡을 수 있도록 준비하자. 집과 자동차, 사무실, 배낭에 바로 쓸 수 있는 펜과 종이를 마련하자. 아이디어가 떠오르면 판단하지 말고 무조건 메모하자. 나중에 메모를 자세히 읽으며 쓸 것만 고르면 된다.

¶ 두 가지 궤적을 정리한다

주인공의 궤적을 두 가지로 정리한다. 개인적인 문제와 플롯의 문제다.

- 이야기가 시작되면서 주인공이 개인적인 문제에 빠지거나 그 후 짧은 시간 안에 문제가 발생한다.
- 플롯의 문제는 중요한 갈등이 끼어들 때 일어난다.

이야기가 전개되면서 이 두 가지가 반드시 교차될 필요는 없다. 물론 그렇게 할 수는 있다. 그러나 개인적인 문제가 생기면 인물이 플롯에 대처하는 방식이 복잡해진다. 그 예로 마이클 코널리의 『실종Chasing the Dime』에서 주인공 헨리 피어스는 이혼으로 힘들어하던 중 릴리를 찾는 이상한 전화를 받기 시작한다. 그는 이혼 때문에 플롯 전개에 좀 더 쉽게 노출된다.

¶ 달력을 출력한다

소설 속 시간대를 모두 표시할 수 있는 텅 빈 달력을 출력한다. 역사소설뿐 아니라 현대소설과 미래소설에도 적용할 수 있다. 이렇게 하는 이유는 그전에 일어난 일에 따르면 월요일에 벌어져야 하는 일이 토요일에 벌어지는 상황을 피하기 위해서다. 또는 평일이어야 할 다음 날이 나중에 알고 보니 달력상으로는 사실 일요일인 상황을 피하기 위해서다.

달력을 출력하면 매일 일어난 중요한 사건을 적어둘 수 있어 편리하다. 나는 거의 언제나 초고에서 시간상의 실수를 저지른다.

¶ 새로운 활력을 넣는다

원고가 지루한가? 소파에 죽 치고 앉아 의미 없는 잡담으로 옆 사람을 지루하게 하는, 게으른 삼촌처럼 느껴지는가? 그렇다면 일어나 움직이자. 인물들의 이해관계를 분석해보자. 주인공이 목표를 이루지 못하면 무엇을 잃게 될까? 주인공이 신체적으로든 감정적으로든 엄청난 손해를 보는 게 아니라면 독자는 무슨 일이 일어나든 관심을 갖지 않을 것이다.

플롯에 '죽음'과 관련된 위협이 들어가면 활력이 생긴다. 스릴러소설에서 위협은 대개 신체적 죽음이다. 주인공이 악당들에게서 달아나지 않으면 그는 죽는다(존 그리샴의 『그래서 그들은 바다로 갔다The Firm』). 직업적인 죽음도 있다. 연쇄살인범을 잡지 못한 FBI 요원이 실패자가 되는 것이다(토머스 해리스의 『양들의 침묵』).

순수소설에서는 심리적 죽음이 인물을 맴도는 경우가 많다. 『호밀밭의 파수꾼』 전체에 퍼져 있는 감정이 바로 이 심리적 죽음이다. 홀든 콜필드는 자신이 받아들일 수 있는 현실을 찾아야 한다. 그렇지 않으면 그의 내면은 죽고 말 것이다.

'필연성' 또한 중요하다. 주인공과 적대자를 이어주는 것은 무엇인가? 이 필연성이 충분히 강력하지 않으면 독자는 대체 플롯이 왜 이렇게 전개되는지 이해하지 못한다.

'의무'도 때로 필연성의 핵심을 이룬다. 주인공에게 직업적인 의무가 있다면(예를 들어 고객을 대하는 변호사, 사건을 대하는 경찰처럼) 독자는 그가 사임할 수 없다는 사실을 받아들인다. 의무는 친구나 사랑하는 사람을 구해야 하는 경우처럼 도덕적일 수 있다. 『별난 커플』이 성공한 유일한 이유는 작가인 닐 사이먼이 일찌감치 도덕적 의무를 바탕에 깔아두었기 때문이다. 오스카의 절친한 친구인 펠릭스는 이혼 때문에 자꾸 자살을 하려 한다. 덕분에 '오스카가 왜 이 성가신 룸메이트를 내쫓지 않는가?'라는 질문을 미리 차단할 수 있다.

다음으로 '문제의 수준'을 끌어올릴 수 있는지 살펴보자. 로버트 크레이스의 『인질』이 그 예다. 평소에는 평온하던 베드타운에 갑자기 긴박한 인질 사건이 일어나 지칠 대로 지친 인질협상가 제프 탤리를 뒤흔든다. 이는 그 자체로도 아주 멋진데 작가는 수준을 한 단계 끌어올린다. 집 안에 있는 인질은 인질범이 재정적 범죄를 저질렀다는 증거를 갖고 있었는데, 그 인질이 인질범의 회계사이기 때문이다! 인질범은 경찰보다 먼저 그 증거를 손에 넣어야 한다. 인질범은 탤리를 압박하기 위해 그의 전처와 딸을 납치해 인질로 잡는다. 이렇게 문제의 수준이 한 단계 높아지며 소설 전체에 긴장감은 터질 듯이 넘친다.

¶ 인물을 더한다

인물이 너무 적으면 플롯이 빈약해진다. 인물이 너무 많으면 플롯이 무거워진다. 그러나 적절한 때에 추가된 인물은 플롯이 나아갈 방향을 새롭게 보여준다.

플롯이 무겁게 움직이고 있다면 전개 과정에 새롭고 활발한 인물을 더해보자. 이 인물에게 플롯의 이해관계를 맡기자. 다른 인물에게 찬동하거나 반대할 이유를 많이 만들자. 새 인물과 기존 인물의 관계에 설정할 만한 뒷이야기를 찾아내자.

흐름상 타당한 이유 없이 행동하는 인물이 있는가? 인물은 그저 등장하기만 해서는 안 된다. 인물의 행동에는 이유가 있어야 한다. 다음에서 그 이유를 찾아보자.

- 욕망
- 동경
- 의무
- 심리적 상처
- 열정

¶ 연약하고 위험에 빠진 인물을 만든다

영화 용어에 '개 쓰다듬기'라는 게 있다. 다시 말해 '연약하고 위험에 빠진 인물 넣기'라고 할 수 있다. 예를 들어보자.

어떤 경찰이 있다고 하자. 그는 44구경 매그넘을 빼들고 살인범을 쫓아 어두운 거리를 돌아다니고 있다. 그는 총에 맞는다. 어느 뒷골목 벽에 등을 기대고 있는데 와장창 하고 뭔가 박살나는 소리가 들린다. 그는 주변을 획획 둘러보고 총을 겨눴는데 상대는 쓰레기통을 넘어뜨린 털북숭이 늙은 개다. 개가 경찰의 다리로 다가온다. 경찰은 개를 내려다보고 거리로 나왔다가 다시 개에게 돌아간다. 몸을 숙이고 개를 쓰다듬으며 말한다. "조심해라, 작은 친구. 여긴 위험하거든." 그 후로 그는 그 개를 돌보게 된다.

자, 여기서 경찰은 자신의 위험은 잠시 접어두고 자신보다 더 약하고 상처받기 쉬운 존재를 돌본다. 자신의 안전을 염려해야 하는 그 순간에 이 작은 개를 똑같이 염려한 것이다.

이 기법은 제대로 활용하면 긴장감을 상승하는 동시에 독자와 인물의 강한 공감대를 형성한다. 위험에 빠진 존재는 문자 그대로 개일 필요는 없고 주인공이 아닌 다른 인물이면 된다.

원고에서 연약하고 위험에 빠진 인물을 넣을 데가 있는지 찾아보자.

¶ 장소를 바꾼다

대개 소설 속의 장소는 처음부터 끝까지 바뀌지 않는다. 작가가 자료조사를 하고 세부 사항을 설정하는 등 많은 노력을 기울였기 때문이다. 그러나 가능하다면 변화를 시도해보자. 플롯의 수준을 높이는 변화를 일으킬 수 없을까? 더 흥미진진하게 바꿀 수 없을까? 주요 장소는 그대로라 해도 이렇게 몇몇 장소를 바꾸면 많은 장면에 활기가 생긴다. 특히 다음 장소를 살펴보자.

- 레스토랑
- 부엌
- 거실
- 사무실
- 자동차

많은 사람이 대부분의 시간을 보내는 장소들이다. 그래서 지나치게 익숙한 곳이기도 하다. 이런 장소가 나오는 부분을 각각 살펴보고 더 참신하게 바꿀 수 없는지 생각하자. 예를 들어 인물이 레스토랑 대신 야외 부둣가에서 핫도그를 먹고 있다면 어떨까? 또는 너무 시끄러운 축제 장소라면? 물론 모든 장소를 옮길 필요는 없지만 이는 플롯을 예리하게 다듬는 한 가지 방법이다.

주인공에게 일어날 법한 나쁜 일들을 만드는 데 거부감을 느낀 적이 있는가? 장애물, 난관, 갈등 요소를 만들 때 사정을 봐준 적이 있는가? 인물을 너무 친절하게 대했는가? 원고를 살피며 장면마다 갈등 요소를 뚜렷이 밝히자.

- 대립하는 목표를 추구하는 두 인물이 있는가? 갈등이 좀 더 뚜렷해지도록 고칠 수 있는가?
- 인물의 목표를 더 중요하게 만들어서 갈등을 키울 수 있는가?
- 생각을 통해 문제가 시점인물에게 얼마나 중요한지 알려줄 수 있는가?
- 갈등을 좀 더 격렬하게 만들 수 있는가?
- 충분히 생각하자. 너무 극단적인 상황이 될까 봐 걱정하지 말자. 마지막 수정 때 얼마든지 고칠 수 있다.

시작 부분 점검

시작에 대한 핵심 질문

- 이야기가 진행되고 있는가? 예열을 지나치게 오래 하고 있지 않은가?
- 지루한 부분이 있는가?
- 보여주고자 하는 소설 속 세계가 무엇인가? 이 세계를 보여주기 위해 어떻게 묘사하고 있는가?

- 소설의 분위기는 어떤가? 묘사가 그 분위기와 어울리는가?
- 독자를 매혹하는 1막의 사건은 무엇인가? 주인공에게 어떤 위험이 닥치는가?
- 적대자는 누구인가? 그는 주인공만큼 강하거나 더 강한가? 이점을 어떻게 보여주는가?
- 전체를 관통하는 구조적 갈등은 충분한가?

해결책

¶ 밋밋한 첫 문장에 활력을 넣는다

인물은 움직여야 한다. 첫 문장에서부터 사건을 일으키자. 불안감을 안기는 사건 또는 그런 사건이 일어날 듯한 조짐을 보여주자.

어떤 종류든 변화나 어려움은 불안 요소다. '큰' 사건만 관심을 사로잡는 건 아니다. 좀 더 느긋하게 시작하고 싶다면 적어도 첫 문단이나 첫 쪽에 이런 불안 요소가 나와야 한다.

¶ 뒷이야기, 설명, 인물 수가 지나치면 뺀다

뒷이야기는 시작 부분에 써도 좋지만 우선은 행동이 설정된 다음에, 되도록 간략하게 나와야 한다. 설명(정보) 또한 대개는 나중으로 미룰 수 있다. '행동이 먼저, 설명은 나중에'라는 규칙을 잊지 말자.

2장을 1장으로 전환하는 기법(247쪽 참조)을 활용하자. 2장으로 이야기를 시작해보고 어떤 느낌인지 살피자.

1장에서 너무 많은 인물이 등장하면 안 된다. 독자는 주인공이 누구인지, 왜 그런 행동을 하는지 이유를 알고 싶어 한다. 너무 많은 인물이 나오면 그런 유대감이 줄어든다.

다음과 같이 하자.

- 인물을 뺀다.
- 몇몇 인물은 나중에 등장시킨다.
- 처음부터 끝까지 주인공의 시점을 강하게 유지한다.
- 인물 수를 줄일 수 있도록 서로 합친다.

중간 부분 점검

중간에 대한 핵심 질문
- 인물의 관계가 심화되었는가?
- 지금 벌어지고 있는 일에 독자가 관심을 기울여야 하는 이유는 무엇인가?
- 마지막에 나오는 최후의 결전이나 최종 선택은 타당하게 보이는가?
- (신체적, 직업적, 심리적) 죽음이 다가오는 게 느껴지는가?
- 인물들을 이어주는 강력한 필연성(도덕적·직업적 의무나 물리적 장소, 인물이 벗어날 수 없게 만드는 것)이 있는가?
- 장면에 갈등이나 긴장이 일어나는가?

해결책

앨프리드 히치콕은 늘 악당을 더 강력하게 만들어야 긴장감이 커진다고 말했다. 옳은 말이다. 적대자나 적대적 환경이 수월한 탓에 중간 부분이 길고 지루할 것 같으면 독자는 주인공을 걱정하지 않는다. 적대자를 강력하게 만들려면 죽음(신체적, 직업적, 심리적)을 넣는 게 좋다.

- 적대자에게 주인공을 죽일 힘이 있는가?
- 적대자는 주인공의 직업을 무너뜨릴 힘이 있는가?
- 적대자는 주인공의 정신을 파괴할 힘이 있는가?

적대자가 휘두를 힘의 유형을 정하고 나면 과거로 거슬러 올라가 그 힘을 설명할 수 있다. 적대자가 어떻게 현재의 모습이 되었는지 정확히 보여줄 배경 자료를 얼마든지 구상할 수 있다.

주의할 점이 있다. 적대자가 우스꽝스럽게 느껴질 정도로 강하게 만들면 안 된다. 적대자에게는 특색이 있어야 한다. 콤플렉스를 설정하면 어떨까? 진짜 악마가 아닌 다음에야 매일 눈을 뜨면서 새로운 악행을 저지를 생각을 하는 사람은 없다. 인물이 하는 행동은 타당해야 한다. 적대자의 어두운 그늘을 드러내자.

늘어진 중간 부분을 지탱해줄 확실한 방법 하나는 서브플롯을 추가하는 것이다. 좋은 서브플롯은 주제를 깊이 있게 하고 내적·외적 갈등을 더하며 흥미를 한 단계 끌어올린다.

다음은 서브플롯의 몇 가지 유형이다.

1. 사랑 플롯: 주인공은 연애 문제를 겪어야 하며 이 때문에 삶이 복잡해질 위험에 처해야 한다. 사랑 플롯에는 다음과 같은 유형이 있다.

- 주인공은 계층이나 가족 또는 다른 이유 때문에 이루어질 수 없는 인물과 사랑에 빠진다. 연인들은 함께 있고 싶어 하지만 상황에 가로막힌다.「로미오와 줄리엣」을 참고하자.
- 주인공과 다른 인물은 처음에는 서로를 미워하지만 어쩔 수 없이 계속 만나야 한다. 고전영화「어느 날 밤에 생긴 일」을 참고하자.
- 주인공은 다른 사람과 결혼했거나 사귀는 중인데 새로운 상대가 나타나 육체적 또는 감정적으로 흔들린다.
- 삼각관계

2. 복합 플롯: 다른 플롯 때문에 목표를 이루려는 주인공이 난관에 부딪힌다. 로버트 크레이스의 『인질』에서 고위 경찰관인 제프 탤리는 일가족을 인질로 잡은 범인 일당을 상대하고 있다고 생각한다. 그 후 알고 보니 인질로 잡힌 가족의 아버지는 인질범의 회계사였고, 인질범은 중요한 증거물을 되찾을 때까지 탤리의

가족마저 인질로 붙잡고 있기로 한다.

3. 개인적 플롯: 주인공의 개인사에 위기가 생기면 앞으로의 여정은 더욱 어려워진다. 연쇄살인범을 쫓는 형사에게는 그를 떠나겠다고 압박하는 아내가 있다.

4. 주제적 플롯: 다양한 조합이 가능하며 주요 용도는 소설의 주제를 심화하는 것이다. 대개는 주인공이 성장하거나 중요한 교훈을 얻게 만드는 개인사와 관련 있다.

그러면 서브플롯을 떠올리는 가장 좋은 방법은 무엇일까? 기본적인 방법은 두 가지다.

1. 인물: 주인공이 아닌 다른 인물을 골라 더 유능한 존재로 설정한다. 이 인물이 주인공의 삶이나 목표를 복잡하게 만들기 위해 할 수 있는 일이 있는가? 또는 이야기에 끼워 넣을 새로운 인물을 창조하자. 예를 들어 이야기가 늘어지는 것 같으면 생동감 있는 조연을 생각해낸다. 그리고 어디에 넣으면 좋을지 살펴본다. 그럼 그에게 어울리는 내용도 떠올리게 된다.

2. 플롯: 플롯이 허술해서 빈틈이 보이는 부분을 찾아 그 부분을 메울 내용을 만든다. 예를 들어 주인공에게 정보를 알려줄 통로가 필요할 수 있다. 그럼 정보를 전달할 인물을 창조한 다음 주

변 내용을 만들어 이 인물의 활동 범위를 넓힌다.

¶ 이해관계를 깊게 만든다

1. 플롯의 이해관계

주인공이 더 큰 곤경에 처하도록 새로운 사건을 떠올린다. 쓸 만한 것을 찾을 때까지 거침없이 생각한다.

다음은 몇 가지 상황이다.

- 뜻밖의 적이 나타난다.
- 친구가 적으로 밝혀진다.
- 비중이 낮은 인물인 줄 알았는데 생각보다 훨씬 치명적인 위력 이 있다는 사실이 드러난다.
- 누군가 예상치 않게 죽는다.
- 죽은 줄 알았던 사람이 살아서 나타난다.
- 주인공이 총에 맞는다.
- 주인공이 사고를 당한다.
- 주인공이 길을 잃는다.
- 중요한 정보가 사라진다.

2. 인물의 이해관계

주인공의 이해관계는 어떻게 깊게 만들 수 있을까? '딜레마' 를 안기자. 딜레마란 두 가지 중 하나를 선택해야 하는데 어느 쪽을 선택하든 바람직하지 않은 상황을 이른다.

컴퓨터 화면이나 종이를 둘로 나눠 표를 준비한다. 그런 다음 왼쪽에 주인공이 갈등에서 '벗어날 수 없는' 이유를 모조리 적는다. 심리적인 이유, 가족 문제 등 갖가지 이유를 모두 생각해낸다.

예를 들어 영화 「도망자」에서 리처드 킴블 박사는 왜 멈출 수 없는가?

- 저지르지 않은 범죄 때문에 처형될 것이므로
- 그의 아내를 죽인 진범이 도망갈 것이므로
- 기억에 시달릴 것이므로(영화에 꿈 장면이 나온다)
- 살인자가 다시 죄를 저지를지 모르므로
- (혹시 존재한다면) 배후의 악당들이 계속 활동할 것이므로
- 사법 제도가 어그러질 것이므로
- 충실한 친구들이 그동안 속았다고 생각할 것이므로

그다음 오른쪽에 인물이 갈등에서 '반드시 벗어나야 하는' 모든 이유를 적는다. 킴블 박사의 경우에는 다른 곳으로 떠나 숨어야 하는 이유다.

- 경찰이 모든 수단을 장악하고 있으므로
- 그는 혼자이며 믿어줄 사람이 없으므로
- 음모가 너무 거대하므로
- 그는 슈퍼 영웅이 아니라 평범한 의사이므로

인물의 이해관계를 깊게 만드는 다른 방법은 문제를 '개인적 차원'으로 만드는 것이다. 영화 「빅 히트」에서 열혈 형사 배니언은 갱 두목을 붙잡으려 한다. 그는 평소처럼 부지런히 수사에 열을 올리는데 (그 두목의 손아귀에 들어간) 상사가 배니언에게 물러서라고 명령한다. 배니언은 어쩔 수 없이 그 말에 따르지만 그 후 갱 단원들이 자동차에 폭탄을 설치한다. 폭탄은 엉뚱한 사람을 날려버린다. 바로 배니언의 아내다. 이제 이 문제는 개인적인 것이 되었다.

3. 사회적 이해관계

이야기에 더 큰 쟁점이 나타나는가? 공동체와 관련된 문제인가? 영화 「하이눈」에서 월 케인이 살해당한다면 그가 보안관으로 있던 마을에는 어떤 일이 벌어질까? 그 반대로 그가 떠나버린다면 어떻게 될까? 마을에는 살인자에게 동조할 사람이 많으며, 그들은 마을이 케인이 활동하기 전으로 돌아가기를 바란다.

「카사블랑카」가 보여주는 릭의 반영웅주의는 어떤가? 그가 일자와 함께 가고 싶은 길로 가버리면 전쟁 영웅인 라즐로의 노력은 허사가 될 것이다. 이해관계는 이렇게 중요하다!

¶ 군더더기를 다듬는다

이야기는 너무 무거워서 늘어지기도 한다. 군더더기가 너무 많은 것이다. 여기저기 다듬은 다음 남아 있는 부분을 더 강화하는 게 좋다.

다음과 같이 해보라.

1. 인물을 합치거나 뺀다

인물이 뚜렷한 이유 없이 플롯에 존재한다면 뺀다. 인물에게 생동감이 있으니 혼자서도 충분히 매력을 풍길 수 있을 거라고? 그러나 그렇지 않다. 모든 인물은 목적이 있어야 한다.

비중이 높은 인물이라면 그의 이해관계가 어느 정도인지 살펴보자. 그는 주인공 또는 주요 갈등과 어떤 관련이 있는가? 그가 없어도 플롯에 큰 변화가 없다면 그는 있을 필요가 없다.

조연은 '조력자'나 '방해꾼' 중 하나여야 한다. 주인공을 돕거나 방해하지 않는다면 목적이 없는 것이다.

'지나가는' 인물 즉 비중이 매우 낮은 단역은 일어나야 할 일이 일어날 때에만 나와야 한다. 택시가 강탈되었을 경우의 택시 운전사나 주인공이 레스토랑에 있을 때의 웨이터와 같은 존재다.

둘 이상의 인물을 합칠 수도 있다. 모든 인물이 서로 어떻게 이어지는 생각해보자. 관계망을 그리자. 그리고 둘 이상의 인물을 합쳐 똑같은 기능을 할 수 있는지 살펴보자. 예를 들어 깐깐한 할머니와 짜증나는 이모는 각자 주인공을 압박할 수 있지만 합쳐도 효과는 똑같다.

2. 서브플롯을 흡수한다

서브플롯이 흐름에서 벗어나 좌초되기 시작했는가? 아니면 너무 제멋대로 엇나가는가? 그렇다면 좋은 점만 골라서 메인플롯에 흡수시키자. 서브플롯의 장점(인물이나 사건)을 선택해 강조하는 대신 집중도를 낮추자.

¶ 추가로 자료를 조사한다

어떤 작가들은 글을 쓰기 전에 자세히 조사하기를 좋아한다. 역사소설을 쓰는 작가에게 권할 만한 활동이다. 그런데 원고를 끝내놓고 보니 몇몇 핵심적인 플롯 장치가 시기상 일어날 수 없는 일이란 것을 알게 될 때가 있다. 이럴 때는 원고를 다시 살펴 구멍을 메우자.

초고를 쓴 뒤에 자료조사를 하면 고쳐쓰기를 하는 동안 도움이 된다. 빈틈을 메울 수 있을 뿐 아니라 소설에 깊이를 더할 새로운 플롯을 착상할 수도 있다.

자료조사를 하는 방법은 크게 두 가지다.

1. 전문가에게 문의하기

서스펜스소설 작가 리들리 피어슨은 사전 조사를 충분히 한다. 그런 다음 글을 쓰면서 쟁점이 떠오를 때마다 인물이 어떻게 반응할지 '최선의 추측'을 한다.

그리고 전문가들과 함께 점검한다. 그는 그런 식으로 어떤 질문을 던져야 하는지 알게 되는데, 이는 전문가 인터뷰의 첫 번째 규칙을 따른 것이다.

'그들의 시간을 허비하지 말 것.'

- 바쁜 전문가를 찾아가기 전에 자신의 몫을 한다. 전문가의 시간을 낭비하면 안 된다. 전문가에게 연락하기 전에 구체적으로 알고 싶은 내용, 즉 세부 항목을 정한다. 스스로 최대한 연구한 다음 전문가를 찾아가 자세히 알려달라고 한다.
- 직접 만나기 전에 전화를 한다. 전문가는 대개 대화부터 한다.
- 경찰서처럼 대민 봉사 활동을 하는 곳을 방문할 때는 자신이 취재 기자가 '아니'라는 것을 반드시 알려야 한다. "시간을 내서 이러한 문제에 대해 이야기해주실 누군가와 연결해주실 수 있습니까?"와 같은 문의를 하자. 그리고 시간이 얼마나 걸리는지 밝히자. 첫 인터뷰라면 최대 30분 정도가 적당하다.
- 세부 사항뿐 아니라 개방형 질문도 한다. 말하는 사람이 예상 밖의 이야기를 해도 내버려둔다. 그러나 떠나기 전에 '핵심 질문'은 반드시 던져야 한다.
- 인터뷰 중반에 이런 질문을 던지면 효과 만점이다. "당신이 하는 일의 가장 '멋진' 부분과 가장 좋아하는 점은 무엇입니까?", "당신의 일에서 가장 '싫은' 점은 무엇입니까?"
- 할당 시간을 넘기며 인터뷰하는 것은 예의에 어긋나는 행동이다.
- 추가 인터뷰가 필요하면 다시 연락해도 될지 허락을 구한다. "안녕하세요. 지금 통화 괜찮으신가요, 아니면 나중에 다시 연락드릴까요?" 전문가에게 그의 시간을 허비하지 않으리란 사실을 알려야 한다.
- 전문가는 나중에 '친구'가 되기도 한다.
- 전문가가 책을 좋아하는 사람인지 알아보자. 그렇다면 책을 연

결 고리로 삼을 수 있다. '시각적' 이미지에 귀를 기울이자.

- 강의를 듣는다(예를 들어 총기 수업).
- 근무 현장에 동행한다(경찰이나 구급대원 등. 경찰은 허락하지 않겠지만).

현장의 모습과 소리, 사람들이 말하는 방식 등을 주의 깊게 관찰하자. 그들이 쓰는 구호를 기록하자.

2. 모든 자료 섭렵하기

젊은 시절 딘 R. 쿤츠는 리 니콜스라는 필명으로『자정으로 가는 열쇠The Key to Midnight』라는 소설을 썼다. 소설은 일본의 교토에서 시작된다.

새벽 4시, 교토는 조용했다. 나이트클럽과 게이샤하우스가 밀집한 유흥가인 이곳 기온마저도. 놀라운 도시라고, 그녀는 생각했다. (……) 네온사인과 고대 사원, 싸구려 플라스틱 장식품과 손으로 아름답게 조각한 돌이 흥미진진하게 뒤범벅되었고, 무덥고 습한 여름과 춥고 습한 겨울에 몇 백 년 동안이나 시달린 궁전과 화려한 제단 옆에서는 조악하기 짝이 없는 반질반질한 현대적 건축물이 으스대고 있었다.

잠시 후 인물은 레스토랑으로 들어간다.

미즈타니는 오자시키 레스토랑으로, 창호지 문으로 구분된 수많은 객실이 있다는 뜻이었는데, 엄격한 일본식 식사를 제공했다. 높지 않은 천장은 알렉스의 머리 위로 50센티미터가 채 되지 않았고, 바닥은 눈부실 정도로 윤이 나는 소나무로 만들어졌는데 투명한 데다 바닷속만큼 깊어 보였다. 알렉스와 조애나는 현관에서 신발을 벗고 부드러운 실내화로 갈아 신은 다음 몸집이 작고 젊은 여주인을 따라 방으로 들어가서, 바닥에 깔린 얇지만 편안한 방석 위에 나란히 앉았다.

교토를 잘 아는 동료 작가는 쿤츠가 그곳에 다녀온 줄 알고 쿤츠에게 전화를 걸어 축하한다고 말했다. 쿤츠는 이렇게 대답했다. "난 태평양에 몸을 담가본 적도 없어."

그렇다면 쿤츠는 어떻게 그곳에 다녀왔다는 착각을 불러일으킬 정도의 효과를 냈을까? 여행 서적과 사진이 딸린 안내서, 관광 책자, 일본어 입문서, 지도, 교토에 다녀온 사람들의 체험기, 레스토랑 가이드, 그 밖에 입수할 수 있는 모든 자료를 통해서다. 그는 수천 가지 사실을 흡수했는데, 교토 최대의 택시 회사 이름까지 알 정도였다. 또한 쿤츠는 일본인의 사고방식을 이해하기 위해 『쇼군Shogun』이라는 소설을 비롯한 문화 서적까지 섭렵했다.

쿤츠가 이 모든 노력을 기울인 까닭은 태평양에 몸을 담그지 않고도 그곳을 소설의 배경으로 설정하기 위해서였다.

결말 부분에 대한 핵심 질문

- 거추장스럽고 느슨한 부분이 있는가? 그렇다면 주요 내용에서 벗어나지 않도록 조정하거나 그 부분으로 돌아가 싹둑 잘라내야 한다. 독자는 기억력이 좋다.
- 여운이 남는가? 최고의 결말은 책 밖에 존재하는 느낌을 남긴다.
- 독자는 작가가 바라는 대로 느낄까?

해결책

¶ 실을 하나로 뭉치기

원고를 다시 훑으며 느슨한 부분과 관련된 부분만 찾아 읽는다. 관찰한 내용을 적는다. 매우 특이한 것이라도 좋으니 가능한 해결책을 모두 적는다. 하루 이틀 정도 묵혀둔다. 그리고 떠오르는 아이디어가 있으면 덧붙인다. 가장 적합한 해결 방안을 선택한다.

비중이 낮은 인물을 이용하는 것도 방법이다. 탐정이 마지막에 모두를 방으로 불러 모아 사건의 진상을 설명하는 건 추리소설의 주요 특징이었다. 오늘날에는 좀 더 영리한 방식으로 바뀌었지만 여전히 작게 쓸 수 있다.

느슨해진 부분은 꽉 조이려면 등장 순서의 반대로 보면 도움이 된다. 다음을 보자.

초기 문제 → 핵심 문제 → 추가 문제1 → 추가 문제 2

　　→ 추가 문제 3

해결은 이런 순서로 하면 된다.

추가 문제 3 해결 ← 추가 문제 2 해결 ← 추가 문제 1 해결

　　← 핵심 문제 해결 ← 초기 문제 해결

　초기에 나온 문제가 중대한 논점이 아닌 점에 주목하자. 이는 대개 시작 부분에 나타나는 장애물이다. 그러니 용두사미가 되지 않으려면 마지막에 한 장면을 넣어 그 문제를 반드시 매듭지어야 한다.

　쿤츠가 쓴 『미드나이트』를 예를 들어보자. 샘 부커는 십 대 아들과의 관계 때문에 개인적인 어려움을 겪는다. 아들은 부커를 미워하고, 부커는 살아갈 이유를 찾느라 안간힘을 쓴다. 소설의 이야기는 거기에서부터 펼쳐진다. 마지막에 부커와 아들이 함께 하는 장면이 나오는데 거기서 화해가 시작된다.

¶ 여운을 남긴다

　완벽한 마지막 쪽, 마지막 문단, 마지막 문장은 절대적으로 중요하다. 소설은 모두 각양각색이므로 이를 이룰 한 가지 방법이란 없다. 그러나 이런 식으로 접근할 수는 있다. 마지막 쪽을 여러 개 쓰는 것이다. 문장과 리듬을 다양하게 바꿔보자.

마지막에 다시 꺼낼 수 있는 대화를 찾아보자.

예를 들어 나는 어느 소설을 쓰다가 여주인공이 (그녀를 돕고 있는) 아량이 넓은 남주인공에게 괴로운 상황에 빠졌을 때는 어떻게 하면 좋겠느냐고 질문하는 장면을 넣었다. 남주인공은 대답했다. "마음 내키는 대로."

소설의 끝부분에서 두 사람은 이제 막 연애를 시작하려고 하는데, 이번에는 남주인공이 여주인공에게 이제 어떻게 해야 하느냐고 묻는다. 여주인공은 대답했다. "마음 내키는 대로." 이게 마지막 문장이었다.

아니면 거꾸로 먼저 멋지게 들리는 대화를 생각한다. 몇 가지를 구상한 뒤 가장 훌륭한 대화를 골라 소설의 시작 부분에 그 대화의 실마리를 심어둘 방법을 찾는다.

¶ 마지막 반전을 넣는다

결말을 여러 가지 생각한다. 그중 하나가 다른 것들보다 나아 보이면 이를 끼워 넣을 방법을 찾는다. 원래 있던 결말을 없애지는 말자. 이를 반전으로 활용할 방법을 생각해보자. 세부 사항을 변경해야 하겠지만 그래도 활용할 수 있을 것이다. 아니면 새로 떠올린 결말 중 하나를 활용해도 된다. 마지막 반전은 김이 빠지지 않도록 짧아야 한다.

장면에 대한 핵심 질문

- 모든 장면에 갈등이나 긴장감이 있는가?
- 시점인물을 설정했는가?
- 행동 장면일 경우 목적이 분명히 드러나는가?
- 반응 장면일 경우 감정이 분명히 드러나는가?

해결책

¶ 장면을 체험한다

다시 쓰는 게 아니다. 다시 체험하는 것이다. 자신이 등장인물이 되었다고 상상해본 적이 있는가? 인물의 감정이 어떤지 느껴보려고 한 적이 있는가? 지금 시도해보자. 어렵지 않다. 배우가 되자.

나는 한 장면을 쓴 다음 그 장면을 다시 보며 감정을 직접 느껴보려고 노력한다. 내가 쓴 부분을 연기해본다. 그리고 거의 언제나 내가 '인물이 되어' 느낀 감정 때문에 내용을 덧붙이거나 장면을 바꾼다.

누구나 장면을 머릿속으로 생생하게 상상할 수 있다. 영화처럼 그 장면을 상영하자. 단, 관람석에서 영화를 보는 대신 장면 '속으로' 들어가야 한다. 다른 인물은 작가를 볼 수 없지만 작가는 그들의 모습을 보고 말을 들을 수 있다.

장면의 감정 등급을 높이자. 사건을 일으키자. 인물이 즉흥적으로 말하고 행동하게 하자. 그들의 말과 행동이 마음에 들지 않으면 장면을 되감고 다른 행동을 하게 만들자.

장면이 시작 부분을 보자. 시작과 동시에 독자를 사로잡기 위해 어떻게 했는가? 장소 묘사에 너무 많은 시간을 들이지는 않았는가? 거두절미하고 본론부터 이야기한 다음, 묘사는 좀 더 나중에 하는 게 가장 좋을 때도 있다.

장면의 결말 부분을 보자. 독자가 다음 장면을 계속 읽도록 어떤 장치를 마련했는가? 다음과 같은 상황으로 끝내면 좋다.

- 중요한 결정을 하려는 순간에서
- 끔찍한 일이 막 일어난 상태에서
- 나쁜 일이 '곧' 일어날 거라는 불길한 징후와 함께
- 감정을 강하게 드러내면서
- 당장은 답을 찾을 수 없는 질문을 던지면서

¶ 감정을 고조한다

장면의 핵심이 무엇인가? 장면의 목적은 무엇인가? 이 장면은 왜 존재하는가? 장면의 네 가지 목적 중 하나를 어떻게 충족하는가? 핵심이 약하거나 불분명하면 강화하자. 그곳을 '강조점'이라고 생각하고 감정을 고조할 방법을 찾는다.

¶ 속도를 조절한다

장면의 속도를 올려야 한다면 대화가 한 가지 방법이다. 다른

요소가 없는 짧은 대화는 종이에 여백을 많게 해 움직이는 느낌을 준다. 로런스 블록의 단편소설 「떠돌이 여인을 위한 양초」에서 여종업원은 사설탐정인 매트 스커더에게 누군가 그를 찾고 있었다고 말하며 그 사람이 '땅딸막해' 보였다고 묘사하면서 말을 끝마친다.

> "딱 어울리는 말이군."
> "당신이 여기 조만간 들를 거라고 말했어요."
> "늘 그렇지. 조만간."
> "으음, 괜찮아요, 매트?"
> "메츠가 아슬아슬하게 졌어."
> "13대 4라고 들었어요."
> "요즘 실적치고는 아슬아슬했지. 그 남자는 어땠다고 했지?"

장면의 속도를 늦추려면 행동 비트나 생각, 묘사를 넣거나 장황한 연설을 집어넣으면 된다. 「떠돌이 여인을 위한 양초」에서 살인자는 스커더에게 떠돌이 여인을 죽였다고 고백한다. 스커더는 왜 그랬느냐고 묻는다.

> "버번위스키나 커피랑 똑같은 거죠. 꼭 저질러야 하거든요. 꼭 맛을 보고 어떤지 확인해야만 하는 거죠." 그의 눈동자가 내 눈과 만났다. 매우 크고 공허한 눈이었다. 그 두 눈 너머로 그의 머리 뒤편에 드리워진 어둠까지 볼 수 있을 것 같았다. "사람을 죽여야겠

다는 생각을 떨칠 수가 없습니다." 그가 말했다. 이제는 목소리가 좀 더 차분해졌고, 비웃는 듯한 장난스러운 느낌도 사라지고 없었다. "노력했습니다. 어쩔 수가 없었어요. 그 생각이 늘 머리를 맴도니 제가 무슨 짓을 저지를지 두려웠습니다. 정상적인 생활을 할 수도, 생각이란 걸 할 수도 없었습니다. 늘 피와 죽음만 보였어요. 뭐가 보일지 두려워서 눈을 감는 게 겁이 났습니다. 며칠 연속 깨어 있다가 너무 피곤해서 눈을 감는 순간 기절해버리곤 했죠. 이제는 음식도 먹지 않습니다. 예전에는 몸이 상당히 무거웠는데 이젠 몸무게가 많이 줄었습니다."

불분명한 시점

모든 장면에는 분명한 시점인물이 있어야 한다. '한 장면에 한 시점'이 원칙이다. 이 사람 저 사람 떠돌면 안 된다. 전지적 시점일 경우는 예외인데 여기에도 그 나름의 어려움이 있다. 그런 경우가 아니라면 한 시점을 유지하자. 장면을 점검하고 처음 두 문단에서 시점이 분명히 드러나는지 확인하자.

다음과 같이 장면을 시작하면 안 된다.

방 안은 갑갑했고 사람들로 빽빽했다.

대신 이렇게 써야 한다.

스티브는 갑갑한 방으로 들어가 빽빽한 사람들을 헤치고 지나가려 했다.

장면이 전개되는 동안 누가 이 모든 걸 바라보고 있는지 독자가 알 수 있게 해야 한다. '스티브는 ~을 알았다' 같은 작은 단서만으로도 할 수 있는 일이다.

¶ 긴장감을 높인다

긴장감 넘치는 부분을 그냥 지나치지 말자. 확장하자. 영화 속 슬로모션처럼 만들자. 생각, 행동, 대화, 묘사 등 쓸 수 있는 모든 수단을 동원하자.

쿤츠는 『어둠 속의 속삭임』의 유명한 도입부 장면에 17쪽이나 할애해 주인공이 강간당할 뻔한 상황을 묘사한다. 모두 집 안에서 일어나는 일이다. 그 부분을 읽고 배우자.

¶ 약한 장면은 빼거나 강화한다

원고에서 가장 약한 장면 10개를 고른다. 어떤 장면이 약한지 알아야 한다. 직감을 활용하자. 원고 전체를 읽었을 때 허술한 느낌이나 분명한 실망감이 드는 장면이 있었을 것이다.

다음과 같은 장면을 찾으면 된다.

- 인물이 대화를 많이 주고받는데 큰 갈등이 일어나지 않는다.
- 다른 장면을 위해 설정된 장면인 것처럼 느껴진다.
- 인물의 동기가 불완전해 보인다.
- 인물의 내적 성찰이 너무 오래 이어진다.

- 동기를 설명할 내적 성찰이 충분하지 않다.
- 인물들 사이에 긴장감이나 갈등이 거의 없다.
- 인물의 내면에 긴장감이나 갈등이 거의 없다.

이제 약한 장면 10개를 찾아낸다. 다섯 군데만 약한 장면이라고 생각되더라도 5개를 더 찾자. 약한 순서대로 장면을 나열한다. 가장 약한 장면이 1번, 그다음으로 약한 장면이 2번이다. 포스트 잇에 각 숫자를 쓰고 원고에서도 약한 장면 각각에 표시를 한다. 이제 준비가 되었다. 다음 단계를 따르자.

- 원고에서 1번 장면을 지운다.
- 2번 장면으로 이동한다. 다음 세 질문에 대해 답한다.

  첫째, 이 장면의 목표는 무엇이며 누구의 것인가? 달리 말해 시점인물이 누구이며 그가 원하는 게 무엇인가? 아무것도 원하는 게 없다면 새로이 설정하거나 아예 '장면을 지운다'. 인물의 목표는 분명하고도 확실해야 한다. 또한 장면이 시작되면서부터 뚜렷이 드러나야 한다. 인물이 목표를 말하거나 관련된 행동을 해야 한다.

  둘째, 인물의 드러난 목표를 가로막는 '장애물'은 무엇인가? 그는 왜 목표를 이룰 수 없는가? 기본적인 장애물은 세 가지다. 의식적으로든 무의식적으로든 인물에게 반대하는 다른 인물, 인물의 내적 갈등이나 앞을 가로막는 결핍, 물리적 환경.

  셋째, 장면의 '결과'는 무엇인가? 인물은 목표를 이룰 수도, 이루지 못할 수도 있다. 긴장감을 극대화하려면 어느 쪽이 나을까? 이루지 못한 경우다. 왜일까? 어려움이야말로 작가의 표적이며, 인물의 긴장감을 일으키고 독자가 계속 책을 읽게 만들기 때문이다. 되도록 최악의 결과를 생각해내자. 아니면 적어도 목표를 이루지 못하게 만들자.

설명 점검

설명에 대한 핵심 질문

- 정보를 한곳에 덩어리째 집어넣었는가?
- 설명이 두 가지 기능을 하고 있는가? 분위기를 만드는 데 도움이 되지 않는 설명이 있는가?

해결책

¶ 설명을 숨긴다

가장 좋은 설명은 두드러지지 않는다. 정보를 넣으려고 갑자기 이야기를 중단했다는 느낌이 들지 않는다. 정보를 전달하는 문장이 둘 이상이면 설명 '덩어리'다. 작가의 목소리로 곧이곧대로 서술하는 것이야말로 그런 정보를 전달하는 최악의 방법이다. 그러니 정보 덩어리가 있다면 모두 골라내서 다음 중 하나를 따르자.

우선 독자가 반드시 알아야 할 내용이 아니면 뺀다. 자리만 채울 뿐이다. 이는 경험의 문제다. 예를 들어 어느 장소의 역사에 대해 쓰는 중이라면 장소의 느낌을 살려야 하므로 설명이 필요하다. 특히 조사하기를 좋아하는 작가라면 아는 내용을 모두 집어넣고 싶은 유혹을 느낀다. 하지만 이야기에 풍미를 더하거나 이해도를 높이기 위해서 필요한 게 아니라면 삭제하자.

이제 남은 부분을 대화나 인물의 생각으로 바꾼다. 대립적인 대화나 극도로 긴장된 생각으로 바꾸면 훨씬 좋다.

¶ **각 장 도입부를 살펴본다**

각 장의 도입부에 설명을 넣을 때는 특히 주의하자. 행동을 먼저 보여주고 설명은 나중에 하는 게 좋다. 특히 독자가 반드시 알아야 할 내용이 아니면 모두 삭제하자. 좀 더 뒤에서 설명하되 한꺼번에 하지 말고 행동이 시작된 후 곳곳에 뿌릴 수 있는지 살펴본다.

문체, 형식, 시점 점검

문체, 형식, 시점에 대한 핵심 질문

• 형식이 부자연스럽거나 딱딱하게 느껴지는 부분이 있는가? 큰 소리로 읽어보거나 컴퓨터의 합성된 목소리로 들어보자. 그 부분을 귀로 들어보면 삭제해야 할지 고쳐야 할지 판단하는 데 도움이 될 때가 많다.

• 장면마다 시점에 일관성이 있는가?

• 1인칭 시점으로 썼는가? 그렇다면 인물은 정말 묘사한 대로 보

고 느끼고 있는가?

- 3인칭 시점으로 썼는가? 그렇다면 시점인물보다 다른 인물의 생각에 치우친 장면이 없는가? 시점인물이 보거나 느낄 수 없는 것을 묘사하지는 않았는가?

해결책

¶ 시각화한다

시점인물의 머릿속으로 들어가서 그 인물의 눈을 통해 장면을 시각화한다. 시점인물의 눈으로 장면을 '보면서' 문단을 하나하나 살핀다. 인물이 인식할 수 없는 비트를 모두 찾는다. 연습하면 할수록 잘 찾을 수 있다 .

¶ 특성을 강화한다

시점인물의 특성을 강화할 수 있는가? 인물이 플롯에 감정적으로 어떻게 반응하는지 연구해서 그 인물의 목소리에 어울리는 단어를 쓰자.

배경과 묘사 점검

배경과 묘사에 대한 핵심 질문

- 배경이 독자에게 현장감을 주는가?
- 배경은 '인물'처럼 기능하는가?
- 배경과 인물을 너무 보편적으로 묘사하지 않았는가?

• 묘사는 분위기까지 살리는 두 가지 기능을 하고 있는가?

해결책

¶ 말하는 세부 사항을 더한다

배경을 묘사하는 부분을 살펴보고 '말하는 세부 사항'을 하나 집어넣을 만한 곳을 찾는다. 생생한 세부 사항 하나는 평범한 열과 맞먹는다. 후각, 미각, 촉각은 소설에서 잘 활용되지 않으니 그런 것을 써보면 어떨까? 이야기와 관련 있는 단어, 독자에게 전해주고 싶은 느낌을 나열해보자. 예를 들면 이렇다.

- 분개   • 슬픔   • 희망
- 치유   • 승리

이렇게 떠올린 각 단어에 그와 어울릴 만한 감각적인 요소를 몇 가지 써보자.

'분개'에는 붉은색, 불, 소음, 충돌, 비명, 쓰라림 등을 쓸 수 있다. 다음으로 분개하는 감정이 들어간 특정 장면을 찾아서 위의 감각적인 요소 중 하나를 묘사 속에 끼워 넣는다.

이런 추가 사항을 '이야기의 묘미(양념)'로 여기자. 목적에 맞게 절제해서 쓰면 효과 만점이다.

대화에 대한 핵심 질문

- 정확한 대답보다 약간 '어긋난' 대답이 긴장감을 높인다. 불합리한 추론을 집어넣거나 질문에 질문으로 대답하는 등 어긋난 대답을 활용할 수 있는가?
- 화자를 가리키는 지문(그가 말했다, 그녀가 말했다)을 행동 비트로 바꿀 수 있는가?
- 좋은 대화문은 독자를 놀라게 하고 긴장감을 일으킨다. 대화 장면을 참가자들이 서로를 앞지르려고 하는 게임이라고 생각하자. 인물은 대화를 '무기'로 활용하고 있는가?
- 대화에는 갈등이나 긴장감이 있어야 하며 같은 편인 인물끼리의 대화도 마찬가지다. 갈등이나 긴장감이 있는가?

해결책

¶ 소리 내서 읽는다

대화문을 소리 내서 읽는다. 언제든지 단어를 바꿀 수 있도록 빨간색 펜과 날랜 손가락을 준비한다.

¶ 압축한다

없어도 되는 대화가 얼마나 되는지 본다. 두 가지 방법이 있다. 첫째, 대화문의 한 줄을 임의로 삭제하고 행동 비트로 대체해 본다. 둘째, 주어를 삭제해 두 줄이 넘어가는 대화문을 압축한다.

¶ 조율한다

다양한 인물의 대화가 대개 똑같이 들린다면 각각 좀 더 개성 있게 조율한다. 이를 위해 인물이 습관적으로 되풀이하는 단어나 구문을 설정한다. 아니면 리듬을 살린다. 어떤 사람은 다른 사람보다 단어를 더 많이 쓴다. 마지막으로 작가는 모든 인물의 목소리를 반드시 '들을' 수 있어야 한다.

주제 점검

주제에 대한 핵심 질문

- 소설의 주제가 무엇인지 아는가?
- 다른 주제가 보이지 않는가? 그 주제를 억누르려고 싸우는 중인가?
- 주제를 드러내는 요소를 자연스럽게 엮어 넣었는가?
- 잔소리를 하지 않았는가?

해결책

¶ 평론을 쓴다

어떤 장르의 소설이든 상관없다. 순전한 액션소설이고 속도감에만 신경 썼더라도, 그 주제에 대한 평론을 쓴다. 스스로 점수를 매기자. 어떻게 해서든지 자신의 소설을 주제가 있는 문학 작품처럼 연구할 수 있어야 한다. 대개 이 연습으로 주제를 드러내는 요소 하나는 발견하게 될 것이다. 그러고 나면 이 요소를 소설에 엮어 넣을 수 있게 된다.

마지막 윤문

지금까지 수고가 많았다. 힘들지만 보람이 있을 것이다. 고쳐쓰기를 하면 양쪽 뇌를 왔다 갔다 하며 모두 쓰게 된다. 분석하고, 문제를 해결하고, 브레인스토밍을 하고, 새로운 시도를 하는 등 활동을 하게 된다. 이런 과정이 진정한 작가가 되는 방법이다. 그렇다, 우리는 소설 여러 권을 재미 삼아 읽을 수도 있고 그 역시 즐겁고 유용한 연습이다. 그러나 삭제하고 매만지고 덧붙이고 덜어내고 바꾸고 향상시키는 것, 이게 진짜 글쓰기다.

원고를 출판사에 보내기 전에 한 번 더 살펴보자. 시간이 그렇게 오래 걸리지는 않을 것이다. 그러나 중요한 영향을 미칠 수 있는 특별한 광채가 더해질 것이다. 이 특별한 광채를 내는 일이 바로 윤문이다.

¶ 장의 도입부

각 장의 도입부를 모두 읽으며 원고를 훑자. 다음 사항을 고려하자.

- 더 의미 있게 시작할 수 있는가?
- 시작 부분이 시선을 끄는가? 갈등이나 행동이 일어날 단서가 있는가?
- 묘사는 분위기도 살리는 두 가지 기능을 하고 있는가? 그렇지 않다면 묘사를 좀 더 뒷부분으로 옮기자.

• 대부분의 장이 똑같은 방식으로 시작하는가? 다양하게 만들자.

¶ 장의 마무리

각 장의 결말 부분을 훑자. 장을 좀 더 일찍 끝낼 만한 지점이 있는지 살펴본다. 한 문단이나 두 문단, 세 문단, 네 문단 앞에서 끝나면 어떨까? 더 나을 수도 있고 그렇지 않을 수도 있다. 더 낫다고 느껴지면 그렇게 바꾼다. 그렇지 않을 경우 장의 마무리에 불길한 징후나 사건의 조짐을 덧붙이면 도움이 될지 생각해본다. 예를 들면 이렇다.

• 쓸쓸한 분위기의 문장
• 마음속의 두려움이나 걱정을 성찰한 내용
• 단호한 결정의 순간
• 쏘아붙이거나 노래하는 대화 한 줄

어쩌면 지금의 마무리가 그 자체로 괜찮을지도 모른다. 그렇다면 손대지 말자.

¶ 대화

• 대화문에 '여백'이 많은가?
• 화자를 가리키는 지문이 주로 '말했다'인가?
• 행동 비트로 대화문을 다양하게 살렸는가?
• 행동 비트가 너무 많지는 않은가? '말했다'로는 독자에게 감동

을 줄 수 없다는 것을 잊지 말자.

- 대화의 긴장감이 높아지도록 단어를 삭제할 수 있는가?
- 좀 더 기억에 남도록 '비틀 만한' 대화가 있는가?

¶ 단어 조사

남용하는 단어와 구문이 있는지 보자. 고쳐쓰기를 하다 보면, 또는 훌륭한 편집자나 독자가 경고해준 덕분에 발견하게 될 것이다. 이런 단어와 구문은 작업에 따라 달라지는 경향이 있다. 즉 매번 다른 단어를 반복하게 되는데 이는 그 단어가 머릿속에 박힌 탓이다. 원고에 쓴 단어나 구문을 조사해서 남용하며 되풀이하는 것들을 찾는다. 그런 다음 적절하게 수정한다. 그 외에도 부사는 반드시 필요하지 않을 경우 지운다.

¶ 주요 장면

이런 적이 있다. 소설을 윤문하다가 주요 장면에 이르렀다. 주인공이 악당과 정면 대결을 벌이다 악당의 부하들에게 납치된 장면이었다. 원래대로라면 붙잡힌 주인공은 악당에게 뺨을 맞았다. 주인공은 악당에게 반발하다가 방에서 끌려 나갔다. 이것만으로는 성이 안 차서 윤문을 할 때 주인공이 결박을 풀고 악당의 얼굴에 주먹을 날리도록 바꾸었다. 노인인 악당은 바닥에 나자빠졌고 덕분에 다음 장면으로 넘어가기 전에 긴장감 있는 비트가 몇 개더 생겼다.

원고에서 중요한 순간 다섯 군데 고르자. 한 번에 한 군데씩 읽자. 그리고 그 순간을 더욱 돋보이게 하고 더 격렬하게 만들며 활기를 더할 방법을 10개씩 적는다. 처음 두세 가지 아이디어는 금세 떠오를 것이다. 잘 안 되더라도 아이디어를 더 떠올려보자. 말도 안 되는 것 같더라도 10개를 생각해내자. 닥치는 대로 떠올리자. 그런 다음 뒤로 물러나 가장 좋은 것을 고른다. 그 내용에 따라 장면을 고쳐 쓴다. 다른 중요한 장면에도 이 작업을 되풀이 한다.

¶ 마지막 주의사항

- 장면 속 갈등을 고조할 방법이 있다면 실행에 옮기자. 장면에 등장한 인물을 보자. 같은 편이지만 둘 사이에 무언의 긴장감이 맴돌 수 있을까? 인물의 내면에 보이지 않는 긴장감을 부글거리게 해서 의사소통이 제대로 되지 않게 만들자.

- 인물의 관계를 보자. 관계를 넓힐 수 있을까? 과거에 어떤 식으로든 만났던 사람들은 어떨까?

- 비중이 높은 인물 모두에게 비밀을 만들자. 밖으로 드러나지 않아도 좋다. 감정적으로 활기가 생길 것이다.

- 주인공은 무조건 선하고 적대자는 무조건 악한 인물로 설정하지 말자.

- 독자가 원하는 건 감동이다. 기법이나 플롯보다도 말이다. 독자를 감동시키려면 작가가 먼저 감동해야 한다. 풍부한 감정을 느끼며 글을 쓰자.

- 대체 가능한 사항을 늘 적자. 독창성을 추구하자.

- 모든 쪽에 감각(청각, 미각, 시각, 촉각, 후각, 감수성)을 적어도 하나는 활용하자.
- 주인공은 절대 우연한 '도움'을 받아 어려움에서 빠져나와서는 안 된다.
- "소설의 성공 여부는 단순한 전략 하나에 크게 좌우된다. 바로 불안감이다."(로버트 뉴튼 펙)
- 글을 쓰면서 소설 일기를 꾸준히 쓰며, 무엇을 배웠고 무엇이 효과적이었는지 기록하자. 그러면 작가로서 살아가는 동안 아주 값진 자원이 될 것이다.
- 작법을 늘 연마하되 글을 쓸 때는 영화 「허슬러The Hustler」에서 '날랜' 에디 펠슨이 당구를 칠 때처럼 빠르게 거침없이 쓰자. 그리고 고쳐쓰기를 할 때는 천천히 차분하게 하자.

설명할 수 없는 속임수

대학을 다닐 때 나는 마술에 심취했다. 정확히 말해 가장 멋진 종류인 근접 마술이었다. 카드 마술, 동전 마술, 컵과 공으로 하는 마술 등이다. 몇몇 사람만 앞에 두고 테이블 위에서 하는 마술이었다.

나는 할리우드에 있는 마법의 성에 가서 많은 시간을 보내며 전설적인 존재들과 대화를 나누었다. 프랜시스 칼라일이나 찰리 밀러 같은 마술사들이었다. 그러나 그중 최고는 다이 버논이었다. 당시 여든이었던 버논은 마술계에서는 20세기 최고의 카드 마술사로 통했다. 그를 만난 후에 그가 쓴 책들을 탐독하고 이 거장을 흉내 내려 했다.

버논은 어느 책에서 자신의 단일 마술 중 최고로 손꼽히는 것을 자세히 설명했다. 그는 이 마술을 '설명할 수 없는 속임수'라고 불렀는데, 같은 방식으로 이루어진 적이 단 한 번도 없었다. 그러나 능수능란한 방식으로 늘 감탄을 자아냈다. 이 속임수를 설명할 수 없는 까닭은 마법사가 자신이 아는 모든 기술을 이용해 설정된 환경에 적용하기 때문이다.

예를 들어 마술사는 종이에 예언을 쓴 다음 객석의 누군가를 불러 카드를 섞고 한 장을 뽑아달라고 한다. 가끔씩은 예견된 카드가 선택되며 마술사는 그 상황을 최대한 유리하게 활용한다. 그러나 대부분은 즉흥적으로 대응해야 한다. 마법 기술이 모인 모든 창고를 이용해야 한다. 거짓으로 카드 섞기, 구슬리기, 몰래 바꾸기 등등. 버논은 이렇게 말했다. "카드 마술을 잘 알수록 더 큰 효과를 낼 수 있다. 머리를 빨리 회전해서 상황에 따라 가장 멋진 효과를 낼 방법을 정하면 된다."

이는 위대한 소설을 쓰는 비결이기도 하다. 그러니 꾸준히 작법을 연구하고 배움을 멈추지 말아야 한다. 알면 알수록, 소설을 쓸 때 발생하는 무수한 상황에 더욱 능숙하게 대처할 수 있기 때문이다. 우리는 소설가다. 그리고 마술사다. 환상을 다룬다. 이 마술이 성공하면, 숨을 내쉬며 '정말 놀라운 이야기잖아!'라고 생각할 행복한 독자가 생길 것이다. 이를 과연 '속임수'라고 부를 수 있을까?

꼭 그렇지만은 않다. 이는 재주와 기법, 기술과 실력의 조합이다. 누구나 이 모든 것을 어느 정도 갖추고 있다. 그리고 노력하면 꾸준히 향상될 것이다.

그러니 노력하자. 마술을 부리자.

소설쓰기의 모든 것 5
고쳐쓰기

초판 1쇄 발행 2012년 12월 7일
초판 2쇄 발행 2016년 3월 2일
개정판 1쇄 발행 2018년 11월 26일

지은이 제임스 스콧 벨
옮긴이 김율희
펴낸이 김한청

편집 원경은, 이한경, 차언조
디자인 이민영
마케팅 최원준, 최지애, 김선근
펴낸곳 도서출판 다른

출판등록 2004년 9월 2일 제2013-000194호
주소 서울시 마포구 동교로27길 3-12 N빌딩 2층
전화 02-3143-6478 팩스 02-3143-6479 이메일 khc15968@hanmail.net
블로그 blog.naver.com/darun_pub 페이스북 /darunpublishers

ISBN 979-11-5633-217-6 04800
ISBN 979-11-5633-212-1 (세트)